当代翻译学文库
黄忠廉　傅敬民　李瑞林　主编

华兹生英译汉诗的世界文学特性研究

Translating Classical Chinese Poetry into World Literature:
Burton Watson's Translation as a Case

林嘉新　著

科学出版社
北　京

内 容 简 介

巴顿·华兹生（Burton Watson，1925—2017）是美国从事汉诗英译的代表性人物，在美国译坛占有重要席位。本书采用语境化的历史视角，运用描写翻译学的范式，对华兹生英译汉诗的翻译行为进行整体研究，揭示了其译诗的世界文学特性、翻译诗学特征及其文学与社会学成因，为其译本世界文学特性的形成提供了翻译学的学理依据。本书不仅有助于在认识论上启发我们对文学跨疆域传播活动的理解，也可以在方法论上为今后的文化外译行为提供一个可资借鉴的文化推介模式。

本书主要面向国内外从事翻译学、比较文学与国际汉学研究的专家学者与高校师生，以及对中外文化交流、文化传播等感兴趣的所有读者。

图书在版编目（CIP）数据

华兹生英译汉诗的世界文学特性研究/林嘉新著. —北京：科学出版社，2022.1
（当代翻译学文库/黄忠廉，傅敬民，李瑞林主编）
ISBN 978-7-03-069409-6

Ⅰ. ①华… Ⅱ. ①林… Ⅲ. ①汉诗-英语-翻译-研究 Ⅳ. ①I207.227 ②H315.9

中国版本图书馆 CIP 数据核字（2021）第 146468 号

责任编辑：杨 英 宋 丽／责任校对：贾伟娟
责任印制：李 彤／封面设计：蓝正设计

科学出版社 出版
北京东黄城根北街 16 号
邮政编码：100717
http://www.sciencep.com

北京中科印刷有限公司 印刷
科学出版社发行 各地新华书店经销
*
2022 年 1 月第 一 版 开本：720×1000 1/16
2022 年 1 月第二次印刷 印张：15 1/2
字数：320 000
定价：98.00 元
（如有印装质量问题，我社负责调换）

本书为 2017 年教育部人文社会科学研究青年项目"华兹生英译汉诗的世界文学特性研究"（项目号：17YJC740049）的结项成果，同时得到广东省普通高校人文社会科学重点研究基地——广东外语外贸大学翻译学研究中心资助。

总　序

当代翻译学文库

中国是翻译大国，正日益成为翻译强国。当下，翻译事业繁荣，译入译出并举，译学日渐昌盛。"当代翻译学文库"将集聚各方智慧，追踪国际译学前沿，着力推进知识创新，培养卓越翻译人才，以适应中国译事发展现实与长远需要。

本文库含"理论译学"和"应用译学"两个分库。理论译学分库突出理论性、权威性和前沿性，重点考察翻译一般规律与内在机制，探究翻译本体论、认识论和方法论问题，推进译学知识体系、方法体系和话语体系建构，强化译学的独特性与自治性。具体包括：①翻译思想类，聚焦翻译家与翻译学者的思想研究；②翻译理论类，聚焦翻译理论及其范畴研究；③翻译学科类，聚焦翻译学科系统建构研究；④翻译历史类，涵盖通史、史料史、断代史、专门史、国别史、口述史等。

应用译学分库则面向广泛的翻译生活世界，重点研究实践层面的核心认知与操作问题。具体包括：①理论研究类，加强本体研究，聚焦目标对象、核心特征、基本原则、翻译策略等主要维度，探索应用译学理论体系化路径；②领域研究类，研究文化、商务、科技、新闻、法律等领域的特殊性及其翻译方法；③交叉研究类，聚焦翻译学与其他学科的交叉研究，丰富应用译学内涵，拓展应用译学空间；④翻译工具类，重点研究翻译技术、翻译资源研发与应用、翻译工具书及其编纂等问题；⑤翻译教学类，着重研究翻译教师、教材、教法等问题。

本文库著作来源以国内为主，兼及国外；以汉语为主，辅以外语；以国家社会科学基金项目和教育部人文社会科学研究项目的结项成果为主,兼收基于博士学位论文的高水平著作。整个文库服务于广大译者、翻译研究者、高校外语专业师生,以及对翻译和翻译研究感兴趣的读者。

中国译学协同研究中心(广东外语外贸大学)

应用翻译研究中心(上海大学)

2021 年金秋

前　　言

巴顿·华兹生（Burton Watson）是美国从事汉语古诗英译的代表性人物，是将汉语古诗译介到英语世界最多的翻译家之一，多次获得各类译界殊荣，在美国译坛占有重要席位。他的部分译诗篇目成为汉语古诗英译的经典译作，被反复收入美国的世界文学或中国文学选集，同时也被用作教材进入大学课堂。其译诗启迪了美国当代诗人的创作，影响力历久不衰，呈现出世界文学特性。

美国学者大卫·达姆罗什（David Damrosch）将世界文学定义为：世界文学是民族文学的椭圆形折射，是从翻译中获益的书写结果，是对遥远的时空世界进行超然解读的阅读方式。该定义从根本上剥离了正确理解作品与充分的本土经验之间直接、必然的联系，以积极的态度来看待作为世界文学的具体表现形态的翻译文学所存在的各种文化折射性现象，体现了翻译在文学关系动态生成中的主导与生成作用。译者的职业惯习是翻译策略形成与翻译行为实现的前提，是译本文化双折射性的决定性力量。它处于客观环境、社会规范、交际参与方等多方交际的中心，决定了译本的文化折射性之最终表现形态。译者的职业惯习是后天培训、教育与实践的结果，其形成过程主要受到译者的初始惯习、特定群体的翻译规范与译者所从事的毗邻行业三方面的影响。该世界文学定义与译者职业惯习概念解释了世界文学—翻译—民族文学三者间动态生成的关系，为讨论全球化文化语境下的文学翻译提供了新视角。本书在这一理论框架下，探讨了华兹生英译汉语古诗之世界文学特性的翻译诗学。

本书选取了华兹生的《唐代诗人寒山诗100首》（*Cold Mountain: 100 Poems by the T'ang Poet Han-Shan*）、《宋代诗人苏东坡诗选》（*Su Tung-p'o: Selections* from a Sung Dynasty Poet)、《随心所欲一放翁：陆游文选》(The Old Man Who Does as He Pleases: Selections from the Poetry and Prose of Lu Yu，简称《陆游文选》) 三本前期译诗集和《白居易诗选》(Po Chu-I: Selected Poems)、《杜甫诗选》(The Selected Poems of Du Fu) 两本译诗集为文本研究对象。本书首先就翻译对世界文学的建构性及其机制进行了探究，试图建构世界文学特性的社会翻译学理论阐释模式；其次归纳总结华兹生的译诗思想、成就及其译诗的经典化地位，为分析其译诗的世界文学特性生成的原因提供基本史料；再次以文本研究为主线、社会文化语境与译者的译诗活动之间的互动为背景，通过译者自述、访谈、序跋、信件、译评等信息，描述译者职业惯习的生成与嬗变对译诗的文化折射性之具体表现的影响，以及由此带来的翻译结果与阅读效果，最终论证华兹生英译汉语古诗是具有世界文学特性的文本再生产。

本书结论主要有以下三点。

第一，华兹生译诗的文化折射性具有从文学性译诗过渡到文献性译诗的发展阶段性特征。他前期翻译了寒山、苏轼与陆游的诗歌，译诗具有文学性译诗的倾向，契合了"逆向文化"运动的诗学倾向，呈现出文学本土化的情况，笺注数量较少，凸显了译诗的文学鉴赏性；后期翻译了白居易与杜甫的诗，译诗具有文献性译诗的倾向，迎合了当代汉学发展的趋势，选目具有经典性与代表性，详尽的笺注凸显了译诗的文献性，所产生的各种文本差异不仅反映了其对中国文学与文化的认识、理解与研究历程，也反映了美国的文学传统、诗学诉求与翻译规范的演变，这些因素共同塑造了其译者职业惯习，使两阶段译本呈现出不同的文本形态。

第二，两阶段译诗具有不同的文化折射性，使得译诗的形式与内容不断与中美诗学进行对话，得到再生与融合，产生翻译诗学创新与文本开放性，译诗的流通性与接受性也不断得到增强与提升，从而有效地贴近了译诗的世界文学特性。华兹生前期译诗的译文杂合创造了一种迥异于前人译诗的韵律与诗体，革新了美国英译汉语古诗的翻译诗学传统；并通过"生态性"的文化过滤式选目，使译诗呈现出与源文化传统剥离的本土化现象，凸显了原诗的多元阐释性。后期译诗增加了笺注的频次与数量，使源文化信息得以通过译诗进一步地折射进东道文化中，促进汉语古诗学的异质性与美国当代诗学的本土性进行对话融合；具有经典性与代表性的选目使译诗呈现出"回归文学史"的倾向,展示了原诗的文本开放性。

第三,华兹生两阶段的译诗均在美国文学多元系统中有效运作,并被美国读者欣然地接受为文学作品,并加以欣赏与品评,实现了世界文学的"超然性"阅读方式。前期译诗迎合了当时美国读者对东方文化中的朴素生态精神与意蕴的憧憬,后期译诗迎合了美国读者的全面性视角与对异质文化的兴趣,两阶段译诗均与美国读者的期待产生了契合,使他们将其当作译文看待而非拘泥于原文,丰富了他们对汉语古诗的阐释和再现,使其在语境中获得扩展转换,重获新生。

本书建构了诗歌翻译研究的世界文学特性翻译诗学框架;揭示了华兹生汉语古诗英译的世界文学特性、翻译诗学特征及其文学与社会学成因,其译诗极大地促进了汉语古诗世界文学特性进程。本书在这两方面都做了基于历史文化语境的系统研究,得出的结论亦能够为译本世界文学地位的形成提供翻译学的学理依据。

本书还对中国文化外译战略与译者培养有一定的现实指导意义与实际使用价值。研究表明具有世界文学特性的文学翻译是文化双向参照之结果,这就意味着要实现翻译文学的世界文学特性就必须跳脱单一文化思维的羁绊。同时,文学翻译的文化折射性之实现有赖于译者职业惯习的作用,故在教育、培训与实践中培养译者养成良好的职业惯习是文化外译战略得以实现的关键。

目 录

总序　当代翻译学文库
前言
第1章　绪论 ··· 1
　1.1　华兹生汉诗英译的历史回顾 ··· 2
　1.2　相关研究的现状与述评 ··· 7
　1.3　译诗的世界文学特性 ··· 12
　1.4　研究路径与研究设计 ··· 14
第2章　系统中的竞争、冲突与创造：当下世界文学视域中的翻译
　　　　研究模式 ·· 17
　2.1　世界文学与翻译：缘起与现状 ··· 18
　2.2　达姆罗什的"世界文学"定义 ··· 26
　2.3　翻译的文化双折射性与译者职业惯习 ································· 33
　2.4　小结 ·· 47
第3章　华兹生的译诗思想、成就及其译诗的经典化地位 ············· 48
　3.1　华兹生译诗活动发生的背景及缘起 ····································· 48
　3.2　华兹生的译诗思想：为当代读者而译 ································· 55
　3.3　译诗的主要成就及译本情况 ··· 66
　3.4　华兹生译诗的经典化地位 ··· 72
　3.5　小结 ·· 85
第4章　"逆向文化"运动与华兹生英译寒山、苏轼、陆游诗 ······ 86
　4.1　"逆向文化"运动与译诗的文化双折射性 ··························· 87
　4.2　寒山、苏轼与陆游译诗的折射性与翻译书写之"得" ······ 121
　4.3　东方憧憬与寒山、苏轼、陆游译诗的超然阅读模式 ········ 129

  4.4 小结 ·· 134
第 5 章 当代汉学研究的演进与华兹生译白居易、杜甫诗 ············· 136
  5.1 当代汉学的发展与华兹生译诗的文化双折射性 ················· 137
  5.2 白居易、杜甫译诗的折射性与翻译书写之"得" ················· 168
  5.3 全球视野与白居易、杜甫译诗的超然阅读模式 ················· 176
  5.4 小结 ·· 182
结语 华兹生英译汉诗的世界文学特性 ··································· 183
参考文献 ··· 191
附录 华兹生英译汉诗单行本中英题目对照表 ····························· 207

第 1 章

绪　　论

　　汉语古诗在世界文坛上享有崇高地位，在世界各国的译介与流传也源远流长、影响深远，许多诗文已经通过翻译在世界各国广泛传播，为世界各国人民所接受，对世界各国文学产生了重要的影响。早在公元 7 世纪，日本遣唐使就开启了翻译汉语古诗的传统。16 世纪前后，来华传教士、比利时人金尼阁（Nicolas Trigault，1577—1628）就将《诗经》译成了拉丁文。18 世纪，英国人索姆·詹尼（Soame Jenyne，1701—1787）将《唐诗三百首》译成了英文。汉语古诗对世界各民族文学、文化的影响也为学界所公认，汉语古诗在美国的译介情况成为其在世界范围内传播的重要指标。

　　相比日本与欧洲，美国译介汉语古诗的起步时间较晚，但译诗成就斐然，对美国诗坛也产生了重要的文学影响，堪称中美文学交往史上的重要事件。20 世纪初以降，美国译者埃兹拉·庞德（Ezra Pound）、艾米·洛威尔（Amy Lowell）、威廉·卡洛斯·威廉斯（William Carlos Williams）、加里·斯奈德（Gary Snyder）、王红公（Kenneth Rexroth）等人对汉语古诗的不断英译，使得美国译坛逐渐演化出了汉语古诗英译的小传统，该小传统下的译诗对美国诗坛产生了重要的文学影响，引领了美国诗坛的走势，也不断在美国得到接受，广为流传，超越了国别文学范畴，"这些译文本身已经成为了美国诗歌传统不可或缺的一部分"（钟玲，2003b：33），译诗也由此获得了世界文学的特性[①]。

　　华兹生是该译诗小传统下的代表性人物，也是继阿瑟·韦利（Arthur Waley）之后译介汉语古诗到英语世界最多的翻译家之一，在美国译坛占有重要席位。自 20 世纪 50 年代以降，他一直从事汉语古诗的英译活动，总计出

[①] 本书采用美国学者大卫·达姆罗什的"世界文学"定义，详见下文。

版了汉语古诗的译诗单行本 7 部、选集 3 部、日文转译选集 1 部。这些译诗成就为华兹生在汉语古诗英译史上的重要地位奠定了基石，也为中国文化走向世界做出了重要贡献；其译诗也对西方汉学界与翻译界产生了重大的影响，享有极高的学术声望。"就诗论诗，沃森（华兹生）的翻译几乎是篇篇珠玉。"（陈文成，1991：44）中国著名学者许国璋先生也盛赞道："勃顿·华森（巴顿·华兹生）继前（指韦利）而又胜前，很出色。"（许国璋，1979：11）华兹生的部分译诗篇目甚至还成为汉语古诗英译的经典译作，或被反复收入美国的世界文学或中国文学选集，或被用作教材进入大学课堂，或启迪了美国当代诗人的创作，其影响力历久不衰。

据此，本章将对华兹生译诗之世界文学特性的研究背景与意义、现状与述评、内容与目的、思路与方法及基本框架进行讨论。

1.1　华兹生汉诗英译的历史回顾

要考察华兹生的英译汉诗，首先需要回顾汉语古诗英译在美国文学系统中的地位、华兹生的译诗在其中的重要地位及其世界文学特性。

20 世纪初声势浩大的"意象派"文学运动与 20 世纪 50—60 年代的"逆向文化"运动开启并延续了美国译介汉语古诗的传统，取得了巨大的译诗成就，译诗对美国诗坛也产生了重要影响，已成为美国文学传统的一部分。这两次文学运动均以翻译汉语古诗为大旗，以"仿写"为创作标识，试图通过对汉语古诗的诗学手法与思想理念的跨文化阐释与实践，寻求美国诗歌本土化的正当性与合法性，以使其摆脱僵化的学院派诗歌传统的桎梏。两次"译诗热"均对汉语古诗进行了折射性翻译诗学的阐释，为美国留下了不少经典译诗，如庞德的《神州集》（*Cathay*，1915）、弗洛伦斯·艾思柯（Florence Ayscough）和洛威尔的《松花笺》（*Fir-Flower Tablets*，1921）、斯奈德的《寒山诗》（*Cold Mountain Poems*，1958）、王红公的《中国诗百首》（*One Hundred Poems from the Chinese*，1956）。这些译诗成为两次美国诗歌"本土化"浪潮的力量源泉[①]，

[①] 国内外学者对此已有相当多的研究，详见赵毅衡（1985，2003）、董洪川（2001）、钟玲（2003，2006）、朱徽（2009）与蒋洪新（2014）等人的相关著述。

甚至部分译诗"化成生机勃勃的新的诗歌元素，融入美国现代派的诗歌创作之中"（江岚，2009：164），"成为英语诗歌传统的一部分"（钟玲，2003b：1），至今也仍然保持着巨大影响力。在美国通用的各类世界文学选集①中，汉语古诗（译文）所占的比重不仅远超其他中国文学类别与式样，译诗入选数量也具备了相当的体量，甚至可与部分欧洲国家的同类别文学（如德国汉语古诗、俄罗斯汉语古诗）等量齐观，汉语古诗翻译选集在美国更是层出不穷，出版的各类选集涵盖了汉语古诗的诗体类别、文学题材与诗学流派，因此，可以说汉语古诗英译在美国文学系统中已占据重要位置。但与原诗相比，这些译诗都存在一定程度的语境性改写与阐释，形成了源自中美两种诗学传统却不囿于二者的译诗文本，此译诗在各自所处语境中得到了有效的流传与接受，并进入美国文学系统有效运作，参与了当时美国诗学的建构，使汉语古诗与世界（美国）进行跨时空、跨文明、跨语际的有效对话。这种文学翻译现象超越一般意义上的翻译活动范畴，实质上反映了民族文学借力翻译，进而成为世界文学的过程与路径，也促使我们进一步思考翻译、民族文学与世界文学的互动机制。

民族文学要成为世界文学需要"恰当的"翻译作为路径，"越是具有民族特色的东西越是有可能成为世界的，但是没有翻译的中介，一部在民族的土壤里堪称优秀的作品完全有可能在异国他乡处于'死亡'的状态，只有优秀的翻译才使得这部作品具有'持续的'生命和'来世生命'"（王宁，2014：26）。这就对翻译提出了以下问题：翻译行为该如何开展才能完成跨文化交际功能，以及如何成为世界文学的过程中延续原作生命使之成为具有跨文化影响力与交际性的文本？翻译、民族文学与世界文学的互动机制是什么？中国文学如何借力翻译才能成为世界文学？在当下的世界文学理论中，美国学者大卫·达姆罗什对世界文学的定义在揭示民族文学、翻译与世界文学三者的运作机制方面，最具建设性、全面性与实用性。他认为："①世界文学是民族文学的椭圆形折射（elliptical refraction）；②世界文学是在翻译中获益

---

① 主要指美国最富影响力的三大世界文学选集，分别为《诺顿世界文学选集》（The Norton Anthology of World Literature）、《贝德福德世界文学选集》（The Bedford Anthology of World Literature）与《朗文世界文学选集》（The Longman Anthology of World Literature）。

的写作；③世界文学不是一套经典文本而是阅读方式，即对我们所处时空之外的世界的超然解读（detached engagement）。"①（Damrosch，2003：281）该定义强调翻译在世界文学建构中的核心作用，揭示了翻译对世界文学具有积极的建构意义，且民族文学要成为世界文学需要借助翻译来实现，但并非所有的译文都能帮助民族文学成为世界文学，只有具备世界文学特性的译文才能帮助民族文学完成具有世界文学意义的升级换代，并在新语境中获得新生。所谓译文的世界文学特性，是指译文需要符合达姆罗什定义的世界文学的三个维度，即译文是译者在源文化与东道文化共同架构下的亚文化空间中对民族文学进行折射性翻译诗学②阐释的结果，译文所具备的主体性差异丰富了民族文学的内涵，并在东道文学系统中不断流传、被有效阅读，发挥了其文学、文化功能。

华兹生参与建构了美国译介汉语古诗的小传统，其译诗在其中占有重要席位。20世纪50年代以降，华兹生就一直致力于汉语古诗的英译活动，其间，他与斯奈德、王红公等人有密切的交往，也曾与庞德通信讨论译诗。迄今，华兹生出版了译诗单行本7部、选集3部，译诗数量逾1000首，取得了丰硕的译诗成果。美国著名汉学家保罗·柯睿（Paul Kroll）称："毫无争议，华兹生堪称本世纪英语世界最高产的中国文学翻译家。"（Kroll，1985：131）华兹生的译诗不仅在"量"上傲视同侪，在"质"上也被广为肯定，斯奈德盛赞其为"21世纪最出色、最执着、最慷慨的中国文学译者"（Watson，1994b：封底）。著名汉学家、北卡罗来纳大学教堂山分校中文教授杰罗姆·P. 西顿（Jerome P. Seaton）在提及华兹生的译诗时，表现出极为仰慕之情："他（华兹生）是一位多年来一直把翻译视为第一要务的学者。西方读者，尤其是

---

① 此处的外文引文为笔者遵照原文进行的翻译，全书其他外文引文亦如此。
② 根据《劳特里奇翻译百科全书》（Routledge Encyclopedia of Translation Studies，2009）的定义，翻译诗学（poetics of translation）是指译入文学系统在社会大系统中所扮演的角色，以及与其他（域外）文学或符号系统间的运作机制，它所关注的是原文所代表的源语诗学与译入语诗学体系间的关系，主要考察译文的文类、主题和其他组成文学系统的文学手段。在描写译学研究中，翻译学者也对翻译诗学进行了侧重不同的探索。例如，伊塔玛·埃文-佐哈尔（Itama Even-Zohar）考察了翻译如何选材，以及文学规范如何被目的语文化吸收；吉迪恩·图里（Gideon Toury）试图确定影响翻译的文学、语言学、意识形态等因素；安德烈·勒菲弗尔（André Lefevere）也在话语理论的框架下探讨了翻译诗学（Baker & Saldanha，2009：167-170）。

文人墨客,深受其译文影响,在这点上几乎没有任何在世的汉学家可与之媲美。"(Seaton,1985:151)

华兹生的译诗具备世界文学特性。首先,华兹生译诗是对汉语古诗进行折射性翻译诗学阐释之结果。由于受东道亚文化语境的影响,在形式上,汉语格律诗(原诗)被折射为英语自由诗(译诗);在翻译用语上,汉语书面体(原诗)被折射为英语口语体(译诗)。其次,其译诗具有较高的流传性与有效阅读性。译本多次被重印与再版,部分译诗被收入多部世界文学选集,如《诺顿世界文学选集》(*The Norton Anthology of World Literature*,2012,2015,以下简称《诺顿》)、《贝德福德世界文学选集:古代、中世纪和早期现代世界,从开始到1650年》(*The Bedford Anthology of World Literature: The Ancient, Medieval, and Early Modern World, Beginnings-1650*,2004,以下简称《贝德福德》)等,并作为教材或参考书目在美国大学课堂使用,如哈佛大学、哥伦比亚大学、斯坦福大学等;部分译诗甚至影响了其他译者的译诗,如韩禄伯(Robert G. Henricks)、赤松(Bill Porter)等,以及创作,如斯奈德、詹姆斯·朗费斯特(James Lenfestey)等。这些情况的出现使得华兹生的译诗成为具有世界文学特性的英译读本。

本书的意义主要在于以下几方面:世界文学特性的文学翻译理论建设、翻译史研究、译者研究、文化外译的现实探讨。

第一,世界文学特性的文学翻译理论建设意义。华兹生等人的汉语古诗英译具备世界文学特性,但现有翻译理论都不足以合理解释该现象生成的原因。本书以华兹生的汉语古诗英译为个案,追溯当时美国的社会背景、文化状况、文学气候等历史性社会文化语境因素,并厘清这些要素间相互影响、相互运作的机制,以"还原"其译本生成的"历史现场",探究其译文的世界文学特性之表现方式与生成原因,其目的就在于建立一个世界文学特性的文学翻译理论框架,以期为今后的类似研究提供一套可资借鉴的基础理论。

第二,翻译史研究意义。翻译是一项历史性的社会文化活动,脱离语境的翻译是不存在的,也是不可能获得成功的。华兹生的汉语古诗英译活动始于20世纪50年代,主要集中在两个时间段,即20世纪50年代末至60年代末①与20世纪末至21世纪初②,间隔时间近40年③。研究其译诗活动必然需要对这两次译诗时间进行语境架构,追溯当时美国的社会背景、文化状况、文学气候等历史性社会文化语境因素,并厘清这些要素间相互影响与运作的机制,以及译者在译诗活动中的作用,以"还原"其译本生成的"历史现场"。通过华兹生汉语古诗英译的个案研究,不仅可以清晰再现其译本生成的原因与历史,厘清20世纪50年代至今美国汉语古诗英译的历史脉络与现状;还可以丰富美国的汉语古诗英译传统的研究个案与历史档案,以再现美国汉语古诗英译史的发展脉络与流变趋势。

第三,译者研究意义。自20世纪70年代翻译的"文化转向"以后,译者研究就成了翻译研究的重点内容,安东尼·皮姆(Anthony Pym)也将译者研究纳入研究翻译社会起因的重要范畴之中(Pym,2007),20世纪90年代末兴起的社会翻译学研究更是将译者研究视为第一要务(Simeoni,1998;Hermans,1999)。翻译是一种社会化的活动,译者并非被动地置身于文化影响之下,任由其影响和操纵,文化影响既有历史的客观性,也有事件的偶合性,还有译者的能动性。通过考察华兹生的汉学背景、中国情结与研究历程等译者信息,可以将译者置于语境化的"历史现场",分析语境对译者影响的中介、方式与原因,以揭示当时的翻译规范、毗邻行业(adjacent discipline)与译者职业惯习(translators' professional habitus)对其译诗策略的影响,以及译诗所具备的时代共性与译者个性,最终合理解释华兹生如何对原诗进行折射性的翻译诗学阐释。

第四,文化外译的现实探讨意义。当今,中国文化"走出去"是当下关乎我国综合国力尤其是文化软实力提升的国家战略,引发了极高的社会关切,因此,在战术上有效推进"走出去"战略具有重大现实意义。随着我国综合国力的全面提升,文化外交与文化输出已成为我国全面提升综合国力的重要环节。"一个国家内部的发展与国际地位的奠定很大程度上要依赖文化软实力,而文化软实力无论输入与输出,在我们看来首先是一个翻译问题。"(许

---

① 华兹生此阶段主要翻译了寒山、苏轼与陆游的诗。
② 华兹生此阶段主要翻译了白居易与杜甫的诗。
③ 在这近40年的时间间隔里,华兹生的译诗活动几乎停滞,虽也有零星新的译诗问世,但新译诗数量根本不构成规模,更未出版过新的译诗单行本。

钧，2012：12）文化外译作为文化输出的重要途径，也日益受到我国政府与学术界的重视。文学"走出去"不仅是要追求译介数量与市场效果，更重要的是通过"走出去"的译作开启海外读者理解、接受，甚至认同中国文化的沟通之桥，"不仅要关注如何翻译的问题，还要关注译作的传播与接受等问题"（谢天振，2014：3）。因此，中国文学"走出去"不仅要求译本要走出国门，还需要成为世界性的文本参与全球文学流通、接受与评论，让中国文化与其他各民族文化开展文化交流、借鉴与创新。这一现实情况促使我们思考并研究成功的汉译英翻译行为的跨文化交际特征，以探讨如何促使中国本土话语成为具有跨文化阐释性的世界话语。华兹生的汉语古诗英译是中国文学"走出去"的经典个案，对其展开研究是为了解决我们当前文化外译文本接受效果不佳的实际问题。研究不但可以在认识论上启发我们对人类文化译介活动的理解，也可在战术上为今后的文化外译行为提供一个可资借鉴的文化推介模式。

1.2 相关研究的现状与述评

经过检索、查阅相关资料，从目前掌握的资料来看[①]，国内外对华兹生翻译的研究仅限于博士论文一篇，以及期刊学术论文数十篇，主要的研究者包括蒋洪新、李秀英、魏家海、胡安江、柯夏智（Lucas Klein）、吴涛、刘敬国、李红绿等。按照文本研究对象，相关研究可大致分为典籍英译研究和汉语古诗英译研究两大类。

1.2.1 华兹生典籍英译研究

对华兹生典籍英译的研究主要集中于其对《史记》《韩非子》《论语》的英译研究上。

第一，研究者从叙事学角度对其《史记》译本的翻译叙事策略进行了研

---

① 此外，还有国内外学者对华兹生的译著所撰写的书评数十篇，但这些书评并非严格意义上的学术研究论文，多为评论者自身的阅读感受，不具备学术研究性，故不对之进行综述。

究。李秀英（2006）从叙事学的角度探讨了华兹生译本（下称"华译"）《史记》的叙事结构和叙事策略问题，并研究对比了《史记》原文与华兹生译文在选材范围、目录编排结构、时空结构等叙述结构上的差异，认为华兹生的译文将《史记》叙事化，并结合《史记》原文的叙事性，按照西方小说叙事的结构特征把译本置于读者的"规约性认知框架"之内，使之成为一部历史叙事小说。而这种叙事结构的调整策略是由当时读者的认知水平、阅读期待与文化需求所决定的。

第二，研究者从描写翻译学视角对其《史记》译本的翻译策略与接受问题进行了研究。李秀英（2008b）进一步从语言规范的角度研究了华兹生英译历史典籍的问题。研究以描写译学研究派的假设"规范"的"习得"与"内化"是在译者"社会化"过程中形成的命题为框架，分析了译者社会化如何影响了华兹生"习得"与"内化"中国历史典籍英译的语言规范。她认为，译者对语言"规范"的"习得"与"内化"是在"社会化"的过程中进行的，译者获得的"反馈"本质上具有规范性，这种带有规范性的"反馈"可能会被译者逐渐吸收、同化，并使得译者在提升自己的翻译能力的同时也成为"规范"的一部分。吴涛（2010）从描写译学的角度研究华兹生《史记》译本的选材、编排、可读性、流畅性问题。他借用安德烈·勒菲弗尔的"重写"理论，从意识形态和诗学形态对华译《史记》进行描述性分析，认为其译本选材只选取了最具文学性和最负盛名的篇章，编排打乱了本纪、世家、列传的体例，按照一般历史叙事文学重新编排人物出场顺序，这是因为此翻译行为受到当时美国的意识形态与赞助者的制约；译文呈现出自然、流畅、透明的文学特征，具有较强的可读性与较高的流畅性，这是由当时的诗学规范所决定的。

第三，研究者从文本对比的角度研究了其《史记》《韩非子》《论语》译本的翻译方法与技巧问题。吴涛与杨翔鸥（2012）从文本对比的角度研究了华兹生对《史记》中"文化万象"一词的英译问题。他们通过分析《史记》英译本中的"文化万象"一词，认为华译本中的"文化万象"一词具有较高的准确性与较强的充分性，主要采用意译、加脚注、替换和改写等方式，尽量保住原文"文化万象"一词的内涵，这种翻译策略成功地在译语文化语境中重塑了原文在源语文化语境中的形象，被认为是受到西方读者喜爱的、利于中华文化传播的经典译作。蒋洪新与尹飞舟（1998）从文本对比的角度讨论了华译《韩非子》中语言、注释和选目的问题。他们认为华兹生对中国古典的政治哲学思想是极为熟稔的,对原文的文意与文思也有细致的考证、把握与理解。无论是遣词造句,还是传达原文的语气与风格,华兹生的译文都达到"信、达、雅"的翻译标准。其译文对原文的忠实不仅体现在对原文的字句理解与翻译上,而且还善于从语篇的角度进行整体把握,用流畅地道的当代英语做到了译文与原文的"灵活对等";在风格和语气上也传达了原作的风姿;对原著的加注也使英语读者能更好地理解当时的社会历史语境。刘敬国(2015)从文本对比的角度对华兹生所译的《论语》进行了翻译评论。他从遣词、造句、修辞及文化专有项的处理等四个方面分别详细论述了华兹生译本的特色,同时也指出了华译中存在的诸如理解原文失当等问题,认为华译本语言简洁平易、生动传神,在语言形式和艺术格调方面都同原文有很高程度的对应,其原因不仅在于译者精湛纯熟的译笔,更在于他对再现原文艺术特色和文化元素所做的努力及从中折射出的对源语文化应有的尊重。

  第四,研究者从翻译批评的视角讨论了其《史记》的翻译质量问题。吴涛(2013)从西方汉学批评视角研究了华兹生《史记》英译评论问题。通过整理西方汉学家对华兹生《史记》英译的评论,他从考证语义的文本微观视角、学术性与完整性批评视角以及历史考证的"文本互涉关联性"批评视角三方面,对西方汉学家的评论做了详细剖析,认为汉学家对其译本的批评主要集中在其译本学术性不强、准确性欠佳、注释不详尽与完整性不足等方面,凸显了其学术研究立场,但这些分析评论还是有助于西方更加全面系统地认识华兹生《史记》英译,促进了美国汉学界对《史记》的进一步研究与译介。

  以上研究从不同角度讨论了华兹生对《史记》《韩非子》《论语》的英译的文本、翻译策略、可读性等问题。可以看出,其研究内容与研究对象较为单一和集中,对华兹生典籍英译的研究主要集中在《史记》上,研究比较成熟,取得了诸多有意义的成果,解决了跨文化可读性、叙事结构、翻译策略、翻译批评与翻译方法等问题;对《韩非子》《论语》也有涉及,解决了文本批评与翻译策略等问题。现有研究对其典籍英译持肯定褒奖的态度,如可读性与文学性较强、接受性较好等,但也指出了其译本存在的问题,如学术性与完整性不足等,但研究范式是规约性翻译理论,囿于文本对比研究与主观性批评视角,缺乏深究其成功译介的语境因素,也未将译者、译本、译事与译境加以联系,以及进行华兹生典籍翻译的文学功能与其文化意义的研究。

总之,以上研究取得了有意义的研究成果,凸显了华兹生翻译的接受性与准确性,揭示了华兹生典籍英译的翻译策略与风格,对我们思考华兹生汉语古诗英译活动具有一定的借鉴作用与启示意义。

1.2.2 华兹生汉语古诗英译研究

对华兹生汉语古诗英译的研究虽然在数量上极为有限,但在对华译的意象转换、翻译策略、翻译伦理,以及部分译本的生成语境等问题上取得了有意义的研究成果。

首先,研究者对其译诗的意象与意境翻译展开了研究。周发祥(1983)从意象转换的角度批评了华译对中国古诗意象使用传统的误读,并对其意象翻译提出疑问。他认为华兹生以统计法研究唐代写景诗自然意向的具体性得出的结果与实际情况有很大反差,基于此而进行的译诗更是曲解了原文意象,导致了意象的扭曲。魏家海(2010a)研究了《楚辞》的意象翻译问题,认为华译主要采用了直译法,基本再现了原诗的神话意象组合、香草与配饰意象组合、时间意象组合的特点及其美学功能,但也存在文化误读和误译问题。陈大亮(2012)研究了《寻隐者不遇》的意境翻译的再创造问题。他从"情景交融"与"象外之象"的生成要素——人称代词、叙事视点、事件场景、虚实相生和格式塔意象五个方面出发,对《寻隐者不遇》进行了翻译批评,解析了华兹生译诗意境的本质特征,认为其译诗很好地表现出原诗"情景交融"与"象外之象"的妙处。

其次,现有研究还从文学理论和翻译学理论等视角讨论了华兹生译诗的翻译策略。魏家海(2009)根据罗曼·英伽登(Roman Ingarden)的文学作品结构层次理论,从语音层、语义层、图示层和客体层等层面对华兹生译诗进行了分析,他认为其译诗倾向直译和异化,译文具有无韵体翻译的僵化性和语义翻译的不准确性的弊病,但因其译文通俗流畅的风格满足了西方普通读者的阅读欣赏期待,因而获得较强的可接受性。胡安江(2009)从译介学的角度分析了华兹生译"寒山诗"的翻译动因、文本考证、翻译选材、翻译规范和译本特色。他认为,译者在翻译过程中对翻译规范的充分考虑,尤其是在对源语文本的细腻考证、"本土化"翻译策略的确定以及译本加注手段的运用上，为寒山诗在英语世界的传播、接受与经典化奠定了坚实的基础，这使得中国文学史上的边缘诗人寒山和归属他名下的那些"寒山诗"在国际汉学界、比较文学界和翻译界都赢得了巨大的声誉。魏家海（2010b）从翻译伦理的角度研究了华兹生英译《诗经》的翻译伦理。他认为，华兹生选译《诗经》既有外倾性伦理，又有内敛性伦理，两者之间虽有矛盾性，但华兹生在"和而不同"的哲学思想的调和下，充分调动两种伦理倾向的积极作用，达到和谐统一。美国学者柯夏智（Klein，2014）从文本分析的角度研究了华兹生译诗的文本特征与翻译策略，重点关注了其译诗的准确性、格律、诗体与注释等，他认为华兹生的译诗兼具学术的准确性与诗歌的文学性，是汉语古诗英译的典范之作。万燚（2015）从译介学的角度，对华兹生苏轼诗文译介的理念与风格、译文特色、篇目选择、创造性叛逆及文化过滤等内容进行讨论，认为其译诗的译介策略、选篇理念、译本特色充分体现了"大众化翻译"的风格，译介中的文化过滤也反映出文本在跨文化行旅中的变异，是文学译介中客观存在的历史性现象。

最后，李红绿的博士论文《华兹生汉诗英译研究》（2015）是重要的研究成果。这篇博士论文从翻译史的角度探讨了华兹生汉语古诗英译的问题，认为其译诗坚持读者取向的译诗特点贯穿在译诗选本、译诗理念、翻译策略等各个层面，使其译诗具有较高的接受性与可读性。该论文着重探讨了华兹生译诗的文化意象翻译问题，认为译者主要通过保留原诗中的文化意象，力求再现原诗的美感；同时，通过加注给西方提供相关的历史语境，帮助西方读者克服了理解汉语古诗文化意象时面临的难点。该论文是第一篇全面总结华兹生译诗活动的博士论文，全面地梳理了华兹生译诗的史料与评论，对华兹生的译诗缘起、译诗思想、译诗成就、译诗选本进行了归纳与总结，并以文化意象的翻译为例分析了华兹生汉语古诗译本在翻译策略与方法上的倾向性特征，论述了华兹生如何在忠于原文措辞与变通之间取得平衡，以及华兹生的翻译话语与翻译策略的关系，具有一定的创新性。该研究主要解决了华兹生汉语古诗英译中文化意象的翻译问题，取得了有意义的研究成果，但该论文也存在着一定的研究纰漏，如缺失文本研究，并未对理论运用的必要性、兼容性与互补性进行解释，理论论述也缺乏系统性与体系化的整合，以及部分重要史料与译本也被遗漏等,这使得该研究的可信度有待商榷。

上述研究成果解决了华兹生汉语古诗英译的意象翻译、意境重现、译诗策略、翻译伦理以及接受性与可读性问题。但这些对华兹生汉语古诗英译的研究具有明显的零散性与局限性,研究集中于对《诗经》《楚辞》以及苏轼和寒山的零星诗歌的翻译,缺失了对陆游、白居易与杜甫诗的英译研究,而这些也应是华兹生译诗的重要组成部分。因此,现有研究未能对其整个诗歌翻译行为做出系统、深入、全面的研究,缺乏对其译诗的整体关照研究;而且,以上对华兹生汉语古诗英译的研究囿于原文和译文或重译本之间的语言和意象对比研究,对其译诗文本的跨文化阐释性与诗学意义,特别是其译诗的世界文学意义缺乏必要的研究,也并未涉及译诗生成的历史、文化、文学、社会等语境因素以及其在英语世界流通性,然而这些因素却对考察华兹生译诗的文本生成与传播方式具有重要意义。

综上所述,现有研究均是基于源语语言文化的对比性研究,具有译诗个案的经典性,缺乏其译诗行为的整体关照性;研究具有静态的文本对比的规约性,缺乏历史与诗学的背景的动态语境描述性;研究包括对译诗充分性的研究,缺乏对译诗流通性与可接受性的研究。这些尤其体现在对其译诗的翻译批评上。但以上研究为相关学者对华兹生的翻译研究奠定了一定的基础,特别是对其译文的可读性与可接受性的研究与肯定,启发了我们对华译的世界文学价值的思考,对其译诗的世界文学特性特征及其翻译诗学原因的研究。因此,本书将对华兹生古诗英译的翻译行为进行整体研究,尽量再现或还原其译诗生成的历史性社会文化语境,通过连接译诗、译事、译者与译境,形成一个立体、全面的研究视角,并以此为基础分析其译诗成为世界文学的实现方式、文化诗学意义与读者阅读反应等,论证其译诗的世界文学特性及其生成方式,以正确认识其汉语古诗英译的世界文学意义,以及民族文学—翻译—世界文学的互动运行机制。

1.3 译诗的世界文学特性

本书将使用描写翻译学的范式,运用达姆罗什的"世界文学"定义,阐释华译的世界文学特性特征及其文化语境，并以翻译活动发生的历史性社会文化语境为研究框架，以华兹生汉语古诗英译的文本为研究对象，通过联结译本、译事、译者与译境，以尽量还原华兹生译诗生成的"历史现场"，力求全面、客观、立体地描述影响其译诗生成的翻译诗学和其他各种诗学以及其他社会文化因素。通过对华兹生汉语古诗英译的个案研究，本书试图最终建立一个世界文学视角下的翻译理论与批评模式。基于华兹生的译者地位、译诗成就与译诗的世界文学特性，以及现有研究对其译诗世界文学特性研究的缺失，本书选取了华兹生的汉语古诗英译活动作为研究对象，研究目标在于揭示华兹生译诗文本的世界文学特性特征及其生成的诗学、翻译诗学及其社会文化背景，以论证华兹生汉语古诗英译是具有世界文学特性的文本再生产形式，是原作的"来世生命"。

基于此，本书将以华兹生汉语古诗英译的五个译诗单行本为研究对象，分别是《唐代诗人寒山诗100首》《宋代诗人苏东坡诗选》《陆游文选》《白居易诗选》《杜甫诗选》。本书选取华兹生译诗单行本的原因有三点：第一，单行本是其全部译诗成果的主体，译诗量逾1200首，远超选集（除去重复译诗，共计100余首）；第二，单行本在选目、结构、主题、内容上的可比性高，而选集的编采方式各不相同；第三，选集的大部分译诗都取自单行本，译诗时间无法考证。此外，因华兹生的《陆游晚期诗歌》（*Late Poems of Lu You*）采用汉英对照排版，且不在美国出版流通，故该单行本也不在本书的研究范围内。本书主要考察以下三个方面的内容：华兹生译诗的折射性翻译诗学阐释方式及其生成的原因；通过华兹生的折射性翻译诗学的阐释，译诗在流传性、形式与内容等方面所获得的世界文学特性特质；这些特质对目标读者的阅读模式产生的影响与效果。具体研究内容如下：

第一，华兹生译诗的折射性翻译诗学阐释方式及其生成的原因。译诗文本在文化上的双折射性是其译诗世界文学特性的表现形态，而折射性之获得需要依靠对民族文学的翻译，故翻译文学的文化双折射性是其获得世界文学特性的决定性因素。基于此，研究华兹生译诗文本的文化双折射性的表现形态、实现方式以及影响因素，有利于我们正确认识其译诗的世界文学特性之生成方式与动因。

第二，译诗在流传性、形式与内容等方面所获得的世界文学特性特质。

世界文学是通过翻译实现的写作，这凸显了译诗的文学、文化功能，这是译诗世界文学特性的重要方面。世界文学从翻译中"获益"，赋予了翻译文学在异域文化中的流传性和可接受性，也使原文在形式与内容方面获得了革新与丰富。故考察华兹生译诗的流传性，以及在形式与内容方面的"获益"，可以探究其译诗的文化传播性、诗学创新性与文本开放性。

第三，这些特质对目标读者的阅读模式产生的影响与效果。世界文学也是译本与读者（包括译者）之间的创造性交流的结果，超然的读者阅读模式是译诗世界文学特性得以实现的决定性力量。所谓超然的阅读模式，是指读者将译文视为合理存在，并欣然接受其为翻译文学，从而领悟其文学性。通过总结归纳译本所处语境下的读者期待、阅读偏好与文化需求，并结合读者评论，可以探究其译诗与读者（包括译者）的交流互动模式，揭示读者阅读译诗的超然性的具体实现方式。最终，论证华兹生译诗之世界文学特性是读者超然阅读之结果。

1.4　研究路径与研究设计

首先，比对文本，发掘特征。文本研究是本书研究的第一步，也是研究的基础环节。文本细读是发掘华兹生汉语古诗英译本特征的必要途径。①通过译诗与原诗、平行译本间的比对与细读，可以发掘华兹生的译诗文本在选目、韵律、诗体、语言等方面的文本特征；并通过对其序跋、前言、导读、译后记等副文本信息的分析与总结，可以全面描述译本的译介结构与内容。②将华兹生译诗与其他译者如斯奈德、王红公、大卫·欣顿（David Hinton）、韦利等人的平行译本间进行比对，提炼华兹生译诗与其他译者译诗的异同，这既包括微观层面的选目、诗体、韵律、用语等，也包括语篇层面的译本结构、译本注释与译介内容等。

其次，钩沉史料，还原语境。皮姆认为，"翻译应解释为什么译作会出现在那特定的社会时代和地点，即翻译史应解答翻译的社会起因问题"（Pym, 2007: xxii），具体而言，"在研究翻译的过程、产物以及功能的时候，把翻译放在时代之中去研究。广而言之，就是把翻译放在政治、意识形态、经济、文化之中去研究"（Tymoczko，1999：25）。基于此，本书将通过各种途径，搜集整理有关华兹生译诗活动所处语境的一手文献资料，以还原翻译活动发生的"历史现场"，揭示影响译本生成的各种语境性因素及其运作机制，并将其与译者进行关联，以合理解释华兹生的译诗活动。具体而言，主要包括以下几点：①搜集并整理当时汉语古诗英译的历史资料，使之系统化与逻辑化，主要包括对当时意识形态、主流诗学、读者阅读偏好、审美传统进行描述的客观载体，对当时主要译者、译本、译事的评论、研究或访谈，重要文学与文化事件，译者、编辑、出版人等对华兹生及其译诗的评论与研究，以及华兹生的回忆录、访谈、自述等；②将其两个阶段的译本分别置于对应的语境下，探究华兹生的译诗主张、译诗文本、译诗动机与对应语境的翻译规范、文化范式、诗学诉求以及读者偏好等因素的互动、冲突与契合，以厘清其译本生成的原因；③通过副文本、出版商与销售商的反馈数据、网络数据、书评以及与译者本人的交流等，探究华兹生译诗的流传性、文本的诗学与文化作用，以及读者的阅读情况，以全面描述译诗的接受情况。

最后，总结现象，推导规律。皮姆认为，"人类研究翻译史是为了表达、面对或试图解决影响我们当前实际的问题"（Pym，2007：xxiv）。通过分析华兹生译诗的世界文学特性在文化折射性、文学文化功能以及读者阅读模式方面的具体表现以及实现方式，并由此上升到翻译学理论层面，推导出具有世界文学特性的译文之本质特征及其文本生成方式、文化外译活动的本质属性以及文学译介活动的内在规律。

本书总共分为6章，具体章节安排如下。

第1章是绪论，首先简述了华兹生在美国汉语古诗英译小传统中的地位及其世界文学特性，继而介绍本书的研究背景与意义、研究现状与述评、研究目标及研究思路与方法。

第2章是本书的理论建构部分，是论证华兹生译诗之世界文学特性的理论框架，首先概括了当今世界文学与语言的内在联系，并阐述了翻译在其中的作用，进而概括了当今对翻译与世界文学关系的主要论述，即世界文学是以翻译文学为表现形式的民族文学的再生产。通过分析这些论述的贡献与不足，阐明达姆罗什的"世界文学"定义对前人研究的补充性，以论证理论的必要性与可行性；同时，借助社会翻译学中的译者职业惯习概念，论述其对世界文学的椭圆形双折射性内在联系与影响作用机制，论证二者的兼容性。本章拟建构"世界文学—译者职业惯习"的翻译文学理论模式。

第3章主要概括了华兹生的译诗思想、成就及其译诗的经典化地位，重点研究了华兹生译诗活动发生的背景及缘起、译诗思想、译诗底本、译诗时间、译诗出版与资助情况、文学选集收录情况、获奖情况、专业界对其译诗的评价以及译诗的跨文化影响。这不仅可以为接下来的研究奠定事实基础，继而形成研究起点，从而发现可行的研究方法和模式，还可为还原其译诗活动的"历史现场"，以及分析其译诗生成的原因提供基本史料。

第4章是对华兹生翻译寒山、苏轼与陆游诗的世界文学特性特征与成因的分析，首先描述了当时的汉语古诗英译的总体情况，分析了"逆向文化"运动对汉语古诗英译、美国诗学传统的影响，归纳了当时汉语古诗英译小传统的翻译规范，并通过史料论述翻译规范、毗邻行业与初始惯习对华兹生译者职业惯习的塑造；进而结合华兹生的译诗文本，从华兹生在选目、形式、语言、内容与笺注等方面考察其影响存在的方式，以及译诗的文化折射性表现。基于此，本章结合译诗的流传性、译诗在形式与内容上之于原诗的创新与丰富，以及当时读者的阅读情况，探讨华兹生译诗的世界文学特性文学功能。

第5章是对华兹生译白居易与杜甫诗的世界文学特性特征与成因的分析，首先概括了此时期美国文化语境所发生的变化与发展趋势，结合史料分析了当时汉学界译诗的兴起与译诗的专业化趋势，以及美国社会文化对译诗活动的影响，并通过代表性的译者论述及其文本，归纳当时的翻译规范；其次，结合事实证据与史料文献，论述翻译规范、毗邻行业与初始惯习对华兹生译者职业惯习的塑造，并分析译诗的文化折射性成因；最后，结合译诗副文本、评论、阅读反馈等信息，分析此时期译诗的流传性、译诗在形式与内容上之于原诗的创新与丰富，以及当时读者的阅读情况，从而探讨此阶段华兹生译诗的超然阅读模式，以论证此阶段译诗的世界文学特性。

第6章是结论，基于前文的考证、论述与分析，对华兹生的汉语古诗英译模式、方法与效果进行考究，总结其译诗的译介模式与译本的世界文学功能，以建构一个世界文学视域下文学翻译理论与批评模式；同时，总结本书的现实意义、实际价值以及后续的研究方向。

第 2 章

系统中的竞争、冲突与创造：
当下世界文学视域中的翻译研究模式

当今，全球化视域下的"世界文学"实践植根于当下语言的不平衡性之中，即世界各国、各民族在政治、军事、经济、文化等方面发展的差异性，使语言的不平衡性进一步凸显：一方面，"强势"民族的语言被不断地翻译到弱势民族中，形成了语言、文化、政治及意识形态等各个层面的入侵，呈现出强者愈强的趋势；另一方面，在国际交往中，处于边缘化的弱小民族的语言不得不依靠"强势"语言的"翻译"，语言的"隐性"愈发明显，因而呈现出弱者愈弱的趋势。

这种语言霸权主义的另一个结果是：如果民族文学要在世界文学版图中获得一席之地，就不得不依附于强势语言的翻译、流通及接受。相反，翻译、流动、传播的链条中任何一环的断层，都可能导致民族文学在世界文学上的"哑然失语"抑或"隐鳞戢羽"。当今的世界文学版图是由翻译文本的跨国、跨民族、跨语言流通与接受构成的。没有翻译，民族文学在世界范围内的流通与接受就无从谈起，从当下学界对世界文学与翻译的讨论中可以获知，世界文学与翻译有着内发性的关联。当下的"世界文学"概念具有不同程度的"翻译性"：世界文学总是通过民族文学的翻译被展现出来，民族文学被翻译的情况在一定程度上决定了其在世界文学版图中的地位。因此，从世界文学的角度来考察翻译，有利于我们正确地识解世界文学视域下的翻译，包括文本特征、生成方式及译作与源语文学的互动关系等。

翻译是一种社会化的人类活动，译者职业惯习是译本生成及其表现形态的决定性力量。丹尼尔·斯密奥尼（Daniel Simeoni）认为，"译者职业惯习是社会文化语境聚焦于到译者个人身上，经过复杂演化而形成的结果"

(Simeoni,1998:32),是翻译策略形成与翻译行为实现的前提,它处于客观环境、社会规范、交际参与方等多方交际的中心,决定了译本的文化折射性之最终表现形态。因此,考察译本折射性如何形成、如何进行折射性翻译诗学阐释,就必须对译者职业惯习进行必要的解读与分析。译者职业惯习是培训、教育与实践的结果,其形成过程主要受到特定群体的翻译规范与译者所从事的毗邻行业两方面的影响。

鉴于翻译、民族文学、世界文学之间的密切联系,本章将首先对世界文学的概念进行梳理,以厘清翻译与世界文学之关系的由来,阐明世界文学之"翻译性"的内涵与外延。其次,本章回顾了达姆罗什的"世界文学"定义中对翻译的强调,对翻译之于世界文学的建构性作用及其运作机制进行了深入讨论。笔者借助社会翻译学中的译者职业惯习概念,重点解释翻译(世界)文学之折射性翻译诗学的发生机制,试图建构一个世界文学视域下翻译研究的理论阐释模式。最后,本章论证了华兹生译诗之世界文学特性,也为其他文化外译行为提供一个可资借鉴的理论阐释模式。

2.1 世界文学与翻译:缘起与现状

1827年,约翰·沃尔夫冈·冯·歌德(Johann Wolfgang von Goethe)在与约翰·彼得·艾克曼(Johann Peter Eckermann)的一次对话中,有感于世界各民族间的交往愈发频繁、经济联系愈发紧密、相互依存性与共生性愈发凸显的现状,首次提出了"世界文学"(Weltliteratur)的观念。此后,歌德的"世界文学"观念不断地激发着学者的热议、研究与重释,成为民族文学关系研究中不可回避的"元问题"。随着比较文学学科的发展,"比较文学危机说"多次浮现。以加亚特里·C. 斯皮瓦克(Gayatri C. Spivak)、苏珊·巴斯内特(Susan Bassnett)、J. 希利斯·米勒(J. Hillis Miller)为代表的比较学者甚至声称"学科已死"[①],大谈比较文学所面临的"危机",借此来呼吁并

---

① 详见《学科之死》(*Death of a Discipline*)、《对21世纪比较文学的反思》(*Reflections on Comparative Literature in the Twenty-First Century*)、《世界文学的挑战》("Challenges to World Literature")与《全球化与世界文学》(*Globalization and World Literature*)。

第 2 章 系统中的竞争、冲突与创造：当下世界文学视域中的翻译研究模式

推动比较文学研究的范式更迭与理论创新。

令人遗憾的是，歌德之后的学者虽然均不否认翻译之于世界文学的必要性，但对其普遍持质疑的态度，其研究或讨论也充斥着偏狭，对翻译之于世界文学的意义与作用的认识也有过分简单化的倾向。理查德·莫尔顿（Richard Moulton）虽然承认翻译所失去的东西只与语言有关，并不影响文学本质，但却认为充斥着翻译作品的世界文学无疑是"低一级学科"（Moulton，1911）。1965 年美国比较文学会的《列文报告》（"Levin Report"）继承了学界对翻译的偏狭态度，认为将作为本科课程的世界文学与作为研究生课程的比较文学加以区别是有益的，而这种区别仅仅是因为"比较文学课程要求学生阅读外国文学作品的原著"（Levin，1965：23）。1975 年的《格林报告》（"Greene Report"）在对待翻译问题上与《列文报告》如出一辙，认为"凭借翻译教授文学的大型讲座课程，对本科听众并没有提出语言上的要求，并且似乎将'世界文学'与'比较文学'等同起来"（Greene，2005：30）。2004 年的《苏源熙报告》（"Saussy Report"）也表达了翻译对文学同质化与简单化的担忧，认为阅读译本无法真正理解原作，"倘若整体消除不同文学的界限以使之成为统一的文学，则会抹杀这种（国别文学间的）差异性"（Saussy，2006：11）。迈克尔·托马斯·卡罗尔（Michael Thomas Carroll）对使用译文编写世界文学选集的做法提出疑问，并在其研究集《并非小世界：世界文学的幻象与修正》（*No Small World: Visions and Revisions of World Literature*，1996）中抨击了世界文学教学中使用受到翻译影响的作品来阐释他者的做法。约翰·皮策（John Pizer）也对世界文学实践中过分依赖翻译的做法表达了担忧，他认为"翻译过程中流失的远不止语言的意义"（Pizer，2007：20），因此主张在世界文学教学中更多地引入原文阅读。以上学者对翻译的认识充分反映了固有的"原文至上"本质主义的偏狭，并没有将翻译视为不可或缺的客观存在，而是积极地看待其文学文化意义与内涵。

翻译在世界文学中的地位的凸显得益于当下世界主义的勃兴。自工业革命以来，世界便处于全球化不断加速的状态，"当民族/国家的疆界变得模糊、国别/民族文学受到冲击时，超民族性和世界主义便有所抬头，作为文学界的一个直接反应就是世界文学的兴盛"（王宁，2009：26）。米勒也说："世界文学是当前全球化的伴生物。"（Miller，2010：8）文学跨国传播的内在

需要与世界的全球化倾向，使得文学不但作为商品而流通，还通过翻译甚至原文本身就能超越国境，被更多人阅读。翻译是民族文学间相互交往的中介和世界文学体系的最终实现方式，在全球化时代，其作用愈发彰显。翻译文本的跨国、跨民族、跨语言流通与接受是世界文学实体得以形成的前提，没有翻译，世界文学就无从谈起。劳伦斯·韦努蒂（Lawrence Venuti）也认为，"没有翻译，世界文学就无法进行概念界定"（Venuti，2013：193）。这使得学界对翻译的学术偏见显得不合时宜，也促使学界正视翻译作为世界文学实现介质的作用、功能与意义。

在过去二十余年里，学界对"世界文学"的持续讨论引发了比较文学研究的再次转型，尤其是最近十余年，"世界文学"的理论革新使得"濒死"的比较文学学科再次迸发出生命的活力。其中，以帕斯卡尔·卡萨诺瓦（Pascale Casanova）、弗兰克·莫莱蒂（Franco Moretti）、艾米莉·阿普特（Emily Apter）和达姆罗什为主的"世界文学"主张最具原创性与理论性，在学界产生了较大的影响力。以上学者对"世界文学"的论述都在不同程度上受到了美国社会学家伊曼纽尔·沃勒斯坦（Immanuel Wallerstein）的世界体系理论与法国史学家费尔南·布罗代尔（Fernand Braudel）的世界资本主义政治经济学的启发。在布罗代尔和沃勒斯坦看来，"文学世界系统"依赖于文化流通、文学市场和文体翻译的网络。"翻译是文学传播、流通的最主要媒介，没有翻译，也就不会有世界文学。翻译，连接起两种文化，并促成了它们的对话与协商。"（查明建，2016：101）因此，翻译成为了民族文学间相互交往的中介和世界文学体系最终的实现方式，其在世界文学生产中的作用就变得十分凸显了。

全球格局日新月异的变化也投射到了学界对世界文学的认识上，上述学者们对歌德的"世界文学"概念重新进行了语境化阐发。他们从翻译实践出发，提出了一系列新的世界文学理论或概念，如卡萨诺瓦的《文学的世界共和国》（*La République Mondiale des Lettres*）、莫莱蒂的《对世界文学的猜想》（"Conjectures on World Literature"）、阿普特的《文学的世界体系》（"Literary World-Systems"）、达姆罗什的《何为世界文学？》（*What Is World Literature?*）等。这些著述引起了翻译在世界文学理论与实践中的重新定位，也使其成为当下世界文学研究的重要内容。

第2章 系统中的竞争、冲突与创造:当下世界文学视域中的翻译研究模式

在《文学的世界共和国》(1999)中,卡萨诺瓦对现有的、以西方经验为核心的世界文学体系进行了猛烈批评,意图打破全球文学市场的"中心—半边缘—边缘"的格局。他认为:首先,世界文学体系反映的是世界权力格局形成的历史过程,并在一定程度上受制于这个格局。其具体表现是:以英法为代表的西方国家在政治、经济、军事、文化领域的全球扩张,使其民族文学在世界文学体系中的地位愈发凸显,而弱小民族文学的地位在其影响下则相对隐形。其次,世界文学体系又相对独立于全球政治经济体系,表现出一定的自主性,比如虽然拉丁美洲国家的经济落后,但是其民族文学却在世界文学体系中占有重要位置;日本、中国是世界经济大国,其民族文学的影响力则逊色许多。最后,各民族文学在世界文学空间的比重具有不平衡性,位置也有中心与边缘之分。各民族文学间企图通过在各个层面的竞争角力,获得中心支配地位。"事实上,文学世界内部结构的不平等性引发了一系列关于各(民族)文学间的斗争、对抗和竞争。也正是由于这些碰撞,文学空间的持续统一的状态才变得明晰。"(Casanova,2005:74)

在各民族文学之间的角力竞争中,翻译变成了跨语言交流的介质,所有的民族文学交流都是通过翻译文学来同台竞技的,世界文学体系说到底还是翻译文学体系。"虽然翻译会不可避免地带来一些误解,但却是文学世界中文本流通的最重要的实现方式"(Casanova,2004:xiii),从民族文学到世界文学的转变,依靠的是一种"通过翻译获得认同的复杂机制"(the complex mechanism of recognition through translation)(Casanova,2005:84)。显然,世界文学空间是不平等的,中心与边缘的权力关系的区分事实上是翻译的政治,民族文学从边缘走向中心依靠的也是翻译。卡萨诺瓦也认为"一切文本都需要借助媒介(翻译)来成为世界性文本"(Casanova,2005:84)。因此,翻译是世界文学体系形成的重要媒介,也是各民族文学在世界文学体系中竞逐中心位置的主要手段。

卡萨诺瓦的研究将翻译置于宏观层面,强调了翻译在世界文学市场中的竞争关系及其运作机制,揭示了翻译在世界文学不平衡空间中的"等级权力"与"政治角力",以及其对背后世界格局的影响,具有鲜明的"反西方中心主义"的色彩,极大地拓展了翻译研究的内涵与深度。

2000年,莫莱蒂在《新左派评论》(*New Left Review*)上发表了《对世

界文学的猜想》一文，首次正式提出自己的"世界文学"主张，引起了学界广泛的讨论。2003年他又发表《更多猜想》（"More Conjectures"）来进一步回应学界对相关问题的质疑。他在研究中运用了进化论与世界体系论等观点，认为"世界文学"是一个统一、不平衡、动态、演进的体系，各民族文学通过相互交流、竞争和对抗来获取对其他民族文学的支配地位。对他而言，"世界文学"不是实体，而是问题。他提倡通过"距离阅读"（distant reading）来捕捉文本外的文学要素，如叙事策略、主题、修辞、文类等诗学信息。因此他的"世界文学"主张更多地关注诗学问题，比如：欧洲小说传统与其他民族小说的关系如何？文史学的编撰如何为不同诗学传统下的文学分门别类？本土与异域文学相遇时会发生怎样的形式变异？

针对这些"世界文学"中的诗学问题，他形象地借用"树"和"波浪"两个隐喻来描述民族文学与世界文学的互动关系。"树"的隐喻来自达尔文的进化论，指文学在发生、演进过程中不断地产生新的文类、体裁及形式等，认为文学是一个向外延展、从单一到多元的历史演进的过程。"波浪"的隐喻来自历史语言学中所用的"波浪假设"（Wave Hypothesis），指文学与其他文学不断地交流、对话和相互吸收，在"妥协"中文学差异性与多样性变少而归于相对统一的状态。这两个隐喻形象地说明了文学史发展、演进的过程："树"是民族文学所固守的，是民族文学发展的结果；"波浪"是世界文学所固守的，是当下市场选择的结果。"前者被视为自主发展的结果，后者则被视为西方影响与本土资源相互妥协的结果。"（Moretti, 2003: 78-79）"这就是民族文学与世界文学分工的基础：对于那些看到'树'的人而言，这是民族文学；对于那些看到'波浪'的人，这就是世界文学。"（Moretti, 2000: 68）由于"树"与"波浪"的交互影响，"文化史总是合成的产物（composite ones）"（Moretti, 2000: 68）。

那么如何实现这种"妥协"？莫莱蒂认为，通过翻译，外来形式与本土内容、本土形式会产生碰撞，也不可避免地造成本土形式的变异，从而导致本土文学的形式革新，因此它在文学、文化交往中扮演了重要角色，也是"妥协"实现的主要中介。正如莫莱蒂所言，"冲入本土传统的世界文学的波浪，必为本土传统所大大改变"（Moretti, 2000: 67）。与本土传播不同，民族文学在域外传播时如果与译入语文化传统发生冲撞，作为其载体的翻

第 2 章 系统中的竞争、冲突与创造：当下世界文学视域中的翻译研究模式

译必然会发生形式或内容上的"妥协"。可见，翻译不仅是世界文学形成的基础，还是民族文学进行诗学革新的重要动力，这在一定程度也呼应了伊塔玛·埃文-佐哈尔（Itama Even-Zohar）有关翻译文学有助于民族文学诗学创新的说法。

莫莱蒂的研究正视了民族文学透过翻译进行交往，进而发生的文学变异现象，并积极地看待由此产生的诗学创造功能；同时，也从理论上揭示了诗学革新与文学类型变化的机制，深化了学界对翻译的文学文化功能的研究与思考。

2009 年，阿普特继承了卡萨诺瓦和莫莱蒂的相关学说，在《文学的世界体系》一文中也提出了她的"世界文学"主张。她认为文学研究的世界体系、自然科学的系统理论和社会科学的世界体系理论之间具有紧密联系，通过综合运用政治学、历史学、经济学、进化论、地形学、拓扑学、谱系学、媒介学、认知科学等学科理论，她对这三者之间的同质性关系分别进行了论证与阐释。她指出，"文学世界体系论的最光明前景就体现在它能增强欧洲中心地区以外的比较文学研究，并能创造性地将时空体与基因类型、历史与进化论、地形学与拓扑学、地图与谱系、媒介理论与认知科学结合起来"（Apter，2009：55）。她借用生物学家阿尔贝托·皮亚兹（Alberto Piazza）的生物进化论观点，认为文学的传播与交流，如同生物自然繁衍一样，不可能生成完全一致的文本与理解，翻译则为民族文学在域外的传播与迁徙提供了保障，也为由翻译文学组成的世界文学体系提供了存在的基础。"尽管翻译为文学的生存提供了一种不完美的途径，但在确定文学形式的迁徙与变异（migration and mutation）能力时，它依然可以作为至关重要的变量出现。"（Apter，2009：52）

那么翻译对世界文学的建构作用如何实现？对此，她进一步深究了翻译之于世界文学的作用、意义及其实现机制。她认为，翻译应是建立在语文学关系基础上的一个地带，目的在于从地缘政治学上全面应对比较文学个案性与地点性所带来的挑战。如她所说，"语言在本质上具有跨国性；其多语成分能体现语言旅行的历史，但不一定能再现帝国的历史轨迹。比较学者运用星球性方法研究文学史，不仅回应了地缘政治的动态性，也没有回避难以应对的边界战争"（Apter，2008：583）。"许多理论范式以西方文学实践和

习惯为中心,'忘记'了跨文化层面上的不可通约性。此外,尽管当代比较文学新词汇的最终目的有可能是'星球性'的兼容并蓄,但它们往往会似是而非地加强对某国家或民族唯名论的依赖,从而产生新的排斥作用。"(Apter,2008:581)她以此为立足点,正面地审视不可译性(untranslatability)。不可译因素(untranslatables)是思想传承的媒介,而且是翻译让它获得"重生"(afterlife),因为"不可译因素被描述为语言中无法交流的东西、一种'异质'的内核,是一种只能在翻译中'重生'而无法言喻的文本实质,抑或是一种启示性语录的神圣文字形式"(Apter,2008:584)。例如,理论术语的不断重译甚至是误译,都意味着语义的添损,体现了意义是动态性与稳定性的对立统一,意义在翻译中产生并得到丰富。

阿普特认为,"文本似乎必须历经放逐,其文学形式在被移植出本土环境,从而必须直面文化和语言的巨大差异时,就会跳出既定的模式,发生形态的革新"(Apter,2008:582)。对于世界文学而言,地缘政治的多样性和语言文化的多重性让不可译因素转而表现为"意义重生",使其挣脱了地缘政治的束缚,走出了民族主义和文化霸权主义的窠臼。因此,她认为,从翻译的角度看待世界文学在一定程度上能回答不公正对待非西方的方法问题。她还特别关注了哲学的不可译性问题:哲学命题具有与生俱来的异域性,有哲学出现的地方就有不可译性绗缝点,这恰好表明哲学回答了不可译性之可译的悖论,即使是当哲学命题被字面直译时也是如此。这种对不可译性的存异处理鼓励了不同文化和民族的对照,避免了通过归化翻译获得知识所带来的认识过分简单化与同质化的问题。

特定文化语境所产生的哲学在被译入另一种文化语境时,必然会发生新的语义变化,这种变化使得以忠实为诉求的哲学翻译产生了不可译性,其解决办法是用哲学术语本身来翻译哲学。同时,翻译发生的时间会影响哲学理论的发展,因为原文与译文的时间差通常会给理论词汇带来新的语义变化。"原文首次出版与译文出版时间差越大,文本被误读或发生创造性的语境重构的可能性就越大。"(Apter,2010:52)这说明了复译对哲学命题不断被演绎和阐释的意义。对哲学论著的复译拓展了哲学的知识领域,译者在理论发展的历史中也扮演了举足轻重的角色,因此,翻译不是一套固定意义的文字转换方式,而是具有动态意义的语言行为。她的论说解构了不可译因素的消极意义,认为正

第2章 系统中的竞争、冲突与创造：当下世界文学视域中的翻译研究模式

是不可译因素促成了复译，使文学意义得以丰富和多样化，从而使文学作品得到跨文化重生。

阿普特对"不可译性"因素的研究积极看待了翻译对文化多样性的传承和共享意义，通过这种不断"意义重生"的翻译，民族文学得以在世界文学的舞台上崭露头角、绽放异彩，其他民族文学也可以通过吸收这种"异质"文化，丰富本族语言（尤其是文学语言）的概念域与表达形式。

以上学者关于"世界文学"的论述至少有三个共同点：①他们认为文学领域也存在一个世界体系，即世界文学体系，但它并非全人类各民族文学的叠加，也并非各民族文学经典之作的总和，而是一个依附于民族文学间文本再生产、流通、接受的巨大网络结构。在这个结构中，各民族文学间存在中心—半边缘—边缘的结构性关系，它们通过在政治、意识形态、文化、经济等各方面的角力，以争取世界文学空间的中心位置或支配地位，因而世界文学体系是一个动态的、生成的、建构的运作过程。②世界文学也是一种独特的文本再生产（往往是翻译）与文学接收模式（通常是通过译文）。作为文本再生产，它包含了"异域"形式与"本土"传统的碰撞与交融；作为文学接收模式，它跨越了自身语言文化的藩篱，在异质文化与他国语言中得到流通与接受。③在这种文本再生产与文学接收的过程中，文学翻译被视作民族文学在异域文化中的具体呈现方式，并且作为一个子系统存在于目的语文化的文学多元系统之中，这反映的是世界各民族文学关系的结构分层现象，表明了语言和文学中的象征资本分配不均的情况。

上述学者关于世界文学的论述都体现出了翻译在世界文学动态生成过程中的核心作用，且民族文学的世界文学特性总是以翻译文学的形态来展现。但他们均没有很好地解决如下问题：具有世界文学特性的翻译文学具备何种文学形态以及其形成的机制如何？翻译文学对世界文学的生成究竟有哪些积极意义，以及表现在什么方面？阅读具有世界文学特性的翻译文学（译文）与阅读民族文学（原文）有何不同？

达姆罗什继承了上述学者关于翻译对世界文学具有建构性的观点，同时继续追问了民族文学—翻译—世界文学间的动态生成机制，并对上述问题进行了解释与回答。

2.2 达姆罗什的"世界文学"定义

达姆罗什认为:"世界文学不是一套无边无际、让人不可捉摸的经典,而是一种传播和阅读的模式。这个模式既适用于单个作品,又适用于文学整体;既存在于固有经典的阅读中,也存在于新发现的经典阅读中。……从来没有独此一套、被普遍公认的世界文学经典,也没有仅此一种的阅读方式可以适用于所有文本或不同时代中的同一个文本。变异性是世界文学作品的基本构成特征之一。"(Damrosch,2003:281)他在《何为世界文学?》中,强调了翻译在世界文学建构中的关键作用,并从文化影响、翻译方式与结果、阅读方式等三个方面重新定义了世界文学:"①世界文学是民族文学的椭圆形折射;②世界文学是从翻译中获益的书写结果;③世界文学不是一套经典文本而是阅读方式,即对我们所处时空之外的世界的超然解读(detached engagement)。"(Damrosch,2003:281)该定义抛弃了以往基于文学品质的本质主义思维,将目光投射到文本间的互动关系,从折射、流通、阅读的角度观测世界文学的动态性与生成性,有效规避了"作品只能在原文中有效阅读"(吴永安、刘洪涛,2015:132)的本质主义僵化理念,从根本上剥离了正确理解作品与充分的本土经验之间直接、必然的联系,以积极的态度来看待作为世界文学具体表现形态的翻译文学所存在的各种变异现象,以折射的视角来看待翻译文学在东道语境中的"重生"。

2.2.1 翻译的文化双折射性:世界文学的基本形态

在这个定义中,达姆罗什首先将世界文学喻为"民族文学的椭圆形折射"。在此,我们需要理解这个隐喻中的三个关键词:"民族""折射""椭圆形"。他认为我们需要从广义上对"民族"进行理解,即"作品成为世界文学时,继续带有民族渊源印迹。但是,这些印迹会被不断扩散,甚至明显地被折射为来自遥远异域他乡之作"(Damrosch,2003:283)。扩散意味着从高浓度区向低浓度区转移,即民族文学的特征会在成为世界文学时发生淡化,甚至折射变形,但是这种淡化或折射的结果还是保留了其异域民族身份。我们认为达姆罗什沿用了翻译学上的"折射"的概念。早在 20 世纪 80 年代，勒菲弗尔就用"折射"一词来概括种种文学表达方式，包括翻译、文学批评与评论、文学教学、文学选集的编纂以及戏剧改编等。这些形式具有一个共同特点，即"依据不同的读者对象对文学作品进行改编，以达到影响其阅读作品的方式的目的"（Lefevere，1982：4）。勒菲弗尔认为，翻译是最具折射特点的文学生产方式。在此，我们不妨体会一下这个物理学术语在翻译学上的寓意。折射是当光从一种透明介质斜射入另一种透明介质时，由于光在两种不同的物质里的传播速度不同，故在两种介质的交界处传播方向发生变化。介质的成分、形状、密度、运动状态，决定了波动能量的传递方向和速度，对波的传播起决定性作用。当翻译活动被隐喻为这一现象时，源语文本则被喻为光在第一种介质"源文化"中的表现结果，而翻译文本即为光在另一种介质"东道文化"中的表现结果。文化介质主要体现为主流文学气候和政治意识形态。由于这两种文化介质往往形态迥异，当民族文学在穿越性状发生了改变的文化介质时，其文本的意指方式、意图效果以及传播方向也随之发生折射变形，导致翻译文本体现出与源语文本的种种不同之处。因此，勒菲弗尔认为，影响翻译折射的是东道文化介质[①]。

但是，达姆罗什把这一隐喻沿用到世界文学的生产时，他认为世界文学不仅被东道文化所折射，而且还被源文化所折射，因而是"双折射"（double refraction），并创新性地用"椭圆形"的形成概念来进一步描述世界文学的这种文化双重性。他说："一直以来，世界文学既是东道文化价值观和需求的体现，又是源文化的体现。这是一个双折射：借助椭圆形的概念，以源文化和东道文化为椭圆的双焦点，形成一个椭圆形空间，世界文学即置于这个空间，与两种文化都有关联，但绝不完全囿于其中一种文化"（Damrosch，2003：283），如图 2.1 所示。

[①] 勒菲弗尔所说的译文受东道文化影响而产生文本变形并非否认译文的文化二重性，因为"翻译活动总是双向语境化的（doubly contextualized），译文在两种文化中均有其位置"（Lefevere，1990：11）。二者的差异体现在：勒菲弗尔认为东道文化对翻译所产生的文本变形起核心作用，其研究的核心问题是东道文化语境中的各种要素对译本改写的制约作用；而达姆罗什则认为源文化与东道文化的双向折射形成了译文的椭圆形折射性，其研究重点在于译本中文化的椭圆形双折射机制。

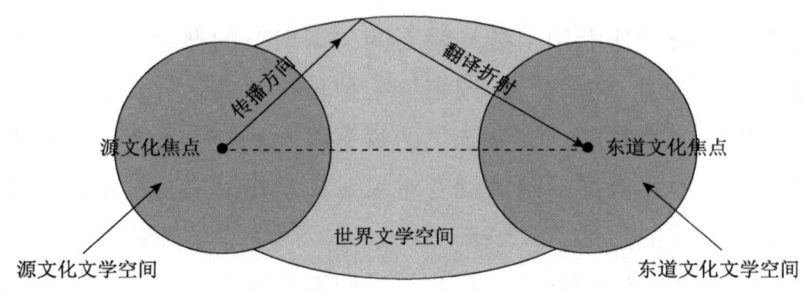

图 2.1　世界文学椭圆形双折射示意图

图 2.1 中，两个圆分别指源文化文学空间与东道文化文学空间，两个圆的焦点架构起了一个世界文学空间；源文化焦点与东道文化焦点间的虚线是文学传播的理想状态，即无阻隔、障碍、折射的文学传播，但是这种文学域外传播的模式是几乎不存在的；图中的两个焦点处的箭头代表了文学域外的传播方向及其翻译折射，预示着任何文学传播到域外时都必然会发生一定程度的折射[①]，这种折射往往是翻译造成的。因此，世界文学是这种语境架构下的翻译折射产物。"椭圆形折射"形象地概括了世界文学是文化双折射的结果：既是东道文化种种需求的产物，也带有源文化的深刻印迹。这种经过椭圆形折射后产生的译本往往既与原作有所区别，又并非东道文化的本土作品，呈现出一种"兼有"或"杂合"的特质。这与文本本质主义所奉行的"原作至上"的原则相去甚远，但却是世界文学应有的形态，因为这并非对原文残次的"复制"，亦非对原文二流的"拟作"，而是文化交流的积极结果，是原作在东道文化语境下的重生（afterlife）。

从翻译的角度看，翻译是两种语言间的转换行为，译者不可避免地要在源语与译入语之间进行兼容调和，因此产生翻译研究中对"第三种状态"（杨晓荣，1999）、"杂合性"（hybridity）（韩子满，2005）、"第三类语言"（吴南松，2007）等的讨论，这种语言的"兼有性"与"杂合性"隐含的实际上是语言背后两种文化的角力，也造成了翻译在语言文化上的"游离""中间"状态：它既脱胎于源文化，又带有东道文化的本土性特征；既从属于东道文化系统，又显示出源文化的异域性。近年来，对翻译的文化折射性研究为文化学派，尤其是后殖民主义翻译研究所强调，由此产生了爱德华·W. 萨

---

① 但需要排除民族文学间传播不需要借助翻译中介的情况，如英语国家间的民族文学传播。

义德（Edward W. Said）的"东方主义论"、斯皮瓦克的"翻译政治批判"、霍米·巴巴（Homi Bhabha）的"翻译的混杂性说"，以及玛丽亚·铁木志科（Maria Tymoczko）对爱尔兰殖民文学的翻译研究、特贾斯维莉·尼南贾纳（Tejaswini Niranjana）对印度殖民文学的研究等。这些研究不仅体现了翻译作为语言转换行为的"语言二重性"，更是从深层次上揭示了翻译作为跨文化交际行为的"文化二重性"，反映了翻译同时受制于源文化与东道文化的现象。因此，"以译作形式存在的世界文学，就不仅仅是新的文学作品，同时，也是两种文化冲突、交流、协商的结果，包含了作品的跨文化生成、文化对话达成、文学关系建立的丰富信息"（查明建，2016：101）。

"椭圆形双折射"形象地概括了世界文学是文化双折射的结果：既是东道文化种种需求的产物，也带有源文化的深刻印迹。这一概念"可以较好地解决中国文学在海外传播时，因自身特点而难以被宿主文化充分消化而产生的逻辑困难，从而超越无法摆脱的缺憾和不自觉地期待下一个的消费主义心态"（吴永安、刘洪涛，2015：132）。该定义形象地说明了民族文学如何借助翻译跨越语言、文化、政治、民族、国别、时空等藩篱，进入更为广阔的文学流通领域，并在译入语读者群中产生影响力的运作机制。翻译文学作为世界文学的具体表现形态，也就必然具备了这种"椭圆形双折射性"。

因为生成原文的源文化语境相对固定，所以源文化是椭圆中一个固定焦点，但与此不同的是，不同译文生成的时间有历史性差异，造成译文生成的东道文化语境处于变化之中，每个译文都对应着不同的东道文化，因此此焦点是一个动态焦点。不同时期的译文是源文化与不同时期的东道文化在世界文学的张力场中进行折射性翻译诗学阐释的结果，译本的折射度取决于相应时代东道文化的需求。

2.2.2 翻译之得：折射性翻译诗学阐释之结果

达姆罗什进一步认为，世界文学是在这样一个"双折射"情形下发生的翻译行为的自然结果。翻译发生在椭圆形折射语境架构中，这让译文有了兼具异域文学的新奇性与东道文学的本土性、源文化印迹与东道文化特征的种种可能，这种兼具性或杂合性有利于译文在形式上获得陌生化的文学效果①，在语义上获得新语境意义。这些获益关系到民族文学是否能跨越语言、文化、政治、心理和时空等障碍，进入东道文化中的文学流通领域，从而促使翻译文学获得有效流传和传播，让民族文学得以在东道文化中获得重生。

韦努蒂也认同从翻译的角度来界定世界文学的观点，他认为"没有翻译，世界文学就无法进行概念界定"（Venuti, 2013: 193）。"这种界定是基于翻译让文本在形式和语义上获益。但对获益的察觉取决于文本细读、对细节的分析，以及对原文到译文所发生的改变的详细考察。"（Venuti, 2013: 199）因此，他主张"把世界文学理解为是通过翻译而获益的书写结果，以有见地的、批评性的态度去欣赏、理解我们所处时空之外的世界，欣然接受世界文学是当下心智活动结果的事实……"（Damrosch, 2003: 291）。民族文学经由椭圆形折射，蜕变为兼具源文化和东道文化的双重文化特征的世界文学：遥远时空以外的过去性和异域性，与东道文化的当下性和本土性相遇，发生了奇妙的文学融合与改变，从而成就了世界文学。

但需要注意，达姆罗什所反对的仅仅是绝对的文本"本质主义"与原作的"不可译性"，而并非为某些肆意妄为的胡译、乱译行为背书，抑或悍然否认作者与原作的存在价值与合法性，因为"对作品的基本要义的正确把握需要参照源文化，但要在新文化或新理论语境下去有效理解作品"（Damrosch, 2003: 288）。

2.2.3 超然的阅读模式：建构世界文学的决定性力量

世界文学不是一套经典，而是对翻译文学所持的一种超然解读的阅读方式。没有读者阅读的译本不可能完成翻译的跨文化交际功能，更无法成为世界文学，因此读者阅读是世界文学最终得以实现的决定性力量，但世界文学的阅读模式有别于浸淫式的民族文学阅读模式，体现在以下方面：一方面，世界文学读者抱着远远眺望源文化的超然姿态来阅读文本，即将译本当成翻

---

① 本书采用陈琳（2010: 13）对"陌生化翻译"的定义："译者力图避免将源语文本归化成目的语读者所熟知的、或宽泛化成显而易见的内容和形式，而是借助异域化和混杂化等翻译方法将文学主题、文学手段和文学意象新奇化，以延长翻译审美主体和审美接受者的关注时间和感受难度，化习见为新知和新奇，增加审美快感。陌生化翻译是关于翻译文学的文学性问题，是形式机制。"

第 2 章 系统中的竞争、冲突与创造：当下世界文学视域中的翻译研究模式

译去阅读，而不是像民族文学读者那样，全身心投入原文世界，深究原文；另一方面，世界文学读者也抱着欣然的态度理解译者在新的语境架构下对原作的阐释，并从个人的视域和经验解读文本，领悟译本的文学性，甚至在阅读同一作品的复译本时，读者也能通过自身经验与领悟，感受作品在不同时代和背景下的阐释，同时通过译本间的对比，读者能透视出世界文学形态在不同时代和文化中的变迁。"世界文学的阅读和对它的研究是固有的'超然解读'；读者或研究者在作品中展开的是一种不同的对话。这种对话不是去识别或驾驭文本，而是有距离和差异的对话；我们与文本的相遇不是发生在源文化中心，而是在充满了来自不同文化、不同时代的作品所形成的张力场域中。"（Damrosch，2003：300）民族文学只有在这种超然的解读方式下才能完成向世界文学的最终蜕变。这显然违背了原文中心主义的理念，因为作品不仅可以在原文中获得有效阅读，也可以在译文中获得有效阅读，这将极大地提升作品的生命力与流通性。

对于这种阅读方式，韦努蒂做了进一步的阐述。他提倡通过远距离泛读与近距离精读相结合的方式来认识世界文学。远距离泛读有利于提高阅读翻译作品的量，以便考察交流模式是如何影响接受方的文学传统的。近距离精读则有利于考察对原文的具体解读如何决定了这种影响。"一个文本可能会被翻译为很多语言，而且还会不同程度地被东道文化价值观所同化。为了理解翻译对世界文学之诞生的意义与影响，我们需要研究由接受情境中的翻译模式产生的文学经典以及译者对原文的阐释。我们如若想获得重要的、具有创新性的研究成果，就必须对翻译进行泛读与精读，以揭示经典与译者阐释的关系。"（Venuti，2013：207-208）

达姆罗什对世界文学的定义和韦努蒂的进一步阐发体现了翻译在文学关系的动态生成的研究范式中的地位。其理论对讨论全球化特别是星球化（planetarity）文化语境下的翻译文学提供了新的视角，使我们得以理解一部作品是如何走出源文化，以及如何在东道文化中获得当下性并得以传播的。有鉴于此，世界文学意味着为译本进行"语境架构"（contextual framing）（Damrosch，2003：297），关注和领会译者的翻译选择的语境，从学术的角度认识翻译。"通过关注译者的翻译选择，可以更好地欣赏其选择结果并能察觉其偏好。如果优秀的翻译能被有效阅读，那它就是原作的扩展转换，是

文化交流的具体体现，是作品生命的新阶段，因为它从源文化家园走向了世界。"（Damrosch，2009：99）因此，达姆罗什关注的是译者在椭圆形语境架构下如何进行折射翻译，并进而达到引导读者运用世界文学式的阅读方式的目的。

世界文学是对民族文学进行折射性翻译的结果，是民族文学基于翻译而获益的结果。只有通过促进民族文学与当下语境中的东道文化读者进行心智交流，展开一番有距离与差异的对话，并借助翻译完成民族文学在东道文化下的升级换代、重获新生，翻译文学才可能获得历史性的世界文学特性。"文学作品进入异域文化空间而得以成为世界文学，但该空间是以种种方式由东道文化的民族传统及其作家的当下需求来界定的。……世界文学是东道文化价值和需求的产物，正如源文本是源文化的产物一样。"（Damrosch，2003：283）但翻译文学的世界文学特性并非处于一成不变的状态，历史性社会文化语境的变迁必然会带来新的翻译文学，新翻译也有可能帮助民族文学完成其世界文学特性表征的动态更迭，从而进一步提升民族文学的世界文学地位，这是民族文学在新历史时期的世界文学特性的表现形式。从这个意义上看，具有世界文学特性的翻译应是民族文学在东道文化语境下的当下书写，因此译文的世界文学特性是一个语境化概念，并不具备恒定意义。

总之，具有世界文学特性的译文是译者在源文化与东道文化共同架构的亚文化下，对原文进行的折射性翻译诗学阐释，译文不仅提升了民族文学的流传性与可接受性，满足了东道文化的文化需求，丰富了东道文学的诗学形态，还促进了读者与文本的当下交流，最终帮助民族文学完成具有世界文学意义的升级换代。达姆罗什对世界文学的新定义强调了世界文学是源文化和东道文化共同作用的结果，是翻译的结果，也是超然解读的结果。它关注了民族文学—世界文学的动态生成方式，打破了西方"世界文学"理念的定式，重塑了动态生成的"世界文学"形态，为更多非西方文学以翻译文学形态进入世界文学提供了可能，也为当今学术界提供了可资借鉴的"反欧洲中心主义"和"反西方文化霸权主义"的世界文学话语，是对歌德"世界文学"观念的深层次发展。

2.3 翻译的文化双折射性与译者职业惯习

文化折射性是翻译的必然状态，译者职业惯习则在其形成过程中起决定性作用。译者职业惯习不仅决定了外部因素在多大程度上、以何种方式作用于译文生成，还使不同译者的个性化经历、喜好、兴趣等在译文中显现，最终使译文的文化折射性在不同时期或不同译者的笔下呈现出不同形态。

2.3.1 译者职业惯习：文化双折射性实现之决定性因素

惯习是一个社会学概念①，皮埃尔·布尔迪厄（Pierre Bourdieu）将其定义为"一套定式体系，它促使人们不断以某种特定方式行事"（Bourdieu, 1993: 18），每个社会个体必然具有惯习。惯习的形成并非源自先天遗传，而是后天通过各种"显性的或隐性的习得"才能获取的（Bourdieu, 1986: 170）。habitus一词并非由布尔迪厄首创，早在古希腊亚里士多德那里已有类似的提法hexis，其意义为以稳定性和持久性为特征的存在或定式，有"性情""分辨力""禀性"等含义。habitus是其法语翻译，被布尔迪厄用于指涉个人在外部现实、教育经历和个人努力共同影响下形成的长期持久的生存、实践方式。约翰·B. 汤普森（John B. Thompson）对布尔迪厄的惯习概念做了十分到位的总结："惯习是一套定式（dispositions）的集合，它促使行动者不断以某种方式行事或做出反应（act and react）。定式带来具体的实践、感知与态度，并使其表现为'常态'（regular），而不显露受'法则'有意识地协调或限制的痕迹……定式是通过逐步反复灌输而获得的，具有可结构化、持久性、生成性与可变性。儿童早期经历对于定式的获得具有重要作用。通过大量的日常培训或学习，如有关餐桌礼仪的灌输，个人就能获得一套真正模式化的行为，并结构化为第二天性的定式体系。在某种意义上，所生成

---

① 在布尔迪厄的社会学理论体系中，场域（field）、资本（capital）、幻想（illusion）与惯习是四个彼此密切联系的核心概念，但因本书研究的重点在于论证华兹生译诗的世界文学性，引入"惯习"概念仅为论证华兹生译诗之文本生成方式，即研究华兹生在源文化与东道文化的椭圆形亚文化空间中，如何对原诗进行折射性翻译诗学阐释及其原因，故在此不对其他三个概念进行专门探讨。

的定式结构被结构化了,因为它会不可避免地反映出获得过程中的社会情景。"(Bourdieu,1991:12)

惯习是实践中连接客观世界与人的主观心理的纽带。人们在进行实践活动时会按照社会法则行事,但客观法则并非主动自发地作用于人的行为。人们会按照何种法则、在何种程度上遵照法则,取决于个体自主性,反映了个体主观世界的诉求与观念。在布尔迪厄看来,惯习在这种主客交往的过程中作为"一种机制发挥(筛选)作用"(Bourdieu,1993:76),它强调的就是个人主体性(包括思维、心理、教育等)与社会客观性(话语、规范、法令、习俗等)的相互渗透性,是作用与反作用的关系。因此,布尔迪厄说"惯习会带来富有意义的实践,生成并赋予意义理解"(Bourdieu,1986:170)。

惯习对于研究人类活动具有普遍指导意义。近年来部分翻译学者也将其引入描写翻译学研究中,重点考察译者与历史、语境、规范等社会要素的互动机制(Simeoni,1998;Sela-Sheffy,2005;Inghilleri,2003,2005;Meylaerts,2008,2010;Xu & Chu,2015),强调译者职业惯习在社会翻译学研究中的核心地位。虽然惯习概念之缘起最早可以追溯到古希腊的亚里士多德[①],但当代翻译学者普遍采用布尔迪厄的惯习概念,"将译者职业惯习引入研究的中心位置无异于将翻译行为视为研究核心"(Simeoni,1998:33)。既然翻译是一种社会行为,译本的生成受到各种社会力量的组织与调适,"译者作为一个文化团体,应成为研究的一个重要对象。他们有自己的利益与愿望、限制与获得资源的能力"(Sela-Sheffy,2005:2)。

在描写翻译学框架中,影响译者的翻译行为的外部因素[②]被视为研究的重点内容,绝大多数的翻译现象都可以解释为译者受外部因素制约,而对文本进行适应性与变通性的跨语际书写之结果。显然,这种"因果关系"逻辑的推导是基于译者倾向被动地接受外部因素的影响,且外部因素可以直接影响译者的翻译策略。但这种推导模式显然漠视(或弱化)了译者作为社会个体之能动性与主体性,具有一定的客观(环境)决定论的色彩。诚然,外部

[①] 可参见斯密奥尼(Simeoni,1998:15-16)对 habitus 一词来源的研究。

[②] 如埃文-佐哈尔的多元系统理论,图里、切斯特曼和诺德等人的翻译规范(成规),以及勒菲弗尔的文学改写制约因素等都可以被归入外部因素的范畴。

第 2 章 系统中的竞争、冲突与创造:当下世界文学视域中的翻译研究模式

因素对译者的翻译行为具有约束与指导作用,它使得译本符合社会预期,并被接受为合理存在,但外部因素对翻译行为的影响并不是在真空中发生的,并非"应然"的结果,外部因素的客观性影响力不可能是主动自发的行为,而必须要借助一套个体认知机制,透过译者使其对实际翻译行为产生作用。这就要求译者在纷繁复杂的外部关系中选择影响的来源、层次、范围与程度,而且选择往往是隐性的。例如,同一时期、同一原文在不同译者笔下会生成形态各异的文本。这是因为译者不可能接触并认同所有外部因素,其影响只能是部分的,不是全面的;而且有时外部因素间还可能彼此矛盾,如何选择影响的来源必须依靠译者的选择,通过译者的过滤与筛除,所生成的译文就不可能符合所有外部因素[1]。这就对译者翻译行为受外部因素影响的机制提出了一个问题:译者是基于何种考虑或机制对外部影响做出抉择的?[2]

译者职业惯习是译者做出翻译策略选择的基础,是连接译者主观世界与外部客观世界的纽带。布尔迪厄认为,"惯习是一套关于行为者的感知、观念与行为的计划或图示(schemes or schemata)体系"(Bourdieu,2005:43),用以构造其思考与行为方式。斯密奥尼认为"惯习是社会秩序运行赖以实现的支点。没有惯习,遵守规范便无从谈起"(Simeoni,1998:24)。译者是翻译行为的主体,所有的外部影响都必须加之于译者才能发挥其影响与作用。例如,某出版社准备出版一本海明威小说的译本,但需要请译者自行选择所译原作,译者拥有绝对的自由进行挑选。在实际情况中,有的译者可能会挑选自己最熟悉的作品,有的会挑选最受读者欢迎的,有的会挑选没有被翻译过的。做出选择后,译者会对自己的选择感到满意并觉得合理。显然,促使译者们做出选择的并非外部因素,而是译者自身的判断,社会翻译学将这种非受外界强迫的判断解释为译者职业惯习的作用。"惯习是行为者的人生历程的产物,它经过个性化的社会经历的习得与灌输,逐渐内化为人的第二天性,并在潜意识里约束该行为者的活动。"(Xu & Chu,2015:174)

---

[1] 事实上,个体也不可能观测、察觉并遵守全部外部因素,这一方面是由于外部因素的分类具有不可穷尽性,另一方面也是因为外部因素的多重性、复杂性与矛盾性。

[2] 对此,孙艺风(2003)曾经引入过"主体意识"的概念以弥补描写翻译学(规范论)过于结构化、单向化、简单化的研究倾向,但"主体意识"过于笼统与空泛,其内涵与外延难以界定,且研究并没有解释"主体意识"发生效果的机制,以及其与外部因素的关系,因此,此概念的解释力不足。

译者职业惯习是译者与外部因素发生联系的核心环节，该环节约束了二者的互动机制，是制约翻译行为如何受外部因素影响的决定性因素。译者职业惯习是译者翻译行为职业化的基础，决定了译者在翻译过程中如何应对外部因素的影响，继而采取相应的翻译策略，以区别于其他行业、非职业化人士的翻译活动。惯习既然寓于所有社会个体之中，制约着外部因素对个体行为的影响方式、程度与范围，那么如何解释惯习使部分个体行为成为职业活动，从而排斥了其他行为呢？斯密奥尼在继承布尔迪厄的关系概念的基础上，将惯习进一步划分为社会惯习（social habitus）与职业惯习（professional habitus），以解释职业活动得以产生的原因。社会惯习是指所有社会个体均具备的惯习，是职业惯习得以形成的基础，职业惯习则限于某特殊领域的个体，从事每个行业的社会个体都会在社会关系的基础上，形成特定的职业惯习（Semeoni，1998）。因此，社会个体要成为译者就需要将社会惯习上升为译者职业惯习，这样才能使其行为符合外部因素（包括法规、规范等）对翻译专业化的要求；译者职业惯习具有能动的选择性，各种外部因素对翻译活动的干涉都必须透过译者职业惯习的遴选机制，才能产生实际约束力。换言之，职业惯习的特殊性是行业划分得以形成的基础，它使得从事该行业的个体得以进行专业化与特殊化的实践活动。芮妮·梅拉茨（Reine Meylaerts）继承了斯密奥尼的观点，将惯习划分为初始惯习（initial habitus）与职业惯习（professional habitus）[1]。她认为初始惯习是译者职业惯习得以形成的基础[2]，包含"构成个体的心理和物质结构，这些结构由早期社会化的家庭、阶级和教育结构所形成……是（今后个体）形成辨识特定行为是否合适的能力之先决条件"（Meylaerts，2010：2）。

---

[1] 斯密奥尼（Simeoni，1998）对惯习类别的术语指称很不统一，可以归结为两类：一是社会（social）/普遍（generalized）/个人（personal）惯习，二是限制（restricted）/特殊（special）/具体（specific）/具化（specialized）惯习。相比而言，梅拉茨（Meylaerts，2010）的划分要清楚得多，仅用初始惯习与职业惯习两个术语进行区分。据此，本书采用梅拉茨的术语。

[2] 但值得注意的是初始惯习与职业惯习的区分有时并非十分明显，甚至没有必要。"就译者而言，我（梅拉茨）认为每个译者都有初始惯习，因为不论是译者或是作者，其都会对自己的处境以及所处的文化环境有所了解，因此其生长环境、教育环境等因素就与翻译有很密切的关系；而对于专业惯习而言，有时这个因素很强，有时这个因素可能完全不成立，因为之前译者这个职业还不存在，也没有翻译培训，所以应该根据具体的情况来从事相应的研究。"（张汨，2016：44）

第2章 系统中的竞争、冲突与创造：当下世界文学视域中的翻译研究模式

译者职业惯习也决定了译文的文化双折射性的具体实现方式及译本形态。具备世界文学特性的译文在文化上表现为双折射性，即在文化上源自两种文化，但却不囿于二者。这就要求译者要在两套文化体系与诗学规范中，做出适当的翻译策略抉择，如翻译选材、叙事结构、翻译用语、形式内容、文化负载词等转换都牵涉了两套体系间的转换、过滤与变通，从而最终使译文既符合译入语社会对译文的预期，也能与原文具备某种互文性文本关系。但是，文化折射性的实现并非一成不变的定式，不同译者在特定语境中翻译相同的原文，也必然会产生不同的译文。由此可见，外部因素的影响并非文化折射性实现的唯一条件，其影响必须经过译者职业惯习的筛选加工才能在译文中得以实现。

第一，译者职业惯习是译者后天"在相似且共有的（similar and shared）历史语境中习得而来"（Sela-Sheffy，2005：2），且与个体的初始惯习如文化程度、文化习俗、道德修养、生活阅历等有密切联系，故译者职业惯习兼有群体同一性与个体差异性。由于语境相似性，译者职业惯习具有群体共性，使得同一时期的平行译本间的文化折射性呈现出共性趋势；同时，初始惯习的差异也带来了译者职业惯习的个体性差异，使得平行译本间在文化折射性上表现出个性化的翻译风格。

第二，译者职业惯习的养成是被不断地灌输、培训、教育与实践而获得定式系统的结果，故译者职业惯习具有语境性、可变性与可置换性，不同时代的译者职业惯习也呈现出不同的定式。正如布尔迪厄所言，惯习是"可持续、可转换的定式，是能起到结构化[①]作用（structuring structures）的结构化了的结构（structured structures）"（Bourdieu，1977：72），即环境塑造惯习，惯习影响环境。在进一步的实践、培训或教育的过程中，构成译者职业惯习的行为定式会循环往复地经历结构化—被结构化的过程，从而使职业惯

[①] "结构化"是一个现代科学技术普遍使用的概念，指事物经过演进或变化而获得的一套具有清晰结构且较为稳定的程式，并被广泛运用于各个学科领域。布尔迪厄、安东尼·吉登斯（Anthony Giddens）等社会学家也将此概念引入社会学范畴，用于描述社会结构（或环境）对人类实践行为模式化的预设与前置化作用，最为著名的当属吉登斯的"结构化理论"。"结构化"一词在实践社会学领域的使用标志着当代西方社会理论的"实践论"转向，从而在一定程度上解构了现代西方社会理论界中长期以来形成的两大明显对立的理论派别：①强调结构的各种结构主义和功能主义；②强调个体的各种解释学思想传统（李红专，2004：7）。

习发生变化，继而影响翻译实践，导致同一原文的不同时代的译文在文化折射性上呈现出明显差异。

文化的双折射性是世界文学领域下翻译文学的基本形态，具体体现为译文在一定程度上与源文化和东道文化均有关联，但绝不完全囿于其中任何一种文化。从翻译角度看，世界文学的核心在于译文的椭圆形双折射之具体实现方式，这是翻译研究的本体，即译者在其职业惯习的驱使下采用何种翻译策略与方法对原文进行折射性阐释，决定了译文世界文学特性的其他两点：翻译之得与读者的阅读模式。由于文化间的关系并非恒久不变，亚文化形态的更替也具有嬗变性，译者职业惯习会在与环境交往的过程中发生变化，故翻译文学的折射性是一个语境化现象，不同时期译文折射性的嬗变反映了其所处时代东道文化的更迭。

翻译规范是制约译者行为的主要因素，对译者职业惯习具有重大影响。翻译的社会性决定了译者行为必须要符合一定的翻译规范。翻译规范有助于译者在面对原文所代表的源语文本规范与译入语文本规范时，能做出符合特定群体预期的决定，确保译文符合特定环境中（或特定翻译群体）的译文期待。但翻译规范具有客观性，并不会直接自发地施加于译者并产生约束作用。译者需要通过特定的认同机制，使之成为结构化（structuring）的定式，继而构成译者职业惯习的一部分，才能约束自我的翻译行为，从而使译文被社会所认可与接受。通过内化翻译规范，译者职业惯习得以形成，并在实践中得到不断的强化。

译者职业惯习还易于受到其从事的毗邻行业的影响，这种情况在译者具有多重职业身份（兴趣）时尤为突出，但即使是在同一历史时期，特定社会群体在相同翻译规范的制约下形成的平行译本仍可能在某些方面明显偏离或违背翻译规范，这些偏离往往还具有个性化的色彩。由于惯习的可变换性（transposition），具有双重或多重职业身份（兴趣）的译者，如译者兼作者、政客、记者、教师、历史学家等身份，易于将其他行业惯习与特征潜移默化到译者职业惯习中，从而使译文带上其他行业色彩。翻译规范与译者的其他毗邻行业的影响共同建构了译者职业惯习，并作用于译者的翻译行为，使得译文得以进行折射性翻译诗学阐释，所生成的译本既符合特定语境的翻译期待，也具备译者自身的翻译特点与风格。

2.3.2 翻译规范与毗邻行业:影响译者职业惯习的主要因素

译者职业惯习是通过反复灌输、教育、培训或实践而习得的一套特殊定式体系,且翻译规范是干预翻译活动的主要外部因素,因此,译者职业惯习的获得必然会受到翻译规范的影响。

规范是一个社会学概念,对解释个体如何在社会中开展活动和个体与社会如何交际具有重要意义。"与许多其他的社会现象类似,规范是在个体交际中产生的一种非预先设定的、意想不到的结果"(Bicchieri & Muldoon, 2014),是"某特定情境中规范与排斥行为的文化现象"(Hechter & Opp, 2001:xi),是约束特定群体或社团的行为准则。美国学者克里斯蒂娜·比基耶里(Cristina Bicchieri)把规范视为一种社会互动的"语法"(Bicchieri, 2006)。与语法类似,一套规范体系规定了什么是可以被该社团或群体接受的,以及什么是属于该社团或群体而并非人类预先规划好的产品,"是自然形成的规律所致,之所以如此,是因为人们在适应了一套行为准则以后开始接受其存在"(孙艺风,2003:3)。既然规范是某特定群体成员约定俗成的、习以为常的行为准则或标准,那么一般而言,该群体成员往往倾向于遵守公认的规范,由此可赋予相应行为合法性与正当性;如果漠视或违背规范,行为发出者往往会承担相应的后果(通常是惩罚性的后果),这体现了规范具有一定的强制性和约束性。

如前文所言,翻译活动必定会受到外部因素的影响,主要包括法则或法令(law and decree)、规范、成规(convention)与个人偏好(idiosyncracy),它们构成了一个制约译者行为的外部因素连续体,且互有重叠之处,如图 2.2 所示。

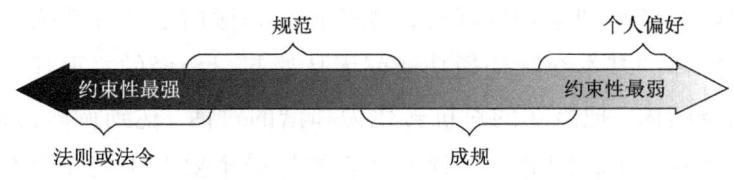

图 2.2 对译者行为具有约束性的因素示意图

其中,约束性最高的当属法则或法令,一般由强力部门明文制定,对译者的行为有普遍的约束性,一旦违反便会受到相应的惩罚,如政府机构或行会制定的翻译标准、翻译政策、翻译法令或条例等。约束力最弱的是个人偏好,是翻译作为译者人性化行为之自主性的体现,如翻译用语、修辞、口语或书面、主题与文类偏好等。法则或法令与个人偏好构成制约译者行为的社会性因素两极,规范与成规则寓于它们之间,兼有二者的特性,但不囿于二者。由于法则或法令具有普遍的强制约束性,是译者群体(包括专业与非专业)谙熟于心、必须无条件遵从的外部制约因素,译本必须体现法则或法令的要求才可被视为"合法"的译文,故不具有选择性;个人偏好是译者潜藏在内心的一种翻译选择倾向,体现了不同译者在文化背景、教育水平、才思禀赋等方面的个体化差异,故不具规律性,因此二者都不是描写翻译学的重点。翻译规范与成规①兼有二者的特点,具有一定的规律性与可选择性,因此正确认识译者如何在各种规范的制约下做出翻译决策,是翻译研究亟待解决的问题。

描写翻译学研究将规范视为研究的核心概念(Toury,1995;Hermans,1995;Chesterman,1997;Schäffner,1998),认为翻译活动也同样受到相应规范的制约,遵守规范带来的是跨文化交际行为的成功,反之则是失败。"翻译既然是一种社会化的行为,必然受到社会意识形态和社会习俗的驱动与制约,而意识形态或社会习俗往往给人比较空泛,甚至无所不包的感觉。其实,无论是意识形态、主流诗学或是文化、社会、历史,其对翻译的驱动与制约都必须通过翻译规范这一中介来完成。"(廖七一,2009:95)"翻译规范是团体所普遍认可的价值和思想,可适用于特定语境的(翻译)行为指示(performance instructions)——它所关注的是何为正确或错误,以及何为恰当或不足。"(Toury,1995:55)规范作为限定译者行为的行动指南,其强制性是保障规范顺利运作的基石,规范也总是倾向于让译者去遵守而非打破,"否则翻译的基本交际沟通功能就无从谈起,翻译的主要任务是在相对狭窄的语义空间内,把潜在的对抗转化为和谐的对话,达到调解协商的效果"(孙艺风,2003:4),因此,"译文能否被接受主要在于它能否在译入语体

---

① 规范与成规均兼有强制性与人性化的特点,二者在概念上高度重叠,难以区分,且翻译学者(如诺德)的研究也将二者视为对等,故不做区分,仅以"规范"为名,泛指二者。

第 2 章 系统中的竞争、冲突与创造：当下世界文学视域中的翻译研究模式

系固有的规范中得到足够程度的认可"（孙艺风，2003：3）。

翻译规范很好地解释了平行译本间之差异的社会起因，因为规范就意味着原文与译文的关系不是"一对一"的等值对应关系，而是受到翻译规范调适呈现出语境性与个体性差异的"一对多"的互文性关系。由于翻译规范的约束性具有强弱变化，强者"可以如同'法令'一般，弱者可以近乎'个人偏好'"（Toury，1995：54），使得翻译规范既可以描述具有普遍共性的多数群体的翻译活动，也可以描述具有个性化差异的少数群体的翻译活动，"并赋之（规范与译作）以一定的因果关系"（邢杰，2007：12），故对多数翻译现象均有较强的解释力。这也使得描写性翻译研究与以忠实对等为评判标准的规约性翻译研究有明显区别，翻译规范的语境性与选择性赋予了复译或重译学理论上的合法性与正当性，评判译文跨文化交际性的成败的原则就在于考察译者是否对翻译规范做出了符合语境要求的抉择（遵从抑或违背）。

但是翻译规范并没有解释译者如何与规范发生联系，即人与环境交往的方式，仅仅将翻译规范对译者的影响视为"自然而然"的现象。无论是吉迪恩·图里（Gideon Toury）、西奥·赫曼斯（Theo Hermans）、戈登·切斯特曼（Gordon Chesterman）、克里斯蒂娜·谢芙娜（Christina Schäffner）等人的规范论，还是勒菲弗尔的制约文学改写的各种文化因素，都将译者遵守这些社会法则视为"理所应当"的社会现象，即便是个人能动性的发挥也是社会要素相互运作的结果，因此具有环境决定论（environmental determinism）的色彩，这显然也不符合翻译活动的实际情况。翻译规范是一种客观存在，并不会自发地施加于译者，并指导翻译实践；且译者是一个具有能动性的个体，也绝不会"自然地"、不假思索地接受规范的影响，并在其指导下进行实践，译者必须依靠一套预制于大脑的认知机制，并能动地与翻译规范发生关联。规范论并没有对先天与后天、译者与规范、个体与集体的关系进行充分的解释，图里也承认"以往研究不同参与方在翻译规范动态体系中的相互关系时，很大程度上仍然只依靠猜想（conjectures），因此，需要更多研究来说明这种关系的实质"（Toury，1995：62）。由此看来，研究翻译规范对译者行为的影响，就必须考虑人的认知如何与客观世界发生联系。

瑞克菲·塞拉-莎菲（Rakefet Sela-Sheffy）认为"（惯习）这个概念显然对应并增强了翻译规范这个概念"（Sela-Sheffy，2005：2）。如前文所言，

翻译规范并不是直接作用于译者,并使译者进行符合行业预期的翻译活动,"在实践中,被译者内化的倾向(或态度)才是翻译行为的决定性的因素"(Simeoni,1998:12),它限定了译者与包括规范在内的外部因素发生联系的方式与程度。译者职业惯习概念关注的正是"译者在维护或创造规范的过程中所扮演的角色"(Simeoni,1998:26)。翻译规范与译者职业惯习在描述翻译活动时具有高度互补性。译者职业惯习的获得有赖于译者将一套特定的、区别于其他行业的定式进行内化习得,而翻译规范是这套定式体系的重要内容,是使翻译行为区别于其他活动的行为准则,故翻译规范是译者内化习得的主要对象,它通过各种方式帮助译者塑造了其职业惯习,并使之"保留了规范所有必须保留的特点"(Simeoni,1998:33)。同时,职业惯习之获得是以个体初始惯习为基础的,导致不同译者间的职业惯习具有个体性差异,并在翻译实践中以形态各异的翻译风格(包括选材、策略、遣词造句、用语等)外显化,其中部分翻译会在翻译场域中占据主导位置[①],并通过不断的实践形成新规范。因此,翻译规范与译者职业惯习构成了一个持续的、生成的、动态的互动关系,翻译规范通过译者内化,成为译者职业惯习的一部分,译者职业惯习通过不断实践,塑造了新的翻译规范。翻译规范的初衷是为了制约译者群体的实践活动,理想的状态是所有译者都严守规范的分际,整齐划一地进行翻译活动[②],就如同工厂流水线作业一般,生产出品质相同的产品。但这种情况在实际操作中并不可能实现,译者职业惯习的差异性决定了译者对规范不仅可以进行选择,还可以违背,形成个性化的翻译风格。有了这种"非常规"的译文,翻译规范就处于不断动态变化的过程中,并在不断的新实践中得以确立或更迭,但这种微小的渐变往往很难察觉,必然需要经过长期不断的实践才能使其外显化。正如斯密奥尼所言,"不通过惯习而具体化的规范与没有将规范内化习得的惯习是一样毫无意义的"(Simeoni,1998:33),译者职业惯习与翻译规范具有一种个体—环境—个体的螺旋上升的主客互动关系。

译者职业惯习与翻译规范虽然联系密切且相互影响,但却是不可相互替

[①] 这与译者所占有的资本情况有关,如地位、财富、身份、资历、文化程度等。
[②] 若如此,规范也就不具备可变性与多重性,因为所有的译本均是同样品质,没有个性化风格。

第2章 系统中的竞争、冲突与创造：当下世界文学视域中的翻译研究模式

代、有独立价值的翻译学概念。

第一，译者职业惯习与翻译规范是主观与客观、认知与存在、主动与被动的关系。译者职业惯习是一套译者自发主动对环境进行感知、判断或抉择的思维定式，反映的是人类的认知机制。译者职业惯习的作用具有主观能动性，在面对客观世界时，译者并非盲目地、自然地屈从于翻译规范的"暴力"，在面对纷繁复杂、矛盾丛生的各种翻译规范时，译者不可能将其全然分辨并无条件接受，使其制约翻译行为。在实践中，译者对翻译规范影响的范围、方式、内容与程度等都具有能动的选择权利与自由，甚至有时译者可能出于主观的诗学、政治、文化等目的，自觉地、有目的地、有计划地违背某些翻译规范，故译者职业惯习是一套反映人类主观世界、自发主动地运作于翻译实践的认知机制。翻译规范则具有客观性，是译者在翻译活动中积累下来的产物，是明文规定或约定俗成的翻译行为准则。同时，翻译规范又在实践中约束译者行为，是译者群体普遍接受的群体默契，其客观存在性不以个体意志为转移，也是判断译者行为是否得当的客观标准，译者个人对规范的遵守或违逆均不会改变其客观存在性。翻译规范的作用具有被动性，无论其约束性强弱，翻译规范均不会自觉主动地对译者产生影响，必然要通过译者的认知机制才能对翻译行为产生约束力。换言之，译者需要认识、察觉翻译规范方能使其产生实际效果，否则就只能是"一纸空文"。

第二，译者职业惯习与翻译规范指涉翻译研究的历时性与共时性维度。如前文所言，译者职业惯习是在被反复灌输、多次实践的过程中逐步习得的一套定式体系，是特定社会、文化、历史因素在对译者不断的灌输或实践中，产生了历史沉积，进而生成了一套职业思维定式的结果。在考察译者的职业惯习时，一般需将其置于历史发展的纵轴脉络中，注重观测与其相关的翻译实践、教育经历与初始惯习等历史承继因素的状况及其演变，体现了翻译活动的历时性维度。翻译规范则是译者群体在不断的社会化实践中，对于其实践特殊性的一般特性所形成的"群体共识"，并在实践中约束译者行为。由于翻译规范对译者行为具有普遍约束力，在其制约下，不同译本会呈现出某些共有特征，体现了翻译作为职业活动的群体共性，也易于通过归纳特定语境下共时译文的特征，对其加以观察与归纳。虽然翻译规范存在着历史性变化，我们也可以观测到不同时期的翻译规范的差异与变化，但产生这些差异

的原因不是翻译规范本身，而是译者职业惯习与翻译实践的相互运作。即使是将翻译规范置于历史发展的脉络中，研究的重点仍应是译者职业惯习与翻译实践如何引导了翻译规范的变化，故对其的研究也一般被置于"某一文化空间、某一（或一段）历史时期的横断面上"（邢杰，2007：13）加以考订，体现了翻译活动的共时性维度。

第三，译者职业惯习与翻译规范分别具有个性化与非个性化的特征。斯密奥尼认为，"（社会个体）成为译者的过程就是将其社会（初始）惯习提升为一种特殊惯习的过程"（Simeoni，1998：19），由于初始惯习取决于译者的天赋情趣、学识教养、才思情志、道德秉性等个性化特质，因此译者职业惯习的形成就不可避免地要对上述人性化特质进行加工提炼，使其符合职业化的需要，译者职业惯习也不可避免地带上了个性化的特性[1]。而翻译规范是翻译群体普遍认可和接受的行为准则，它代表大多数译者对翻译活动本质的普遍认识，其中去除了不同译者对翻译认识个性化的分歧[2]，故具有非个性化的特点。

总之，译者职业惯习与翻译规范两个概念相互补充又彼此区别，辩证统一于描写翻译学的研究框架中。它们决定了译者在两种文化体系下对原文进行折射性翻译诗学阐释的方式，最终成就了译文世界文学特性的表现形态。

惯习具有可置换性与变化性的特点，除翻译规范外，译者职业惯习的形成易于受到其从事（或感兴趣）的毗邻行业之影响。与其他行业相比，翻译的职业化程度不高，译者可能兼有多重职业身份或兴趣。尤其是翻译职业化之前，翻译工作通常由从事其他职业而且有一定的双语或多语能力的专业人员兼任。例如，我国古代翻译佛经的译者，如鸠摩罗什、道安、玄奘等，与西方圣经翻译的译者，如圣哲罗姆（St. Jerome）、奥古斯丁（Augustine）、马丁·路德（Martin Luther）等，他们首先是神职人员；"新文化运动"时期的文学译者，如徐志摩、林语堂、周氏兄弟、苏曼殊、郁达夫等，与西方的庞德、洛威尔、斯奈德、王红公等，他们首先是创作者。梅拉茨也说"人

---

[1] 这并非否认译者职业惯习所体现的特定认知共性，因为其作为职业规范，自然蕴含群体对翻译活动的普遍观念，因此也具有非个性化特性，但必须借助个体才能得以显现。

[2] 尽管约束性较弱的翻译规范也有个性化特征，但作为被群体（即使是少数群体）认可的普遍认识，也得到了部分译者的认可，并付诸实践，绝非少数译者独有的个人偏好。

第 2 章　系统中的竞争、冲突与创造：当下世界文学视域中的翻译研究模式

类历史上大量的译作是由所谓'非专业译者'完成的"（Meylaerts，2008：94），许多译者也兼具作家、批评家、哲学家、传教士等多重身份。即使在今日，翻译职业也尚处于职业化的阶段，还未完全成为一门独立的职业，这点可以从近年来学界筚路蓝缕地建立翻译学科窥得。无论是在中国还是在西方，当今从事专职翻译工作的人员还相对较少，兼职现象较为突出，这也使得毗邻职业惯习对译者职业惯习的"越界干扰"现象较为明显，此现象也有力地证实了塞拉-莎菲（Sela-Sheffy，2005）提出的翻译场域的建立与毗邻职业场域相关的观点。可以说，正是由于翻译场域与其他职业场域的重叠性、互动性与渗透性，译者职业惯习才会不可避免地在被塑造的过程中受到毗邻职业场域的影响。

由于职业惯习是行为者所获得的、区别于其他行业的专业行为定式，故译者职业惯习与其他职业惯习有显著差异，且差异的产生与行业规范的独特性关系密切。如前文所言，职业惯习的获得需要在教育、培训或实践中对行为者的初始惯习加以提炼，并通过将行业规范内化，从而获得一套特殊化的行为定式。由于行业规范是行业划分的重要基础，且行业规范间必定有差异[①]，因此译者在将其内化习得的过程中就自然会获得与译者职业惯习不同的新职业惯习。

由于惯习具有可变换性与可变性，因此毗邻行业的职业惯习往往会通过实践渗透进译者职业惯习，使译文打上毗邻行业的烙印。"翻译总是受到来自其他毗邻行业的入侵与干扰"（Simeoni，1998：24），译者的主要职业（primary profession）对译者职业惯习的影响有着"必然的优先权"（inevitable priority），因为"主要的社会经验对惯习具有极大的影响力"（Bourdieu，1992：133-134），并通过那些区别于其他职业活动的特征传递出来。"译者在其他毗邻行业习得的行为定式会被内化并形成译者的职业惯习。"（Xu & Chu，2015：189）

[①] 行业的内部也存在不同的次级行业规范，比如塞拉-莎菲就怀疑在文学翻译中流行的规范与其他领域如科技、商业、电影等翻译中的规范是否相同（Sela-Sheffy，2005）。约翰·海尔布伦（Johan Heilbron）也提出，应将翻译放在其涉及的相关领域里进行考察，如政府工作、影视媒体、文学创作、科技、医学、法律等（Heilbron，1999）。在文化创作中，戏剧、小说、诗歌、传记等门类也有自身特定的规范。这种观点确实有其合理之处，但也绝不能过分夸大行业间或行业内部的规范差异，规范的差异其实还与划分标准及考察层次有关，无限循环式划分对于认识其本质是无意义的，但也不可因此忽视行业间或行业内部的规范差异。

需要注意的是惯习是个人习得内化的行为定式，平时很难察觉，"只有在特定的行为中才会显现"（Bourdieu，2000：139），因此，毗邻行业的职业惯习对译者的影响只有在具体翻译行为中才能得以显现，考察其影响必须聚焦于具体的译本。

总之，考察译者职业惯习对翻译活动的影响就必须考虑其从事的毗邻行业的情况①，包括行业规范、译者在该行业的各种经历、职业理念、职业背景等差异性信息，这些差异性因素的隐性影响最终会在译者的翻译实践中外显化。

由此说来，我们认为华兹生译诗的世界文学特性的获得有赖于其对原诗所进行的折射性，这是翻译诗学的阐释，而这种阐释是华兹生的译者职业惯习在翻译行为中外显化的结果，受到了当时的翻译规范与译者从事毗邻行业两方面的影响，故译者职业惯习是译文文化双折射性实现方式的决定因素。由于译者职业惯习是社会历史的产物，"并不断地与（行为者的）经历互动并受其影响"（Bourdieu，1992：133-134），所以考察华兹生的译者职业惯习对其译诗文化折射性的作用、方式与范围，就必须从历史发展的脉络出发，对其译诗活动加以描述、归纳与论证。

翻译规范是本书运用的重要概念，也是描写翻译学研究的学理基础，本书采用图里的翻译规范分类。图里将翻译规范分为三类：预备规范、初始规范和操作规范。预备规范主要是指现存翻译政策与翻译的直接性问题，比如文本类型、文本体裁、选译作者、源语选择等，以及译本是否直接译自源语，或经第三语转译等问题；初始规范主要关注的是译者对文本的态度与翻译方法的宏观策略，考察的是译者在源语文化与译入语文化之间的态度与倾向，他将两种倾向的极端表现称为"充分性"（adequacy）和"可接受性"（acceptability），一般而言，译文的倾向寓于这两极之间；操作规范则侧重翻译过程中的具体方法，他又将其细分为整体性规范与语言文本规范，前者指原文本材料在翻译中的分配（是全译、节译、选译还是编译），后者指具体的译文语言篇章结构的组织，如"句子结构、遣词造句、是否用斜体或大

---

① 不同职业惯习间不可能完全是非此即彼的划分，彼此必有重合之处，但从其差异性入手可以发现彼此间的渗透与影响。

写以示强调"等（Hermans，1999：75-76），以及"使用哪种语言、句式、语法、措辞来代替源语文本的表达"等（Toury，1995：56-61）。

2.4 小　　结

当前的世界文学理论与实践表明，翻译对世界文学具有建构性作用，发挥这种作用有赖于具有世界文学特性的翻译文学。译者通过在语境中对原作进行折射翻译诗学的阐释，使得原作得以借助翻译在东道语境中被有效接受，发挥其文学功能；也使读者得以秉持超然参与的态度接受译文，并在阅读中欣赏其文学性。通过译者的翻译折射、译文的"译有所得"与读者的超然阅读，译文在语境中获得了世界文学特性。从翻译角度看，考察译文如何获得世界文学特性，其核心在于考察译者如何对原作进行折射性翻译诗学阐释（翻译方式），即译者职业惯习如何形成并影响译文的文化折射性之具体呈现方式。译者的翻译方式也是原作的译有所得（翻译结果）与读者的超然阅读（译文阅读）得以实现的基础。

第 3 章

华兹生的译诗思想、成就及其译诗的经典化地位

本章将主要论述华兹生译诗活动发生的背景及缘起,回溯其翻译活动的历史轨迹;通过整理相关访谈、讲座、论文和译诗副文本中有关译诗的话语,归纳其译诗思想;并通过梳理其译诗再版重印的频次、各类选集入选的情况、学术机构资助的情况以及译诗的跨文化影响力与专业评价,从而描述其译诗作为翻译文学的经典化地位。其目的在于将华兹生译诗活动置于其整个人生轨迹与学术生涯之中,重点观测与华兹生的译者职业惯习形成密切相关的教育经历与实践经历及其毗邻行业活动(主要是典籍英译与汉学研究),以便于将译者、译事、译境、译评有机地结合起来,避免割裂、片面的视角与主观武断的结论。

3.1 华兹生译诗活动发生的背景及缘起

华兹生译介汉语古诗活动的缘起有着深厚的"中国渊源",他不仅自小就对中国古典文化充满了兴趣,也接受了良好的汉学教育,并经历了严谨的学术历练。此外,他还先后三次到访中国,对中国文化具有内发的钦佩与敬仰。这些对此后华兹生的译诗思想、译者职业惯习、译诗活动、译诗成就都产生了重大影响。通过考察译诗活动发生的背景及缘起,可以清晰地考察华兹生译诗活动的发展脉络、译诗因由及其译诗思想与译者职业惯习的形成,以便客观审视其译诗活动的社会性与语境性。

3.1.1　中国情结

华兹生于 1925 年 6 月 13 日出生在纽约州新罗谢尔市（New Rochelle, New York），父亲阿瑟·詹姆斯·华兹生（Arther James Watson）是得克萨斯人，是一家酒店的经理；其母亲与兄弟姐妹的信息不详，现有资料只显示其母亲是一位名为卡罗琳·勒恩·巴斯·华兹生（Carolyn LeHentz Bass Watson）的法裔美国人（Evory，1981：574）。据华兹生自述，他自幼与父亲一起生活，对中国的初次印象来自位于新罗谢尔市车站附近一家中国人开的洗衣店。他经常把他父亲的衬衫送往此处清洗，因此认识了洗衣店的华裔店主。据他回忆，每年的圣诞节，洗衣店店主会送给他们一盒荔枝干和一罐茉莉花茶，有时还附送一份中文画报（Balcom，2005），这让华兹生第一次见到了中国文字。或许是猎奇心理使然，他在当时就萌发了学习汉语的念头，并向店主求教。店主曾借给他一本中英对照会话手册，通过这本书里的中英对照，华兹生在七年级（相当于中国的初中一年级）时学会了从 1 到 10 的汉字写法。因其父亲常驻纽约市工作，华兹生得以经常前往纽约探望父亲。纽约市有华人聚居区，市区里有美国首屈一指的华埠，华兹生也经常跟随父亲进出华埠采买商品，有时父亲也会给他买些中国的小饰品和玩具。所有这些与中国事务的接触，虽然平凡，但却成为他日后对中国文学产生浓厚兴趣的情结。

3.1.2　汉学教育、教学与研究背景

新罗谢尔市是美国著名的宜居城市，也是当时美国人均收入最高的城市之一，拥有良好的教育、医疗、交通等公共资源。华兹生自幼便在这里接受了良好的中小学教育，养成了刻苦、严谨、专注的学习习惯，这为他后来进入美国名校哥伦比亚大学学习奠定了基础。

1943 年，18 岁的华兹生从新罗谢尔市高中毕业。此时正值第二次世界大战（后文简称"二战"）后期，美国正在海上同日本作战，由于战争形势的需要和满腔报国热情，华兹生自愿选择加入美国海军，并被分配到一艘位于南太平洋的修补船上服役。两年后（1945 年），日本战败投降，美国同日本

的作战正式结束。根据战后国际形势的需要，美国政府决定在日本驻军以建立新的亚太战后安全秩序，华兹生所在海军部队的修补船此时正驻留在中太平洋马绍尔群岛（Marshall Islands）的埃内韦塔克环礁（Eniwetok Lagoon-Island）。由于地理位置较近，修补船于1945年9月驶往日本，驻扎在位于日本东京湾的横须贺海军基地（Yokosuka Naval Base in Tokyo Bay）。由于美国海军实行固定的休假制度，华兹生得以在休假时离开基地前往市区自由活动，获得了接触、学习日语的机会。1946年2月，在完成为期三年的海军服役后，华兹生退役离开了日本，返回美国本土。

依据美国《退伍士兵权利法案》[①]，华兹生获得了一笔丰厚的教育津贴。日本的服役生涯使华兹生对东亚文化尤其是中国文化心驰神往，也使他萌生了学习汉语与日语的念头。他曾提及申请哥伦比亚大学的两个原因："第一，因为我知道我能够在这里学习中文和日文，而且我已经决定了要做一些与亚洲相关的研究；第二，因为它（哥伦比亚大学）在纽约，而纽约是我最喜爱的城市。"（Watson，2001：1）

由于中学时期出色的学业表现与对东亚文化的情结，华兹生申请到了哥伦比亚大学的本科生院——哥伦比亚学院（Columbia College）。哥伦比亚大学当时推行的是不区分专业的通识教育，学生享有在学业导师的建议下自行选修课程的权利，于是在本科一年级时，华兹生就向导师提出了学习中文的申请。当时负责华兹生课业的导师是一位法语教授，当他得知华兹生还未曾学过法语时，便拒绝了他的汉语选课计划，但华兹生出于对汉语学习的执念，选择绕过课业导师，直接找到负责一年级教学的课程主任寻求支持。这位主任是一位哲学教授，恰好也曾在二战期间服役于美国海军部队，还曾学过日语，与华兹生的东亚情结产生了默契。他认为美国此时正需要许多通晓汉语和日语的人，对华兹生的选课计划也表示支持，于是欣然批准了华兹生的选课计划，使华兹生获得了系统学习汉语的正规途径。

二战后，政治经济形势与国际秩序变化使西方的汉学研究中心逐步从英

[①] 该法案又称《蒙哥马利GI法案》（Montgomery GI Bill），制定于1944年，旨在保障参加过二战的美国士兵的权益。这项法案主要在以下几个方面为美国退伍士兵提供支持：低利率的商业贷款、低成本的抵押、大学学费与生活费、高中与职业教育以及为期一年的失业保障金。

国转移至美国。二战前,英国一直是世界汉学研究的中心,多所大学设有汉学教席,也培养了一代又一代的著名汉学家。二战后,除美国外的西方各国的综合国力均遭到重创,继而产生了极大的经济危机与民生问题。国家战略重点与政府执政方针的变化使得包括英国在内的多数西方国家不得不削减教育经费以应对其他更加紧迫的国内经济状况。面对经济压力,许多大学开始裁撤包括汉学教席在内的人文社科教席,以减少经费支出。因此,大批人文社科专业的教师不得不前往经济状况较好的美国以谋得生计,美国汉学研究也因这批欧洲学者的到来得到了极大加强。美国当时的汉学研究尚属起步阶段,设有汉学教席的大学并不多,但教职数量逐步增长[1],哥伦比亚大学就是其中之一。当时,哥伦比亚大学正式的汉语教授富路德(Luther Carrington Goodrich,1894—1986)正在中国休学术长假,汉语课都由英国人陆义全(Rev. A. Lutley)[2]代上。由于英汉书写系统的差异巨大,学习汉字读写几乎占用了这群初学者所有的课堂时间,因为当时盛行一种观点,那就是如果真要从事中国研究,可以日后再去中国学习汉语口语。

富路德对华兹生汉语阅读水平的提高起了重要作用。在本科二、三年级时,精通汉语的富路德替代了陆义全,成为华兹生的汉学老师。富路德出生于中国,自幼便习得标准汉语,能说一口流利、地道的北京话,也熟悉中国事务与国情。教学中,他时常强调学习汉语最难的是阅读。二年级时,富路德经常在课堂上给学生们介绍唐诗,并解释诗文的意思,这一教学举措激发了华兹生对译诗的热情,其课后经常尝试翻译这些诗文。在富路德的指导下,华兹生的汉语阅读能力迅速成长,这为他日后阅读较为难懂的中国古代典籍奠定了坚实的语言基础。

本科毕业后,华兹生选择继续留在哥伦比亚大学修读中文专业的研究生,师从著名学者王际真(Chi-Chen Wang,1899—2001)教授。研究生期间,王际真在翻译用语方面的观点对华兹生的影响颇大,以至后来华兹生回忆导师教诲时,还能清楚记得其翻译主张:"译文不仅要做到语义准确,

---

[1] 这与美国战后的亚太战略布局有关系,大力培养精通中文与中国国情的美国专家符合当时美国政府的政治与情报需要。

[2] 陆义全是当时著名的在华传教士,曾做过山西省基督教团体"内地会"的监督,曾在山西、四川等多地传教,对基督教在中国内地的传播起过重要作用。

还要在英语文风上做到赏心悦目、行文流畅。"（Balcom，2005：8）课业上，华兹生选修了富路德的中国文献学（Chinese bibliography），学会了利用《古今图书集成》①（*Ku-Chin T'u-Shu Chi-Ch'eng*）获取文献资料的方法，该方法对华兹生日后的学术研究与翻译实践产生了较大影响，其硕士论文便是运用此文献学方法进行学术研究的首次尝试。据其自述，"在阅读资料时，我碰到了'游侠'（yu-hsia or wandering knights）这个词条，并感到十分好奇，于是开始查询文献……我在《史记》《汉书》里发现两章专门讨论这一主题的章节"（Watson，1995：199）。当时，哥伦比亚大学东亚系鼓励学生翻译东亚典籍作为硕士论文内容，出于兴趣，华兹生决定选择《史记》《汉书》中有关"游侠"的章节的翻译作为硕士论文选题。华兹生的室友赫歇尔·韦伯（Herschel Webb）是哥伦比亚大学东亚系日语专业的研究生，其硕士论文涉及《大日本史》②（*Dai Nihonshi*）的内容。该书以《史记》的撰写模式为蓝本，德川纲条（1656—1718）于1715年为该书撰写了序言，并引用了《史记·伯夷列传》的部分内容。韦伯硕士论文的一部分内容就是将德川纲条的序言翻译成英文，为此他与华兹生经常翻阅《史记》，反复研读伯夷叔齐的故事，就如何将其译成英文进行反复推敲③。此外，华兹生还在哥伦比亚大学结识了当时尚在修读汉学硕士和博士学位的狄百瑞（William Theodore de Bary），并与之结成了学术之友，这为他后来的翻译生涯埋下了伏笔。

1951年，华兹生获得哥伦比亚大学汉学硕士学位。此时，他的教育津贴已所剩无几，难以支持其博士学习，而没有博士学位，他也不可能在美国觅得一份教职。出于个人学术兴趣，华兹生决定亲自前往东亚国家游历，但当时的现实情况使得华兹生前往汉语地区的愿望成为梦幻泡影。战后中美两国在政治、军事、经济、意识形态上的全面对立，以及冷战格局的形成，使得

---

① 《古今图书集成》，原名《古今图书汇编》，原系康熙皇三子胤祉奉康熙之命与其侍读陈梦雷等编纂的一部大型类书，全书共10 000卷，目录40卷，分6编32典，是现存规模最大、资料最丰富的类书。

② 《大日本史》是江户时代水户藩编纂的文言文纪传体日本史，记载了神武天皇即位至南北朝终结的日本历史。

③ 华兹生后来回忆这段经历时，认为自己最早接触的两卷《游侠列传》《伯夷列传》并不是进入《史记》最适合的门径，因为其中有不少晦涩和棘手的地方（Watson，1995：200）。

第 3 章 华兹生的译诗思想、成就及其译诗的经典化地位

华兹生的中国之行不得不搁浅①；国民党统治集团败退中国台湾地区后，采取了全面戒严的封锁政策，这也使他前往台湾的机会变得渺茫；且当时中国香港地区的治安情况也堪虞。华兹生只能退而求其次，前往日本：一则因为日本在地理上离中国较近；二则因为其在文化和心理上也与中国密切相关。

战后的日本依然是世界汉学研究的重镇，即使是在日本国内政治经济形势恶化的情况下，大批汉学家仍活跃于日本学术界。华兹生的日本之行得以成行还要归功于日本物理学家汤川秀树（Yukawa Hideki）和美籍日裔学者唐纳德·基恩（Donald Keene）。汤川秀树曾于 1949 年在哥伦比亚大学做过访问教授，基恩也曾在哥伦比亚大学求学多年，并于 1951 年获哥伦比亚大学博士学位。因为二者与哥伦比亚大学和东亚的共同因缘，华兹生得以与之结识，并在他们的帮助下，申请到了两份工作：一份是日本同志社大学的英语外教，另一份是充任日本京都大学中文学系（中文系）教授、中国古代文学研究专家吉川幸次郎的学术助手。吉川幸次郎的学术兴趣主要是中国古诗，包括唐诗与宋词，当时正从事中国文学中的对偶研究。作为其学术助手，华兹生的主要任务是将他的学术成果翻译成英文。由于该项目中有较大篇幅是关于杜甫诗的对偶研究成果的论述，因此华兹生第一次较深入地了解并学习了汉语古诗，并对其产生了极大的兴趣。在吉川幸次郎的鼓励下，华兹生于 1952 年申请到了京都大学中国古典文化的研究生课程（导师为吉川幸次郎），从而系统学习汉语古诗（1952—1955 年）。

1953 年，在吉川幸次郎的推荐下，华兹生申请到了福特基金会海外研究员项目（Ford Foundation Overseas Fellowship Program）的资助。有了经费的支持，他放弃了两份工作，在日本全职从事汉学研究工作，因其曾翻译过《史记》，于是依然选择了《史记》的研究课题。两年后（1955 年），华兹生已取得初步成果，并写成了一部学术专著初稿。因此，他决定于 1955 年夏重返哥伦比亚大学，并以该课题注册入学攻读哥伦比亚大学汉学博士学位。完成

---

① 直至中美建交后，华兹生才于 1983 年受日本创价学会（The Soka Gakbar）资助，首次前往中国游历考察。1990 年，华兹生受香港中文大学翻译研究中心资助，获"译丛奖学金"（Renditions Fellowship），得以潜心在中国香港旅居六个月修改以往译作。2011 年，华兹生受西安培华学院邀请，在日本创价学会国际出版部部长山口弘务（Yamaguchi）、日本池田大作研究会研究员林泽夫与日本 NPO 文化艺术国际协会理事长马树茂等人的陪同下，访问中国西安。

博士课程后，华兹生凭借其博士论文《司马迁：伟大的中国史学家》（"Ssu-ma Ch'ien: Grand Historian of China"）于 1956 年 6 月获得汉学博士学位。经修改后，其博士论文于 1958 年由哥伦比亚大学出版社正式出版，并荣获哥伦比亚大学克拉克·费希尔·安斯利杰出著作奖（Clarke F. Ansley Award）。这些汉学教育背景与研究经历为华兹生日后从事中国典籍翻译活动奠定了坚实的基础，对其译者职业惯习的形成也有重要影响。

3.1.3 译者职业惯习形成之缘起

二战后，哥伦比亚大学东亚系正值蓬勃发展之时。出于国际战略与区域形势的考虑，美国政府对亚洲国家（尤其是中、日、韩三国）的兴趣陡增，开辟了专门资金渠道招募培养亚洲研究学者为其亚太政策出谋划策。在此背景下，哥伦比亚大学东亚系率先开设了涉及东亚国家语言、文化、政治、经济、军事、历史、宗教的课程。为解决当时汉学教材与相关书籍匮乏的问题，在汉学界崭露头角的青年才俊狄百瑞于 1950 年开始主持大型翻译项目"东方经典著作译丛"（Translation from Oriental Classics）的编委会工作。该项目得到了美国教育基金会、福特基金会和哥伦比亚大学出版社等多家机构的资助。该套丛书卷帙浩繁，入选的亚洲典籍多达几百部，涉及包括中、日、韩在内的多国的语言，"专为普通读者和学生而非从事亚洲研究的学者而译"（Watson，2001）。在遴选译者时，狄百瑞很自然地联想到了昔日学友、此时尚在日本游学的华兹生，让其也参与了一部分汉代文献的翻译工作。华兹生出色的翻译功底令狄百瑞刮目相看，也坚定了华兹生自己学术研究的道路。在 1956 年获博士学位后，华兹生旋即申请了卡廷研究基金（Cutting Fellowship）的资助，并于当年秋前往日本京都从事《史记》英译工作。

1953 年，狄百瑞特邀华兹生为《中国传统之源》（Sources of Chinese Tradition，1960）一书撰写了有关中国史学的相关章节，并收录了华兹生所译《史记》的部分内容。1961 年，哥伦比亚大学正式出版了华兹生选译的《史记》（Records of the Grand Historian of China）。在此后的 3 年时间里，华兹生根据自己对原著难易程度的理解，先后译出了《墨子概要》（Mo Tzu: Basic Writings，1963）、《荀子概要》（Hsün Tzu: Basic Writings，1963）、《韩非子概要》(*Han Fei Tzu: Basic Writings*，1964)、《庄子概要》(*Chuang Tzu: Basic Writings*，1964) 四部先秦典籍。

华兹生译诗的另一个缘起是在日本期间参与的修禅活动。由于当时美国社会运动的形势，许多美国青年钟情于东方文化，尤其是禅宗信仰。当时，有不少美国青年在日本学禅、坐禅，华兹生也是其中的一分子。在此，他结识了日本著名禅宗大师鲁思·富勒·佐佐木(Ruth Fuller Sasaki)女士，正是在她的鼓励与帮助下，华兹生才翻译了寒山诗。此外，华兹生的译诗活动还曾受惠于基恩。据其回忆，"我第一份真正的中文诗译作是在 1954 年完成的，当时，基恩正在编纂一部日本文学选集，他要我为他翻译一些'汉诗'（日本人用中文创作的诗）。1955 年，他的《日本文学选》选集由美国丛林出版社(Grove Press)第一次出版，我的译作被收录其中"(Balcom，2005：8-9)。

华兹生的翻译事业起点较高，一开始就得到了汉学家的提携与帮助，从事知名度极高的翻译项目，其译作也得到了汉学界的认可。在典籍翻译方面取得的成绩不仅触发了他对翻译事业的热爱，也为他今后的译诗活动的影响力奠定了基础。同时，其早期的典籍翻译活动也参与塑造了华兹生的译者职业惯习，使其译诗活动具备高质量的职业水准。此外，英译寒山诗与日本汉诗的经历加深了他对汉语古诗的倾慕，使其翻译活动的内容逐步由典籍转向诗歌。

3.2 华兹生的译诗思想：为当代读者而译[①]

华兹生对汉语古诗（尤其是"诗"体）的研究和翻译同步进行，造诣颇深。他虽未明确提出系统的翻译理论，但其翻译思想兼容并蓄、融会贯通、浑然一体，具有独特的学术价值与应用价值，也深刻影响了华兹生在译诗过程中的各种策略择取。华兹生的译诗思想植根于当时的美国社会文化语境，故在总结华兹生译诗思想之前，有必要先对美国译坛的汉语古诗英译理念之纷争的来龙去脉做简要交代。

---

① 华兹生(2011a，2011b；Watson，1955，2001；Balcom，2005)多次撰文强调其译诗当下性的重要性，指出当下性译诗易为美国读者理解与接受，其译诗话语也基本围绕当下性展开，故本书将其译诗思想的核心归纳为"为当代读者而译"。

美国翻译中国古诗的时间较晚，对美国社会文化产生实质性影响的汉语古诗翻译活动最早可追溯到 20 世纪初美国诗坛兴起的"意象派"诗歌文学运动。从翻译浪潮初期开始，译者们对译诗理念的争论便从未休止，译诗阵营逐渐分化为诗人型译者与学者型译者，他们彼此的翻译理念针锋相对，互不相让，纷争延续至今仍未见减退之势。后者常指责前者的译诗缺乏必要的准确性，过多改写原诗内容；前者常贬斥后者的译诗缺乏英诗的"诗性"，甚至根本称不上诗。《华夏集》（Cathay）是庞德的立身之作，就连对庞德不甚客气的诗人型译者王红公也称其为"20 世纪美国最佳的一打诗作之一"（Rexroth，1961：125），而美国汉学家金守拙（George Alexander Kennedy）却揶揄其不能称得上译诗："毋庸置疑，这是部优秀的诗歌集，但却是糟糕的翻译。庞德虽然翻译了（原诗），却不懂（原诗的）学问。作为诗人，他将备受称颂，而作为译者，却其实难副。"（Kennedy，1964：462）

著名美籍华裔学者刘若愚从译者的文化背景出发，对汉语古诗英译的类型做出划分，认为学者型译者的主要目的在于"向读者展示原诗的样貌，而将自己的译诗当成对原诗的一种读解"，而诗人型译者则主要是"诗人或未获成功的诗人，他们由于创作灵感暂时或长久消失，试图通过翻译实践激活创作灵感，他们通过各种途径理解或误解中国诗，并基于此用英语进行诗歌创作"（Liu，1982：37）。与刘若愚不同，哈佛大学中国文学教授田晓菲（2010）则从译本形态的角度，将美国的汉语古诗英译之传统总结为"学者型翻译"与"文学性翻译"两种。我们认为，刘若愚与田晓菲对美国汉语古诗英译传统的归纳反映了两种美国主流译诗理念的对立，但两种划分也都存在一些问题。对译诗传统的划分主要是为了反映译文特点，而刘若愚的分类是依据译者的身份，但译者身份与译文特点并无因果关系，该划分只能反映译者的身份，对文本特点不具概括性；田晓菲的划分逻辑不通，因为"学者"和"文学"并不是平行概念：前者是身份，后者是效果，故不具对应性。基于此，我们尝试性地按照译文文本特点将其划分为文学性翻译和文献性翻译两类，前者指译文以文学功能为导向，不使用复杂的注释、说明抑或解释，旨在让读者将译文当成翻译文学加以欣赏品评，其中比较典型的案例有庞德的《华夏集》、斯奈德的《寒山诗》与王红公的《中国诗百首》等；后者指译文以文献功能为导向，使用详尽、细致、周全的注释、说明或解释文字，广泛参考和征引其他学者的研究成果，本身即是一项严肃的学术活动，而非单纯的翻译文学①，且可为学术研究与考证提供史料或文献依据，如宇文所安（Stephan Owen）的《盛唐诗》与韩禄伯的《寒山诗：全译注释本》（*The Poetry of Han-Shan: A Complete, Annotated Translation of Cold Mountain*）等。

美国译坛针对文学性译诗和文献性译诗理念的交锋也导致了译者们对翻译的充分性与接受性的倚重程度有所不同。在1970年的《寒山》再版前言中，著名汉学家狄百瑞对华兹生译诗的意图做了说明："我们（狄百瑞和华兹生）的意图（虽然）是提供基于学术研究的译本，但希望它是为大众读者，而不仅仅是为专业人士而译。"（Watson，1970：5）华兹生的翻译思想则介于这两者之间，既凸显了诗人型译者对目的语接受语境的深刻体察，也不时流露出学者型译者对源语信息的细腻考证，凸显了其对译入语与源语文化的充分尊重，兼顾了译诗的接受性与充分性②。

3.2.1　以读者为核心的译诗理念与翻译目的

华兹生翻译思想的核心是为读者而译。他所译的中国诗选集几乎均属于"东方经典著作译丛"，该丛书旨在为美国大学提供一部入门级的教材或阅读书目，并非只针对专家学者而译。他声称其翻译"旨在让其中（中国典籍）最著名、最有影响的篇目以浅显易懂的形式呈现出来"（Balcom，2005：8）。对"浅显易懂"的译文之关照集中体现了华兹生对接受性与可读性等读者问题的重视。华兹生也曾做出这样的解释："我所有的翻译活动的目的都在于，尽可能使用易于理解的方式让英语读者阅读亚洲文明的思想与文学著作，因此我对那些故意使读者与译文产生距离的翻译方法丝毫不感兴趣。"（Watson，2001：7）在翻译中，他也践行这种主张："我在译文中从来不使

---

① 但值得注意的是文献性翻译并不否认译文的文学性，因为追求文学性是文学翻译的必然诉求，只是文献性翻译也同时强调译文的文献功能，因为文献性翻译的目的在于"在目的语中产出一种在某些方面具有文献性质的交际性译文"（Nord，1997：138），文学性翻译与文献性翻译并非决然对立、非此即彼，而仅仅是对译文功能的侧重有所不同。

② 无论是作为入门级学术译本与教材，还是作为一般通俗读物，译诗的接受性都是第一要务，因为有效接受能激发学生、学者的学习研究热情和一般读者的阅读兴趣；此外，作为学术译本与教材，译诗还必须具备准确性与学术性，以备研究之需。

用古老的英语（说法），却总喜欢选择使用表达最清楚、听起来最顺耳的尽可能符合现代英语的翻译。"（华兹生，2011b：16）

华兹生译诗思想中的读者意识与其翻译目的有直接关系。二战后，美国政府出于国际战略与区域形势的考虑，对亚洲国家（尤其是中、日、韩三国）的兴趣陡增。为了研究亚太政策，美国政府还开辟了专门的资金渠道，招募、培养亚洲研究学者。在此背景下，大型翻译项目"东方经典著作译丛"得以启动。该项目得到了美国教育基金会、福特基金会和哥伦比亚大学出版社等多家机构的资助，译著卷帙浩繁，入选的亚洲典籍多达几百部，涉及中、日、韩在内多国的作品。华兹生不仅是参与该项目的主要译者，而且还作为编委会主要成员参与了该项目实施策略的决策。在1970年的《寒山》再版前言中，该项目的主持人狄百瑞便开宗明义地对该项目的翻译目的做了说明："我们（狄百瑞和华兹生）的意图（虽然）是提供基于学术研究的译本，但希望它是为大众读者，而不仅仅是为专业人士而译。"（Watson，1970：5）

3.2.2 译诗的诗学取向与当代美国诗歌艺术性

华兹生译诗思想表现出对当代美国诗歌艺术性的重视，主张译诗应当符合其所在时代语境的诗学标准与审美传统，这具体表现为华兹生对当代美国诗歌诗学理念的融会贯通，并有意使其译诗具备当代美国诗歌的特点。他提出，英译中国诗时应"先仔细地看看英文的诗歌，特别是美国诗的状况"（华兹生，2011a：6）。

华兹生阅读了大量的当代美国诗歌，敏锐地感知当代诗歌、诗学和语言的变化。"就诗歌翻译而言，我发现，最好的做法是尽可能多地阅读优秀的当代美国诗歌（contemporary American poetry），因为当代美国英语是我希望在诗歌翻译中使用的语言风格"（Balcom，2005：9）。为使其译诗符合美国当代诗歌的诗学标准和审美传统，华兹生与当代美国诗人如乔安娜·凯格（Joanne Kyger）、科尔曼·巴克斯（Coleman Barks）、斯奈德、艾伦·金斯堡（Allen Ginsberg）等人保持了密切的联系，与庞德也有通信往来。华兹生早年曾受教于科尔曼与金斯堡，他将此二人给予他诗歌翻译的建议归结为两点："译诗需简洁，还得听上去有趣。"（Watson，2001：4）因两位诗人在美国本土化诗歌运动中曾扮演过重要角色,其诗作也具有"反学院"的文学特点,二人对华兹生译诗的建议实质上应和了美国本土派诗歌的诗学标准和审美传统。例如,在翻译苏轼的《过永乐文长老已卒》时,华兹生刻意省略了部分原诗对仗的翻译,以突显译诗作为英语诗歌的诗性,见例3.1(Watson,1994b:62)。

例3.1

原诗	译诗
过永乐文长老已卒	Visiting Yung-lo Temple, I Learn that the Old Priest Wen Has Died (1074)
初惊鹤瘦不可识,	The last visit alarmed me — stork — thin, I hardly knew him;
旋觉云归无处寻。	Suddenly I learn he's gone with the clouds, no looking for him now.
三过门间老病死,	In the course of three visits, old age, sickness, death;
一弹指顷去来今。	In a snap of a finger, past, present, future.
存亡惯见浑无泪,	Now here, now gone — I've seen it so often I barely shed a tear,
乡井难忘尚有心。	But my old home's hard to forget; he stick in my thoughts.
欲向钱塘访圆泽,	I must hurry to Ch'ien-t'ang, look for Yüan-tse;
葛洪川畔待秋深。	By the banks of Ko-hung River I'll wait as autumn deepens.

《过永乐文长老已卒》是苏轼所作的一首七言律诗,颔联、颈联均对仗工整。译诗中,华兹生仅将颔联翻译成了英语的平行结构,in the course of three visits 与 in a snap of a finger、old age 与 past、sickness 与 present、death 与 future 形成了完整对应,以英语的平行结构展现了原诗的对仗修辞,却未将颈联的对仗译出,其目的正是在于避免平行结构过多而造成译诗生硬牵强。由于对仗翻译取舍得当,译诗表现了自由诗的自由成章和朴实自然,丝毫不显得生硬牵强。

3.2.3 译诗可读性与口语体的使用

华兹生的译诗思想强调了译诗的可读性,他主张用当代美语翻译中国古诗,力求语言的通顺流畅、通俗易懂,因而他摒弃古雅用语,拒绝方言或地域性的表达,以及避免影响流畅阅读的笺注方法。

华兹生主张译诗应采用地道通顺的英语进行表达,对王际真提出的"自然流畅"的译诗主张颇为推崇,他认为"仅仅把汉语的意义翻译出来是远远不够的,译文还应该读起来像是自然、地道的英语"(Watson,1995:199)。

基于此,华兹生的译诗思想强调了译诗用语当下化的问题。他认为翻译面向的是同时代读者,自然应使用同时代的语言来进行翻译,"翻译更新换代的速度很快,因此根本没必要在翻译时故意使用过时的语言"(Watson,2001:6)。

在经历了"意象派"新诗运动之后,美国诗歌翻译逐渐摒弃了维多利亚时代诗歌的古雅遗风,译诗语言的时代性已深入人心。华兹生也认为,自己的翻译工作是在延续庞德和韦利未竟的事业,其译诗不仅曾受教于此二人,更遵循了二者的译诗理念。"在我翻译中国诗的过程中,庞德和韦利对我有很大的影响,尤其是韦利。我从没机会见过他,但我把自己的译作《汉魏六朝赋选》献给他作为对他的纪念。"(Balcom,2005:9)华兹生同时也拒绝使用方言或地域性表达:"(原文)对话应当被翻译成听起来令人信服的英语口语,但绝不能让译文听起来像是任何一种英语方言或是地方性表达。"(Watson,2001:2)因此,华兹生的译诗中甚少出现俚语与方言。这种口语体译诗有时以会话建构的方式来实现,因为他认为,"对现实世界的中国式的直接忧患意识也必须用直接、会话式的方式再现出来"(Weinberger,2003:xxv)。在此我们以华兹生所译的寒山诗《妾在邯郸住》为例做一个分析,见例 3.2(Watson,1962:23)。

例 3.2

原诗	译诗
妾在邯郸住	**Han-tan Is My Home**
妾在邯郸住,	"Han-tan is my home," <u>she</u> said,
歌声亦抑扬。	"And the lilt of the place is in <u>my</u> songs.
赖我安居处,	Living here so long
此曲旧来长。	I know all the tunes handed down.
既醉莫言归,	<u>You're</u> drunk? Don't say <u>you're</u> going home!
留连日未央。	<u>Stay!</u> The sun hasn't reached its height.
儿家寝宿处,	In <u>my</u> bedroom is an embroidered quilt
绣被满银床。	So big <u>it</u> covers all <u>my</u> sliver bed!"

华兹生译诗在多处增补了人称代词 you、I、she 和物主代词 my,有意营造了译诗"对话性"的表达方式。原诗全文八句话,皆为主人翁(歌姬)一人隐性自陈,仅在第二句出现了一个人称代词"我",其他各句均未出现人称代词,均为隐性人称陈述。在译诗中,华兹生在"妾在邯郸住"后添加了

第三人称 she 代表"隐性述者"——歌姬,以此与原诗作者(寒山)区别开来;在"歌声"前添加了 my,补充了"此曲旧来长"的人称 I,表现出对话开展的直陈表述;其后又补充出了"既醉莫言归"的主语 you,虽然对话的对象 you 一言不发,但由于对话关系的缘故,其意图性跃然纸上。虽然译文中分别出现了 you、I、she,但所指并不混乱,读者从问答结构中可以清楚识别陈述者(I)、发话对象(you)和陈述者(作者)的会话关系。

译诗整篇采用直接引语的方式,凸显了对话的真实性,使原诗含蓄、晦涩的陈述方式变得直接、明晰。原诗没有出现明确的人称表述,因此未出现明显的直接叙述,而是采用了一种模糊叙述人称的间接叙述策略,间接引语拉大了读者与叙述事件之间的时空感,因此难以寻觅会话的真实性与直接性。而译诗除第一句中的 she said 外,整首采用直接引语的方式表述,表现出会话发生的即时性,让读者有如临其境之感,表现出对话的真实性与直接性。

译诗第 5、6 句中加入了设问—应答的会话结构,使隐含的人物对话关系进一步明晰。原诗第 5、6 句并未出现问答形式,而采用直接陈述的方式叙述,因此也就不存在明显的直接会话特点。译诗不仅添加会话方 you,明确了诗文的人物对话关系,而且原诗通过"you're drunk?"发问,用"Don't say you're going home!"与"Stay!"作答,再由"The sun hasn't reached its height."阐明缘由,构成了一场完整的直接会话场景。

尽管刘若愚对华兹生译诗所采取的通俗语言(尤其是口语体)的做法颇为不满,认为这样会极大地影响译诗的文学性,但正是使用通俗化、日常化、口语化的译诗用语才使中国古诗得以跨越语言的藩篱,为英语世界普通读者所接受;美国汉学家白牧之(E. Bruce Brooks)与白妙子(A. Taeko Brooks)教授也称"华兹生的译文具有众所周知、备受公认的优点——即翻译用语平易口语化,内容通顺连贯,以至于几乎不需要解释"(Brooks & Brooks,2009:165),其"英译的特点是文笔通俗化,不加注释,突出可读性,适合普通大众"(王建开,2016:10)。

3.2.4　译诗阐释性与选目的文化过滤

华兹生还从阅读的角度关照了翻译的阐释性问题,凸显了华兹生对诗歌翻译活动的开放性态度。华兹生认为文学复译具有时代阐释性，并从阅读的角度重新定义了文学名著，而非将其视作一套永恒不变的经典。"众所周知，文学名著是指那些在任何时代都值得被任何年龄段的读者所阅读的作品。但由于文学传统与语言一直都处于不断变化的状态，学者或作家都必须不断地耕耘，以推出外国文学作品的新译本，抑或重新认定他们所处时代的文学巨匠，并给予其作品新的诠释。"（Watson，1955：245）该定义以"阅读"为标准判断"文学名著"，摒弃了以往对文学品质静态性的价值判断，重塑了文学作品经典地位的动态性。

翻译不是译文与原文一成不变的一一对应，任何形式的翻译都会使原文的形式、意义和效果发生变形，故文学翻译应是"译者运用解释项书写下的一种阐释，是源语及源文化与译入语及其文化之间调适的结果。这是把原文变形为译文的方法"（Venuti，2010：74-75）。华兹生也认为，"我们应该提醒读者，当他们在阅读早期中国作品译本时，他们并非在阅读一篇毫无争议、再现原作意义的译文，而仅是多种潜在理解中的一种解读"（Watson，1962a：12）。华兹生对翻译阐释性的强调恰好呼应了韦努蒂的"翻译阐释论"的观点，强调了文本的开放性与复译的语境性。同时，华兹生的论说与实践也为文学跨文化（国）传播中的"他国化"现象与比较文学译介学中的文学变异现象提供了翻译学的旁证与支持。

鉴于此，华兹生通过译诗选目，对中国古典诗人及其名下诗文进行了语境化阐释。例如，他选译寒山、苏轼与陆游诗歌的意图较为清晰明确：通过传递原诗的各种意象，营造出诗人（诗文）山水禅意、静籁雅居、闲适生活的审美旨趣，其笔下的寒山、苏轼与陆游均被赋予了这种"生态性"选目意图。显然，寒山、苏轼与陆游的诗歌创作并不是"生态性"可以完全概括的，甚至这种"生态性"具有一定的文化误导性，并不符合诗人的主要创作意蕴。华兹生选译的寒山诗包括俗世诗、讽喻诗、厌世诗、归隐诗与佛禅诗，但寒山诗的主题未必有他划分的那么清楚，其人物形象与人生履历是否真实本身也成疑。华兹生的选目将寒山及其名下的诗文脸谱化与人格化，目的在于描述其从世俗人归诚为僧侣的过程。其选译苏轼诗也有类似的情况，重点选录了苏轼的禅诗与山水诗，甚少选录其他主题；但苏轼的文学创作维度十分壮阔，前期作品主要反映了政治忧患、针砭时弊与人生豪迈，后期作品转向了对人生与大自然的体悟思考。华兹生的译诗选目显然有意过滤掉前期苏诗批判政治与社会现实等严肃主题，使苏轼表现出山水佛禅、悠然自得的审美意趣，遮蔽了苏轼忧国忧民、心系家国的政治情怀。陆游诗歌创作的主体是爱国诗，雄奇奔放、沉郁悲壮、气吞胡虏的艺术风格贯穿了其创作生涯，也是诗人的基本文学气质。他选译陆游诗也明显有悖于陆游整体诗歌创作风格与维度，其选目极力关照了诗人晚年所做的闲适诗与田园诗，爱国诗仅仅选录了不足十首，其目的在于塑造一个怡然自得、田园为乐、寓情山水的"陆放翁"。

经过华兹生的折射性翻译诗学阐释，译本中的诗人形象与艺术风格均发生了变异现象，寒山、苏轼与陆游的创作维度、诗艺风格都被脸谱化与简单化，呈现出与源文化不同的文学面貌，成为译者在接受文化语境下的新阐释。

3.2.5 文献意识与译诗充分性

华兹生的译诗思想具有较强的文献意识，关照了译诗充分性。其译诗思想中对翻译充分性问题的考虑同样也是由其翻译目的所决定的。他所译的中国诗选集基本隶属"东方经典著作译丛"，其作为教材的使用目的与作为学术参考资料的使用目的决定了其译诗必须展现汉语诗歌的形式特点、创作技法与审美旨趣，具有翻译充分性。基于此，华兹生特别关照了译诗的内容忠实、原诗形式等问题。

第一，华兹生强调译诗必须在内容上忠实于原诗，尤其强调了翻译中国古诗意象的准确性。他认为，"自《诗经》开始，自然意象就一直在中国文学中扮演重要作用"（Watson，1971a：122），"诗歌中意象的精确与清晰是中国诗最让人印象深刻之所在"（Watson，2001：5）。他尤其强调译诗应对中国诗中的意象进行准确传递。"在翻译的过程中，诗歌意象的有效传达应当是被优先考虑的。当处理亚洲诗歌时，译者必然会遇到许多无法直接在英语中对等的意象，如衣着、食物或植物等。译者可能遍寻合适的英文表达，抑或对其加注解释。但是，简单忽视原诗中的意象而用与之略微相似的西方食物或植物名称加以替代是绝对不可取的。"（Watson，2001：4-5）他也明确反对舍去语义而直接使用音译的方法或使用专业词汇，如拉丁文。"仅仅根据汉语词汇的现代读音用罗马字母进行翻译，难以让译诗留下深刻印象，也无法将原诗的意象清晰地传递给读者……同时,仅仅出现在书本中的拉丁词汇对于读者的理解是毫无助益的。"(Watson,2001:5)他主张通过实地考察或深入了解意象在原文中的意义,在正确理解意象的基础上,用意义最贴近原诗意象的英语日常词汇,尽量准确地表达其内涵。

在翻译杜甫的《初月》时,华兹生译诗也表现出对原诗内容与语义的高度忠实,见例3.3(王红公,1971:17;Watson,2002:58)。

例3.3

原诗	王红公译诗	华兹生译诗
初月	**New Moon**	**New Moon**
光细弦岂上,	The bright, thin, new moon appears,	Frail rays of the crescent newly risen,
影斜轮未安。	Tipped askew in the heavens.	Slanting beams only a fraction of the full circle.
微升古塞外,	It no sooner shines over	Barely lifted above the old fort,
已隐暮云端。	The ruined fortress than the	Already hidden in slivers of evening cloud.
河汉不改色,	Evening clouds overwhelm it.	Stars of the River of Heaven keep their hue unchanged,
关山空自寒。	The Milky Way shines unchanging	Barrier mountains, untouched, cold as before.
庭前有白露,	Over the freezing mountains	In the courtyard white dew forms,
暗满菊花团。	Of the border. White frost covers The garden. The chrysanthemums Clot and freeze in the night.	Moisture imperceptibly drenching the chrysanthemums.

王红公的译诗在内容与语义上与原诗差异较大,首联中的"弦岂上"(月弦初现)译为 new moon appears(新月出现),影斜轮未安(月影疏斜,月轮不正)译为 tipped askew in the heavens(天空中的月亮歪了),原诗中的隐喻与比喻全部被省去,语义也有所损失,显得十分直白;颈联中的"不改色"本指银河没有改变颜色,隐喻杜甫的气节不变,王红公将其译作 shines unchanging(照耀不变)与原诗语义差距甚远;尾联中的"白露"被译为 white frost(白霜),意象出现了明显误译,也导致了译者对最后语句的翻译出现差错,"暗满菊花团"(白色的露水悄悄地盈满了菊花团)译为 "the chrysanthemums clot and freeze in the night."(菊花团簇,在夜晚结冻),与原诗意境相去甚远。

华兹生的译诗十分忠实于原诗的语义与内容。首联"Frail rays of the crescent newly risen, slanting beams only a fraction of the full circle."将原诗中新月出现、月影浮动的情景完全展现出来了,crescent(弦月)比 moon(月

亮）也更贴近原诗意象；a fraction of the full circle（全圆的小部分）展现了"轮未安"所指的新月初现的月轮光影。"不改色"被译成 their hue unchanged（光影色调不变），"白露"被译成 white dew（白色的露水），都十分忠实于原文语义与内容，最后一句"Moisture imperceptibly drenching the chrysanthemums."（露水不知不觉地浸润了菊花团）将原诗那种菊花团凝露的缓慢过程描写得极为生动。

第二，华兹生的译诗思想关照了中国古诗的韵律、诗节、语序的翻译问题，主张译诗要适度保留原诗形式特征，但也绝不拘泥于亦步亦趋的模仿。

在翻译中国古诗时，华兹生主张依照逐行翻译的方法，译诗诗节的划分也遵照原诗，在语序上尽可能地与汉语诗行顺序保持一致，其目的在于彰显原诗的语言、诗行与诗节特点，以适度展现原诗的异质性面貌。他认为"中国的诗歌，即使是中国古诗，在它们被介绍到英语世界时，对于他们（读者）都是新鲜的、清新的"（Watson，2011：6），因此译诗完全没有必要通过改变以获取新鲜感。此外，"由于中国诗的词序与英语诗歌十分近似，诗行在表达上相当具体，译者在翻译时通常会受其引导，甚至受制于原诗"（Watson，2001：6），因此改变原诗行文顺序的做法还有可能会使译文生硬拗口、诘屈聱牙，所以他提倡适当模仿汉语原诗形式。

在对韵律形式的翻译上，华兹生主张舍弃尾韵而采用无韵诗的做法，但对某些可以翻译的韵律形式，可以适当保留。正如他所言，"当今的美国诗歌中几乎没有了押韵的形式，事实上，苛求生硬的押韵被认为是诗歌表现的厚腻、不自然、多余，甚至敌意"（Watson，2011：6）。在翻译杜甫的《春望》一诗时，华兹生强调了在自由体中译出原诗的平仄节奏，译诗采用自由体，在某些诗行第二个单词后加逗号做顿，仿拟原诗节奏，见例3.4（Watson，2002：30）。

例3.4

原诗	译诗
春望	**Spring Prospect**
国破山河在，	The nation shattered, mountains and rivers remains;
城春草木深。	City in spring, grass and trees burgeoning
感时花溅泪，	Feeling the times, blossoms draw tears;
恨别鸟惊心。	Hating separation, birds alarm the heart.
烽火连三月，	Beacon fires three months in succession,

续上

原诗	译诗
家书抵万金。	A letter from home worth ten thousand in gold.
白头搔更短,	White hairs, fewer for the scratching,
浑欲不胜簪。	Soon too few to hold a hairpin up.

杜甫的《春望》的体裁是五言律诗。华兹生译诗并无明显的韵脚，也难看出其他押韵手段的痕迹，但译诗的第1、2、3、4、7句中，第二个单词（除了 the 和 in）之后加逗号做顿，仿拟原诗节奏。但英文诗歌节奏由轻重或重轻音步所掌控，其音步的基本形式为抑扬格或扬抑格，除语法要求或其他特殊目的外，一般不会轻易在诗行中使用"加逗做顿"进行节奏划分，而且此诗中这种做法出现的频次极高，八句诗中有五句采用原诗节奏，使得原诗的节奏在译诗中更加凸显。

综上所述，华兹生的文学翻译思想具有强烈的读者意识，体察了译诗的艺术性、可读性与阐释性等翻译接受性问题，同时不失对译诗文献功能的关照，强调了译诗语义忠实性与形式异质性等翻译充分性问题。在实践中，他也践行了所奉行的翻译理念，使中美诗学展开了差异性与同质性并存的跨文化诗学对话，既保证了译诗作为美国翻译文学的诗性，也使得中国古诗作为文化"他者"在美国本土传统中得到充分尊重与理解，有效弥合了译诗文学性与文献性的裂痕。

3.3 译诗的主要成就及译本情况

华兹生英译汉语古诗主要有单行本与选集两种形式①。前者以诗人为选

---

① 曾有国内学者错误地认为华兹生的翻译是通过日文转译而来，但事实并非如此。华兹生虽常年寓居于日本，且从事日-英文学翻译，还翻译过一些日本学者研究中国文学的著作，但是其中国古典诗英译并非转译自日语译本，而是直接译自汉语原本，参考日文译本纯属为了更好地理解原文。"我的译文都是直接从中文译过来的。我经常提到参考过这个或那个汉语作品的日语版，有些人就以为我是从日语而不是从汉语原文翻译过来的，其实并不是这样的。中国的注释者常常会解释诗歌或段落中的难词或典故，但是并不会解释整首诗或整个段落，而日本注释者面向的读者并不是以中文为母语，所以他们的解释可能更加全面。我希望得到所有可能的解释。"（Balcom, 2005: 11）

录依据，后者以诗歌体裁、题材或文学史断代作为选录依据。

3.3.1 单行本

单行本是华兹生译诗采用的主要形式，其共有单行本 7 部，囊括了寒山、苏轼、陆游、白居易和杜甫等五位重要的汉语古诗人，译诗数量共计近 1000 首，是其译诗的主体部分，具体情况见表 3.1。

表 3.1 华兹生出版的译诗单行本

译著	内容	出版年份
Cold Mountain: 100 Poems by the T'ang Poet Han-Shan《唐代诗人寒山诗 100 首》	寒山、唐诗	1962
Su Tung-p'o: Selections from a Sung Dynasty Poet《宋代诗人苏东坡诗选》	苏轼、宋词、赋文、行记	1965
The Old Man Who Does as He Pleases: Selections from the Poetry and Prose of Lu Yu《随心所欲—放翁——陆游文选》	陆游、诗词、《入蜀记》	1973
Selected Poems of Su Tung-p'o《苏东坡诗选》	苏轼、宋词、赋文、行记	1993
Po Chu-I: Selected Poems《白居易诗选》	白居易、唐诗、《庐山草堂记》	2000
The Selected Poems of Du Fu《杜甫诗选》	杜甫、唐诗	2002
Late Poems of Lu You《陆游晚期诗歌》	陆游、诗词、行记	2007

华兹生的译诗最早可以追溯到 1951—1955 年旅日期间。自古以来，日本就有用汉语拟作汉语古诗的传统①，因此，留存有大量日本汉诗。旅日期间，华兹生广泛接触到并翻译了部分日本汉诗。据华兹生自述，"这次翻译汉诗是应基恩之约，为他的日本文学选集所选译的，该选集于 1955 年由美国丛林出版社发行"（Watson，2001：3）。但严格说来，这些译诗称不上真正的汉

---

① 如曾盛行于日本诗坛的俳句就是典型的因翻译与拟作汉诗发展而来的一种新型诗体。

语古诗英译，只能算是日本汉语诗歌的英译。

华兹生最早翻译的汉语古诗是寒山诗，其单行本为《唐代诗人寒山诗100首》。译诗始于他1958年旅日期间，于1959—1960年完成，译本于1962年由美国丛林出版社发行。据其回忆，"20世纪50年代，斯奈德和我都住在京都，都与美国第一禅学研究所（日本）有联系。那些年间，斯奈德对我帮助很大，给了我很多诗集，一些是他自己写的，一些是其他诗人的。当完成了寒山诗的翻译后，我请他阅读了第一稿。那时，我并不知道他曾翻过寒山诗[1]，他自己也未曾提过"（Balcom，2005：9）。该译诗集于1970年由哥伦比亚大学出版社再版，并纳入"东方经典著作译丛"系列。译文直接译自汉语，但以日本著名禅宗文学研究权威入矢义高（Yoshitaka Iriya，1910—1998）与吉川幸次郎等人选译的《寒山》（1958）[2]为选诗依据，选诗90首；再根据入矢义高的建议，另自选10首，共计译诗100首。

1965年，单行本《宋代诗人苏东坡诗选》由哥伦比亚大学出版社发行。其译诗直接译自汉语，但以日本学者小川环树（Ogawa Tamaki，1910—1993）选译的《苏轼》（上、下）（1962）[3]为选诗依据，同时参考小川环树的建议，另选了部分苏轼的诗。该单行本收录了83首诗、2篇赋、1篇书信节选；据其自述，选译原则是个人喜好和他认为能很好地译成英语的诗篇（Watson，1965：17）。1993年，华兹生对选集进行了修订，增选了29首苏轼诗，并将其改名为《苏东坡诗选》后，由美国铜峡谷出版社（Copper Canyon Press）修订后发行。

1973年，单行本《随心所欲一放翁——陆游文选》由哥伦比亚大学出版社发行。其译诗同样也是译自汉语，以中国台湾地区学者杨家骆（1912—1991）主编的《陆放翁全集·第一卷》为选诗依据，同时参考了日本学者铃木虎雄（Suzuki Torao，1878—1963）编著的《陆放翁诗解》（1950）[4]、海知义（Ikkai

---

[1] 斯奈德所译的寒山诗译本于1958年才正式出版，且译诗发于并不知名的文学杂志《常青评论》（*Evergreen Review*）之上，其表现出的巨大影响力则是几年后的事了，华兹生对此不知情也不足为奇。

[2] 该选集属日本东京岩波书店出版的"中国诗人系列丛书·系列一"的第五卷。

[3] 两部选集属日本东京岩波书店出版的"中国诗人系列丛书·系列二"的第五、六卷。

[4] 该选集分为上、中、下三册，先后于1950年（上）与1954年（中、下）由东京弘文堂出版社出版。

Tomoyoshi，1929— ）选译的《陆游》（1962）①、前野直彬（Maeno Naoaki，1920—1998）选译的《陆游》（1964）②、杨宪益和戴乃迭夫妇发表在 1963 年《中国文学》第 8 期上的陆游译诗，以及英国汉学家克拉尔·M. 凯德琳·杨（Clara M. Candlin Young）选译的陆游诗单行本《陆游的剑——中国爱国诗人陆游诗选》（*The Rapier of Lu, Patriot Poet of China*，1946）。该单行本按编年体形式排列，译有 63 首诗和一篇行记《入蜀记》节选。

2000 年，单行本《白居易诗选》由哥伦比亚大学出版社发行。其译诗译自汉语，以 1988 年上海古籍出版社发行、朱金城编纂的《白居易集笺校》为选译依据与译诗底本，选译诗歌 128 首、散文 1 篇。

2002 年，单行本《杜甫诗选》由哥伦比亚大学出版社发行。选译依据不详③，同样是译自汉语，同时参考了洪业（William Hung）、王红公、大卫·霍克斯（David Hawkes）、宇文所安等人的译本及相关研究，选译诗歌 135 首。

2007，陆游诗文的第二部单行本《陆游晚期诗歌》在日本出版。该单行本是对早前出版的《陆游文选》的补充，但与以往在美国发行的单行本不同，该单行本选择单独在日本发行，且为汉英对照版本。其选译依据不详，译自汉语，收录了 24 首陆游晚期的诗（1173—1209 年），同时还收录了《陆游文选》中选译的《入蜀记》。

3.3.2 选集

除单行本外，华兹生还编译了文学选集 1 部、译诗选集 3 部。这些选集收录了从先秦到宋末元初的各类诗歌体裁，包括古诗、汉赋、民歌、谣体、唐诗与宋词，部分单行本的译诗也同时被收入其中，同时配有大量对诗文、时代、诗人与文学流派等的简要介绍与评论，因此有通论型研究的特点，选集具体情况见表 3.2。

---

① 该选集属日本东京岩波书店出版的"中国诗人系列丛书·系列二"的第八卷。
② 该选集属日本东京集英社出版的"汉诗大系·第 19 卷"。
③ 根据译本的副文本信息，译诗选目应也是参考了中国学者编纂的选集。

表 3.2 华兹生英译汉语古诗（文学）选集

译著	出版时间	出版机构	收录依据
Early Chinese Literature 《早期中国文学》	1962 年	哥伦比亚大学出版社	文学史断代
Chinese Rhyme-Prose: Poems in the Fu Form from the Han and Six Dynasties Periods 《中国赋文：从两汉到六朝》	1971 年	哥伦比亚大学出版社	诗歌体裁
Chinese Lyricism, Shih Poetry from the Second to the Twelfth Century 《中国抒情诗风：公元 2 世纪至 12 世纪的诗歌》	1971 年	哥伦比亚大学出版社	诗歌题材
The Columbia Book of Chinese Poetry: From Early Times to the Thirteenth Century 《哥伦比亚中国诗选：从早期到 13 世纪》	1984 年	哥伦比亚大学出版社	文学史断代

　　华兹生撰写的第一部有关中国古代文学的选集是 1962 年由哥伦比亚大学出版社出版的《早期中国文学》。该书既是一部关于早期中国文学作品的选集，也是一部全面研究中国先秦到两汉时期文学的专著，"在当时具有十分重要的开拓性意义"（柯马丁，2010：572）。该书不仅选译了这一时期的古典散文、诗歌、民谣、汉赋等作品，还收录了论述这一时期历史、哲学、思想、社会、文化的著述，所选录的作品时间跨度为 1300 多年。该书以编年史形式编排，对每个历史时期社会、政治、经济、思想、文化特点进行了详细概述和评论，也对每一部作品进行了解释、注释、分析和评论，系统描述了中国古代文学的发展历程，是一部中国早期文学的编年史论著与文学选集。时至今日，"对了解早期文学研究范畴而言，它仍然是有用的综合性入门著作"（柯马丁，2010：572）。

　　1971 年，华兹生出版了介绍东汉至南宋时期抒情诗的选集《中国抒情诗风：公元 2 世纪至 12 世纪的诗歌》。该书中，华兹生详细地介绍了中国古代文学，尤其是诗的特点、发展和演变，对入选作者的生平和文风也有一定的介绍和评价，对选译的文本有详细的介绍和注释，"基于遵循历史发展的框架，覆盖面广阔，在当时可谓填补了一项空白"（田晓菲，2010：606）。在《中国抒情诗风：公元 2 世纪至 12 世纪的诗歌》中，华兹生提出了他对中国古诗创作技法的独到见解，展现了他深厚的学术研究功底和创新性的研究视角。他以中国古诗中的"自然意象"（nature imagery）为考察对象，用现代统计方法观察了从《诗经》到唐诗的古诗对意象技法的使用的变更过程，从各种意象使用的频率及特点等方面研究意象能见度的高低，认为早期《诗经》中使用的词汇多属特指意象（specific imagery），而少泛指词语（general term）；抽象意象的使用始于《楚辞》，至唐代时，自然意象的使用大多介于高度抽象与高度具体之间[①]。同年，他还出版了专门介绍赋的选集《中国赋文：从两汉到六朝》。该书以历史为序，对两汉到六朝的赋文进行了选择性翻译，是一部入门级的教材读本，"直到今天仍可作为引导青年学生入门的有用的教科书"（田晓菲，2010：607），柯马丁也曾称赞其"可读性很强"（柯马丁，2010：578）。这两部书既是中国古代文学的翻译读本，又是详细介绍汉语古诗的文学史，与他先前出版的《早期中国文学》构成了一套全面介绍先秦到南宋文学的文学史选集系列。

在华兹生所有的译诗选集中，最具代表性和影响力的当属 1984 年由哥伦比亚大学出版社发行的《哥伦比亚中国诗选：从早期到 13 世纪》。该书总计 12 章节，总共选录了从先秦到南宋 2000 多年间 97 位诗人的 442 首诗文，体裁涉及诗、词、谣、赋等，各章译诗与评论结合，并配有详细注释。该书现已成为美国学界研究中国文学的必读书目，并作为教材在美国大学广为使用。

此外，华兹生还广泛涉猎中国古代哲学著作，如《荀子精要》（*Xunzi: Basic Writings*，1963）、《墨子精要》（*Mo Tzu: Basic Writings*，1963）、《庄子精要》（*Zhuangzi: Basic Writings*，1964）等；佛学著作，如《维摩经》（*The Vimalakirti Sutra*，1993）、《法华经》（*The Lotus Sutra*，1997）、《临济路》（*The Zen Teachings of Master Lin-Chi*，1999）等；史学著作，如《史记选译》（*Records of the Grand Historian: Chapters from the Shih Chi*，1961）、《前汉书选译》（*Courtier and Commoner in Ancient China: Selections from the History of the Former Han by Pan Ku*，1974）、《左传选译》（*The Tso Chuan: Selections from China's Oldest Narrative History*，1989）等。

华兹生的翻译数量远超前人，涉猎的翻译领域也极为广泛，充分展示了他深厚的中国文化功底与精湛的译技。华兹生的典籍研究作为毗邻行业，与

[①] 但这种见解遭到了部分中国学者的否认，详见周发祥的《也谈唐诗自然意象的具体性——与华生等人商榷》。

汉语古诗英译活动关系密切，对其译诗职业惯习也产生了较大的影响（具体见第 4、5 章的论述）。

3.4 华兹生译诗的经典化地位

华兹生的译诗不但得到了权威机构的资助，入选当代世界文学选集和中国文学选集，而且多次获得各类翻译大奖，且多次再版重印，广为流传，专业人士与文学评论机构好评如潮，深刻影响了当代美国读者与学界对中国文学的态度与阅读方式；译诗在美国逐渐被经典化（canonization），在美国世界文学宝库中享有崇高地位。所谓经典化，是指"文学作品经读者的反复阅读，批评家和专家学者的长期研究，最终被接受并确认为具有天才性和独创性的经典作品这一过程和方式……文学作品'经典化'的标志包括进入权威性文学作品选集和工具书，进入大学课堂，成为经常被引用的经典篇章等"（朱徽，2007：22）。翻译文学作为文学系统的一部分，判断翻译文学的经典化亦可参考该标准。华兹生的译诗在美国汉语古诗英译史上享有重要地位，是中国文学文化外译的有效个案，为中国文学走向世界做出了重要贡献。

3.4.1 译诗出版与资助情况

华兹生的译诗活动得到了众多著名基金项目、出版机构、学术组织的资助，译本均由美国著名学术出版社或主流翻译文学出版社发行[①]，确保了译诗的出版地位。在这些赞助中，最重要的当属"联合国教科文组织·代表性著作丛书"（"UNESCO Collection of Representative Works"）（以下称"丛书"）的资助。"丛书"由联合国教科文组织设立于 1948 年，是一项资助全球范围内优秀文化译著的基金项目，旨在资助世界文学名著的翻译出版，促进各民族文化交流，以保护文化多样性。截止到 2005 年结束，该项目历时 57 年，共资助优秀译著 1060 部，为当今世界范围内规模最大、水平最高、

---

① 1962 年出版的《唐代诗人寒山诗 100 首》除外，该书由较为小众的丛林出版社出版。

第3章 华兹生的译诗思想、成就及其译诗的经典化地位

范围最广、持续时间最长的非营利性文化翻译资助项目。

该项目遴选范围广泛、过程规范、标准严格，确保了高质量名著译本入选，也保证了项目的世界性、公正性、权威性与认可度。其中，其子项目"联合国教科文组织·中国代表性著作丛书"（"UNESCO Collection of Representative Works, Chinese Series"）共资助汉译英著作31部，涉及中国文学、文化、哲学、历史等诸多方面内容，除少数译著外，受资助译著都被世界著名出版社再版或重印，大大扩展了中国典籍在全世界的知名度与可见度，有效地提升中国典籍的世界文化（文学）地位。受资助的中国译著有文学15部、哲学13部、历史2部、文化1部，见图3.1。

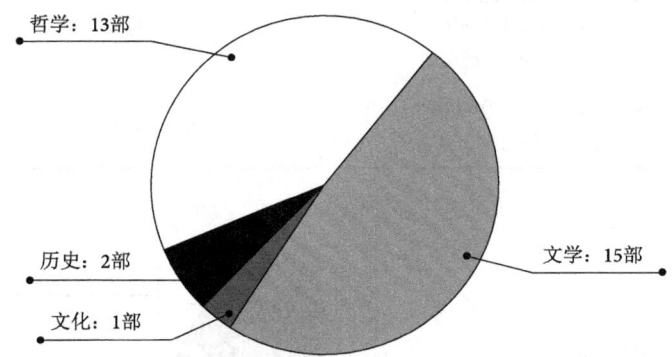

图3.1 受"联合国教科文组织·中国代表性著作丛书"资助的译著数量分布图（汉译英）

按译者划分，华兹生共有9部译著被列入"丛书"，约占"联合国教科文组织·中国代表性著作丛书"的近三分之一，为入选"丛书"（汉译英）最多的译者。其受资助的译著包括史学2部、诗歌3部、哲学4部，具体情况见表3.3以及图3.2。

表3.3 入选"丛书"的华兹生译著（汉译英）

译著	内容	类别
Basic Writings of Mo Tzu, Hsün Tzu and Han Fei Tzu 《墨子、荀子、韩非子：基本要义》	墨子、荀子、韩非子	哲学
Chuang Tzu: Basic Writings 《庄子概要》	庄子	哲学
Cold Mountain: 100 Poems by the T'ang Poet Han-Shan 《唐代诗人寒山诗100首》	寒山	诗歌

续表

译著	内容	类别
Records of the Grand Historian of China 《史记》	《史记》	史学
Records of the Grand Historian: Chapters from the Shih Chi 《史记选译》	《史记》	史学
Su Tung-p'o: Selections from a Sung Dynasty Poet 《宋代诗人苏东坡诗选》	苏轼	诗歌
The Complete Works of Chuang Tzu 《庄子全集》	庄子	哲学
Chinese Rhyme-Prose: Poems in the Fu Form from the Han and Six Dynasties Periods 《中国赋文：从两汉到六朝》	赋文	诗歌
Sources of Chinese Tradition 《中国传统之源》	中国哲学、宗教	哲学

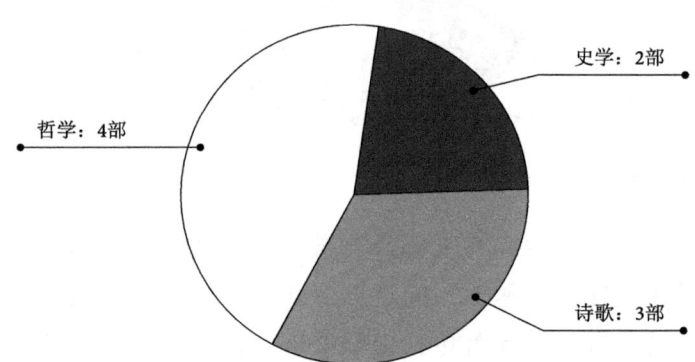

图 3.2 华兹生受"联合国教科文组织·中国代表性著作丛书"资助的译著数量分布图（汉译英）

按翻译选材划分，受资助诗歌译本总计 10 部：体裁上，各朝选集 4 部、唐诗选 2 部、宋词选 1 部、元曲选 1 部、楚辞选 1 部、赋文选 1 部；国籍上，美国译者的译著受资助的比重最大，独占 6 部，英国译者 3 部，加拿大译者 1 部；译者上，华兹生独占 3 部，为接受资助最多的译者，其余译者均为 1 部，详见表 3.4。

第3章 华兹生的译诗思想、成就及其译诗的经典化地位

表 3.4 入选"丛书"的译诗集（汉译英）

译著	译（编）者	内容	国籍
Ch'u Tz'u: The Songs of the South 《楚辞：南方之歌》	David Hawkes（大卫·霍克斯）	楚辞选集	英国
Anthology of Chinese Literature: From Early Times to the Fourteenth Century 《中国文学选集：从早期到14世纪》	Cyril Birch & Donald Keene（白之、唐纳德·基恩）	各朝文学选集（主要是诗歌）	美国
Poems of the Late T'ang 《唐代晚期诗歌》	A. C. Graham（A. C. 葛瑞汉）	唐诗选集	英国
Fifty Songs from the Yüan 《元小令50首》	Charles R. Metzger & R. F. Yang（查尔斯·R. 梅兹格、杨富森）	元曲选集	美国
One Hundred and One Chinese Poems 《101首中国诗》	Liu Shishun（刘师舜）	各朝诗歌选集	美国（美籍华人）
One Hundred and Seventy Chinese Poems 《170首中国诗》	Arthur Waley（阿瑟·韦利）	各朝诗歌选集	英国
Poems of Solitude 《隐逸诗》	Jerome Ch'ên & Michael Bullock（陈志让、迈克尔·布洛克）	各朝诗歌选集	加拿大
Su Tung-p'o: Selections from a Sung Dynasty Poet 《宋代诗人苏东坡诗选》	华兹生	苏轼、宋词选集	美国
Cold Mountain: 100 Poems by the T'ang Poet Han-Shan 《唐代诗人寒山诗100首》	华兹生	寒山、唐诗选集	美国
Chinese Rhyme-Prose: Poems in the Fu Form from the Han and Six Dynasties Periods 《中国赋文：从两汉到六朝》	华兹生	赋文选集	美国

除得到"丛书"资助外，华兹生的多部译作还得到了多个著名基金或学术机构资助，如哈佛—燕京学社（Harvard-Yenching Institute）、美国艺术基金（National Endowment for the Arts）、蓝南基金会（Lannan Foundation）、安德鲁·W. 梅隆基金会（Andrew W. Mellon Foundation）、莱拉·华勒斯读者文摘基金（Lila Wallace-Reader's Digest Fund）、华盛顿州艺术委员会（The Washington State Arts Commission）、"东方经典著作译丛"项目、宫田特别

研究基金（Miyata Special Research Grant）等。这从侧面也证明了华兹生在学界与社会具有极高的译者地位与译诗质量认可度，具体资助与出版情况见表 3.5。

表 3.5　华兹生译诗著作受资助情况（汉译英）

译著	资助项目或基金
《唐代诗人寒山诗 100 首》	哈佛—燕京学社（1962） "东方经典著作译丛"项目（1970）
《宋代诗人苏东坡诗选》	"东方经典著作译丛"项目
《随心所欲—放翁—陆游文选》	"东方经典著作译丛"项目
《苏东坡诗选》	蓝南基金会 美国艺术基金 安德鲁·W. 梅隆基金会 莱拉·华勒斯读者文摘基金 华盛顿州艺术委员会
《白居易诗选》	"东方经典著作译丛"项目
《杜甫诗选》	"东方经典著作译丛"项目
《陆游晚期诗歌》	宫田特别研究基金

3.4.2　文学选集收录情况

译本除受到权威机构资助外，还入选最新版的世界文学权威选集《诺顿》《贝德福德》，这对于提升华兹生译诗的经典地位、可见度、流通度与接受度具有重要意义。

《诺顿》《贝德福德》均为享誉英语世界乃至全球的权威文学选集，前者由享誉美国学术界的诺顿出版集团（W. W. Norton）出版，主编为哈佛大学教授马丁·普契纳（Martin Puchner），编委包括著名学者宋惠慈、宇文所安等在内的一流学者，后者由美国最大的人文类高等教育教科书出版集团——贝德福德/圣马丁出版集团（Bedford / St. Martin's）出版，主编是戴维斯、哈里森等一流学者。两部选集均具有相当高的学术性、权威性与经典性，通常作为教材或参考书目用于大学课堂，至今均已多次再版。

作为英语国家世界文学版图最新动态的风向标，作品入选权威世界文学

第 3 章 华兹生的译诗思想、成就及其译诗的经典化地位

选集,在一定程度上反映了当下英语世界对作家及其作品的认知程度。由于作品以翻译文学的形式进入选集,译本入选体现了译者在英语世界的认可度及其英译的流传性与接受性,也体现了其作为翻译文学的经典化地位。以最新版《诺顿》(2015)为例,其总计收录了唐宋诗人 9 位,依次为寒山、王维、李白、杜甫、白居易、韩愈、柳宗元、元稹与李清照,其中寒山、李白、杜甫的诗歌入选篇目最多,分别为 14 首、11 首和 10 首。寒山、杜甫等人的诗歌译本部分选自华兹生,同时也收录了斯奈德、韩禄伯、宇文所安、赤松、维克拉姆·塞斯(Vikram Seth)、柯睿等人的译诗,具体情况见表 3.6、表 3.7 及图 3.3。

表 3.6 入选《诺顿》的寒山诗歌译本情况

入选译者	入选数量/首	入选诗歌
华兹生	9	A Thatched Hut
		A Curtain of Pearls
		Here We Languish
		Wonderful, This Road to Cold Mountain
		When People See the Man of Cold Mountain
		High, High from the Summit of the Peak
		My Mind Is Like the Autumn Moon
		So Hanshan Writes You These Words
		Do You Have the Poems of Hanshan in Your House?
斯奈德	2	In My First Thirty Years of Life
		Men Ask the Way to Cold Mountain
赤松	2	I Longed to Visit the Eastern Cliff
		On Cold Mountain There's a Naked Bug
韩禄伯	1	Whoever Reads My Poems

表 3.7 入选《诺顿》的杜甫诗歌译本情况

入选译者	入选数量/首	入选诗歌
华兹生	4	Moonlight Night
		Spring Prospect
		Ballad of the Firewood Vendors
		Autumn Meditations Ⅳ

续表

入选译者	入选数量/首	入选诗歌
宇文所安	4	Painted Hawk My Thatched Roof Is Ruined by the Autumn Wind I Stand Alone Spending the Night in a Tower by the River
塞斯	1	Thoughts While Travelling at Night
柯睿	1	Qiang Village I

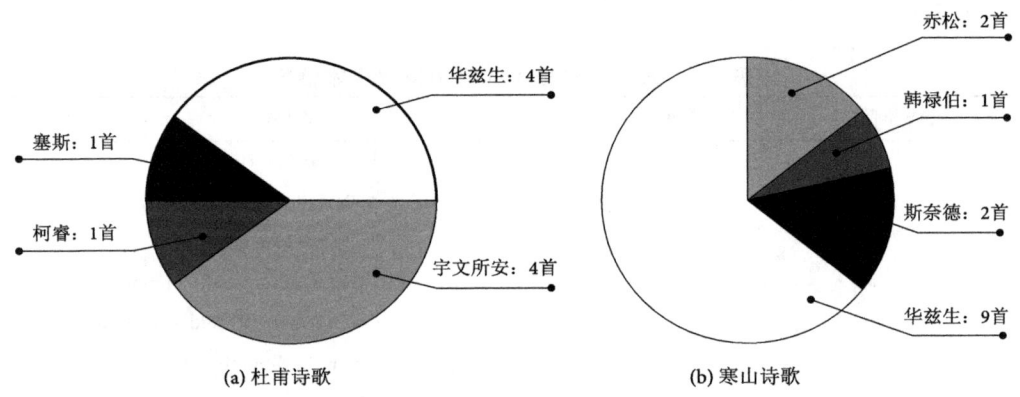

(a) 杜甫诗歌 (b) 寒山诗歌

图 3.3 入选《诺顿》的杜甫诗歌与寒山诗歌译本来源分布情况

从入选诗歌的数量来看，华兹生译诗在入选的寒山、杜甫译诗中比重较大，其中入选选集的寒山诗歌数量更是傲视同侪，体现了华兹生译诗的接受性与认可度。此外，选集还收录了华兹生所译的《庄子》《史记》《韩非子》相关章节，以及日本军记物语《平家物语》，这也从侧面印证了华兹生的翻译已具备经典地位，引起了学界广泛关注。

此外，华兹生的译诗还被收录进了其他学者编纂的中国文学选集，在汉学界也有很大的影响力。著名汉学家兼翻译家约翰·闵福德（John Minford）教授和刘绍铭（Joseph S. M. Lau）编纂的《中国古典文学译选》（*Classical Chinese Literature: An Anthology of Translations*）是近年来出版的影响力颇大的中国古代文学翻译选读著作之一，主要是关于从先秦到唐末的中国古代文学读本，其中收录了部分华兹生所译的《诗经》、谢灵运、鲍照、王维、李白、杜甫、韩愈、班婕妤、乐府诗（《孔雀东南飞》）、六朝民歌等中国古诗，还收录了《左传》《庄子》《韩非子》《史记》《汉书》的部分篇目,汉赋(包括宋玉、贾谊、司马相如、曹植的作品)以及多篇古代文论在整部选集中占有较大的比重,他还为选集中有关李白、杜甫的章节撰写了介绍与评论。著名诗人兼译者赤松编纂的《云已知我心:中国诗僧》(*The Clouds Should Know Me By Now: Buddhist Poet Monks of China*)也收录了华兹生所译的部分寒山、苏轼与王维等人的诗文,部分章节的引论、介绍与评论也由华兹生执笔,足可见其翻译与学术研究在汉学界的权威性与经典性。

还值得我们注意的是,华兹生所译的诸多诗歌、典籍中,不少译文也得到了中国学者和读者的高度评价,有的译本如《杜甫诗选》《庄子概要》等,直接以"大中华文库"的名义在国内外再版发行,在汉语与英语地区发挥其影响力和作用。

3.4.3 获奖情况

华兹生在英译汉语古诗与典籍等领域所取得的突出成就,还体现在翻译界对其译文的高度认可上,他多次因译文出色获各类翻译大奖,这些奖项有效地增强了其英译的经典化地位。

为表彰其对"东方经典著作译丛"的杰出贡献,哥伦比亚大学翻译中心于 1979 年授予华兹生金质奖章。1981 年,笔会美国中心(PEN American Center)授予华兹生"笔会翻译奖"(PEN Translation Prize),以表彰他多年来从事中日经典翻译的贡献。1995 年,华兹生以《苏东坡诗选》再次获得"笔会翻译奖"。2005 年,代表当代美国乃至世界最高文艺成就的学术机构——美国艺术与文学研究院(The American Academy of Arts and Letters)授予其"文学奖",以表彰其多年翻译普及亚洲文学的努力与贡献。

2015 年,笔会美国中心为表彰华兹生一生致力于亚洲文学的传播及其翻译成就,授予其"拉夫·曼海姆翻译终身成就奖"(Ralph Manheim Medal for Translation),评选委员会对其做出了这样的评价:"华兹生为我们所处时代'创造'了东亚汉语古诗……几十年来,他的诗集和他学术性的简介为北美学生和读者定义了何谓东亚古典文学,我们有理由期待更多,因为即便他年事已高,几乎每天仍坚持翻译。"①华兹生具体获奖情况见表3.8。

表 3.8　华兹生获奖情况一览表

获奖时间	资助机构	奖项名称
1953 年	福特基金会	海外研究员
1956 年	卡廷研究基金	卡廷研究基金
1958 年	哥伦比亚大学出版社	克拉克·费希尔·安斯利杰出著作奖
1979 年	哥伦比亚大学翻译中心	金质奖
1981 年	笔会美国中心	笔会翻译奖(《八岛之声:日本诗歌选》)
1990 年	香港中文大学翻译研究中心	译丛奖学金
1995 年	笔会美国中心	笔会翻译奖(《苏东坡诗选》)
2005 年	美国艺术与文学研究院	文学奖
2015 年	笔会美国中心	拉夫·曼海姆翻译终身成就奖

3.4.4　专业界对其译诗的评价

华兹生的译诗使其蜚声学界,其译诗不仅受到了美国文学评论机构与专业人士的广泛关注和高度评价,还影响了诸多当代美国诗人、汉学家与翻译家。

国际权威亚洲研究专业杂志《亚洲研究学刊》(Journal of Asian Studies)更是盛赞华兹生的译诗:"任何出自华兹生之手的古典名著新译本都应被当作一次大事件来对待,对其应满怀敬意地欢迎。"(Watson,2007:封底)英国皇家亚洲学会会刊《亚洲事务》(Asian Affairs)也对其大肆褒奖:"华兹生具备大师级翻译家应有的所有品质,作为一名翻译巨匠与诗人,他启迪了两代人,其译作给两代人带来震撼。"(Watson,2007:封底)

美国汉学家、耶鲁大学东亚系教授傅汉思·弗兰克尔(Hans Frankel)认为:"在当今还健在的人群中,没有第二个人可以像华兹生那样用优雅的英文为读者翻译这么多中国文学、历史与哲学作品。从这位孜孜不倦的翻译家笔下译出的每一本新书,都让人感到如此欣慰。"(Frankel,1986:288)西顿在提及华兹生时,表现出极度的仰慕之情:"他(华兹生)是一位多年来

---

① 详见 http://www.pen.org/2015-penralph-manheim-medal-translation[2015-6-30]。

第3章 华兹生的译诗思想、成就及其译诗的经典化地位

一直把翻译视为第一要务的学者。西方读者,尤其是文人墨客,深受其译文影响,这点从 W. S. 莫温(W. S. Merwin)和斯奈德对华兹生译作的封面评论可知,在这点上几乎没有任何在世的汉学家可与之媲美。"(Seaton,1985:151)这点也得到了柯睿的赞同:"毫无争议,华兹生是本世纪在中国文学英译领域最高产的翻译家。他出版的书籍的名录很长,包括近两千年的中国文学史中的哲学、历史和诗歌。他堪称我们时代的奥古斯特·费茨梅尔(August Pfizmaier)……所译的中国文学恰到好处地游离于彻底学术性与完全普及性的两极……译本中所展现的'口语体'风格业已成为美国汉学界的(翻译)典范,且分量颇重。"(Kroll,1985:131-132)美国汉学家、哈佛大学中文教授伊维德(Wilt L. Idema)对其译诗也颇为称赞,甚至认为"与韦利相比,我更喜欢华兹生的译诗,因为它更贴近于原诗"(Idema,1985:296),他用于学术研究的诸多引用译诗也多采用华兹生的译作。

美国"垮掉派"文学运动领袖、著名诗人斯奈德也对华兹生推崇备至,并给予其译诗高度评价:"华兹生是本世纪最出色、最执着、最慷慨的中国文学译者"(Watson,1994b:封底),"相对而言,华兹生使用了较文雅的英文来翻译,而不像我那样野性"(Leed,1986:178)。当代诗人艾略特·温伯格(Eliot Weinberger)也曾经做过些文学翻译,但对于翻译实践,尤其是面对华兹生这样的译者时,他显得格外谦虚:"我曾经翻译过一些东西,大多翻译是在许多年前做的,正如世界上有钢琴家与会弹钢琴的人之分一样,世界上有翻译家和从事翻译活动的人。华兹生正是一位翻译家,而我却最多算是个半吊子。"(Errington,2011)著名诗人朗费斯特为华兹生的寒山译诗所倾倒,称其"译诗在语言上使用口语,有时思想性很深,有时语带讥讽与嘲弄,译诗韵律自然,甚少做作,有颇多幽默诙谐之妙语。华兹生的译本是第一个令我放声大笑之作。有了这个译本,我首次——也是唯一一次——与一位作者'唱和',与其'通信',迄今已延续三十余年"(Lenfestey,2007:Ⅷ-Ⅸ)。受其寒山诗译本启发,朗费斯特效法华兹生译诗,创作了诗集《一车诗卷:仿唐代诗人寒山诗百首》(*A Cartload of Scrolls: 100 Poems in the Manner of Tang Dynasty Poet Han-shan*,2007),并在其扉页写道:"献给巴顿·华兹生,他的优美译诗使得我听见了寒山之歌。"(Lenfestey,2007)

3.4.5 译诗的文学影响①

华兹生的译诗还是美国读者了解汉语古诗的媒介，不少译诗已成为美国的汉语古诗经典，这些经典英译是 20 世纪许多美国作家的读物（钟玲，2010），也成为当代诗人吸收中国"灵感"的主要源泉与模仿对象，甚至有些经典译文还延伸到了美国域外。华兹生译诗的文学影响主要表现在译诗与美国当代诗人创作的互文性上：或直接摘取华兹生译诗的某些句子、词语或意象杂糅进创作中，或直接对华兹生的译诗进行改写，或以华兹生译诗为模板进行创作模仿。

斯奈德对华兹生的译诗十分推崇，曾在其诗文中直接引用华兹生译诗。例如，在《峡谷鹪鹩》（"The Canyon Wren"）②译诗中，他曾直接将华兹生所译苏轼的《百步洪》的诗句"I stare at the water: it moves with unspeakable slowness."（Watson，1965：66）"挪用"③到自己的创作之中，这充分证明了华兹生译诗对斯奈德诗歌创作的影响，详见例 3.5。

例 3.5

The Canyon Wren

Gary Snyder

…

Shooting the Hundred-Pace Rapids

Su Tung P'o saw, for a moment,

"I stare at the water:

it moves with unspeakable slowness."

…

---

① 文学影响是华兹生译文跨文化交际性的具体体现形式之一，但此方面内容牵涉了影响内容、影响中介、影响形式、影响范围等比较文学影响研究的诸多论题。因本书主题为译本研究，该议题不在本书的考察范围之内，故不在此处展开过多讨论。

② 收录于斯奈德的诗集《斧柄》（*Axe Handles*，1983）与《山河无尽》（*Mountains and Rivers Without End*，1996）中。

③ 这种"挪用"类似于中国古典文学传统中的"点化"。点化原指将前人诗句加以改造，并在此基础上进行新的创作。南宋文人葛立方在《韵语阳秋》卷二有云："诗家有换骨法，谓用古人意而点化之，使加工也。"（葛立方，1985：11）

第 3 章 华兹生的译诗思想、成就及其译诗的经典化地位

与斯奈德不同,诗人 P. 邓特(P. Dent)直接在华兹生的译诗上进行改写,并将改写而成的六首诗当成创作发表在诗歌杂志《议事》(*Agenda*)的中国诗特刊号(1982—1983)上,题为《仿寒山诗六首》("Six Poems After Han-shan")。在此以邓特的第六首诗为例做一个说明,见例 3.6(Watson,1962:107;Dent,1983:100-101)。

例 3.6

原诗	华兹生译诗	邓特诗作
余家有一窟,	In my house there is a cave,	Inside my cabin there's a cave!
窟中无一物。	And in the cave is nothing at all.	In there not one thing to be found.
净洁空堂堂,	Pure and wonderfully empty,	Quite pure, its emptiness a joy,
光华明日日。	Resplendent, with a light like the sun.	Resplendent, brilliant as the sun.
蔬食养微躯,	A meal of greens will do for this old body,	Some greens to keep the old frame fed,
布裘遮幻质。	A ragged coat will cover the phantom form.	A coat of rags to dress the ghost.
任你千圣现,	Let a thousand saints appear before me,	Come on, you thousand saints, see what
我有天真佛。	I have the Buddha of Heavenly Truth!	You make of it, my Buddha Truth.

邓特的"创作"可谓与华兹生的译诗有着惊人的"神似",全诗几乎仅仅把华兹生译诗中的某些词语进行了口语体的同(近)义词替换,如 house 与 cabin、there is 与 there's、wonderfully 与 joy、light 与 brilliant、phantom form 与 ghost 等。与华兹生译诗相比,邓特全诗的大意、诗行、句式几乎没有任何大变化。邓特的其他五首仿寒山诗也在不同程度上具备这种文学仿写现象,在此不再一一列举。

朗费斯特曾公开宣称其创作受到了华兹生译诗的影响,《一车诗卷:仿唐代诗人寒山诗百首》便是效法华兹生译诗而作,该诗集的多首诗与华兹生的译诗直接仿写对应,并予以标注,详见表 3.9(Lenfestey,2007;Watson,1962)。

表 3.9 朗费斯特仿写华兹生译诗篇目对照表

朗费斯特仿写	华兹生译诗
(NO.3) I languish in a car with battered friends.	(NO.10) Here we languish, a bunch of poor scholars,
(NO.4) My father calls to tell of my potential	(NO.54) You cannot take my will and roll it up;
(NO.7) The train rattles past back porches of tenements,	(NO.29) I spur my horse past the ruined city;
(NO.9) When people see the man in the feather suit,	(NO.57) When people see the man of Cold Mountain

续表

朗费斯特仿写	华兹生译诗
（NO.10）I sit at the breakfast table, my chair pulled toward the sun.	（NO.49）As for me, I delight in the everyday Way,
（NO.16）I laugh when I make a poem.	（NO.28）A certain scholar named Mr. Wang
（NO.23）An old wooden house is a fine summer place.	（NO.2）A thatched hut is a home for a country man;
（NO.25）when sounds leaks from a cedar grove, better listen.	（NO.39）The birds and their chatter overwhelm me with feeling:
（NO.100）Do you have the poems of Len-feste in your house?	（NO.100）Do you have the poems of Han-shan in your house?

这些仿写诗都取自华兹生译诗，选用了其译诗中的不少词汇、意象、句式、内容等，并根据自己内心的感受仿写华译所描绘的寒山诗境界，其中以第100首表现得最为明显与夸张，几乎是在"临摹"华译的第100首诗，仅仅将译诗中的 Han-shan 与 write 两个词替换为 Len-feste 与 take，并添加了 television 一词，其余几乎完全不变，详见例3.7（Lenfestey，2007：115-116；Watson，1962：118）。

例3.7

朗费斯特仿写（No. 100）	华兹生译诗（No. 100）
Do you have the poems of Len-feste in your house? They are better for you than Scripture reading. Take them out and paste them on the television screen, and glance them over from time to time.	Do you have the poems of Han-shan in your house? They're better for you than sutra-reading! Write them out and paste them on a screen, When you can glance them over from time to time.

除译诗外，华兹生所译的其他中国典籍也同样启迪了其他译者。保加利亚知名学者塞尔盖伊·盖尔济科夫教授所译的《庄子语录》（保文版）更是深受华兹生译文的影响，其译文底本直接是由华兹生所译的《庄子概要》（1964）转译而成。他认为华兹生的"英文版本较其他俄文版本更接近原著思想，故选择此版本"（文文，2007）。诗人赤松和著名翻译家、耶鲁大学东亚系教授韩禄伯曾坦言华兹生的译诗给予他们的译诗行为极大的启迪和影响（转引自胡安江，2009）。

3.5 小　　结

华兹生的译诗缘起于其汉学研究经历，其译诗不仅在数量上超越前人，部分译诗还入选世界文学权威选集，进一步提升了译诗的流传性与接受性，且权威机构的资助与各类翻译奖项使其译诗获得了较大认可与较高声望。以上足以表明华兹生不仅进一步成功地将汉语古诗介绍到美国，其译诗作为翻译文学也在美国经典化。

华兹生译诗行为是汉语古诗外译史上的有效个案，其译诗顾及了美国的诗学现状、文化需求和理论思潮，同时也对英语读者的接受心理和语言习惯谙熟于心，其译作往往具有较好的接受效果。华兹生的译诗成就与其教育背景、汉学研究与翻译实践经历以及他深厚的中国情结有密切联系，这些因素的合力塑造了华兹生的译者职业惯习，并影响了其译诗文化双折射性的具体表现形态。因此，研究华兹生译诗的世界文学特性的首要问题就是要考察华兹生如何在语境中对原诗进行折射性翻译诗学阐释，具体需要考察社会文化继承因素如何影响了译者职业惯习的形成，以及对译诗文化折射性之具体表现的影响，并结合其译诗所产生的翻译效果与接受，全面分析其译诗之世界文学特性的成因。

第 4 章

"逆向文化"运动与华兹生英译寒山、苏轼、陆游诗

华兹生英译寒山、苏轼、陆游诗发生于 20 世纪 50—70 年代,此阶段译诗之东道文化焦点的亚文化形态和诗学背景具有鲜明的时代性,表现出对东方文明与文化精神的诉求。二战后,美国成了民众精神上的荒原,战争的创伤、对机器文明和垄断资本主义的厌恶,使得一批对种种现实不满和失落的年轻人开始走出西方文明的中心,转而向处于边缘文化地位的东方文明寻求精神上的依托。对东方思想的吸收和追求成为当时的一种时代风气(钟玲,2003a),尤其推崇禅宗,"在某种程度上,已成为年轻人用以对抗美国中产阶级价值观及基督教价值观的利器"(钟玲,2009:33)。"到了 50 年代末,'垮掉的一代'的风暴,连同其他反学院派诗歌运动席卷美国诗坛,对中国诗的兴趣才第二次勃兴"(赵毅衡,1989:79)。

翻译文学往往对东道文化下的外国文学形态建构有巨大影响,特定语境中的翻译文学构成了东道文化中外国文学的版图。翻译选本与翻译策略的择取使外国文学经典呈现出本土化的倾向,翻译文学也往往与东道民族文学的文化需求、审美取向与诗学传统相符合或兼容。对某些特定文学主题、体裁、题材或作家的接受与排斥反映了东道文化的价值取向,与源文化并无直接关联。通过这种本土化的过滤与筛选,东道文化下的翻译文学往往会与源文化下的民族文学传统与事实剥离,并以东道语境可以接受的文化式样、诗学形态与审美情趣出现,呈现出非历史化与"他

国化"①的现象。这一时期，美国涌现出了一批对中国文化饱含兴趣并从事中国古诗英译的译者，如王红公、斯奈德、华兹生等，他们在翻译中国古诗时往往会发生过滤、误读或阐释等文本变异现象，其"背后必内含这些译者的本土思维、本土观念。这些本土性正显示异国文化植入时，本土诠释者的心态与执见，也反映了当时的政治、宗教及社会状况"（钟玲，2010：300）。

据此，本章将对华兹生第一阶段译诗生成的历史性社会文化语境因素进行讨论，着重考察逆向文化（counter-culture）运动时期的翻译规范、华兹生从事的毗邻行业如何塑造与影响了译者职业惯习，以及如何表现在译文的翻译策略上，目的在于探讨译者如何对原诗进行折射性翻译诗学的阐释；同时，结合语境分析译文如何借助这种折射方式在流通、形式与内容上获益，以及当时读者和评论界对其进行超然阅读的具体方式，最终论证华兹生的寒山、苏轼、陆游诗英译是具有世界文学特性的翻译书写。

4.1 "逆向文化"运动与译诗的文化双折射性

华兹生在其译诗的第一阶段主要翻译了寒山、苏轼、陆游三位诗人的诗歌，其标志性成果是《唐代诗人寒山诗100首》《宋代诗人苏东坡诗选》《随心所欲一放翁——陆游文选》三部单行本。在此时期，华兹生的译者职业惯习受到了当时美国"逆向文化"下的翻译规范之影响与塑造，其英译展现出对中国山水禅意诗的偏好和对当时美国译诗理念的认同。译诗选目呈现出"生态性"，多数选译篇目是富含自然山水精神与禅宗思想的汉语古诗；译诗形式强调了汉语格律诗的叠词、节奏与对仗，将其译入自由诗体中；译诗用语摒弃了书面语体，而启用口语体。同时，受华兹生毗邻行业（史学研究与典籍翻译）的职业惯习的影响，译诗内容强调了对原诗的语义忠实性，使用了少量笺注弥补译诗的语义损失；部分译诗诗行偏长，有散文化的趋势，语法

---

① 曹顺庆（2011：113）认为，"文学'他国化'是指一国文学在传播到他国后，经译介、文化过滤和接受之后的一种深层次变异，外国文学自身的文化规则和文学话语在根本上被接受国所同化，从而成为他国文学的一部分"。

性较强。有机译诗体①是其译诗文本的主要实现途径。

考察华兹生的译者职业惯习之形成,首先应对与华兹生发生联系的翻译规范进行描述与归纳,主要考察当时主要译者的翻译话语、具有影响力的英译、影响翻译规范的历史承继因素、社会现实状况等;其次对译者与翻译规范发生关联的原因进行分析,并结合译例分析华兹生在译诗职业惯习的作用下对原诗进行折射性翻译诗学的阐释;最后,要考察华兹生的史学研究与典籍翻译活动的轨迹,总结其毗邻行业的职业惯习对译诗职业惯习的影响以及在译诗中的体现。本书沿用韦努蒂的"翻译策略"定义,包括翻译选目、翻译方法与技巧。

4.1.1 译诗选目与汉语古诗的山水禅意精神

自20世纪50年代以降,英译汉语古诗逐渐在英语世界兴起,成为中国文学英译史上一个不容忽视的特殊现象。斯奈德、王红公、华兹生、齐皎翰(Jonathan Chaves)、欣顿、西顿、山姆·汉米尔(Sam Hamill)、施加彰(Arthur Sze)等一代又一代译者的译诗选目具有山水诗、闲适诗、友谊诗和禅诗的专题性,试图通过译诗诠释汉语古诗所蕴含的朴素生态意蕴与精神,形成了颇具规模的群体现象,这个现象的产生有着东道文化的历史文化背景。

西方对哪些中国诗人值得被翻译、哪些是经典中国诗早有比较深入的认识,这种认识甚至与中国学者的观点十分契合。早在1862年,法国著名汉学家、唐诗翻译和研究家德理文(Hervey de Saint-Denys)侯爵在他的权威性译著《唐诗》(*Poésies de L'époque des T'ang*)的导言中就曾写道:"孔夫子故土的诗人们象凯撒帝国的诗人一样,也有自己伟大的时代。……这就是唐朝,

---

① 有机译诗体(organic form),即依据原诗的内容,为译诗锻造出新的、可读性强的新形式,让译诗的内容与新形式成为一个新的、有机的整体,原诗以新面貌出现在目的语诗学视野中,产生陌生化的诗歌文学性,焕发出新的生命。霍姆斯将诗歌翻译总结归纳为以下四种表现形式。①形式模拟体(mimetic form):译者用目标语言复制原始语言的形式。②形式对等体(analogical form):译者确定原始语言的功能,然后在目标语言中寻找等效的功能。③有机译诗体或内容衍生体(organic or content-derivative form):译者从源文本的语义材料开始,并允许它塑造自己。形式被视为与内容不同,而不是一个不可分割的部分。④偏异体(deviant or extraneous form):译者使用新形式,它不以任何方式存在于源文本中,无论是在形式上还是在内容上(Holmes,1969)。

第4章 "逆向文化"运动与华兹生英译寒山、苏轼、陆游诗

就是王维、李白和杜甫生活的时代。这几位诗人享有的盛名远远超过古罗马大诗人贺拉斯和维吉尔。他们的诗是汉语这一活语言的瑰宝,就是在这个古老国家里的山村乡野都名声赫赫。……唐朝完善的诗歌语言至今仍被中国人看作无法超越的典范。……王维、李白和杜甫一直坚定地执掌着最高名望的权杖,没有一个新的流派出来能把他们赶下宝座。"(转引自王丽娜,1991:8)

德理文的观点也似乎为尔后西方汉学界对中国诗的认知与评价定下了基调[①],不仅英美对李白、杜甫、王维等人的译介量远超寒山、苏轼、陆游,而且其文学史地位以及美国学界的评价也更是较后者高出许多。海陶玮(James Robert Hightower)更是把诗歌经典性或代表性的主张发挥到了极致,对中国抒情诗(尤其是唐宋诗人)极为推崇:"中国文学的最高成就是抒情诗。此传统肇始于公元前数百年,虽其全盛时期远在唐宋两代,但其传统持续至今从未间断。传世诗歌更可谓卷帙浩繁,以至一千多年来恐怕没有读者能终其一生品评完这些诗歌。历代诗歌创作技巧始终保持极高水平,诗的形式变化有时也异常复杂。而历代能以诗入选诗集而传世的诗人更不胜枚举。以数量论,欧洲诗坛尚不能出其右;以质量论,亦可与欧洲诗坛平分秋色。"(Hightower,1953:121)海陶玮选译的汉语古诗反映了这种诉求,他专注于陶渊明的抒情诗翻译。

20世纪50年代末到60年代后期,美国青年中出现了一场民间文化运动,称为"逆向文化"运动。在文学领域,一批反学院派诗歌运动和文学团体也在这场平民运动中涌现出来了,如"垮掉派""旧金山诗歌文艺复兴""黑山派"等。这些"参与逆向文化运动的成员在寻求智慧时,很容易转向西方文明以外的源泉,也有可能转向西方文明系统内的次要传统"(Parkins,1987:545)。"如果说后工业文明的压抑、社会的动荡以及生存环境的恶化,使美国诗人对自己的文化传统失去了信心,渴求从东方文化吸取新鲜血液,还只是问题的一面,那么,另一面,美国诗坛的死气沉沉已对诗歌自身发展造成严重阻碍。新一代诗人们为了寻求突破,他们不仅到自己传统里去探寻良方,

---

[①] 杨博华曾对这种间接文学影响现象进行过讨论,认为"虽然美国人对中国唐诗也有所了解,但他们主要是通过1862年的法文版《唐代诗》(Poésies de L'époque des T'ang)和1867年的《玉书》(Livre de Jade)这两本书"(杨博华,2001:117)。

而且又把目光转向了伟大的中国传统文化。也就是说，大规模接受中国文化，是美国诗歌自身发展需要所决定的。"（董洪川，2001：27）由于向东方寻求精神解药的需要，美国诗坛对中国文学灵感的需求主要集中在对汉语古诗的译介与摹创上，并由此触发了这一时期对汉语古诗英译的诗学需求。事实上，这种声势浩大的向中国文学"取经"的运动亦非首创，早在20世纪初，席卷整个美国诗坛、波及整个西方诗歌诗学传统的"意象派"现代主义诗歌运动就肇始于对汉语古诗的翻译。20世纪30年代以后，"意象派"文学运动开始衰退，"新批评"等学院派文学势力开始逐步笼罩整个美国文坛，"学院派"诗歌诗学成为诗歌创作的主流，汉语古诗翻译活动自此从高潮走向低谷。第一次文学运动以庞德、洛威尔等人为领袖，高举"向古老东方文明学习"的大旗，翻译了大量汉语古诗，对美国文坛乃至整个西方社会产生了实质性的影响。因此，"逆向文化"运动中所涌现出的诗歌翻译浪潮事实上是美国借力中国古诗对本土诗学进行的"二次革命"，也是"意象派"文学运动中翻译中国古诗浪潮的余波。

由于此次文学运动"反学院化"的本质，运动从一开始就以抨击学院派诗学主张为主要议程。"美国诗不仅要摆脱英语文学正统的压力，还要在一定程度上松动欧洲文化正统的束缚"（赵毅衡，1983：21），故他们期冀于从东方文学尤其是汉语古诗的精神内涵中寻求改变诗学格局的力量，不仅"反对艾略特的影响带给美国诗歌的形式主义、保守主义和'古典主义'的倾向……立足美国本土"（彭予，1995：214）；而且还反对非个人化、重视格律、客观晦涩的学院派诗学原则。他们"试图摆脱艾略特和新批评派所确立的'非个性化'的诗学原则，寻找新的，更富于弹性的开放型诗歌形式"（江岚，2009：267），致力于使诗歌美国化（赵毅衡，2003：278）。所谓美国化是指在内容上诗歌应该是直抒心意、表达诗人的个人经验与情感的文学手段。例如王红公所认为的，"诗歌是灵视，是感官的交流融合和沉思冥想的纯净行为"（Rexroth，1959：189）。此次文学运动尤其青睐汉语古诗所蕴含的自然山水精神与道禅思想，并在译诗中寻求创作灵感。

20世纪50—60年代西方兴起的"绿色运动"为生态译诗小传统的后期发展与最终确立提供了精神支持。二战后，相对"稳定"的世界政治格局为西方经济的迅速复苏提供了外部保证。经济迅速增长所带来的物质社会繁荣也为环境生态危机的出现埋下了伏笔。1962 年,美国海洋生物学家瑞秋·卡森(Rachel Carson)出版的《寂静的春天》(*Silent Spring*)正式拉开了西方"绿色运动"的序幕。在该书中,作者列数了人类在发展中对大自然肆意索取的暴虐行径,痛斥了人类对大自然生态平衡的破坏。该书对全人类的知识域与意识形态造成的影响是空前的。时任美国总统约翰·肯尼迪(John Kennedy)读后颇感震撼,提议联合国将 1963 年作为"自然保护年"。1972 年,联合国召开的第一次人类环境大会将对环境问题的关注提升至全球层面,引发了世界各国政府对环保问题的深思与关注。20 世纪 70 年代以后,西方各国亦有感于生态破坏所带来的人类危机,纷纷进行环境保护立法,并成立了环境保护部门以期解决人与自然之间日益尖锐的矛盾。1972 年,世界第一个"绿党"团体在新西兰成立。"绿色运动"在此后的 50 多年里继续发展,世界各地关于环保议题的示威、游行、集会、演讲和宣传活动随处可见,这为全球生态意识的形成提供了源源不断的思想动力。

"逆向文化"所带来的"东方转向"与"绿色运动"的影响合流,为西方学界吸收中国古典思想、文学和文化的朴素生态意蕴提供了精神滋养[1]。这段时期的东道文化焦点的亚文化形态表现为:人们失望于混沌、喧嚣的现实文明和文化精神,转而从追求心灵宁静的东方文明和文化中寻求精神的救赎,代表性人物包括王红公、斯奈德、威廉斯等。这批诗人不仅进行诗歌创作,还参与了许多译诗活动,所创所译的作品也大多体现了对中国的禅道意境、寓情山水、清净无为、闲适雅居等生态文化的精神向往。例如,斯奈德译的禅诗《砌石与寒山诗》(*Riprap and Cold Mountain Poems*)、王红公译的山水诗等无一不体现了对学院派诗歌传统的反叛。由于译者是战后时期的一代,经历了战争的纷扰与残酷,目睹了战后的空虚迷茫,他们有着对现实的失落与不满,有着对和平安宁环境、散淡闲适生活的向往。他们从诗情画意的中国山水诗、禅意诗以及充满禅宗意趣的禅诗中寻求到了抚慰,获得了精神与心灵的共鸣。"此传统的译文之共同特色是通常选择典故少的诗,或省略其典故而不译;为了英文之优美不惜曲解原意,而且为了符合西方人对古

---

[1] 事实上,应该说"绿色运动"带来的思想革命是全方位的,很难说是翻译影响了创作,抑或创作影响了翻译,这种影响应该是网状交织的。

中国的想象，或为了译者之偏好，汉语古诗中的隐逸诗、山水诗、友谊诗①特别受到注重，较少译咏物诗。"（钟玲，2010：292）但是斯奈德与王红公"他们对孔子学说也不感兴趣，在选取中国古典诗词上不注重政治或社会讽喻诗"（张子清，1993：7）。

王红公早年游历山河，晚年又隐居在加利福尼亚州山区。对大自然的喜爱使得他在选择汉语古诗的时候更加倾向意象鲜明、悠闲爽朗的山水诗，尤其对山水禅意诗情有独钟。他在其译诗集《中国诗百首》中明确申明："我只选那些比较单纯、直接的诗，选那些文学典故、政治讽喻最少的诗，选那些能与我的生活引起共鸣的诗，我希望我的译诗能够表达我自己的情感。"（Rexroth，1956：148）他的情感就是对大自然山水的热爱和对人与自然和谐共在的情怀。他特别推崇杜甫，曾坦言："从我少年时代起，就随身带着杜甫的作品，这些年来，我对他的诗比对自己的大多数的诗还要熟悉。杜甫对我影响之巨，无人可及。"（Rexroth，1991：9）他共翻译了36首杜甫诗，主要是杜甫寄情山水、表达禅宗意蕴的山水之作。斯奈德从小在山区农场长大，与大自然有着特殊的亲切感，他一生都秉承着"抛弃现代文明，回归大自然"的生态追求。这种生态追求不仅激发了他对山野自然题材诗歌的创作，如诗集《山河无尽》（*Mountains and Rivers Without End*，1996），还影响了其对翻译汉语古诗的选材倾向。斯耐德曾自述道："我很欣赏隐逸的、历史的、宴饮唱和的以及学识渊博的中国诗。特别能感动我的是一些描写自然的诗……"（区鉷，1994：34）中国游僧寒山子长期隐居山林，其诗多记述隐逸山林之兴，并以通俗机智的语言表现意味深长的禅宗思想。斯奈德与寒山子跨越了千年万里的时空阻隔，一拍即合。斯奈德的寒山译诗让中国传说中的云游禅僧寒山子与战后美国的亚文化"垮掉的一代"的年轻诗人和作家之间实现了穿越时空的交流，为后者反叛传统的价值观和空虚迷茫的精神荒原找到了皈依，为其飘逸散淡的闲适之作找到了知音。自此，寒山诗不断成为美国译者的翻译对象。据钟玲（2009）统计，从20世纪中叶到21世纪初，仅寒山诗英译单行本就出版了六种。寒山子成为美国战后一代的精神偶像，

---

① 当时该传统下的诗人或译者群体意识较强，他们彼此结交、相互赏识、互称兄弟，因此选译友谊诗可以关照当时的融洽氛围与真实生活。

对其诗的译介也成为美国诗坛汉语古诗小传统的一个突出特色。故选译山水诗、闲适诗、禅诗与友谊诗等具有朴素生态意蕴的汉语古诗，是当时该译诗传统下的预备规范。

在"逆向文化"运动下的译者群体交往中（见本书第3章），华兹生深受该群体译诗理念的影响，在社会交往与理念灌输的作用下，华兹生逐渐感知、认识与习得了该译诗传统的预备规范，并内化成译者的职业惯习，使其选译的汉语古诗也大多具备朴素生态意蕴与内涵。他与王红公、斯奈德、金斯堡、科尔曼等具有浓厚"生态意识"的诗人密切交往，并在上述诗人译者的帮助与指导下进行译诗，使其选译的诗人与诗篇都反映了该译诗传统的预备规范要求，而非基于经典性或代表性。无论是寒山、苏轼还是陆游，都有相当数量的隐逸诗、禅意诗、田园诗或山水诗存世，诗人身上或多或少都有与生态文化精神契合或相通之处，所选译诗篇绝大多数也正是符合生态主题的诗歌。这种选目策略并非基于诗人的中国史地位，而是根据当时预备规范对生态主题的偏好而进行的主观阐释。

寒山在中国文学史上向来备受冷遇，处于边缘地位，直至"五四"时期，由于白话文运动的推动，寒山才逐步受到了学界关注。在《白话文学史》（1928）中，胡适将寒山、王梵志与王绩并列为唐代的三位白话大诗人，但当时学界对其的推崇也仅限于白话文运动领域，并未推翻其边缘诗人的历史定位，更遑论经典诗人。直至近年来，由于海外"寒山热"风行，国内学界才逐渐开始重新审视其文学地位。

寒山对美国也尚属陌生，当时尚未出现具有实质影响力的寒山诗译本[①]。从当时华兹生寻访出版社出版其译诗的艰难程度可见美国当时对寒山不甚了解。据他自述[②]，"在1959或1960年我就完成了翻译，但当时苦于找不到地方出版。丛林出版社、兰登书屋、哥伦比亚大学出版社和斯坦福大学出版社

[①] 法国汉学家吴其昱对此曾做过说明，这是因为"先前的几个译本仅出现在杂志上，因此并不总是面向所有的读者"（Wu，1963：290），因此缩减了以上译本的流通度、接受范围和影响力，而斯奈德1958年出版的寒山诗集所引发的"寒山热"则是几年以后的事情了。

[②] 华兹生本属意于哥伦比亚大学出版社出版其译作，并纳入"东方经典著作丛"，但最终无果，只得作罢，改由丛林出版社于1962年出版。当时的丛林出版社只是美国的一家规模较小、专注于东亚文学的通俗读物出版社，在影响力、出版规模、读者群体、知名度上都与哥伦比亚大学出版社相去甚远。

都对我予以婉拒，直到哈佛燕京学社同意资助后，才最终得以出版"（Kahn，1989：148）。在《哥伦比亚中国诗选：从早期到13世纪》中，华兹生将白居易、韩愈、寒山并列为唐代主要诗人，但他也深知定有美国读者质疑这种划分，明言"读者可能会感到奇怪，为何会将寒山诗编入唐代主要诗人的章节之中。有些读者肯定会质疑他作为主要诗人的地位，还有些人甚至可能根本不会赞同将其视为'诗人'的观点"（Watson，1984：259），因为即便是美国诗坛曾一度盛行寒山诗风，学界对寒山作为唐代主要诗人的身份却仍有巨大争议。从以上分析不难看出华兹生在译寒山诗时，美国尚未将寒山视作代表或经典诗人。

该译诗传统的预备规范影响了华兹生译者职业惯习的形成，并通过译诗选目展现了预备规范对朴素生态意蕴与禅趣哲思的译诗选目要求。寒山诗广泛取材于自然万物；语言质朴、修辞无华，常以俚语俗话入诗；题材多取自佛典偈语，诗歌普遍具有禅机与哲思。他选择了俗世诗、讽喻诗、厌世诗、归隐诗、佛禅诗；排列顺序也并非按照时间先后，而是根据诗人从尘世到佛禅的转变过程进行重新安排，其目的在于完整再现诗人从世俗纷扰到皈依佛教的人生轨迹与思想转变过程，"全面地反映了寒山作为一个诗人整体的情感世界"（江岚，2009：274）。

华兹生选译苏轼与陆游诗也体现了该译诗传统的预备规范要求。美国汉学家何瞻（James M. Hargett）曾指出，"由于种种原因，在翻译汉语古诗时，西方总是把注意力给予极少数中国诗人，尤其是唐代诗人。由此所带来的一个不幸后果是关注唐诗的读者越来越多，而宋诗在很大程度上已被西方所忽视"（Hargett，1978：520）。因此，与唐诗相比，宋诗在美国译介的数量较少，宋代诗人对于美国读者尚属陌生。苏轼和陆游虽同属主要宋代诗人，但其诗歌的译介数量与唐诗相比较少，仅零星见于各种文学选集，如韦利的《一百七十首中国诗》（*A Hundred and Seventy Chinese Poems*）仅选译苏轼诗歌1首、陆游诗歌4首，其后出版的《哥伦比亚中国诗选：从早期到13世纪》也仅将上述译诗原封不动地收入，而并未重新选译，由此可见宋诗在美国译介情况的寥落，更遑论其文学影响力。与苏轼相比，陆游在美国的译介显得更为微不足道。美国译者虽也曾翻译过部分陆游的诗歌，但直至今日，陆游都不是英语世界译介的主要中国诗人，无论是从翟理斯（Herbert A. Giles）、韦利、王红公、欣顿、宇文所安译介的诗歌数量和比重上看，还是从世界文学选集对陆游的收录情况来看，陆游诗歌都是十分边缘的。著名汉学家林理彰（Richard John Lynn）也称"陆游在西方的知名度远比苏轼小得多，理应获得更加广泛和深入的对待"（Lynn，1975：293），甚至还抱怨华兹生选录的陆游诗文太少。

苏轼笃信佛教，对佛禅有深入研究，还与僧侣交游，保持密切关系，亦为著名禅宗大师。虽未出家，但自称居士，是"归诚"佛教的儒生；更为重要的是，苏轼曾运用佛教题材创作过大量禅诗①。除此之外，苏轼诗歌多歌咏自然万物，引发人生哲思，其中蕴含的佛禅思想与寒山诗歌有异曲同工之妙，也迎合了华兹生所秉持的生态理念。陆游诗歌②虽多为爱国主题，诗文兼具李白的雄奇瑰丽与杜甫的沉郁悲凉，但在晚年也创作了相当数量的宁静幽然、闲适自得的田园诗与闲逸诗。这类诗歌多与描写淡泊宁静、隐逸山居的禅宗诗歌有审美上的异曲同工之妙，因而颇受华兹生欣赏，他还曾出版过专门介绍陆游田园诗与闲逸诗的译著《陆游晚期诗歌》。

华兹生所选苏轼诗歌多为禅诗、哲理诗、山水诗。在 2700 多首存世苏诗中，批判社会与思考人生是其诗歌的主旋律，批判现实也是其诗歌创作的重要主题。又因其深厚的禅学姻缘，其批判中往往隐含对宦海沉浮的冷静、对盛衰荣辱的豁达、对世俗苦难的傲视、对生老病死的超脱，这些是苏轼区别于其他诗人的显著特征，显然契合了华兹生所吸收的预备规范要求——对禅诗的偏好。他曾直言："几乎所有选译诗歌都是描写诗人生活中所发生过的真人真事或曾面临的境况。但是，也有部分中国诗人都喜爱的体裁，如题画诗，这种体裁通常不是描述真实风景，而是画中风光。由于这些诗歌所写之景都是人为所致、间接而来，因此我从来对这些诗歌不感兴趣，但苏轼是个例外。"（Watson，1965：12）

陆游是南宋时期的重要诗人，由于多年国力积弱，宋王朝已处于风雨飘摇之时，国家存亡、民族荣辱危在旦夕，陆游的诗歌创作也多以现实主义取

---

① 华兹生曾帮助其导师吉川幸次郎翻译过部分苏轼诗歌，其中就包含部分禅诗篇目，自然熟知苏轼。
② 华兹生对陆游诗歌并不陌生，所译的吉川幸次郎的著作《宋代诗歌入门》（*An Introduction to Sung Poetry*）中译有大量宋代诗歌，其中也包括陆游诗歌的部分篇目。

胜。例如，陆游的诗歌多表现抗金保国的决心、讨伐奸佞的激愤、报国热情的慷慨及壮志未酬的悲凉，爱国诗代表了陆游诗歌创作的特点，华兹生却不甚有意；相反，华兹生对陆游的田园诗与闲逸诗兴趣颇高。"与许多现代读者相同，我认为陆游不断号召人民战斗，但无论他的信念有多真挚、多崇高，我却难以认同，虽然我有意努力克服我对此的偏见。除了个人情感因素外，我觉得要准确翻译他的爱国诗确实很难，因为这些诗歌极为个性、充满热情，倘若用语不当，译诗容易显得聒噪暴怒、空洞浮夸。"（Watson，1973：xvi）"我对描写日常生活的诗歌，尤其是讲述乡村生活的诗篇更感兴趣。这并不是因为（这些诗歌）有深度哲理思考，也非（这些诗歌）眼光独到，在描写乡村生活方面，如陶渊明一类的诗人显得更具趣味，而是因为（陆游）在刻画细节上的丰富与准确。"（Watson，1973：xvi）他认为，陆游的田园诗与闲逸诗能很好地被译成英语，也能极大地引起美国读者的阅读兴趣，因此，此类诗歌是他选译的重要对象，选译篇目绝大多数都是陆游晚年描写乡村田园闲逸生活的诗歌①，"陆游晚年的诗歌尤其值得被称赞。这些诗歌所蕴含的活力与敏锐掩藏了陆游的年迈，并使其重新焕发出青春光彩。陆游晚期诗歌极好地证明了想象的力量可以超越时间的侵扰与容颜的衰败，其他文学作品很少能与之相较。"（Watson，1973：xvii）他只选译了少数陆游的爱国诗，如《关山月》《示儿》《龙兴寺吊少陵先生寓居》《斋中弄笔偶书示子聿》等，对此他也专门做了说明："我尽力收录足够多的爱国诗篇目，以给读者展示陆游爱国诗的面貌，虽然我已意识到在这方面我做的远远不够。"（Watson，1973：xvi）

经过译者职业惯习的过滤，华兹生译笔下的寒山、苏轼与陆游经过东道文化的折射，契合了当时译诗传统的预备规范要求，体现出对禅诗、山水诗、闲适诗等诗歌主题之偏好，符合美国文化所需要的"中国情调"：寒山不再飘忽不定、流于传说，而成了虔诚的由世俗归入佛门的真实僧人；陆游不再是具有强烈爱国热情的诗人，而是怡情山水、闲居田园的"陆放翁"②；苏

---

① 华兹生对陆游晚期诗歌的偏爱为此后翻译《陆游晚期诗歌》埋下了伏笔。
② 该诗集取名为《随心所欲一放翁：陆游文选》，从这点也能看出华兹生所关注的是描写生活无忧、自由自在的诗歌题材。

轼也不再关心国政，亦不再积极参与文学变革运动，变得无欲无求、醉心禅道、修身养性。

4.1.2 译诗形式与美国"本土化"诗学运动

通过与该翻译传统下的译者群体交往，华兹生将初始规范内化为译者职业惯习，并在译诗形式中表现出此时初始规范所要求的源语文化导向性，试图通过借用汉语古诗短小精干的特点重塑美国诗歌的表现力与张力。

华兹生译诗活动的第一阶段始于20世纪50年代中后期对寒山诗的翻译，止于20世纪70年代初对陆游诗歌的翻译。这一段阶段正值美国第二次"中国热"之滥觞，"垮掉派""旧金山诗歌文艺复兴""黑山派""嬉皮士"运动等诸多反学院派运动开始席卷美国文坛，引发了美国诗坛的"二次革命"，直到今日仍未出现衰退的迹象（赵毅衡，2003）。这一时期的翻译初始规范便植根于这种文化语境中，因此为了观测当时的规范，我们需要回顾当时有影响力的文学团体对中国古诗的态度与倾向，以及其对译诗文化倾向性的主张，并通过经典化翻译范例，获取当时的规范。

相较于"意象派"文学运动对"意象审美"的采用，此次"逆向文化"运动则表现出对汉语古诗中"禅道意境、寓情山水、清静无为"等思想的偏爱。赵毅衡（2003：48-49）将这归纳为美国诗人再次对中国诗感兴趣的文化政治动力："在后工业社会中，"清净无为"携带着抗议。这正是中国诗第二次浪潮能在几乎30年后，仍旧处于高峰的重要前提。所以，只要这个社会对人类异化的危险继续存在，中国诗将依旧提供灵感。中国诗第一次被美国当代诗歌接受时，只是一个反文化遥远的样板，而现在扮演的却是更为复杂的角色。禅和道的思想已得到更加多样化的解释，而中国诗的语言方式、风格方式，继续成为美国诗人寻找自己声音的指路牌。"

这种由表面到核心、由浅层到深层的文化征用也表现了美国译者对中国诗精神实质的渴求。正如赵毅衡所总结的，"他们都希望更深入到中国美学的核心中去"（赵毅衡，2003：279）。与庞德、洛威尔等第一代译者借鉴汉语古诗进行形式上的试验和创新不同，以王红公、斯奈德和威廉斯等为代表的第二代译者"不是表面上采用东方的事物、意象、典故，而是挪用汉语古诗的内在经验、结构与思维模式"（钟玲，2003a：279），即开始"由形式上模仿化用转入文化精神上的汲取、融会"（江岚，2009：278）。"有着主体意识的诗人在翻译其他诗人的作品时多少会融入自己的诗学理解"（吴建广，2015：22），这批诗人试图通过对汉语古诗的诗学手法与思想理念的跨文化阐释，寻求美国诗歌本土化的正当性与合法性，以使其摆脱僵化的学院派诗歌传统的桎梏。这批诗人与沃尔特·惠特曼（Walt Whitman）、艾米莉·迪金森（Emily Dickinson）等美国本土派作家的出发点并无二致，只是路径不同：前者是翻译借用，后者则是诗学创新。在这些文化和诗学动力的合力下，汉语古诗再次走入了美国文学视野，这一代诗人和译者借鉴了汉语古诗短小精悍、明朗清晰的诗学手法和风格，立足美国诗歌本土化，赋予了汉语古诗自由开放的新形式——自由诗。

王红公是"旧金山诗歌文艺复兴"的主要发起人，在这次本土化文学运动中有较大的号召力和影响力。他对中国古典文化颇为推崇，尤其对道家文化颇为醉心，发表了多部中国古诗的译作，如《中国诗百首》、《中国诗又一百首：爱情与流年》（*One Hundred More Poems from the Chinese: Love and the Turning Year*）等。他的诗歌创作深受中国古诗的影响，常常在他所译的中国古诗集中，夹杂几首他所创作的仿中国古诗，有时甚至达到了以假乱真的效果。他对中国古诗中意象的具象性所营造的"诗的意境"（poetic situation）大加赞赏，将其称为"中国式法则"（a kind of Chinese rule）；也曾明确表达过他对中国古诗与诗学原则的认同[①]："我认为中国诗歌对我的影响，远远大过其他诗歌。我自己写诗时，也大多遵循一种中国式法则。"（郑树森，1985：144）因此，他强调译诗需要对原诗进行语境化的改造："一部伟大的译作之所以能流传至今，主要是因为它们完全属于各自的时代。"（钟玲，1985：137）钟玲（1985）曾发现王红公的译诗极力减少人的介入，力图保留原诗"非人化"的特点，努力呈现大自然本来的面目，形式上常采用五个英文单词来译一句五言诗，而且用与中文相同的字序逐字翻译，呈现出冒犯英文准则的现象（钟玲，1992）。

[①] 这种借用并非机械地挪用，也非对中国诗学原则的全然接受，而是基于自身创作的需要，以为我所用的姿态进行批判性吸收，其目的在于构建一种新型的美国诗歌。

第4章 "逆向文化"运动与华兹生英译寒山、苏轼、陆游诗

斯奈德是此次文学运动中的又一领军人物,对当代美国诗学本土化做出了较大贡献。中国古典文化是对他的诗学理念之形成产生过重大影响的因素之一。他认为,"整个西方文化都已误入歧途,而不只是资本主义误入歧途——在我们的文化传统中有种种自我毁灭的倾向"(转引自儿玉实英,1993:298),他试图通过翻译寒山诗,展现中国诗学与美国本土诗学的文化互通性,从而为其诗学本土化的主张正名。他尤其推崇禅宗,通过对寒山诗的翻译,他将中国诗的形式简约、意象具体、自然审美的特点内化;其译作形式极为简约干练,意象也非常直接具体,产生了一种"适度异化"的审美效果,"英文译诗充满了中文模式,对英美译者往往产生'陌生化'的效果,使他们从内容、形式和语言等几方面去感受原诗的诗味"(钟玲,2006:156)。奚密(1985)曾发现斯奈德的寒山诗译文诗行里,常常采用四至五个重读闭音的单音词来对应原诗五个汉字[①],其所译诗行十分精练,阅读译诗时有"叮叮当当"的敲击感,类似于原诗节奏的声韵效果,节奏感强。

由于该译诗传统下的译者群体普遍主张吸收、借鉴汉语古诗的文学技法(如词序、句式或韵律),努力使其英译摆脱欧洲学院派诗风的桎梏,为当时本土派诗学主张注入新意,这一翻译目的决定了此时期的初始规范具有源语文化倾向性。但因中英诗歌在格律、韵式和体式等方面存在很大差异,这种文化倾向性主要以译文杂合的形式表现出来,因为"当西方形式与本土现实(原文)相遇,必然会带来结构性的妥协……同样,妥协的表现形式也具有多样性"(Moretti,2000:62)。所谓译文杂合,是指"译文不可避免地会包含一些来自原文的语言、文化或文学的成分,而且这些成分都是译入语文化中所没有的,如一些新异的词汇和句法、具有异国情调的文化意象和观念以及译入语文学中所缺乏的文体和叙事手法等等"(韩子满,2002:56)。

通过与该译者群体的交往,华兹生将具有源语文化导向性的初始规范内化为译者职业惯习,并在文本态度上表现出对源语文化的偏好,其译诗的充分性主要体现在形式(包括韵律、体式与修辞)与内容上。他认为"中国诗的词序与英语诗十分近似,诗行在表达上相当具体,译者在翻译时通常会受

---

① 钟玲(1992)曾以斯奈德所译的第六首寒山诗为例,发现该译诗的单音节词比例为91.8%,这在英语诗歌中甚为少见。

其引导，甚至受制于原诗"（Watson，2001：6），因此改变原诗行文顺序的做法还有可能会使译文生硬拗口、佶屈聱牙。对此，他提倡适当模仿汉语原诗形式，例如，"在译诗中，我尽可能省略代词，因为中国诗中很少使用代词（日语诗亦如此），且尽量不使用冠词"（Watson，2001：4），"尽量紧贴原诗的措辞与行文结构"（Watson，2003：xxii）。

这些译诗主张都流露出强烈的源语文化导向性，表明华兹生已将该译诗传统的初始规范内化为译者职业惯习。但因中美诗艺的巨大差异，原诗的源文化不可能全然不变地进入译诗，而往往会通过折射性翻译的形式进入东道文化，从而产生译文杂合的现象。有鉴于此，华兹生选择将原诗的节奏、叠词与对仗①融入英语自由诗中，具体表现为译诗借用了中国古诗短小精干的特点，采用逐句翻译，诗行与原诗对应；将原诗的对偶、叠词等文学手法化入译诗，表现为汉语格律诗与英语自由诗的译文杂合。值得注意的是，虽然华兹生与王红公、斯奈德在译诗初始规范上都秉持源语文化导向性，但其具体翻译策略却明显不同：华兹生对译诗形式的关注主要体现在对偶句、叠词与节奏上，王红公强调的是译诗与原诗的"字字对应"，而斯奈德则强调译诗阅读的节奏感，这也说明译者职业惯习是翻译规范的个性化表现。

4.1.2.1 韵律的翻译

华兹生译诗的源语文化导向性首先体现在译诗韵律上，主张译诗应体现汉语古诗的平仄节奏与叠词声韵，并在自由诗中将二者译出。

韵律和谐是一种以具有条理性、重复性和连续性为特征的音乐美形式。"在各种文学样式中，诗是最强调节奏性的"（童炳庆，1992：199），《诗品》有云："尝试言之，古曰诗颂，皆被之金竹。故非调五音无以谐会。若'置酒高堂上'，'明月照高楼'，为韵之首。故三祖之词，文或不工，而韵入歌唱，此重音韵之义也。与世之言宫商异矣。今既不被管弦，亦何取于声律耶？"（钟嵘，2007：13）后世学者也多沿用类似说法，如清代诗论家叶

---

① 选择翻译对仗也实属历史偶合，因为华兹生在日本担任吉川幸次郎的学术助手时，其重要工作就是将吉川研究的杜甫诗对仗句译成英文；在其师从吉川攻读研究生之时，吉川在授课时曾反复强调对仗对汉语格律诗的重要性，在其《中国抒情诗风：公元2世纪至12世纪的诗歌》《哥伦比亚中国诗选：从早期到13世纪》《杜甫诗选》中也有详尽的对仗句分析与说明。

第 4 章 "逆向文化"运动与华兹生英译寒山、苏轼、陆游诗

燮称:"诗以声为用者也,其微妙在抑扬抗坠之间。读者静气按节,密咏恬吟,深前人声足难写、响外别传之妙,一齐俱出。朱子云:'讽咏以昌之,涵濡以体之。'真得读诗趣味"(叶燮等,1998:187)。诗的音乐性主要体现在节奏和韵式上,并以此构成诗歌的韵律。诗人通过对诗句停顿的安排,使诗行产生不同强弱、长短声音的规律变化,从而形成诗歌节奏。为使诗歌音调和谐优美,加强其音乐性,诗人会安排同一韵母(通常是重读元音)在特定诗行的固定位置(尤其是句末)有规律地反复出现,这种文学手法称为押韵。

在韵律方面,虽然华兹生英译中国古诗没有顾及尾韵,但他对节奏还是把握得比较好(魏家海,2009:64)。华兹生译诗使用自由诗,以英语诗歌节奏为基调,使用"以逗代步"展示原诗的平仄节奏,译诗保留了部分叠词的声韵特色。译诗中,汉语格律诗的韵律技巧得以"化"入英语译诗,展现了原诗韵律技法与特点,丰富了美国诗歌韵律形式的表现力与张力。

需要注意的是,华兹生秉持的初始规范具有源语文化导向性,使用自由体译诗是初始规范的内在要求与必然选择,因为中国诗的"诗律与英语诗相去太远,任何形式的模仿都不可能产生原诗的效果"(赵毅衡,2003:209),虽然"以英语格律诗译汉语古诗,不能笼统的全盘否定。但是,用英语格律诗译中国诗,成功的例子是不多的"(赵毅衡,2003:207),这是因为"中文韵部少(押韵比较容易)使格律诗相对比较自由。英文韵部上千,押韵在创作中都是比较难的事,翻译找韵当然更是取巧用奇。用自由诗反能译出中国古代格律诗的精神,本无足怪"(赵毅衡,2003:207)。

在翻译苏轼的七言律诗《詹守携酒见过用前韵作诗聊复和之》时,译诗在自由诗的基础上,以汉语原诗的平仄停顿为依据,在对应的译诗行相对语义位置后加逗号做顿,再现原诗的平仄停顿,见例 4.1(Watson,1994b:129)。

例 4.1

原诗	译诗
詹守携酒见过用前韵作诗聊复和之	**Feet Stuck Out, Singing Wildly**
箕踞狂歌老瓦盆,	Feet stuck out, singing wildly, I beat an old clay tub;
燎毛爊肉似羌浑。	Singeing fur, roasting meat, like a north west nomad.
传呼草市来携客,	Outriders shout through the market — you've come to fetch me;
洒扫渔矶共置樽。	On Fishing Point, sand is swept, wine jars set out.

续上

原诗	译诗
山下黄童争看舞，	Boys from the foothills crowd to watch us dance;
江干白骨已衔恩。	White bones by the river remember your kindness.
孤云落日西南望，	One cloud, a slanting sun — I gaze southwest
长羡归鸦自识村。	And envy crows that know the way back home.

英文诗歌节奏由轻重音步或重轻音步所掌控，其音步的基本形式为抑扬格或扬抑格，除语法要求或其他特殊目的外，一般不会轻易在诗行中添加逗号以做停顿，因为这样会割裂诗行句法与语义的连贯性。在译诗中，第1、2、4、7句以原诗停顿为基础，"加逗做顿"以显示原诗的节奏特点。例如，第1句中"箕踞"与 feet stuck out，"狂歌"与 singing wildly，"老瓦盆"与 I beat an old clay tub；第2句中"燎毛"与 singeing fur，"燔肉"与 roasting meat，"似羌浑"与 like a north west nomad；第4句中"洒扫"与 sand is swept，"渔矶"与 on fishing point，"共置樽"与 wine jars set out；第7句中"孤云"与 one cloud，"落日"与 a slanting sun，"西南望"与 I gaze southwest，这些都是以原诗的平仄停顿对应译诗的语义单元"加逗代顿"。

这种翻译方法在一定程度上弥补了诗歌翻译中"韵律不可译"的遗憾，显示出了部分原诗停顿，且译诗以原诗的停顿为依据，仅在完整的语义单元之后作逗，保持了原诗与译诗之间的语义完整与连贯，减少了译文语义碎片化的倾向和逻辑顺序混乱的风险。

除音步停顿外，押韵也能加强诗歌和谐的音韵效果和节奏感。著名戏剧理论家洪深认为："押韵是加强节奏的一种手段；韵愈（频）繁，节奏愈急（促）。"（洪深，1962：46）里奇也认为，"头韵（alliteration）、元音韵（assonance）、尾韵（consonance）和其他形式的声音回响（sound echoes）对加强诗歌音乐性有重要作用"（Leech，1969：93）。

华兹生译诗虽然没能展示原诗尾韵，但特别强调了叠词的翻译。叠词是汉语中常见的修辞方法，也是除尾韵外加强诗歌节奏感的重要手段。事实上，由于"汉语长期以来朝双音节的方向发展，叠词运用起来觉得不十分费字累赘"（陈文成，1991：44），汉语古诗也常用叠词来增强节奏感和音乐性。但英语中，除一些口语和套话外，叠词一般不轻易使用，因为"重复有时表

第4章 "逆向文化"运动与华兹生英译寒山、苏轼、陆游诗

明了语言资源的匮乏……将一件事反复言说仅表明（说话者）没有能力将所要表达的意思一口气说清楚"（Leech，1969：79），若使用叠词，一定是为了获得特定的艺术效果。华兹生的译诗有意保留了原诗的部分叠词用法，展示了原诗的声韵技巧。在翻译苏轼《无锡道中赋水车》的前两句诗时，华兹生对叠词翻译技巧的运用表现得淋漓尽致，充分展示了原诗的音乐性艺术效果，见例4.2（Watson，1994b：61）。

例4.2

原诗	译诗
无锡道中赋水车 …… 翻翻联联衔尾鸦， 荦荦确确蜕骨蛇。 ……	Describing Water Wheels on the Road to Wu-hsi ... Whirling, whirling, round, round, a crow with tail in mouth; All lumps and bumps protruding, a snake stripped to its bones. ...

苏轼的这两句诗运用了四组叠词，声觉效果十分明显，形式上也很有气势，展现了原诗叠词使用的艺术特色。译诗运用了 whirling、whirling 和 round、round 两对头韵叠词来翻译第一句的"翻翻"与"联联"，形成了与原诗完全一致的 AA+BB 叠词形式；在译第二句诗时，使用了 lump 和 bump 这对低沉尾韵音 /-ump/ 来翻译"荦荦"与"确确"，既有叠词的音韵效果，也是对原诗所描绘的水车运作时低沉声音的拟声（onomatopoeia）。

但华兹生并非对所有诗歌中的叠词都进行了翻译，他对何时译、如何译的分寸把握得十分到位，如在以下两个例证中，华兹生均舍弃了原诗的叠词，也明显未使用其他声韵技巧加以弥补，见例4.3（Watson，1994b：23；Watson，1962：69）。

例4.3

原诗	译诗
石鼓歌 …… 娟娟缺月隐云雾， 濯濯嘉禾秀稂莠。 ……	Song of the Stone Drums ... Or like a lovely crescent moon wreathed in the clouds and mists, Sleek stalks of auspicious grain soaring above weeds and stubble. ...

续上

原诗	译诗
独坐常忽忽	**I Sit Alone in Constant Fret**
独坐常忽忽,	I sit alone in constant fret,
情怀何悠悠。	Pressed by endless thoughts and feeling.
山腰云缦缦,	Clouds hang about the waist of the mountain,
谷口风飕飕。	Wind moans in the valley mouth.
猿来树袅袅,	Monkeys come, shaking the branches;
鸟入林啾啾。	A bird flies into the wood with shrill cries.
时催鬓飒飒,	Seasons pass and my hair grows ragged and grey;
岁尽老惆惆。	Year's end finds me old and desolate.

以上两首诗都运用了较多叠词,具有很好的音韵效果,但在译诗中,华兹生均将其舍弃。事实上,通过以上例证不难看出在叠词的"译"或"不译"问题上,华兹生有明确标准:翻译叠词应加强译诗的节奏感和诗性,但绝不能因此牺牲语言的流畅与自然。因此,在翻译时可适当加入此类英语中不常见的语言形式,但必须严格把握尺度,绝不能使其"泛滥"而影响到译诗语言的自然流畅。他认为,"(诗歌翻译中)如果坚持强调押韵,应尽量使得句子读起来发音自然流畅,不绕口。不能故意组合(生拼硬凑)一些笨拙的词组或短语,去取代一个清晰熟悉的短语句型,甚至去掉了句子原来的含义,仅仅是为了得到所谓的音韵"(华兹生,2011a:6)。

4.1.2.2 修辞的翻译

华兹生译者职业惯习的源语文化导向性还体现在对原诗修辞的翻译上,他强调了"对仗"(antithesis)的翻译问题。对仗是汉语格律诗的惯用修辞手法与主要特色,因为"汉字是单音节,汉字词组多为双音节,这些构成了汉语主体,也造就了汉语易于形成对仗"(Liu,1962:146)。对仗在中国古典文学(包括格律诗、骈文、散文、赋文等)中占有重要位置,古体诗与近体诗尤为强调对仗的使用,是成诗之关键。对仗表现了汉语的平衡美与声韵美,是律诗的必要条件(王力,2005)。但英语中并无"对仗"的说法,与之比较接近的文学修辞形式是"平行"(parallelism)。总体说来,平行对词语、声韵、句式等对齐的要求比对仗低得多①，且英语中若频繁使用平行结构会产生重复之感，平行结构常被英语散文等篇幅较长的文体所使用（Sopher，1982）；加之平行结构较为正式严谨，与自由诗的创作理念与语言风格等相去甚远，因此此类结构甚少被使用，里奇也称"在当今我们所身处的时代，（诗歌中）使用平行结构所需要的理由比其他时代都更为强烈"（Leech，1969：86）。

华兹生在译诗中强调了对仗的翻译，用英语的平行结构将原诗对仗译出，使得译诗表现出原诗修辞的特点。但值得注意的是，他并非将原诗的所有对仗都一并译出，而是要避免平行结构反复出现，以突显原诗的修辞，也使得译诗自然流畅。如在翻译苏轼的《过永乐文长老已卒》时，华兹生在处理平行结构的使用时表现出明显的取舍，见例 4.4（Watson，1994b：62）。

例 4.4

原诗	译诗
过永乐文长老已卒	Visiting Yung-lo Temple, I Learn that the Old Priest Wen Has Died (1074)
初惊鹤瘦不可识，	The last visit alarmed me — stork-thin, I hardly knew him;
旋觉云归无处寻。	Suddenly I learn he's gone with the clouds, no looking for him now.
三过门间老病死，	In the course of three visits, old age, sickness, death;
一弹指顷去来今。	In a snap of a finger, past, present, future.
存亡惯见浑无泪，	Now here, now gone — I've seen it so often I barely shed a tear;
乡井难忘尚有心。	But my old home's hard to forget; he stick in my thoughts.
欲向钱塘访圆泽，	I must hurry to Ch'ien-t'ang, look for Yüan-tse;
葛洪川畔待秋深。	By the banks of Ko-hung River I'll wait as autumn deepens.

《过永乐文长老已卒》是苏轼所作的一首七律诗，颔联、颈联均为工整对仗。颔联中的"三过门"对"一指弹"，"间"对"顷"，"老病死"对"去来今"，颈联中的"存亡"对"乡井"，"惯见"对"难忘"，"浑无泪"对"尚有心"。译诗中，华兹生将颔联翻译成了英语的平行结构，in the course of three visits 与 in a snap of a finger，old age 与 past，sickness 与 present，以及 death 与 future 形成了完整对应，以英语平行结构展现了原诗的对仗修辞。

但在翻译颈联时，华兹生却未用任何平行结构，仅将原诗直译成英语，

---

① 这是由于语言差异造成的，英语词汇音节复杂多变，语法成分相对固定，难以形成严格的对仗。

其目的正是在于避免平行结构过多而造成译诗生硬牵强。由于对仗翻译的取舍得当，译诗既表现了自由诗的自由成章和朴实自然，也凸显了原诗对仗修辞的平衡艺术美感，丝毫不显得生硬牵强。由于华兹生译诗采用的是英语自由诗，原诗中的平仄停顿、叠词与对仗在进入译诗后呈现出了译文杂合的现象：汉语格律诗与英语自由诗的杂合。

总之，美国"逆向文化"运动时期译诗的初始规范植根于美国"本土化"诗歌的土壤中，具有源语文化导向性。华兹生通过与该译诗传统下的译者群体交往，将该群体的译诗初始规范内化为译者职业惯习，并使其以个性化的方式在译诗中展现，表现为对汉语古诗平仄节奏、叠词与对仗等艺术技巧的强调与借用，这使得译诗出现了译文杂合的现象，凸显了汉语古诗的"异域风情"。

4.1.3　口语体与译诗可读性

华兹生译寒山、苏轼与陆游诗肇始于"逆向文化"运动期间，当代美式英语尤其是美式口语的使用是当时译诗小传统的重要译诗用语手段，构成了当时的语言文本规范。语言文本规范对华兹生译诗有重要影响，他充分关注了译诗的可读性，译诗用语为非正式语体的口语体，措辞简单平实。

当时译诗语言文本规范之形成源于美国诗坛对诗歌用语的不断探索。由于文化上的亲缘性，美国诗歌具有天然的"欧洲基因"，早期的美国诗人基本以效法英国诗歌创作为诗学取向，在创作技法与语言使用上多模仿威廉·华兹华斯（William Wordsworth）、乔治·戈登·拜伦（George Gordon Byron）、罗伯特·勃朗宁（Robert Browning）等人的作品，如安妮·布雷兹特里特（Anne Bradstreet）、爱德华·泰勒（Edward Taylor）、亨利·沃兹沃斯·朗费罗（Henry Wadsworth Longfellow）等，诗歌强调用语的诙谐、晦涩与机巧等语言张力。但这些诗人创作的诗歌还算不上真正意义上的美国诗歌，最多只能算是描写美国的英国诗歌。

沃尔特·惠特曼、拉尔夫·爱默生（Ralph Emerson）等人诗歌的问世标志着美国本土诗歌的诞生。他们在一开始便高举"美国"的大旗，开创了美国诗坛的新诗风，其重要标志之一就是使用美国日常用语创作。正如美国诗人简·赫丝费尔（Jane Hirshfield）所言，"有了惠特曼，诗歌摆脱了从欧洲借来的思想、韵律、意象、形式和传统，因为诗歌植根于人们行走、工作、睡觉、吃饭和相爱的日常的、本地的土壤中。有了惠特曼，美国诗歌兼容并包的时代到来了——它对民众、物体、所有存在之间的民主乐观的肯定，对下层人的忠诚和对荒僻风景的热爱，对无边界宽度和混合活力的信奉。有了惠特曼，美国诗歌发现了它的大胆、它的慈悲、它对任何命运与情绪毫不掩饰的肯定"（赫丝费尔，2014：119）。

有了这种"平民化"意识，美国诗歌的"本土化"就意味着与形式保守、语言晦涩的欧洲学院派诗风的分道扬镳，而语言本土化最直观、最有效的方法之一就是使用当下日常用语，尤其是口语，因此语言的美国化、当下化、口语化成了美国诗歌"本土化"的诗学追求。惠特曼拒绝使用晦涩、学究的语言，也反对为了诗歌押韵而调整正常词序语序的做法，开创了诗歌的自由体（Free Verse），并用日常的美国英语创作了《草叶集》（Leaves of Grass），与以往仿英国维多利亚式浪漫主义诗歌的诗人有天壤之别。

20世纪初，美国"意象派"文学运动的兴起拉开了美国诗歌语言的现代主义革命的序幕。这场声势浩大的运动对美国诗歌的"本土化"进程具有里程碑意义，使美国学院派诗人遭受到了前所未有的重挫。该文学运动的一大文学主张就是诗歌语言的美国化，他们通过翻译中国古诗凝练、简洁、具象的诗歌语言，与学院派诗歌语言的晦涩、理性、严谨形成鲜明的对比，通过翻译，美国诗歌语言的张力被再次激发。此后，这种具有平民意识的诗歌语言观也逐步波及了整个英语诗歌传统：英国诗歌评论家约翰·普雷斯（John Press）也认为"措辞简单化、口语化是现代英语诗歌的发展趋势"（Press，1969：2）；著名语言学里奇也认为，"在现今我们所处时代，出于诗歌本身考虑而加强诗意的做法，如有意疏远诗歌语言与日常语言的距离，为诗人所回避，为评论家所厌弃"（Leech，1969：86）；英国诗歌评论家埃里克·霍尼伍德·帕特里奇（Eric Honeywood Partridge）认为"现代诗人的主要创作目的在于获得自然语流。省略冠词、连词或标点是英语诗歌中司空见惯的现象，因为英语语言的句法完整性不是意义表达的核心要素"（Partridge，1976：16）。

20世纪50—60年代，"逆向文化"运动再次激发了中国古诗的翻译热，也在翻译中实践了美国诗歌（尤其是"本土派"）的语言观，主要表现为在译诗中使用美国日常语言，尤其是口语体。威廉斯在这次翻译浪潮中影响颇大，他继承了对口语（尤其是美国式口语）的运用（张曙光，2007），译诗坚持运用美国当下口语与松散的短句来翻译短小精悍的绝句，反对复杂沉重、过于致密的内部结构和晦涩的象征体系。他曾与王燊甫（David Raphael Wang）合译出版了译诗集《桂树集》（*The Cassia Tree*），在按语中王燊甫指出这些诗是用美国本土语言进行的再创造（转引自赵毅衡，2003）。王红公深受威廉斯的影响，同样致力于诗歌的当下化和美国化，主张采用日常语言。1956年，他出版了第一部译诗集《中国诗百首》，译诗语言是中性的美国英语，用语浅显平易、自然流畅，并运用了英语诗歌的跨行技巧。在"序言"中，他指出，其译诗的宗旨是"传达原诗的神韵，使其成为地道的美国诗歌"（Rexroth，1956：Introduction）。威廉斯盛赞其译诗是用美国本土语言写成的最精彩的诗集之一。按霍克斯的说法，斯奈德的译诗则向读者展示了美国英语的"野性"（Hawkes，1962）。译诗使用了大量当代英语口语，并不拘泥于语法与书面语的框架，省略、俚语、重复、呼语等经常在译诗中出现，译诗语言具有极大的表现力与张力。当代美式英语构成了当时译诗的语言文本规范，尤其强调非书面语的使用。

　　华兹生的译者职业惯习凸显了当时语言文本规范对当代美式英语的偏好。20世纪50—60年代，华兹生长期寓居于日本，与当时在日本学习的美国诗人斯奈德、金斯堡、凯格共同修禅，通过长时间的交往、请教与商讨，华兹生将当时的译诗语言文本规范内化为其译者职业惯习，他充分考虑了当时译诗用语对语言简洁明了的偏好，因此译诗力求使用简单易懂的日常用语来传达原诗语义，尤其提倡口语体的使用。其译诗用语符合当时的语言文本规范，较多地采用非正式语体（尤其是口语体）来译诗，他认为，"部分中国诗人会用他们喜欢且不寻常的用语使读者感到惊叹，但多数其他诗人似乎对恪守日常习语的条框感到满意，并用其他方法使其诗歌与众不同。我认为，在翻译使用日常习语的诗歌时,如若为使译诗更有趣而使用夸张的措辞手法，无异于违背了译者伦理……我所翻译的语言——古代汉语在表达上十分简洁，在翻译时，我完全同意应尽可能使用简洁的英语来表达。我总是一遍又一遍地检查我的翻译，以找出可以删除的词语，或以更简短的形式传达意义的方法"（Watson，2001：4）。非正式语体的使用使其译诗用语具有措辞简单、句式简约、语言直白的特点,也使得译诗具有较强的可读性。通过以上对华兹生的社会轨迹与翻译话语的描述,我们认为华兹生的译者职业惯习受到了当时语言文本规范的影响。

通过分析华兹生翻译寒山诗时所使用的用语,我们可以清晰地看出华兹生译诗选词与句式的当代英语特征,见例4.5(Watson,1962:100)。

例4.5

原诗	华兹生译诗
人间寒山道	**People Ask the Way to Cold Mountain**
人间寒山道,	People ask the way to Cold Mountain.
寒山路不通。	<u>Cold mountain?</u> There is no road that goes through.
夏天冰未释,	<u>Even</u> in summer the ice <u>doesn't</u> melt;
日出雾朦胧。	Though the sun comes out, the fog is blinding
似我何由届,	How can you hope to get there <u>by aping me</u>?
与君心不同。	Your heart and mine are not alike.
君心若似我,	If your heart were the same as mine,
还得到其中。	<u>Then</u> you could journey to the very center!

《人间寒山道》是一首五言诗,与同时代其他诗人的诗歌相比,寒山诗语言通俗、晓白易懂,具有非正式汉语语体特征。

华兹生的译诗浑然一体,译语自然流畅,也具有简约、洒脱、非正式、口语化的特点。原诗40个汉字,华兹生用词65个。译诗在形式上均没有采用明显的韵式,未对译诗诗节进行划分,仅沿用了原诗的分行体系,都采用的自由体译诗。在句式上,他基本全部采用简单句,同时尽量保留了原诗的语序,句型基本全部采用简单句,几处采用问答模式,具有会话意味,故口语体倾向明显;词序与原文基本一致,甚至有些译文有迁就原文的汉语句式之嫌,如"if your heart were the same as mine"(直译为"如果你的心像我的")。在语言上,华兹生的用语具有非正式语体的特征,措辞简单,无孤僻词,也无书面语,全文均使用日常词汇,易于理解,整体与原诗的口语化、简约用词有异曲同工之妙,如 cold mountain、your heart and mine are not alike 等显得十分不拘小节、自然流畅,语言风格自由奔放。译诗的逻辑、语法、话语标记明晰化,如第三句中使用 even 一词将 the ice doesn't melt 逻辑关系清晰化,表明夏日冰也不化是罕见现象;第二句中 cold mountain 后使用问号使其与后面的 there is no road that goes through 形成一问一答的会话模式,口语交际性与话语逻辑更加凸显;第四句中 though 使 the fog is blinding 的转折逻辑关系也更通顺;第五句的 by aping me 与最后一句的 then 都有类似的明晰化、逻辑化的效果。这些标记语的使用并未使其译诗显得赘言、臃肿,反而增添了几许理性、易于理解的色彩①。著名翻译家 G. W. 罗宾逊(G. W. Robinson)在阅读其寒山诗译本后认为,"华兹生的译文不是那么书面正式,这无疑是一个很好的趋势,寒山的诗歌语言本身就不正式"(Robinson,1963:457)。

华兹生的译诗语言以朴素平实、明白晓畅见长,温伯格甚至认为他"是所有这些译者中最杰出的"(Weinberger,2003:xxv)。事实上,威廉斯、王红公、斯奈德和华兹生等的译诗风格都一致表现出译诗语言的朴素平实的特点,口语化是华兹生译诗的一大特点。这种平易自然、明晰晓白却又不失理性的译诗方法在这一译诗阶段的其他文本中也有体现,如在翻译陆游的《剑门道中遇微雨》时,也展现了这一时期美国本土化诗歌的特点,见例 4.6(Watson,1973:9)。

例 4.6

原诗	译诗
剑门道中遇微雨	Running into Light Rain on the Road to Sword Gate Pass
衣上征尘杂酒痕,	On my clothes the dust of travel mingled with wine strain;
远游无处不销魂。	A distant journey — no place that doesn't jar the soul!
此身合是诗人未?	And I — am I really meant to be a poet?
细雨骑驴入剑门。	In fine rain straddling a donkey I enter Sword Gate Pass.

陆游的这首诗是广泛传颂之名作,诗情画意,意境悠远,短短四句诗道出了陆游内心的矛盾与孤寂,"无处不销魂"而黯然神伤。原诗的用语颇为正式,"骑驴入剑门"一语颇有提喻的效果②,"衣上征尘"也道出了陆游

---

① 这与华兹生汉学家的身份及其翻译目的也有较大关系,详见后文"翻译之得:折射性翻译诗学阐释之结果"的相关论述。

② "骑驴"本是诗人的雅兴,如李贺曾骑驴带小童出外寻诗,李白、杜甫、贾岛、郑棨等人也有"骑驴"的诗句或轶事,而李白是蜀人,杜甫、高适、岑参、韦庄都曾入蜀,晚唐诗僧贯休从杭州骑驴入蜀,写下了"千水千山得得来"的名句,所以骑驴与入蜀,自然容易想到"诗人"。

第4章 "逆向文化"运动与华兹生英译寒山、苏轼、陆游诗

戎马疆场、一生奔走的际遇,"不消魂"更是把陆游复杂的心理描述得淋漓尽致,有言尽而意无穷的艺术效果。华兹生的译诗却较为语言晓白、措辞简单,并未使用任何古雅用语或词汇,还使用了缩写、语气转换等自然语流的用法。第二句中的 a distant journey 与 no place that doesn't jar the soul 用破折号连接,形成了自问自答的交际模式,且话语逻辑也通过破折号得以明晰化;第三句的"and I — am I..."之间用破折号连接,模拟了自然语流中发话方从陈述到疑问的语气转换,表现出自然语流的真实性,口语化倾向明显。

这种口语体译诗有时以会话建构的方式来实现,因为他们认为,"对现实世界的中国式的直接忧患意识也必须用直接、会话式的方式再现出来"(Weinberger,2003:xxv)。在此我们以华兹生所译的寒山诗《妾在邯郸住》为例做一个分析,见例4.7(Watson,1962:23)。

例4.7

原诗	译诗
妾在邯郸住	**Han-tan Is My Home**
妾在邯郸住,	"Han-tan is my home," <u>she</u> said,
歌声亦抑扬。	And the lilt of the place is in <u>my</u> songs.
赖我安居处,	Living here so long
此曲旧来长。	<u>I</u> know all the tunes handed down.
既醉莫言归,	<u>You're</u> drunk? Don't say <u>you're</u> going home!
留连日未央。	Stay! The sun hasn't reached its height.
儿家寝宿处,	In <u>my</u> bedroom is an embroidered quilt
绣被满银床。	So big <u>it</u> covers all <u>my</u> sliver bed!"

第一,华兹生译诗在多处增补了人称代词 you、I、she 和物主代词 my,有意营造了译诗"对话性"的表达方式。原诗全文八句话,皆为主人翁(歌姬)一人隐性自陈,仅在第三句出现了一个人称代词"我",其他各句均未出现人称代词,均为隐性人称陈述。在译诗中,华兹生在"妾在邯郸住"一句中添加了第三人称 she 代表"隐性述者"——歌姬,以此与原诗作者(寒山)区别开来;在"歌声"前添加了 my,补充了"此曲旧来长"的人称 I,表现出对话开展的直陈表述;其后又补充出了"既醉莫言归"主语 you,虽对话的对象 you 一言不发,但由于对话关系的缘故,其意图性跃然纸上。虽然译文中分别出现了 you、I、she,但所指并不混乱,读者从问答结构中可以

清楚识别陈述者（I）、发话对象（you）和陈述者（作者）的会话关系。

第二，译诗整篇采用直接引语的方式，凸显了对话的真实性，使原诗含蓄、晦涩的陈述方式变得直接、明晰。原诗没有出现明确的人称表述，因此未出现明显的直接叙述，而是采用了一种模糊叙述人称的间接叙述策略，间接引语拉大了读者与叙述事件之间的时空感，因此难以寻觅会话的真实性与直接性。而译诗除第一句中的 she said 外，整首采用直接引语的方式表述，表现出会话发生的即时性，让读者有如临其境之感，表现出对话的真实性与直接性。

第三，译诗第5、6句中加入了设问—应答的会话结构，使隐含的人物对话关系进一步明晰。原诗第5、6句并未出现问答形式，而采用直接陈述的方式叙述，因此也就不存在明显的直接会话特点。译诗不仅添加会话方 you，明确了诗文的人物对话关系，而且原诗通过"You're drunk?"发问，用"Don't say you're going home!"与"Stay!"作答，再有"The sun hasn't reached its height."阐明缘由，构成了一场完整的直接会话场景，尤其是命令式"Stay!"的使用，使会话参与方的在场感进一步凸显。这种问答体把叙述者与对话者（事实上并未发话）的对话用直接引语传达出来，有目的地引导读者参与到诗歌叙述中，让读者随着叙述者的观察视角一起体验歌姬生存状态的全过程，因此具有描述的直接性与会话性。

尽管刘若愚对华兹生译诗所采取的通俗语言（尤其是口语体）的做法颇为不满（Liu，1966），认为这样会极大地影响译诗的文学性，但正是使用通俗化、日常化、口语化的译诗用语才使中国古诗得以跨越语言的藩篱，为英语世界普通读者所接受；美国汉学家白牧之与白妙子教授也称"华兹生的译文具有众所周知、备受公认的优点——即翻译用语平易口语化，内容通顺连贯，以至于几乎不需要解释"（Brooks & Brooks，2009：165）。

4.1.4 职业惯习与译诗的意义忠实性

华兹生的汉语古诗英译除了表现出对当时翻译规范之恪守外，还在忠实性方面表现出与其他平行译文的显著差异，具有极为鲜明的译者风格。这是因为华兹生译者职业惯习之形成不仅受到翻译规范的影响，也受到初始惯习的影响。具体而言，华兹生曾接受过良好的汉语教育，有着极为深厚的中国

第 4 章 "逆向文化"运动与华兹生英译寒山、苏轼、陆游诗

文化底蕴与语言能力①,因此其初始惯习与其他译者差异明显,也影响了译者职业惯习的形成,并渗透进其译诗活动中,使其译诗在内容与语义忠实性方面优于同时期其他译者。

华兹生的职业惯习获益于其良好的汉学教育经历,即职业惯习受到初始惯习的影响。在 1946—1956 年,华兹生在哥伦比亚大学与京都大学接受了连续 11 年的专业汉语教育,先后师从陆义全、富路德、王际真、吉川幸次郎等著名汉学家,期间也在导师指导下翻译了部分汉语古诗与汉学典籍,如宋诗、杜甫诗、《史记》、《汉书》等。在此期间,华兹生不仅习得了良好的汉语能力,听、说、读、写、译全面发展,还通过研究《史记》《汉书》等对中国传统文化产生了深刻理解。这也使得华兹生在翻译时能始终保持敏锐的语感,正确理解文意,并能运用英语将原文内容与语义准确传达出来。与其他汉语能力欠佳译者的译文相比,华兹生的译文在内容与语义上具有较高的忠实性,他几乎是逐字翻译,也几乎不对原文做任何语义上的改动。

他认为,"尽力紧贴中文原文的精确措辞与意象似乎尤为重要"(Watson, 1968:19),译诗在回译时与原诗内容与语义应保持一致。在此以王红公与华兹生的《赠刘景文》译文为例做一个分析,见例 4.8(王红公,1971:88; Watson,1994b:119)。

例 4.8

原诗	王红公译诗	华兹生译诗
赠刘景文	**Autunm**	**Presented to Liu Ching-wen (1090)**
荷尽已无擎雨盖,	The water lilies of summer are gone.	Lotuses have withered, they put up no umbrellas to the rain;
菊残犹有傲霜枝。	They are no more.	One <u>branch</u> of the chrysanthemum holds out against frost,
一年好景君须记,	<u>Nothing remains but their umbrella leaves.</u>	<u>Good sights of all the year I'd have you remember,</u>
最是橙黄橘绿时。	The chrysanthemums of Autumn are fading.	<u>But especially now, with citrons yellow and tangerines still green.</u>
	Their <u>leaves</u> are white with frost.	
	The beauty of the year is only a solemn memory.	
	Soon it will be winter and	
	Oranges turn gold and the citrons green.	

---

① 当时该译诗传统下其他主要译者(如威廉斯、王红公)的汉语能力普遍较弱,基本未接受过系统性的汉语教育,即便是汉语能力稍强的译者,也仅能阅读识字,其中部分译者还与华人合作进行译诗,故与华兹生的汉语背景相差甚远。

这首诗是苏轼在元祐五年（1090年）在杭州任知州时写赠给好友刘景文的。诗的前两句写景，抓住"荷尽""菊残"描绘出秋末冬初的萧瑟景象。"已无"与"犹有"形成强烈对比，突出菊花傲霜斗寒的形象。后两句议景，揭示赠诗的目的，说明冬景虽然萧瑟冷落，但也有硕果累累、成熟丰收的一面，而这一点恰恰是其他季节无法相比的。原诗白话为："荷花凋谢，连一把雨伞似的荷叶也枯萎了；菊花也已经枯萎，但是它那傲霜挺拔的枝干在寒风中依然显得生机勃勃。别以为一年的好景将要结束，你得记住，最美的景是在初冬橙黄橘绿的时节啊！"

王红公译诗在语义与内容上与原诗相去甚远[①]。译诗回译为汉语为："夏日的荷花已经逝去。它们已经没有了。除了像雨伞一样的荷叶还在，其他都没了。秋日的菊花也凋谢了。它们的叶子已经泛着霜白。一年当中的美景仅仅只是记忆。冬日即将来临，橙子会变黄，橘子会变绿。"译诗题目为 Autumn（秋天），与原诗的"赠刘景文"没有任何联系；第二句将原诗的"已无擎雨盖"译成"Nothing remains but their umbrella leaves."（只剩擎雨盖），第五句将原诗的"一年好景君须记"译为"The beauty of the year is only a solemn memory."（一年的美景只剩下回忆），却将原诗乐观向上的勉励变成了对美丽景色逝去的哀愁，极大地曲解了原诗的内容与语义，使原诗劝诫人切不要意志消沉、妄自菲薄的意趣荡然无存。

华兹生译诗与原诗诗行对应，忠实于原诗语义与内容。译诗可回译为："荷花枯萎了，挡雨的叶子也不在了，菊花的一条枝干还在寒霜中挺立，全年的好景你得要记住，尤其是现在，橙子黄了，橘子还是绿的。"译诗中，题目完全被直译为"Presented to Liu Ching-wen"，与原诗完全一致；内容上，译诗几乎是将原诗逐字译出，延续了原诗积极向上的意趣与主题，回译时也能看出语义忠实性。尤其是后两句译诗"Good sights of all the year I'd have you remember, / But especially now, with citrons yellow and tangerines still green."将原诗劝人要把握当下的美景，不要哀叹好景不长的主旨完全译出来了，but

---

① 在当时译者中，王红公的译诗数量庞大，出版了5部中国古典诗译著，影响力较大，其代表作是《中国诗百首》。但他并未接受过系统的汉语教育，而是通过汉学家威特·宾纳（Witter Bynner）介绍给他一些汉学家的名字和著作，又介绍了一位在哥伦比亚大学就读的中国学生帮助他学习汉语，因此具有了初步的汉语阅读能力。

especially now 是点睛之笔，凸显了诗人的乐观人生态度。

在翻译陆游诗时，华兹生也同样表现出对原文的敏锐语感与深入理解，逐字译出了原诗内容与语义，见例 4.9（王红公，1971：109；Watson，1973：19）。

例 4.9

原诗	王红公译诗	华兹生译诗
闲意	**Idleness**	**Idle Thoughts**
柴门虽设不曾开， 为怕行人<u>损绿苔</u>。 <u>妍日渐摧春意动</u>， 好风时卷<u>市声</u>来。 学经妻问生疏字， <u>尝酒</u>儿斟潋滟杯。 安得小园宽半亩， 黄梅绿李一时栽。	I keep the rustic gate closed For fear somebody might <u>step</u> <u>On the green moss. The sun grows</u> Warmer. You can tell <u>it's</u> Spring. Once in a while, when the breeze Shifts, I can hear the sounds of the <u>Village</u>. My wife is reading The classics. <u>Now and then</u> she Asks me the meaning of a word. I <u>call for</u> wine and my son Fills my cup till it runs over. I have only a little Garden, but it is planted With yellow and purple plums.	Thatch gate works all right but I never open it, Afraid of people walking might <u>scuff</u> the green moss. <u>Fine days</u> bit by bit convince me spring's <u>on the way</u>; Fair winds come now and then, wrapped up with <u>market</u> sounds. Studying the Classics, my wife asks about words she doesn't know, <u>Tasting the wine</u>, my son pours till the cup overflows. If only I could get a little garden, half an acre wide — I'd have yellow plums and green damsons growing all at once!

原诗背景是陆游力主抗金收复中原，但朝中的主和派抬头，他因此被罢免回乡，过起了闲散生活，故作此诗。总体来看，两位译者都力图将原诗的内容与语义全部译出，均为逐字翻译，并未有意遗漏原始内容，但王红公译诗在内容与语义上与原诗有较大出入。第 2 句的"损绿苔"本意是弄坏（踩坏）青苔之意，王红公将其译为 step on the green moss（踩上青苔），显然没有将原诗的"破坏"之意译出，而华兹生的 scuff the green moss（踩伤青苔）译出了生怕行人踩坏青苔的意思。第 3 句中的"妍日"是指晴天、"动"指将要来临，王红公的 sun（太阳）与 it's（已经是）显然是误译，而华兹生的 fine days（晴天）与 on the way（正在路上）十分忠实。第 4 句的"市声"、第 6 句的"尝酒"被王红公译为 sounds of the village（村里的声音）与 I call for wine（我叫了酒），也不及华兹生的 market sounds（市场声音）与 tasting the wine（品尝酒）忠实于原文内容。

在翻译最后两句诗时，王红公的译文没有注意到诗文的假设语气，而华兹生准确译出了作者的期待感。"安得"是虚拟假设的意思，王红公译诗"I have only a little garden, but it is planted with yellow and purple plums."（我只有一个小花园，但是已经种上了黄色与紫色的梅树）完全曲解了诗人的期待之意，而将其译成既定事实，而且将植物的颜色与物种也完全搞错了，"黄梅绿李"成了"黄色与紫色的梅树"。而华兹生译文"If only I could get a little garden, half an acre wide — I'd have yellow plums and green damsons growing all at once."（要是我有一个半英亩宽的花园就好了，我一定会立即种上黄梅树与绿李树）则准确地将诗人的期待语气与内容译出来了。此外，王红公的译诗还增添了原诗内容，如 now and then（时不时地）在原文中并没有对应内容，属于译者自主发挥。

但值得注意的是，由于华兹生译诗紧扣原诗，语法性与语义完整性均较强，译诗分行也遵照原文，因此造成了其译诗行长度参差不齐；加之译诗中采用了部分平行结构，遂有散文化（prose-like）的倾向[1]。

从上述两个译例可以看出，两位译者都是逐字将原诗译成英语，并没有刻意篡改原诗的意图，因为当时该译者群体对中国文化普遍持有欣赏、偏爱或崇拜的心理，没有理由肆意篡改源文化信息；也并非不同翻译规范导致了误译，因为同时期的译者，如斯奈德、华兹生等人的译文就具有极高的内容与语义忠实性[2]；有鉴于此，译者初始惯习的差异才是造成误译的原因。

4.1.5 汉学研究经历与少量笺注

除初始惯习与翻译规范的影响外，华兹生的译者职业惯习还受到了其毕

---

[1] 霍克斯（Hawkes，1962）与刘若愚（Liu，1966）都曾指出华兹生有的译诗的诗行偏长，可能使译诗不像是诗。

[2] 但值得注意的是，斯奈德所译寒山诗的第 19 首《久住寒山凡几秋》将 8 句原文删削为 4 句，故意略去中间 4 句不译（这四句诗是"蓬庵不掩常幽寂，泉涌甘浆长自流。石室地炉砂鼎沸，松黄柏茗乳香瓯"）。这种现象并非误译，而是改写，因为他的其余译诗均十分忠实于原文内容与语义，将 4 句原诗完全滤过有着明显的诗学意图，并非语言能力不足所致。

邻行业——汉学研究的影响，这体现在译诗笺注上。华兹生试图通过简明的笺注，补充原诗的风俗文化与人名地名等信息，排除读者的理解障碍。

笺注指对译文的语言、内容、背景、引文等做介绍、说明、注解、评议的文字，有利于扫清读者的理解障碍，使其正确理解原文。著名翻译家翁显良先生就曾对考证之于中国古诗翻译做出过这样的论述，"虽说诗无达诂，一篇的基本精神并非不可捉摸，当然要知其人而论其世，有时还要考证故实，切戒凭空想象"（翁显良，1986：261）。"通过考辨、考据，做到有所鉴别、有所发现，为英译提供了较为坚实可靠的基础"（卓振英、李贵苍，2013：93）。通过笺注，译者不仅能够厘清原诗中晦涩难懂、意见不一的信息，从而有助于读者对诗文的理解；也能为研究者提供可供参考的学术见解，抑或透过笺注阐明自己的理解或学术主张。但笺注也是一把双刃剑，它固然有助于读者克服理解障碍，但也会破坏读者的阅读连贯性与整体性，从而影响译诗的可读性；过于烦琐、穷尽的学究式笺注还会使读者（尤其是非专业人士）的阅读兴趣骤降，从而影响译诗的流通与接收。

美国翻译界对汉语古诗英译的笺注这一问题存有两种迥然不同的认识。一种认识以汉学家为主要拥护者，一般认为笺注是译诗必不可少的部分，是正确理解诗文含义的必要信息。这些译者的译诗中一般也有比较详尽的注释，因而学术性与专业性较强，比较极端的案例被称作"笺注性翻译"（annotated translation），如韩禄伯所作的《寒山诗注译全本》，以及宇文所安所作的《初唐诗》（*The Poetry of the Early T'ang*）、《盛唐诗》（*The Great Age of Chinese Poetry: The High T'ang*）等。诗集中一般对诗人、时代特点、诗歌艺术等信息有详尽的介绍与说明，译诗中也对重要信息、典故、历史、文学技法做了详尽的考证、注释或勘误，有时还广泛地引用其他学者的研究成果，体现了译本作为学术研究参考之作的严谨性与权威性。博士论文、研究型论文与学术专著也经常出现"笺注性翻译"，笺注也是汉学界翻译的一大特色。这是由于汉学界译诗的主要受众并非以欣赏为目的的一般读者，其译诗所追求的也不是流通度与可读性；作笺注是因严谨的学术研究必须要对原文信息有深刻到位的全面把握，体现的是言必有理、论必有据的学术态度，"是检验一位学者的学识及其对文本的理解的最佳尺度"（田晓菲，2010：607），译文本身的可读性与读者兴趣并非首要考虑。

另一种认识以非学者型译者为主要拥护者，一般认为笺注对于译诗用处不大，甚至会阻碍读者阅读。这些译者的译诗中几乎不用注释，文本可读性与通俗性较强，如庞德的《华夏集》、斯奈德所译的《砌石与寒山诗》、王红公的《中国诗百首》等，诗集仅仅在前言后记中对所选诗人或诗歌有所介绍，译诗行文中几乎不用任何注释，有时还与自己所做的诗歌并置，读者很难辨识是否为译诗。这种认识是因为作家型译者的读者一般为非专业读者，通俗性翻译有利于获得更多的读者群；另一方面，作家型译者的汉语能力一般，有的甚至不懂汉语，所译诗文有时还需要转译，因而没有必要也不可能对译诗内容做出考证。

华兹生的注释与上述两种观点均有所不同，他提倡为译诗作注，确保读者对译诗的正确理解，减少读者的阅读理解障碍，但却反对繁复的评论与注释，认为注释不能影响阅读，仅仅是对原文内容与语义的一种补充，并非提供一种学术观点或评论。华兹生如是说："与给专业人士阅读的译本相比，我在翻译中所使用的注释较少……此外，当脚注看起来不是那么的不友好时，我还可以提醒读者，脚注几乎跟译文同等重要。"（Watson，2001：3）

第一，华兹生的译诗注释在诗集中均占较小篇幅。与其他汉学家如宇文所安、韩禄伯等人的译诗注释相比，华兹生的注释并没有表现出学究式的穷尽与繁杂。如华兹生对所译的《唐代诗人寒山诗100首》注释极少，译诗100首，作注之处仅36处；《宋代诗人苏东坡诗选》译诗86首，作注25处；《随心所欲—放翁——陆游文选》译诗82首，作注27处。而韩禄伯所译的《寒山诗：全译注释本》（Henricks，1990）共计译诗311首，对每首诗歌均有详细注释，少则2—3处，多则逾10余处。宇文所安的译诗的注释更是烦琐，采用"评""译"并行的做法，评论数量远超译诗数量。华兹生的注释通常仅仅使用一句话，简明扼要，力求不影响阅读；而韩禄伯的注释往往引经据典，广纳百家之言，显得十分繁复，所使用的参考资料充分详尽，力求学术的穷尽性。

第二，译诗正文中的注释甚少，以避免影响读者阅读，对背景知识、诗歌评论、文学史的梳理仅出现在前言部分，主要包括诗人介绍、人生轨迹、创作特色、诗歌成就、参考译本及译诗选目等必要信息，并且介绍与评论简明扼要，篇幅不大。此外，他还在前言部分为所选译诗人编写人生经历年谱，

第 4 章 "逆向文化"运动与华兹生英译寒山、苏轼、陆游诗

并基于自身的理解和认识,对诗人一生中的重要历史事件做了简要介绍,编排诗歌遵循所编写的年谱顺序,也对诗人的文学地位、诗歌的文学价值与不足、对后世的影响做了精炼有见地的评论。由于这些内容被置于非正文位置,属于副文本信息,读者若无兴趣可略过,不会影响阅读译诗的流畅性,而专业读者可以将其用作参考,帮助全方面理解诗文,因而兼顾了专业读者与一般读者的阅读需要。

第三,除《寒山诗》外,华兹生对译诗必要的背景信息等做了简要介绍,以助于读者理解。如陆游的《游山西村》的译文 "A Trip to Mountain West Village"中,华兹生对山西村这一关键性背景信息做了简要介绍:"1167, when the poet was living at a place called Three Mountains in Shao-hsing in Chekiang. The 'muddy' wine is milky unrefined rice wine, made in the last month of the year. 7-ch. *lü-shih*; CNSK."(Watson,1973:3)与学术性、考证式的注释不同,这种通识性的介绍一般简单明了、通俗易懂,往往能引起读者的兴趣,也有助于理解译诗,不至于让人产生突兀之感。

华兹生的笺注显然异于汉学界倡导的繁复详尽的注释,也不符合当时译诗传统的语言文本规范,而是介于二者之间。事实上,这种笺注策略与华兹生作为汉学家的毗邻职业有关,是其将毗邻职业惯习内化为译者职业惯习,从而影响文本形态的结果。

自1956年博士毕业以后,华兹生一直从事汉学研究,尤其专注于《史记》《汉书》等中国历史典籍。期间发表了多篇史学研究的专著或论文,如《司马迁:伟大的中国史学家》、《中国传统之源》、《司马迁:具有神圣使命的史学家》(*Ssu-ma Ch'ien: The Sacred Duty of the Historian*,1960)等。在这些著作里,华兹生介绍了中国史学历来所发挥的资料记载、文化传承与道德教育的功能以及史学著作的主要内容和体例。其中便运用了大量注释解释中国古代文化、历史事件、人物等信息,展现了学术研究所需的旁征博引与深度考证。

1951—1955年,华兹生在吉川幸次郎的指导下从事汉语古诗的研究工作。吉川当时正从事汉语古诗的研究,尤其是有关杜甫诗对仗的研究。作为其主要学术助手,华兹生的工作是帮助吉川搜集整理涉及对仗的著述与研究成果,并将其整理成研究札记,绝大部分成果也都被收录入吉川主编的《中国古典

选》(10卷本，1955)中。

通过历史典籍与汉语古诗的研究工作，华兹生习得了汉学研究必备的笺注方法，在《早期中国文学》《中国抒情诗风：公元2世纪至12世纪的诗歌》《中国赋文：从两汉到六朝》[①]中淋漓尽致地体现了其对笺注的忠实，其中每首译例都配有详尽笺注，对诗学传统、诗人诗风、艺术技法等均有论述与考证。

华兹生的译诗活动始于20世纪50年代末，也受到了译诗的毗邻行业——汉学研究的影响。徐敏慧与朱志瑜认为，"只有通过考察译者的翻译活动，才能识别译者从毗邻行业处获得的行为定式"（Xu & Chu，2015：188）。在翻译寒山、苏轼与陆游诗时，华兹生作为汉学家的职业惯习被其内化为译者职业惯习，在译诗时也使用了笺注；但同时受制于当时"不做注释"的语言文本规范，这种注释比较简洁、频次较少，仅在必要背景信息或有理解困难之处作注。故华兹生的笺注策略异于研究性著作中的译诗注释，也违反了通俗化译本中不使用注释的语言文本规范，是其译者职业惯习受到毗邻行业影响的结果。

综上所述，华兹生英译寒山、苏轼与陆游诗受到了其所处语境的影响，并基于自身译者职业惯习对原诗进行折射性翻译诗学的阐释，使译诗具备了源文化与东道文化的双折射性。首先，华兹生通过与主要译者的社会交往，将当时译诗传统的翻译规范内化为译者职业惯习：译诗选目表现出对汉语古诗蕴含的朴素生态意蕴与精神之偏好，将诗人名下的篇目进行过滤、折射为"生态性"选目，着力选取了禅诗、山水诗与闲适诗；译诗形式表现出源语文化倾向，将原诗的节奏、叠词、对仗的形式特点折射入英语的自由诗中，产生了译文杂合的效果；翻译用语强调了朴实晓白的会话性，将原诗的汉语书面语体折射为英语口语体。其次，华兹生的译者职业惯习还受到了初始惯习与毗邻职业的影响：华兹生曾接受过良好的汉语教育，具有敏锐的语感与深厚的中国文化素养，这使其译诗在内容与语义上具有对原诗较高的忠实性；同时，汉学研究是其主要职业，其译者职业惯习受到了该毗邻行业的影响，

[①] 这两部既是专著，也是译著，因为华兹生也在介绍中国古典诗的叙述中引入了译诗作为例证，所以可将其视为笺注性翻译。

表现出对译诗笺注的强调与重视。这些因素的合力使华兹生译诗具有了文学性译诗的特点。

透过译者职业惯习,华兹生将原诗中的源文化信息折射进了译诗中,使其呈现出不囿于二者的"文化二重性":既赋予了译诗鲜明的美国本土诗学特征,使其具有美国本土诗歌(译诗)的诗歌艺术性;又展示了汉语古诗的诗艺与文化异质性。译诗充分展示了美国本土诗学与汉语古诗学、美国文化与中国古典文化的共通性,为美国英译汉语古诗传统带来了翻译诗学张力与文化表现力。

4.2 寒山、苏轼与陆游译诗的折射性与翻译书写之"得"

民族文学必须经由翻译而获益才有可能成为世界文学,因此,"世界文学是一种经由翻译而受益的书写"(Damrosch,2003:281)。华兹生对寒山、陆游与苏轼诗的翻译进一步地将汉语古诗介绍到美国,并不断地在美国流通、接受,成为流通度较高的译本;有机译诗体展现出了汉语古诗学与美国当代诗学的有机融合,译文杂合使其获得了形式上的陌生化性,丰富了美国翻译诗学;译诗选目契合了"逆向文化"运动对禅诗、山水诗与闲适诗的偏好,是东道文化语境下译者对中国古诗的新阐释,丰富了汉语古诗的内容。故华兹生译诗使汉语古诗在接受、形式与内容上获益,极大地提高了汉语古诗在美国的世界文学地位。

4.2.1 译诗流传性

译本流传性成就了华兹生的寒山、陆游与苏轼诗英译的世界文学特质。三部译著均有重印或再版的情况,反映了其良好的交流效应。作为入门级教材,译本不仅走入了美国大学的文学课堂,也将一般读者作为受众,部分译诗还入选各类文学选集,获得了比一般通俗译本或学术性译本更大的流通空间;一经出版,译本就引起了美国评论界、汉学界与文坛的广泛关注,各大报纸、亚洲研究与诗歌研究的杂志也争相予以介绍,发表了不少针对华兹生译诗的书评。这都表明了华兹生的寒山、陆游与苏轼诗译本在美国具有较强的流传性,为译本的有效接受性奠定了基础。

三部译著均表现出不俗的市场效果,是具有较高流通度的译诗单行本。"英译作品在英语世界的接受情况如何,有多种检验标准,销量无疑是其中一项明显的风向标,理应得到足够的关注"(王建开,2012:17)。《唐代诗人寒山诗100首》最初在一家颇为小众的出版机构——丛林出版社发行。该社以出版亚洲文学译文为主,目标读者群范围较小,选择该社出版寒山译本实属权宜之策①,但该作问世不久就销售一空,获得了良好的接受效应,远远超出了当时预期②。哥伦比亚大学出版社曾一度拒绝出版该作,后因其不俗的销量与评价,也转而对该作产生了极大的兴趣。经与协商,丛林出版社向哥伦比亚大学出版社转让了该作版权,哥伦比亚大学出版社于1970年再版发行。再版书有普通版与精装版两种装帧,发行量的具体数据不详,但据哥伦比亚大学出版社官网介绍③,普通版重印逾9次,精装版重印逾7次,显示出良好的市场反应④。

《宋代诗人苏东坡诗选》在出版当年便获销售一空,出版商于第二年(1966年)迅速重印,以满足市场需求;1977年又再版重印。1993年,华兹生在《宋代诗人苏东坡诗选》的基础上增选部分苏轼诗歌,并重写序言与介绍,以《苏东坡诗选》为书名由铜峡谷出版社再版发行。凭借该作,华兹生于1995年获美国"笔会翻译奖"。《陆游文选》于1973年由哥伦比亚大学出版社出版,1994年由该出版社再版发行。虽与前两者相较,该书的市场效果相形见绌,但该作是迄今译介陆游诗歌的数量最多的译本之一,也是为数极少的陆游诗

---

① 关于此中原委,可参考本章关于"译诗选目"的论述。

② 因为在美国关注中国文学的读者实在太少,所以绝大多数中国文学译本不会卖到脱销的境地,重印或再版一般可视为畅销的标志,按葛浩文(Howard Goldblatt)在一次国际会议上对小说译本销量的说法,销量达3000册以上就应算是畅销之作了。一般而言,诗歌读者群范围一般小于小说读者群,"以美国情况为例,虽然许多大学都设有中国文学专业,但教授和学生极少(而且往往重在小说、戏剧方面),远远不能与中国历史、经济等领域的情况相比"(莫砺锋,1994:7),故华兹生的诗歌译本能销售一空,实属罕见。

③ 详见 http://cup.columbia.edu/book/cold-mountain/9780231034500。

④ 如此惊人的销量与其作为教材的用途有很大关系。

歌英译单行本，而且该作的出版社影响力也极大。同时期的陆游诗歌单行本还有加拿人汉学家杜迈可（Michael S. Duke）的《陆游》（Lu You），但与华兹生的译本相比，这本书学术性过强，引证笺注十分繁复，故可读性不强，甚至著名汉学家何谷理（Robert E. Hegel）在为该译本做推介时，都坦言"他的译诗比起经验丰富的华兹生之译诗要逊色不少"（Hegel，1978：339）。著名诗人兼译者、"旧金山文艺复兴"运动的主要发起人王红公对华兹生所译的《陆游文选》推崇备至，称其"译文质量极高，甚至可与《华夏集》、《群玉山头》（The Jade Mountain）和韦利的译诗选集等并列为当代美国诗人必读书目"（Rexroth，1974：55）。此外，该作还曾于 1974 年获"美国全国图书奖提名奖（翻译类）"（National Book Award Finalist for Translation）。故由此可以推断，但凡对陆游诗文抱有兴趣的读者极有可能更喜欢阅读华兹生的译本。此外，华兹生曾于 2007 年出版《陆游晚期诗歌》作为《陆游文选》的补充，为其市场反应[①]提供了旁证。

　　据美国权威文学读本推介网站"好读物"（Goodreads）[②]的数据（截止至 2016 年 7 月），华兹生的寒山译本的推荐指数高达 4.37（满分为 5），位居所有平行文本[③]之首[④]；苏轼译本初版推荐指数也高达 4.29，再版为 4.08，也同样显示出极好的读者反应[⑤]；陆游译本拔得头筹[⑥]，推荐指数为 4.25，也属于畅销译本。另据世界最大的图书馆联机检索系统"世界猫"（WorldCat）

---

① 正如林理彰与何瞻所言，与唐诗相比，宋诗在美国的影响力本来就小，陆游诗的名气就更小，对其诗文译介的数量极少，因此读者群较小也不足为奇。

② 在注册会员和影响力上，"好读物"是世界上最大的读者和图书推荐网站，因其非营利性与非专业评论的主张，该网站的读者评论与推荐通常能反映一般读者的阅读感受，数据在真实性与客观性方面优于专业类、营利性网站或推介机构的数据。

③ 出于数据可靠性与真实性的考虑，本书只考察单行本，对选集、合集等形式收录的译诗不做评价。

④ 之后依次是赤松（4.36）、斯奈德（4.29）、韩禄伯（4.27）的译本，由于韦利的译本并没有集结成单行本发行，故不在评估之列。

⑤ 苏轼诗的英译多以选集形式出现，单行本较少，其中为数不多的单行本《苏东坡诗文新译》（Su Dong Po: A New Translation）与《苏东坡诗文选》（Selected Poems and Prose of Su Tungpo）分别由许渊冲与林语堂翻译，但出于对出版地域、译者背景、目标读者、排版等问题的考虑，二者与华兹生译本可比性不强，故不做比较与讨论。

⑥ 其余两个单行本为凯德琳与杜迈可所译，前者因年代久远数据缺失，后者几乎无人问津，更遑论推荐指数。

的统计数据（截止至 2016 年 7 月），共有 717 家美国图书馆藏有《唐代诗人寒山诗 100 首》；488 家藏有《宋代诗人苏东坡诗选》；359 家藏有《苏东坡诗选》；530 家藏有《陆游文选》。与其平行译本相比，华兹生的译本在美国图书馆的收藏率较高，有利于译诗获得更大的读者群。

正如狄百瑞所言，整套"东方经典著作译丛"系列的目的在于解决当时汉学研究教材、读本与参考书目匮乏的状况，因此，与其他通俗译本相比，入选该系列的译本更有机会进入美国的大学课堂。一般教材的更新换代周期比通俗读物要长得多，故教材的流传时间较长。与学术译本相比，华兹生译诗属于入门级性质，既没有繁复缜密的笺注，也并非卷帙浩繁的全译本，故普通读者可将其视为通俗读物阅读，其译诗也因此比其他学术译本有更为广阔的阅读群体。此外，有些译诗还多次入选各类权威文学选集，成为经典性译文，这不仅使译诗的见书频次大增，还扩大了译诗的流通范围、影响力与知名度。因此，可以说华兹生译诗的流传性具有时间与空间的优势，从而可以推断其译本具有较强的流传性。

此外，华兹生译诗一直是美国汉学界、翻译界与诗坛的"宠儿"，许多译诗集一经出版就得到了权威人士、杂志或报刊的推介。其所译的寒山诗得到了霍克斯、吴其昱（Wu Chi-yu）、施友忠（Vincent Yuchung Shih）、富善（Chauncey S. Goodrich）、罗宾逊等人的推介，苏轼译本得到了刘若愚、何瞻、约翰·L. 毕绍普（John L. Bishop）、约翰·诺布洛克（John Knoblock）、李祈（Li Chi）等人的推介，陆游译本得到了王红公、林理彰、魏世德（John T. Wixted）等人的推介；推荐的杂志也多为权威性学刊、杂志或报刊，如《美国东方学会学刊》（Journal of the American Oriental Society）、《亚洲研究杂志》（The Journal of Asian Studies）、《亚洲事务》、《伦敦大学亚非学院院刊》（Bulletin of the School of Oriental and African Studies）、《通报》（T'oung Pao）、《美国诗歌评论》（The American Poetry Review）、《哈佛亚洲研究学报》（Harvard Journal of Asiatic Studies）、《现代世界文学》（World Literature Today）、《海外图书》（Books Abroad）、《太平洋事务》（Pacific Affairs）等权威性学刊、杂志或报刊，这势必会进一步地加大华兹生译本与其他译本的市场效果差距，使其译本更有机会进入目标读者的视野与选择范围之中。以上也可为华兹生译诗的广泛流传性提供了旁证。

总之，从以上分析不难看出华兹生这一阶段的译诗在美国具有较强的流传性，这使得中国古诗被进一步地介绍到美国，并在更广阔的流通领域流传、阅读与接受，显著提升了其知名度与可见度，中国古诗也由此获得了更大的流通度。

4.2.2 形式杂合性对当代美国译诗传统的革新

华兹生译诗丰富了美国英译汉语古诗的形式，他将汉语格律诗的平仄停顿、叠词与对仗融入英语自由诗中，创造了一种迥异于前人译诗的韵律与诗体，这种译诗形式既非美国诗歌所特有，也不属于中国诗传统，革新了美国英译汉语古诗的翻译诗学。

中西诗律存在巨大差异，为在译诗中寻求两种诗律的"兼容调和"，使译诗也具有韵律感，古往今来的翻译家们可谓煞费苦心，有的主张用英语韵诗翻译中国诗，如用十四行诗翻译中国古诗，"以步代顿"翻译中国诗的节奏等等；也有的主张将汉语诗歌韵律直接带入英语译诗，创造一种新的英语诗歌韵律，但这些方法带来的结果却往往不如人意：若直接用英语韵诗翻译中国古诗，译诗就像是二流的英诗创作；若直接将汉语韵律结构移入英语译诗中，译诗往往读起来不像是英语诗歌，让人不知所云。这些译法往往使译诗成了"四不像"，成为游离于汉语与英语诗歌间的"弃儿"，其译介效果也就不言而喻了。历史上，确实有一段时期风行以英语韵诗翻译中国古诗的做法，如翟理斯、理雅各（James Legge）的诗歌翻译均采用英语韵诗格式来翻译中国古诗，韦利也采用"重音节奏"进行诗歌翻译，试图为译诗找回翻译中丧失的音乐性。但自英美现代主义文学运动兴起后，自由诗就成为英语诗歌创作的主流，诗歌翻译的译诗体也由有韵为主逐渐转向无韵为主。但若全然将汉语古诗的韵律抹去，仅仅将其译为自由诗，这无论是对于中国古诗还是对于英语读者而言都是极其不公平的，因为这无异于剥脱了读者的审美知情权，也抹杀了原诗的韵律特色。刘若愚也认为"如果告诉读者一首（中国）诗的音步如何如何，韵律如何如何，却将之翻译成无韵诗，那么在我看来是对读者不公平的"（Liu，1962：21）。

在韵律上，华兹生译诗虽然也跟随了自由体译诗的潮流①，但对汉语古诗的诗律也非常强调，主张将原诗的平仄停顿与叠词适当地译入英语自由体中，使原诗的部分韵律在自由诗中有所体现，产生了译文（诗律）杂合的现象。这与前人用英诗格律译汉语古诗（如翟理斯、理雅各）或自创新的格律形式译诗（如庞德、韦利）的做法有显著不同。此外，华兹生还翻译了格律诗的对仗句，使其以英语平行结构的形态进入译诗中，展示了汉语格律诗的平衡美，弥补了前人译诗忽视对仗句的缺憾。

华兹生译诗形式的形成是在吸收汉语格律诗的基础完成的，体现的是汉语诗艺的形式特色；其译诗并没有归化为英语格律诗、自由诗，也没有自创新的格律形式，因此没有抹杀中西文化的差异性，华兹生译诗也体现了对原作的尊重和对"异质"文化的开明态度。

这种对源文化的折射式翻译为美国译诗传统提供了一个可资借鉴的韵律翻译模式，即在英语自由诗中，适当引入汉语格律诗的形式特色，使译诗既符合接受语境诗学的文本形式期待，也不失汉语古诗学的"异质性"。故华兹生的译诗在形式上丰富了美国翻译诗学的维度，展现了汉语古诗学与美国当代诗学的共通性，进一步地发掘了汉语古诗翻译诗学的张力，也为美国译坛注入了新的活力。

4.2.3 译诗阐释性与汉语古诗的朴素生态意蕴

华兹生译诗的翻译书写之"得"还体现在译诗的阐释性上。其译诗并非以再现"原诗"或"诗人"的文学气质为目标，亦非附和当时美国汉学界对汉语古诗的认识与言说，而是基于自身译者职业惯习在新的语境下对中国古诗进行的跨文化阐发，丰富了原诗的意义与内涵。其译诗是世界文学文化语

---

① 事实上，这一时期对译诗韵律进行探索的学者还有斯奈德，他也曾探索过汉语诗歌韵律，如译诗的实验。只是他比华兹生更为大胆，采用的是将汉语语法引入译诗，有时甚至背离英语语法，并尽量使用单音节词，从而产生了一种"特殊的韵律效果，一种特别轻巧、活泼的韵律，并带点幽默的语调"（钟玲，2006：143），奚密（Michelle Yeh）也称斯奈德的译诗常有"单音节字汇及两个以上连续重音节的使用"（奚密，1985：189），因此节奏感极强，产生了一种迥异于当时英语诗歌的新型韵律。他还曾在创作中引入过这种方法。

境架构下中美文化相遇而产生折射的结果。

汉语古诗在海外传播时，必然会与域外的文学传统产生碰撞与汇合，并在译者翻译中产生内容或形式"他国化"的译文，也赋予了译诗阐释性。早期较有影响力的当属"意象派"文学运动对中国古诗的阐释①。"意象"一词恰如其分地概括了此次文学运动对中国古诗审美倾向与艺术临摹的阐释，这种阐释缘起于被此次文学运动奉为圭臬的理论圣典，即厄内斯特·费诺罗萨（Ernest Fenollosa）和庞德所作的《作为诗歌媒介的中国汉字》（*The Chinese Written Character as a Medium for Poetry*）。正如庞德所言，他较多关注的"是诗歌并非语言，但诗歌却是基于语言。语言研究既然已经发现汉字与我们的文字书写的差异如此之大，那么就有必要去探究这些合适的养分如何助益这些组织诗歌的普遍形式要素"（Pound & Fenollosa，1920：360）。此阶段美国学者对中国古诗的阐释主要集中在对意象的强调与表现上，他们尤其关注了译诗中的意象的具体性、直接性、自然性，由此产生了庞德的"表意法"（ideogramic method）、洛威尔的"拆字法"（character-splitting method）等一系列基于意象主义诗学对中国古诗的阐释，但中国古诗中的韵律、对仗、结构等文学手法却在一定程度上遭到遮蔽。这一时期译介的诗文题材较为零散、无序，意义与内容的讹误较多②，对诗歌体裁的认识也较为肤浅。但"意象派"文学运动所引发的"中国热"使中国古诗以意象主义诗学的译诗形式走进美国文学的舞台，创造性地展示了中国古诗在意象审美方面的特质。这是基于意象主义诗学的表意性需求对中国古诗进行的建构性与过滤性阐发，使中国古诗在新语境架构下得以"重生"。

华兹生译诗也具有阐释性，附和了"逆向文化"运动下的译者群体对汉语古诗形式技法与文学意蕴的偏好。华兹生的译诗选目意图较为清晰明确：通过传递原诗的各种意象，营造出诗人（诗文）的山水禅意、静籁雅居、闲

---

① 此间，美国汉学界的译诗活动尚处于起步阶段，对中国古诗的译介较为零散，也没有形成明显的译诗范式或主张，或许因"意象派"运动声势过于浩大的缘故，除少数译诗有一定影响力外，汉学家的绝大多数译诗都被该文学运动下的译诗所遮蔽。

② 这批译者多半不通中文，或对中文仅仅略懂皮毛，而又普遍依赖日文文献，不在原诗内容上下功夫，因此内容与意义的讹误较多也实属正常。

适生活的审美旨趣,其笔下的寒山、苏轼与陆游的诗歌均被赋予了这种"生态性"的选目意图,但寒山、苏轼与陆游的诗歌创作并不是"生态性"可以完全概括的,甚至这种"生态性"具有一定的文化误导性,并不符合诗人的主要创作意蕴。华兹生选译的寒山诗包括俗世诗、讽喻诗、厌世诗、归隐诗与佛禅诗,但寒山诗的主题未必有他划分的那么清楚,其人物形象与人生履历是否真实本身也存疑。华兹生的选目将寒山及其名下的诗文脸谱化与人格化,目的在于描述其从世俗人归诚为僧侣的过程。其选译的苏轼诗也有类似的情况,重点选录了苏轼的禅诗与山水诗,甚少选录其他主题;但苏轼的文学创作维度十分壮阔,前期作品主要反映了政治忧患、针砭时弊与人生豪迈,后期作品转向了对人生与大自然的体悟思考。华兹生的译诗选目显然有意过滤掉了前期苏轼诗的政治批判与社会现实等严肃主题,使苏轼表现出山水佛禅、悠然自得的审美意趣,遮蔽了苏轼忧国忧民、心系家国的政治情怀。陆游诗歌创作的主体是爱国诗,雄奇奔放、沉郁悲壮、气吞胡虏的艺术风格贯穿了其创作生涯,也是诗人的基本文学气质。所以说,被冠以"浪漫主义"的所谓中国浪漫主义绝不是西方所提倡的浪漫主义。他选译陆游诗也明显有悖于陆游整体诗歌的创作风格与维度,其选目极力关照了诗人晚年所做的闲适诗与田园诗,爱国诗仅仅选录了不足十首,其目的在于塑造一个怡然自得、田园为乐、寓情山水的"陆放翁"。

  经过华兹生的折射性翻译诗学阐释,译本中的诗人形象与艺术风格均发生了变异现象,寒山、苏轼与陆游的创作维度、诗艺风格都被脸谱化与简单化,呈现出与源文化不同的文学面貌,成为译者在东道文化语境下的新阐释。这种阐释恰好是这一时期世界文学场域下民族文学文本再生产的内在要求,是中美文化相遇而发生折射性翻译的必然结果,当汉语古诗在美国传播时,就必然会与本土文化发生碰撞,从而在翻译中呈现出选择、过滤、误读的文学变异现象。通过变异,华兹生的译诗也使得中国古诗第二次作为"他者"在美国文学舞台上展示了其迥异于"意象"的、具有朴素生态意蕴与精神的特质。这种阐释发生在充满话语张力的东道文化语境中,超越了源文化语境的历史羁绊与话语定式,丰富了汉语古诗在美国的内涵,展示了原诗的文本开放性,使得汉语古诗在内容上获得了全新阐释。

4.3 东方憧憬与寒山、苏轼、陆游译诗的超然阅读模式

在民族文学与世界文学的交往中,翻译起着帮助民族文学跨越语言、文化、政治、心理和时空等障碍进入更为广阔的文学流通领域的作用。译本的有效接受性和广泛流传性决定了民族文学是否能成功跨越这些障碍,"一个文本可以生发出多种意义阐释,任何一个合乎情理的阐释理应得到充分的尊重"(曹顺庆,2018:126)。由于接受与流传的实现有赖于读者阅读,故东道读者对华兹生译诗的阅读态度和方式也影响到汉语古诗转换成世界文学的进程。

美国读者对华兹生译寒山、苏轼与陆游诗的阅读方式也不同于以往对本族文学的阅读方式。其阅读并非如汉学界基于研究的缜密考察需要,而是以一种超然的姿态,把译诗当成翻译文学,欣然将其接受为当然合理之存在,试图领悟译诗的文学性,而并不纠结于对译诗的忠信程度、风格意境的传递、客观全面性等规约性议题,更不会深究其文学技法、历史典故、文学流派的文献性信息。译者让英语读者以"超然性"态度阅读译诗,不要求读者置身于中国古诗所承载的中国古文化窠臼里,而是让阅读发生在中国文化与英语文化、古代中国与现代美国合力形成的背景中。读者可以从各自所处的文化语境、个人视域和个体经验的角度出发解读文本,感受其文学性,使中国古诗在这一时期获得扩展转换、重获新生。

如达姆罗什所说,"世界文学的阅读和对它的研究是固有的'超然解读';与作品展开一种不同的对话。这种对话不是去识别或驾驭文本,而是有距离和差异的对话;我们与文本的相遇不是发生在源文化中心,而是相遇在充满了由来自不同文化、不同时代的作品形成的张力的场域中"(Damrosch,2003:300)。通过这种"超然解读"的阅读模式,读者与译者均可在世界文学的张力场中透视中国古诗并与之展开对话,而并非如民族文学研究者那样全身心投入作品中。"如果优秀的翻译能被有效阅读,那它就是原作的扩展转换,是文化交流的具体体现,是作品生命的新阶段,因为它从源语文化家园走向世界。"(Damrosch,2009:66)

4.3.1　本土经验与华兹生解读原诗的超然性

华兹生译寒山、苏轼与陆游诗之超然阅读方式的实现，是译者不囿于源文化的束缚，从本土经验出发、创造性地解读原诗之结果。

华兹生具有多重性的文化背景，长期从事东亚文化文学研究的经历与西方学者的文化背景使其既对中西文化间的差异有细致入微的体察，也对作为"他者"的中国文化保持尊重与审慎的态度。他从美国本土经验中洞悉了美国"逆向文化"运动对汉语古诗所蕴含的朴素生态精神与意蕴之偏好，在选目中着重选择了禅诗、山水诗、闲适诗等具有"生态性"的篇目；同时，他遵循了当时的译诗传统，借鉴汉语古诗的艺术手法进行译诗，将汉语格律诗的平仄停顿、叠词与对仗等形式技法巧妙地融入英语自由诗，从而使其译诗获得了有别于学院派诗歌的"本土性"。这一目标的实现有赖于华兹生阅读汉语古诗时所持的开明态度与对接受语境的细致体察。译诗是中美诗学跨越时空的交流与唱和，反映的是互为"异质"文明的和谐共存、相得益彰。

在此阶段，华兹生对寒山、苏轼与陆游诗的翻译阐释具有文化过滤性，超越了中国本土阐释的界限。他从美国译诗传统与"逆向文化"的价值认同出发，对汉语古诗进行了跨文化解读，并将其融入译诗行为之中，其译本呈现的并非原汁原味、形神俱肖、全面的汉语古诗，而是经过了"逆向文化"运动文化过滤的文学式样（见 4.1 节）。这恰好说明了华兹生对寒山、苏轼与陆游诗的理解并非发生于中国古诗生成的历史文化语境中，亦非全然置身于美国本土语境中，而是发生于中国文化与美国文化、汉语古诗学与美国现代诗学合力形成的背景中。故其译诗阐释超然于单一文化语境的制约，从美国本土经验出发，穿越千年、万里的时空隔阂，领悟汉语古诗的文学性，在新语境下对中美诗学、文化、本土经验进行创造性解读。

这种解读迥异于民族文学读者之于民族文学的穷尽性、浸淫式的阅读方式，而是对原诗所承载的源文化与译诗生成的东道文化均持有较为开明的态度。这种对诗文的解读既非全然接受文本的异域性，任其成为佶屈聱牙、难以理解、索然无味的陌生文本，也非将其与本土文本过分同质化，使其成为对美国诗歌耳闻则诵、陈词滥调的二流拟作，而是游离于遥远的古代中国与在场的现代美国，反映的是该小传统下的译者对中国古诗认知的生态主义向度的偏好，是新语境下华兹生对中国古诗的跨文化解读。

4.3.2 期待视域与读者阅读译诗的超然性

这一阶段译诗的超然阅读方式的实现，也是美国读者以超然参与的态度从个人经验出发阅读华兹生译诗的结果。在这一阶段，美国读者对其译诗评论跳出了传统的判定译文优劣的既定框架，不再囿于规约性的优劣对错、忠信讹误的价值判断，而是以积极的态度正视其存在的合理性、必要性与正当性，并从东道文化语境的角度出发领悟译诗的精神内涵与审美旨趣。通过阅读其译诗，美国读者可以穿越千年的时空之隔、在本族文化传统与话语方式中与中国诗人与诗文进行有效交流，从而拓展并延续了中国古诗的生命形态，故这种阅读方式是超然于民族文学隔阂的世界文学阅读方式。

这种超然解读性的发生首先具有深厚的社会文化背景。二战后的美国陷入物质丰盛、精神寂寥、内心空虚的境地，战争胜利与经济激增并没有给美国社会带来一剂治疗社会病痛的良药，不仅种族矛盾、移民问题、贫富差异等历史性积弊仍然存在，而且意识形态的对立也造成了社会矛盾的进一步激化。杜鲁门主义、东西方"铁幕"、麦卡锡主义、冷战秩序等政治意识形态斗争的相继出现，给美国民众，尤其是青年的内心带来了更多恐慌、茫然与不确定性。在这种背景下，不少美国民众在20世纪50年代后期对中产阶级"美国梦"的信念开始动摇[1]，对西方文明秩序的正当性也产生了质疑。20世纪60年代，政权更迭为美国社会带来了一些包容、自由的氛围，这使得原本就因科技进步、物质主义盛行而影响力衰退的基督教价值观被进一步解构，各种民主思潮、左派团体、民权运动层出不穷，信仰多元化成了这一时期美国社会的演进趋势，宗教排他性对民众信仰的桎梏已不再坚若磐石。这为东方宗教尤其是禅宗在美国的传播扫除了思想上的重要障碍，"加之美国本土

---

[1] 二战后，美国成为世界头号资本主义强国，在政治、经济、军事等领域取得了世界霸主的地位，美国中产阶级曾一度坚信实现"美国梦"的时代已经来到，物质富足与舒适生活已唾手可得，但经过十余年的经济发展，民众间的贫富差距日益扩大，各种社会矛盾也逐渐显现，反民权法案与政策也逐步出台，这引起了当时美国民众尤其是青年的极度不满，"美国梦"的真实性也受到了广泛质疑。

原本就有利于禅宗发展的传统思潮，如19世纪的超验主义、美国本土环保主义文学①等"（耿纪永，2010：137）。参与"逆向文化"运动的美国青年充当了这次"东学西渐"的急先锋，他们企图通过借力东方文明获得精神世界的自由与舒适，生态主义、禅宗思想等都是当时这群青年所奉行的重要价值观②。许多美国民众的阅读兴趣与品味开始发生结构性嬗变，对当时被视为正统的、主流的、经典的西方文学式样的阅读兴趣逐渐减退，他们将目光转向了包括中国、日本、印度在内的东方文学传统，并以积极的态度看待其文学式样。中国古典文学中的生态、禅宗、佛教、道教主题都成为当时美国读者所青睐的文学式样。汉语古诗中的闲适、隐逸、佛禅等主题也一直受到当时读者、作家的追捧，这与诗文本身所具备的静籁和谐、淡泊避世、逍遥自得的意境有重要联系，与当时美国读者所追求内心清净、精神自由高度契合。华兹生所选译的寒山、苏轼与陆游的绝大多数诗歌均符合这些价值理念的内在要求，迎合了当时美国读者的期待视域。

寒山诗富含人生哲学，其超然的生活方式与脱俗的精神世界更是契合当时美国读者的心境，"有无的对比观念已被遗忘、化解在自然清净、逍遥自得的境界里了"（奚密，1985：169）。加之先前已有韦利、斯奈德的部分译诗，美国读者对其早已心生向往，他们对进一步阅读更多的寒山诗英译来了解这种"自在之境"更是乐此不疲。华兹生译诗的选本与编排恰好迎合了这种阅读方式，依序进行俗世诗、讽喻诗、厌世诗、归隐诗、佛禅诗的分门别类，译本也似乎为美国读者提供了一剂解脱困苦的良方。除禅诗外，苏轼诗中的山水诗也是常见主题，因山水诗与禅诗具有一定的共通性，"常常当他们体验到中国山水诗中表达的宁静境界，他们就会认为自己已领悟到禅的境界"（钟玲，2009：50）。陆游诗中的田园诗与闲逸诗多描写仕途不顺、际遇寥落而远离现实的生活的境况，也具有觞咏自娱、宁静雅居、逍遥悠闲、

---

① 本土化是美国借力中国文化的惯用模式，"即使当爱默生等人发现儒家思想与超验主义在道德、人性、自修等方面有着广泛的相似之处时，他们从来没有放弃'为我所用'的立场。他们的'借用'和取舍都是为了证明超验主义的广泛实用性"（张冲，2000：312）。

② 当然，他们也奉行很多其他理念，如女权主义、少数族裔平权、跨性别平权等，甚至部分青年还有许多负面、消极的主张，如吸毒、逃课、晃荡、流浪等，这些理念或主张对美国的中产阶级价值观产生了激烈冲击，表现出一种叛逆、反主流的价值认同倾向。

第 4 章 "逆向文化"运动与华兹生英译寒山、苏轼、陆游诗

怡然自得的旨趣,与当时美国青年追求自由生活、平和心境的姿态存在内在默契。由于选目之过滤性,美国读者看到的自然不是寒山、苏轼、陆游及其诗文的全面客观的存在,而是译者根据本土文化与自身经验加以改造的诗人与诗文。

由于经过了各种本土化的阐释,原诗中的韵律、诗节、修辞等形式特点在译诗中不可避免地遭到了削弱,原诗的正式书面用语也被归化为以口语体为代表的非正式语体,译诗在主题、体裁、意蕴、文学技法等方面与原诗也有一定的差距,呈现出与当时创作的同质化趋势(见 4.1 节与 4.2 节)。译诗更加贴近东道文化的潮流,也更能满足东道文化中读者的期待视域,使得读者也可以依据自身经验,领悟译诗的文学性,以超然的姿态欣然将其接受为合法、正当之存在。

根据"好读物"网站上的读者评论,有读者认为[1]华兹生所译的寒山诗"与中国或日本的诗歌不同,并没有寻求终极真理,故这些译诗往往值得我反复品味,寒山总是转向山中寻找真理,而答案也总是藏在诗中,只是等待有人识得,这是我们所有人都应该付出的长途跋涉。译诗语言的清晰简洁,甚至是对自己的嘲弄与戏谑他人的嚣张气焰,揭示了平凡的生活中所表现出的(人与人的)阶级与途径差异。读这些诗就像是潜入清澈的水中,净化自己"(Shari);"欣赏这些智慧宝藏的光辉,你无须对哲学、信仰抑或禅宗格言表达有所了解,因为都已渗透进整个选集里了"(Max);"这本选集令人感到愉悦,饱含道教与佛禅思想的精辟诗文,寒山(在诗文中)传达了对生活的美好与困苦、令人顿悟且向往的瑰丽人生和敏锐的洞见"(Luke McCullough)。在评论其苏轼译本时,有读者认为[2]"这些出自一位宋朝官员之手的诗文具有惊人的现代腔调",华兹生的译诗十分清新,极可能帮助到 1000 多年后的读者了解苏轼对真理的探索——我们所在宇宙的浩瀚、长途跋涉的孤寂、与朋友相聚的慰藉及对未来的不确定性"(John Pedersen);也有读者评论该选集"有许多出色的译诗,这些都值得读者反复品读"(Hunter

---

[1] 以下读者评论均出自"好读物"网站,详见 https://www.goodreads.com/book/show/354935.Cold_Mountain?from_search=true[2016-7-30]。

[2] 以下读者评论均出自"好读物"网站,详见 https://www.goodreads.com/book/show/1224386.Selected_Poems?from_search=true[2018-7-30]。

Marston）。在评论其陆游译本时[①]，有细心的读者明显体察到了华兹生译本与其他译本的不同之处，称"其译本明显地侧重了陆游诗歌中的其他主题，而并非爱国诗"，并称阅读其译诗"非常令人享受"（Steve）；甚至还有读者坦言受其译诗启发，曾兴致勃发地作诗（该读者还展示了其多首即兴诗作），称其译诗"非常精彩"（Caroline）。

在亚马逊网站上，有读者在对寒山的译本评论[②]中表示，"华兹生给我的印象始终是一个非常有涵养的学者和优秀的译者……这部译本让我们能一瞥诗人的生活：寒山及其思想感情现状、他的生活和一般的世界"（Tepi）；"这里没有什么有意为之的痕迹，只有为我们（心灵）简单的一面提供的简单诗歌。在我读过的所有的大师和诗人的作品里，这是一个令人耳目一新的变化。试着想象一下，你要花上多少时间才能碰上类似这样的一部简短而睿智的诗歌"（Calmly）。在评论[③]其陆游译本时，有读者表示"与其他译者相比，华兹生的译文学术气息较弱，与文本无关的东西不会去遮蔽文本本身……译诗充分展示了一个活泼可爱的老顽童的诗人形象"（Tepi）；"也许陆游真是个荒诞怪异的人，但也是个不可抗拒的可爱的人"（Crazy Fox）。

4.4 小　　结

华兹生的译者职业惯习之形成有赖于其翻译规范、初始惯习与毗邻行业的滋养，所译寒山、苏轼与陆游诗具有的文化折射性是其基于译者职业惯习对原诗进行折射性翻译诗学阐释的结果。第一，华兹生遵守了当时的预备规范，着重选取了山水诗、闲适诗与禅诗等具有朴素生态意涵与精神的篇目，

[①] 以下读者评论均出自"好读物"网站，详见 https://www.goodreads.com/book/show/501865.The_Old_Man_Who_Does_as_He_Pleases?from_search=true[2018-7-30]。

[②] 以下读者评论均出自"亚马逊"网站，详见 https://www.amazon.com/Cold-Mountain-Poems-Tang-Han-Shan/product-reviews/0231034504/ref=cm_cr_arp_d_paging_btm_2?ie=UTF8&pageNumber=2&sortBy=recen[2018-7-30]。

[③] 以下读者评论均出自"亚马逊"网站，详见 https://www.amazon.com/Old-Man-Who-Does-Pleases/dp/023103766X/ref=sr_1_1?ie=UTF8&qid=1472539308&sr=8-1&keywords=The+Old+Man+Who+Does+As+He+Pleases%3A+Selections+from+the+Poetry+and+Prose+of+Lu+Yu[2018-7-30]。

遵守了初始规范，在形式上与源语文本进行诗学对话，将汉语古诗的节奏、叠词与对仗译入英语自由体中，呈现出译文杂合的现象；遵从了语言文本规范，运用口语体进行译诗，凸显了其会话性与交际性。第二，华兹生的初始惯习获益于其良好的汉学教育背景，使其译诗在内容与语义上高度忠实于原诗。第三，华兹生所从事的毗邻职业——汉学研究也对其译者职业惯习造成了影响，促使其使用各种笺注手段凸显译诗的文献性信息。故翻译规范、初始惯习与毗邻行业影响的合力造就了华兹生的译者职业惯习，使其文化折射性既有时代特点，又不失译者个性。

华兹生的译诗的椭圆双折射性导致了美国诗歌的本土性和汉语古诗的异域性的融合，并以翻译文学的姿态进入了美国文学流通领域，获得了读者的有效阅读与欣赏，极大地提升了汉语古诗在美国的世界文学地位。这种折射性译诗是华兹生在新的语境架构下对原诗进行折射性的翻译诗学阐释的结果，促成了其译文之世界文学特性的生成。这些译诗成就并非全然出于历史偶然，成功的翻译策略使其译诗在英语世界中广泛流传，使汉语古诗在英语世界获得了更多的读者，也促进了中美诗学的对话、交流与借鉴。

第 5 章

当代汉学研究的演进与华兹生译白居易、杜甫诗

华兹生译白居易、杜甫诗发生于 20 世纪末至今，距离其前一时期的译诗活动已逾 30 年，其主要的标志性成果是《白居易诗选》（2000）与《杜甫诗选》（2002）。该阶段椭圆形折射翻译的东道文化焦点的亚文化形态和诗学背景，呈现出与"逆向文化"运动时期明显不同的时代性特点，亚文化形态表现为对东方文化的深入了解与全面研究视野的形成。

译者职业惯习之形成是译者不断与环境、实践发生联系并相互作用的结果，故必然会在新环境与实践中发生变化。翻译规范是具有可变性的社会实践产物，实践的改变会带来翻译规范的新变化。在实践与交往中，译者会潜移默化地将翻译规范变化加以内化，造成译者职业惯习的改变。惯习具有可变换性，毗邻行业对译者职业惯习具有渗透性影响，并会在实践中进一步凸显其影响力。二者的合力促成了译者在新语境下的译者职业惯习，并作用于翻译实践，最终成就了译文的表现形态以及文化双折射性。

据此，本章对华兹生译白居易、杜甫诗的文化双折射性的形成机制进行探究。在观测其译诗生成的历史性社会文化因素的基础上，重点观测华兹生此阶段译者职业惯习变化的各种影响因素，包括翻译规范与毗邻行业[①]，以及对译诗文本表现的具体影响及其原因，其目的在于探讨其如何进行椭圆折射式翻译；并基于译诗的文化折射性，探讨其在内容和形式上世界文学特性的表现，以及当代读者和评论界对译诗进行超然阅读的具体方式，最终论证华兹生译白居易、杜甫诗的世界文学特性。

---

① 因初始惯习先于职业惯习形成，在此阶段并未发生明显的历史性变化，故不做详细考察。

第 5 章 当代汉学研究的演进与华兹生译白居易、杜甫诗

5.1 当代汉学的发展与华兹生译诗的文化双折射性

华兹生所译《白居易诗选》《杜甫诗选》发生于当下全球化语境中，适逢当代汉学研究鼎盛之际，东道文化语境的变化以及华兹生的社会经历使得译者职业惯习也在新语境中受到了塑造。第一，翻译规范在新语境中也发生了嬗变，华兹生通过实践与交往将变化了的翻译规范内化为译者职业惯习，使其译诗契合了当下译诗翻译规范的要求，即译诗选目应具有代表性与经典性，译诗形式应具有源语文化导向性，译诗用语应启用非正式语体。第二，初始惯习也继续在译诗活动中发挥作用，使其译诗保持了一贯的内容与语义忠实性。第三，毗邻行业——史学研究进一步加深了对华兹生译者职业惯习的影响，使其译诗的笺注频次与比重都明显增加，并在译本中加入了对作者人生轨迹与重要事件的编年体、年谱式考察，具有典型的史学研究影响痕迹。这些因素的合力使得华兹生译白居易、杜甫诗的文本特征与前一时期译文相比，既有相似性，又有差异性，体现了译者职业惯习在社会史与文化史脉络中因交往与实践而发生的嬗变。

华兹生译者职业惯习之嬗变根植于美国当代汉学研究范式的演进中。当代美国汉学界对汉语古诗具有跨越式的认识，至 20 世纪末已有相当成熟的研究成果，研究视野不再局限于自身范式，借鉴了中国本土研究的成果，译介汉语古诗的译者群体明显扩大，译诗数量也有显著提高。第一，得益于学科细化与专业化，汉学研究范式有效地提升了美国对汉语古诗的认知深度与研究层次。第二，中国旅美学者与美籍华裔学者也加入了美国汉语古诗研究与翻译的阵营之中，如刘若愚、余宝琳、叶维廉等学界先贤，与蔡宗齐、奚密等后起之秀，这极大地促进了中美学者间研究成果的交流与合作，使美国汉学界融入了更多来自中国本土的声音，认识也变得全面客观。第三，汉学研究的发展使得以往译本不再符合当下美国对汉语古诗的认识，也促使了更多新译本的问世，以满足时代的需求。译者职业惯习的变化导致原诗所承载的源文化被译诗进一步地折射出来，译诗凸显了中国文化的民族性与异质性。

考察华兹生此阶段译诗文本的特点及其生成原因，就必须回顾这一时期

与华兹生的译者人生经历有关的历史性社会文化语境因素，即翻译规范与毗邻行业，并将其置于译者社会活动轨迹的历史脉络中，考察二者如何影响了其译者职业惯习之形成，以解释译本的文化折射性。

5.1.1 汉学译介的全面性视角与译诗选目

美国汉学的学科发展使得汉学界对汉语古诗的研究呈现出渐进式、持续性稳步递增的态势，至 21 世纪初已颇具规模，形成了全面客观的译介视野，这种情况的出现有着深厚的社会历史背景。

首先，研究水平的提升与视野的全面化使得当代美国对汉语古诗译介日臻成熟，译本往往能全面客观地反映汉语古诗的情况，而不再止于臆想与猜测。在汉学研究的学科细化过程中，汉语古诗逐步摆脱了附属于其他汉学研究的境地，如历史、政治、宗教研究等，获得了更系统、更深入、更持久的重视。不仅专门研究汉语古诗的大学教席数量有了显著增长，汉语古诗研究逐渐学科化、专业化，大量关于汉语古诗研究的论文与专著也在美国问世；修读中国古典文学的学生数量逐年递增，这使得学术研究的传承性与持续性在体制上获得了有力保障。当代美国汉学界，如刘若愚、叶维廉、高友工、宇文所安、海陶玮、余宝琳与苏源熙（Haun Saussy）等学者对汉语古诗研究的成果已具有相当高的学术水平，部分还被译成汉语并在中国（包括港澳台地区）出版发行，其中有不少观点与主张还得到了中国学者的认同与采纳，这充分说明当代美国汉学研究水平已达到与本土研究者对话的层次。

其次，美国译者多年来对汉语古诗的译介，尤其是编年体译诗选的不断问世，使美国读者逐渐地认识了汉语古诗的原有面貌，对汉语古诗的理解越发全面、客观、准确，也不再囿于浮光掠影式的零星译诗阅读，通过代表性与经典性的篇目来了解诗人及其名下诗歌的全貌实为美国读者所久盼。20 世纪 70 年代以降，美国出版的诗人单行本与特定主题的单行本数量呈现出显著增长的态势，这也与以往以选集为主①的译介模式有较大不同。许多中国诗

---

① 如美国本土译者庞德、洛威尔、韦利、宾纳、王红公一样，华裔译者江亢虎、蔡廷干、刘师舜等人的汉诗英译均以选集为主，单行本甚少出现。

人如李白、杜甫、陶渊明、王维等均有单行本问世,甚至还出现了多个平行文本。这使得美国读者对这些诗人及其名下诗文的理解进一步加深,甚至有时还可基于平行译本比较品评优劣,诗文中所隐匿的文化异质性也愈发凸显,译者对诗文进行主观肆意阐释的空间变小。这种文学代表性与经典性的选目理念之形成,还与近 60 年来美国各类中国文学(汉语古诗)选集的问世有很大关系。这是因为以下原因:①此类选集的辐射广度较大,所选译的诗人较多,各种题材与体裁均有涉及,对各类诗文特点、历史传承、文学技法也有介绍,再配合上译诗,读者能通过阅读选集,快速了解中国古诗之概况;②这些选集一般被用作大学教材或学术参考必备书目,流通范围极广,因此对学界有较大影响力;③选集一般由多位颇具影响力的汉学家执笔,集合了多位研究与翻译专长各有侧重的译者,同时广泛参考各类文献(包括中国文献),并非仅凭一家之言或某些学派的门户执念,因而显得较为客观、全面与中肯。影响力比较大的中国古典文学选集有白之等的《中国文学选集:从早期到 14 世纪》(Anthology of Chinese Literature: From Early Times to the Fourteenth Century,1965)、罗郁正与柳无忌的《葵晔集》(Sunflower Splendor: Three Thousand Years of Chinese Poetry,1975)、华兹生编译的《哥伦比亚中国诗选:从早期到 13 世纪》(1984)、宇文所安的《中国文学选集》(An Anthology of Chinese Literature: Beginnings to 1911,1996)、梅维恒(Victor Mair)的《哥伦比亚中国古典文学选集》(The Columbia Anthology of Traditional Chinese Literature,1996)以及闵福德与刘绍铭编著的《中国古典文学译选》(Classical Chinese Literature: An Anthology of Translations,2000)等①。以宇文所安的《中国文学选集》为例,名家和名篇仍占据了非常大的比例。在唐代部分,王维、李白、杜甫三人的作品共入选 91 首,占整个唐代入选作品规模的三分之一强。毫无疑问,经典性与代表性都是该选集的重要选录依据。这些选集涵盖的汉语古诗数量较大,时间跨度也较长,相互间多互补之处,又都曾在美国大学课堂上使用,对美国汉学界乃至普通读者群都有极大的影响力,"尽管其中

---

① 这些选集的选目基本比照诗人与诗歌在文学断代史与历代评论中的地位,并且以编年体形式编排,体现了代表性与学术性的旨规,这与早期译本如宾纳的《群玉山头》、庞德的《华夏集》、王红公的《中国诗 100 首》、韦利的《中国译诗》等选目的任意性、偶然性、主观性、片面性有明显的区别。

还有可商榷甚至谬误之处。但就其篇幅规模、选材范围、译者水平、传播领域及重要影响来看，可以认为，中国古诗的优秀之作已经在西方成为文学经典之作"（朱徽，2007：26）。有了这些汉语古诗译选集作为阅读入门读物，美国读者对中国古诗的原有面貌的理解愈发全面、客观与深刻，也不再能接受或满足于译者肆意主观阐释的译介模式，对诗人名下的代表性与经典性篇目与文风更加了解。因此，以文学代表性与经典性为依据的译诗选目构成了美国汉学界当下的预备规范的一部分。

华兹生社会轨迹的变化使其与新的预备规范发生了联系，以前的预备规范虽依然存在，但因华兹生的社会轨迹发生了变化而不再对其产生影响；相反，通过社会交往，华兹生习得了新的预备规范，使其译者职业惯习也发生了变化。早在20世纪60年代末，美国"逆向文化"运动颓势已逐渐显现，虽然这一时期美国的"中国热"还在持续发酵，也有许多译本相继问世，但主张非学院派诗歌的诗人团体的活跃程度已大不如前，甚至"在60年代大叫大喊的非学院派金斯堡90年代则进入了学院派的行列"（张子清，1992：88）。华兹生的译诗活动也逐步发生了"汉学转向"，其主要标志是与诗人团体的交往逐渐中断，转而投身美国高校界，积极参与汉学研究与教学，并编纂了多部汉语古诗选集。20世纪70年代后①，华兹生开始在美国著名高校如斯坦福大学、哥伦比亚大学等从事教学专职研究工作，并以汉学家的角度编纂了数本汉语古诗教材或通论型读本，如《中国抒情诗风：公元2世纪至12世纪的诗歌》《中国赋文：从两汉到六朝》《哥伦比亚中国诗选：从早期到13世纪》，基本覆盖了主要古汉语诗人及其代表性诗歌，诗歌类型、题材与风格也极为广泛，对中国古典的理解与认知也逐渐变得全面、客观、深刻。此时期，华兹生的研究与译诗成果的引证与参考频频出自中国学者与美国汉学家的著述，显示了全面性的研究视角；其译诗书评与学术争论也多出自美国汉学家，如倪豪士（William Nienhauser）、柯睿、蔡涵墨等人之手。

多年的学术浸染、话语争锋、研究历程与译诗实践使华兹生在习得了汉

---

① 需要说明的是华兹生的陆游译本虽出版于1973年，但考虑到翻译与出版的时间差，以及译者职业惯习受环境影响的渐变性，我们认为陆游译本受到了"逆向文化"运动时期的译诗传统影响，而非受到汉学界译诗传统的影响。

学界的预备规范后,将其内化为译者职业惯习的一部分。译诗选目以代表性与经典性为依据,所选译的白居易与杜甫均是中国文学史上赫赫有名的诗人,也是美国被译介频次与数量较多的诗人,选译的诗篇也均属被历代文人广泛传颂、影响力较大且能反映诗人文学气质的篇目,或被历代文学典籍反复收入的诗文。

首先,华兹生所选译的诗人——白居易与陆游均属于中国古典文学史上最著名的诗人,具有文学代表性与经典性。白居易是中国古典文学史上著名的现实主义诗人,"诗歌流传至今者近三千首,是唐代诗人中作品数量最多的一位"(王运熙,2003:115)。曾与元稹共同倡导新乐府运动,世称"元白",与刘禹锡并称"刘白";其诗作题材广泛,形式多样,语言平易通俗,有"诗魔"和"诗王"之称;其诗歌主张和诗歌创作,以其对通俗性、写实性的突出强调和全力表现,在中国古典文学史上占有重要的地位。清代文学评论家王士禛在《唐人万首绝句选》中收录白居易诗22首,并在序中对白居易的文学地位大加赞赏:"逮于有唐,李、杜、韩、柳、元、白、张、王、李贺、孟郊之伦,皆有冠古之才,不沿齐梁,不袭汉魏,因事立题,号称乐府之变。"(王士禛,2009:8)清代著名诗人袁枚明确指出:"唐以李、杜、韩、白为大家。"(袁枚,1982:70)杜甫的文学地位更是不言自明,是中国文学史上最重要的诗人之一,约1500首他的诗歌被保留了下来,对中国后世汉语古诗的发展影响非常深远,被后人称为"诗圣",杜诗被称为"诗史"。唐代诗人韩愈曾作诗赞曰:"李杜文章在,光焰万丈长。"以上的前人评价充分说明了白居易与杜甫在中国文学史上的代表性与经典性。

在美国,白居易与杜甫同样是具有代表性与经典性的中国诗人。美国汉学界历来对唐诗的重视都高于其他朝代,在诗歌的译介频次与数量,以及美国各类编年体中国诗选集与世界文学选集中,唐诗所占的比重均明显高于其他朝代。作为唐诗的代表性人物,白居易与杜甫在美国受关注的程度自然高于宋代诗人。从"意象派"文学运动开始,就有大量诗人、学者翻译、拟作白居易与杜甫的诗歌。其中,W. J. B. 弗莱彻(W. J. B. Fletcher)、威特·宾纳(Witter Bynner)、洛威尔、韦利、王红公等人均翻译过大量白居易或杜甫的诗歌,其中影响力较大的是韦利译白居易诗歌,以及王红公译杜甫诗歌。其中,韦利译白居易诗约200首,主要收录于《170首中国诗》(1919)与

《中国诗译选》(*Translations from the Chinese*, 1919) 等选集中；王红公译杜甫诗约 50 首,主要收录于《中国诗百首》(1956) 中。两位译者不仅译诗时间较早,数量颇丰,且均有重印与再版,因此对白居易与杜甫在美国的传播影响较大。至 21 世纪初,已出现白居易与杜甫诗歌的多个复译本,当代较有影响力的有霍华德·S. 列维 (Howard S. Levy) 编译的四卷本《白居易诗译选》(*Translations from Po Chu-i's Collected Works*)[①],以及欣顿选译的《杜甫诗选》(*The Selected Poems of Tu Fu*, 1989),白居易和杜甫不仅历来是美国的中国古典文学（诗歌）选集必定收录的诗人,也在美国权威世界文学选集中占有重要席位（见第 2 章有关论述）,因此二人在美国的"经典诗人"地位确凿无疑[②]。

华兹生也认同两位诗人在文学史上的重要地位[③],曾明言对二者及其诗文的喜爱："白居易的作品相对浅显易懂,也较易翻译。他有一种幽默感,大部分时候,我都会跟他要表达的意思产生共鸣。"（转引自 Balcom,2005：9）他也十分钦佩杜甫的诗文,甚至称其译本"就是要厘清是出于何种因素将其称为伟大"(Watson,2002：xi)。在喜爱之余,华兹生对杜诗还多了几分审慎,多次直言理解和翻译杜诗的困难："他（杜甫）的诗歌常常很含蓄晦涩,语言凝练,而且许多引喻需要解释。"（转引自 Balcom,2005：9）

华兹生与白居易与杜甫诗文学的因缘是其选译的直接原因。1975 年起,华兹生接受日本创价学会（Soka Gakkai）的邀请,从美国远赴日本开始为该学会承担翻译任务,主要是将日本僧人的佛教著作翻译成英语,其翻译的第一本佛学著作就是池田大作先生的《我的佛教观》（日文名『私の釈尊観』）一书。该书于 1976 年由纽约的 John Weather Hill 出版社以 *Living Buddha* 的英文书名出版。此后,华兹生陆续翻译了《维摩经》(*The Vimalakirti Sutra*, 1993)、《法华经》(*The Lotus Sutra*, 1997) 与《临济录》(*The Zen Teachings*

---

① 该四卷册诗集总计译诗 1286 首,约占白居易存世诗歌总量的一半。第 1、2 册于 1971 年由位于纽约市的 Paragon Book Reprint Corp. 出版,第 3、4 册分别于 1976 年和 1978 年由 Chinese Materials Center, Inc. 出版。

② 从译介量与影响力上看,美国对唐诗的理解远胜于其他中国文学类别,而"王维、李白、杜甫和白居易是国外最为熟悉的唐代诗人"（宋柏年,1994：138）。

③ 在《白居易诗选》的前言中,华兹生将李白、杜甫、白居易并称为唐代最重要的三位诗人（Watson,2000：ix）。

of Master Lin-chi: A Translation of the Lin-chi Lu，1999）等佛学著作（均译自汉语）。因白居易与中国佛学的深厚因缘，华兹生对白居易诗歌中的佛教因素与渊源也进行了探究，并创作了颇具学术价值的论文《白居易诗歌中的佛教因素》（"Buddhism in the Poetry of Po Chü-i"，1988），也翻译了部分白居易诗，如《新昌新居书事四十韵因寄元郎中张博士》《睡起晏坐》《白发》等篇目。华兹生译介杜甫诗的直接原因是其早年的学术经历。1951—1955年，华兹生师从吉川幸次郎学习汉语古诗，并担任其学术助手。当时，吉川正从事汉语古诗的研究，尤其是有关杜甫诗对仗的研究。因学业与研究的缘故，华兹生自然而然就接触到了杜甫诗，并在吉川的指导下将其研究成果译成英语，其中也包含部分杜甫诗。

选译白居易与杜甫的诗篇时，华兹生的选取依据也同样体现了代表性与经典性原则。主题上，讽喻诗和闲适诗是白居易诗歌最重要的两个类别，也是白居易践行的"奉而始终之"的兼济、独善之道，因此备受重视。对此，他曾明言："故仆志在兼济，行在独善，奉而始终之则为道，言而发明之则为诗。谓之讽喻诗，兼济之志也；谓之闲适诗，独善之义也。"（《与元九书》）其讽喻诗主题多为"补察时政"，创作了大量反映民生疾苦的讽喻诗，其目的是引起当政者对社会问题的警觉，他提出了"文章合为时而著，歌诗合为事而作"的现实主义创作原则。其闲适诗意在"独善"，"知足保和，吟玩性情"，体现了远离庙堂、回避政治、知足常乐的人生理念，融儒、释、道三教于一炉，兼效法陶渊明等人的闲适生活态度，对后代文人有深刻的影响。

华兹生对白居易诗歌的文本选择基本契合了诗人在中国文学史中的历史定位。关于白居易的诗歌，华兹生如是说：

"白居易诗歌中最重要的，尤其是对于后世中国诗的发展而言，是那些描写自我、家庭、友人，以及日常生活中简单而安静的喜悲之篇目。在主旨与处理手法上，此类诗歌平淡朴实，运用了其闻名于世的平淡自然的方法……诗歌兼有佛家的'超脱'与儒家的'藐视名利'之理念，多描述简单闲适的生活乐趣。"（Watson，1971a：186-187）

"（白居易的）诗歌广泛批判了当时的社会问题。虽有部分褒奖类篇目，但其本旨在于讽刺；谴责是诗人的最终目标，他对此也热切追寻……与杜甫类似，白居易厉声斥责了帝王官僚的穷奢极欲、给民众带来困苦的苛捐杂税与遣将征兵，深刻描绘了前线士兵、农民、纺织女工或卖炭翁的穷途困境。"（Watson，1971a：184-185）

或许是因为有了这种结论，华兹生选译的白居易诗歌表现出了明显的代表性倾向："白居易的部分诗歌对后世诗人产生了巨大影响，我也在译本里给予了这些诗歌最大的篇幅。"（Waston，2000：x）选译篇目涵盖了白居易创作的重要主题与篇目，包括早期批判社会积弊的讽刺诗与晚期淡泊平和与闲逸悠然的闲适诗。此外，书信也是白居易诗歌创作的重要内容。白居易与元稹为莫逆之交，相互多有书信往来，世人将其并称"元白"，书信承载着二者的离愁别绪和真挚友谊。对此，华兹生也有一定认识，因此选译了白居易写给元稹的6封书信。事实上，译者运用这种选译方式的用意十分明显，所选的绝大多数诗歌均为白居易的代表性篇目，如《琵琶行》《卖炭翁》《舟中读元九诗》《不如来饮酒》等。译本以编年体顺序编排，意在凸显白居易的人生轨迹及诗歌创作理念与主题之流变，力求客观刻画白居易诗歌创作之精髓。华兹生对此也做出了解释："我的选译本极力展现白居易的诗歌创作主题与风格维度，同时专注于其描写日常生活、娴静自足之个人的诗歌。这种印象不论是事实还是假象，（我想）这必然都是白居易想让我们铭记他的方式。"（Watson，2000：x）

华兹生选译的135首杜甫诗歌涵盖了绝大多数杜甫的传世经典之作，广泛收录杜甫诗歌创作的各类题材，其目的在于展现杜甫诗歌的创作全貌，以及使其屹立于世界文学之林的艺术表现形式，入选诗歌均为杜甫的传世经典之作，如"三吏三别"中的《石壕吏》《无家别》《垂老别》，以及《春望》《登高》《登楼》①等，代表了杜甫诗歌创作艺术的高峰，极大地凸显了译者对作品代表性的考虑。对此，华兹生如是说：

---

① 后世评论家对以上提及的杜诗篇目均评价极高，尤以对《登楼》的评价最盛，如清代学者浦起龙盛赞该作"声宏势阔，自然杰作"（浦起龙，1977：638），沈德潜对其推崇到了极致，称其"气象雄伟，笼盖宇宙，此杜诗之最上者"（沈德潜，1975：191）。

"杜甫传世诗歌约1400多首,但其文学名望主要建立在100余首诗上;1000多年来,这些诗广为中国后人以及中华文化圈的相关人士称颂与评论,并入选各类文学选集。"(Watson,2002:xi)

首先,华兹生所选译的诗歌是最能凸显杜甫形象的篇目。杜甫诗歌向来以"诗史"而闻名,晚唐文人称其"杜逢禄山之难,流离陇蜀,毕陈于诗,推见至隐,殆无遗事,故当号为诗史",其诗文多指涉政权动荡、底层疾苦、政坛黑暗,表现出崇高的儒家仁爱精神和强烈的忧患意识。或许正是由于这种思想,爱国诗是杜甫诗歌中最重要的主体,华兹生对此也有深刻认识:

"杜甫深受儒家'责任'思想的浸染,这使得他竭尽全力为他所效忠的王朝呕心沥血,并对此表现出矢志不渝的忠诚,期冀于消除帝国的社会积弊。作为政府官员,杜甫在其频繁变迁的岗位上表现出的是有所为的善意,而非庸碌。广义上讲,他通过其诗歌实现了其道德目标,他的诗歌充满悲痛,多描写自己与同胞们所遭受的饥荒、苛政、政局动荡等主题。他最优秀的作品多为哀悼令他感到震惊的悲剧,痛斥那些由于无知或蠢笨造成人民灾难的肇始者。毫无疑问,诗歌蕴含的极度真挚并富于同情心的基调,使后世尊奉其为'诗圣',认可了他作为文学上的'孔子'的崇高地位。"(Watson,1984:219)

"由于儒家思想重新占据了宋代知识文化圈的支配地位,杜甫诗歌中的现实主义与社会意义、极其忠贞的道德节操深刻地吸引了宋代文人,引来他们尽其所能地争先效仿……杜甫的诗歌紧密关联着他充满变故的人生起落与人生中重要历史时期。"(Watson,1971a:157-158)

有了这种认识,华兹生选译杜甫诗歌时对诗歌代表性有深刻的思考。选译篇目多数为关注民生疾苦、社会动荡、政治黑暗和自己人生起落、仕宦沉浮的诗歌,与选译陆游诗歌时所表现出的审美偏好大相径庭,凸显了译者对代表性的关注;同时,为展现杜甫诗歌的概况,华兹生还选译了部分杜甫"名气略小"但也"值得关注"的篇目。

体裁上，华兹生选译的白诗与杜诗多数为古体诗与近体诗（包括七言律诗、七言绝句、五言律诗、五言绝句），这些体裁是白居易与杜甫诗歌创作的主体，代表了白居易和杜甫在诗歌体裁上的创新与独到之处；同时也收录了杜甫鲜为人知的创作体裁，如排律与赋文，较为客观地再现了两位诗人创作的体裁维度。两本译诗的单行本均以编年体顺序编排，其目的在于全面展示白居易与杜甫人生不同阶段中的社会政治变故、仕宦沉浮、羁旅行记与生活百态，以及由此带来的诗歌主题与思想的嬗变，从而反映两位诗人真实丰满的人物形象，以及其诗歌本来的面貌。美籍华裔学者、科罗拉多大学汉学教授陈伟强（Timothy Wai Keung Chan）也认为华兹生的选本具有全面性与代表性，旨在提供"一个简明扼要的读本"（Chan & Keung, 2004: 313）。

从以上分析不难看出，华兹生译白居易与杜甫诗的选目契合了当代美国汉学界汉语古诗英译传统的预备规范，即以诗人及其诗篇的代表性与经典性作为依据，其目的在于使其译诗单行本客观准确地反映诗人的诗歌的文学品质与创作的艺术维度。

5.1.2 译诗形式与汉语古诗的异质性

华兹生译白居易与杜甫诗承继了前期译诗的初始规范，正视并尊重源文化与东道文化在诗体、韵律与修辞上的差异，试图在自由体中展示原诗的形式特点。

此时期汉语古诗英译初始规范的形成具有鲜明的社会文化背景。第一，经过多年的汉语古诗英译实践与论战，自由体译诗已为美国译者广泛采纳，成为具有普遍意义的翻译典范，具有较强的约束性；华兹生作为汉学界专注于英译汉语古诗的主要译者，参与并主导了当代汉语古诗的翻译规范的确立，其汉语古诗英译也成为美国译坛的经典之作；第二，"尊异"与"存异"已成为此时翻译界的重要话语，如瓦尔特·本雅明（Walter Benjamin）对翻译异域性的尊重、安托瓦纳·贝尔曼（Antoine Berman）的异域性论、雅克·德里达（Jacques Derrida）的延异论、爱德华·沃第尔·萨义德（Edward Waefie Said）的东方学论与韦努蒂的存异伦理等，译文在一定程度上尊重源文化与东道文化的差异，并在译文中将其保留成为当时译者的翻译伦理。在这些因

第5章 当代汉学研究的演进与华兹生译白居易、杜甫诗

素的共同作用下,美国译坛的初始规范并未发生改变,依然具有源语文化导向性,主张在译诗中凸显原诗的特点。华兹生的译者职业惯习也保持了源语文化导向性,继续在英语自由体中将汉语格律诗的节奏、叠词与修辞译出,形成了译文杂合的有机译诗体。

首先,应对此阶段的初始规范进行描述,考察主要汉学家对翻译话语、态度与文化的倾向,并结合经典性的译诗文本、副文本、元文本(meta-text)以获取规范,并结合译诗传统的发展脉络对其成因进行分析。

当代美国汉学界的主要译者的译诗主张具有鲜明的源语文化导向性。刘若愚是当代美国汉学界译诗的先驱,在《中国诗歌艺术》(*The Art of Chinese Poetry*, 1962)一书中,他借用西方文化的话语(如新批评、结构主义语言学等)对中国古诗的格律、诗体、语法、意象、典故等诗艺技巧进行了全面解读,试图匡正当时美国对中国古诗的误读,同时采用自己的译诗为例,对其观点加以佐证。为了对当时肆意曲解原诗的翻译方法做出回应,在此书中,刘若愚对译诗采取了"回归源语文化"的处理,"由于译诗主要是为了说明诗歌语言的各个方面的特点,故它们必须尽可能接近原诗,尽管我也尽力使其具有可读性。在能做到之处,我的译诗尽量贴近原诗的形式与格律,……我也注意到了译诗质量参差不齐,这是由于为了显示原诗语言与格律的某些特质,部分译诗必须做到字字对应的直译,或使用了笨拙的表达"(Liu, 1962: xvi)。

刘氏之后,叶维廉也对汉语古诗英译活动中译者应持有的文化倾向性做出了论述,认为"翻译,我虽称之为两个文化系统之间的 passport,我把 passport(护照,由一个文化通到另一个文化的护照)用标点拆为 pass(通过)与 port(港)两个字,转意为'通异港'"(叶维廉,1983: 4),"在通驿的过程中,必须牵涉到两大文化系统与语规的协商调整,必然牵涉到双重的意识状态,亦即是,一面要认知甲文化数千年来民族的意识、默契、联想构成的传统力量下所产生的作者的思维状态与境界,一面要认知和掌握所产生的语言表达的潜能与限制",而"翻译者在二者的相遇里作出种种的协调"(叶维廉,1994: 76)。他提出了著名的"文化模子"(cultural models)学说,认为"只有达到文化模子间多元对话与互补平衡,才能从根本上避免单一文化视境下读者与研究者的主观偏狭"(转引自张志国,2006: 31)。进

而，他对美国近百年来的汉语古诗英译传统提出了批评，指出了其在文化根源上的认知错误，"近百年来的汉诗英译者的许多不幸歪曲根源在于固守自己的'模子'来强加在中国诗人的'模子'上，而这种假定又如何地阻碍他们对中国诗中固有美学模子的认识"（转引自蒋洪新，2002：27）。他指出译者需要在两种文化间采取正视差异、兼容调和的姿态，因为"优秀的翻译家在精通中外文字之差异和对原作'神理'有透彻的把握的基础上，会无所顾忌地选择自己认为最合适的方式来进行翻译，以达到最好的效果"（转引自罗选民，2002：91）。

宇文所安也明确反对抹杀文化异质性进行译诗，认为翻译诗歌的难处在于忠实传达诗人的风格。中国读者在阅读唐诗的时候，知道各个诗人风格的不同。王维的诗非常温柔节制，李白的诗则非常豪放飘逸。所以在翻译的时候，我会尽量把这种风格的差异反映出来，让英文读者也能像中文读者那样体会到每个诗人风格的不同（转引自唐勇，2006）。"国际读者可以欣赏这种诗歌，想象如果诗歌没有在翻译中有所失会是什么样子。同时读者也可以通过欣赏译诗，或者其他国际读者如何品评"（Owen，1990：32），"作为译者，我确信这些诗歌的'中国性'会得以呈现，而我的任务就是要去发现这个谱系差异的语言风格"（Owen，1996：xliii）。因此，从事汉语古诗英译的译者应当深刻体察中国文化与美国文化之间的各种异同，并在两套文化体系中进行调适、融合，使原诗的特点能在译诗中有所体现和对话。

刘若愚、叶维廉与宇文所安均为美国汉学界从事汉语古诗译介与研究的代表性人物，从他们对汉语古诗英译中译者应持有的文化倾向性可以看出，当代美国汉学界的译诗初始规范依然具有明显的源语文化导向性。这种译诗理念之形成与译者们对汉语古诗英译多年的探索与译介有深刻的联系。在几代人的实验性译诗的影响下，美国学者对中国古诗的认知也发生了跨越式的发展，中国古诗在诗体、韵律、技法上的异质性已为美国所熟知，在译诗中也得到了较好的尊重，译诗也日益成熟，美国读者也在一定程度上能够接受、包容甚至期待这种诗学差异。因此，当代美国汉学界继承了这种译诗传统，延续了译诗初始规范的源语文化导向性。

作为当代从事汉语古诗英译的主要译者，华兹生参与并主导了汉语古诗英译的典范建构[①]，并在实践与交往中将汉学界译诗的初始规范内化并习得，然后融入其译者职业惯习中。他出版的《中国抒情诗风：公元 2 世纪至 12 世纪的诗歌》《中国赋文：从两汉到六朝》《哥伦比亚中国诗选：从早期到 13 世纪》都体现了华兹生对汉语古诗的诗学特点、审美旨趣与文学品质之细致全面考察（见前文 5.1.1 小节汉学译介的全面性视角与译诗选目），并在翻译中尊重了汉学界译诗的初始规范，主张使用英语自由体将汉语古诗的部分形式特点进行折射式翻译展现，尤其是节奏、叠词与对仗。他多还与汉学家如与富路德、白牧之与白妙子等展开译诗论战，以阐明自己试图在英语译诗中折射出对中国古典文化的翻译态度。陈伟强也认为"译诗（《杜甫诗选》）也反映了华兹生试图展现杜诗中的一些重要的形式特点，如头韵、重复与平行，但却绝非严格、亦步亦趋的模仿"（Chan & Keung，2004：313）。

5.1.2.1　韵律的翻译

在翻译白居易与杜甫的诗歌时，华兹生强调了在自由体中译出原诗的平仄节奏。在译诗中，华兹生译诗采用自由体，在某些诗行第二个单词后加逗号做顿，仿拟原诗节奏，产生了译文杂合的现象，在此以《春望》的英译为例作说明，见例 5.1（Watson，2002：30）。

例 5.1

原诗	译诗
春望	**Spring Prospect**
国破山河在，	The nation shattered, mountains and rivers remains,
城春草木深。	City in spring, grass and trees burgeoning;
感时花溅泪，	Feeling the times, blossoms draw tears,
恨别鸟惊心。	Hating separation, birds alarm the heart.
烽火连三月，	Beacon fires three months in succession,
家书抵万金。	A letter from home worth ten thousand in gold;
白头搔更短，	White hairs, fewer for the scratching,
浑欲不胜簪。	Soon too few to hold a hairpin up.

---

① 从入选的各类文学选集、专业评价以及对后世的影响上看，这种尊重差异、主张对话的文化态度虽然带来了许多具有典范意义的译本，但也不可能让所有人都满意，其译诗有时也招致批评。华兹生称："我的译文是专门为学生和一般读者而译，而非亚洲研究专家。因此，我可以拒绝接受那些来自语文专家（中国文学研究者）的、令我感到困扰的（翻译）指令，虽然这最终也没让我幸免于他们的反对。"（Watson，2001：2-3）

杜甫的《春望》的体裁是五言律诗。五言律诗的诗行由两个双音步和一个单音步组成，单音步只能出现在诗行中除开头以外的其他位置，每句诗行开头必为双音步，即每句诗行的第二个汉字之后必有停顿；节奏为两个双音步加一个单音步，并且单音步只能出现在诗行中间或者行末，整首诗所有诗行的前两字为一顿。偶数句的韵脚押[en]的平声韵。韵律格式为：

仄仄/平平/仄，平平/仄仄/平。
平平/平/仄仄，仄仄/仄/平平。
仄仄/平/平仄，平平/仄/仄平。
平平/平/仄仄，仄仄/仄/平平。

华兹生译诗并无明显的韵脚，也难看出其他押韵手段的痕迹；但在译诗的第1、2、3、4、7句中，第二个单词（定冠词the不算）之后加逗号做顿，仿拟原诗节奏[①]，而英文诗歌节奏由轻重或重轻音步所掌控，其音步的基本形式为抑扬格或扬抑格，除语法要求或其他特殊目的外，一般不会轻易在诗行中使用"加逗做顿"进行节奏划分，而且此诗中这种做法出现的频次极高，八句诗中有五句采用原诗节奏，使得原诗的节奏在译诗中更加凸显。

除了节奏上译诗时常仿拟原诗外，译诗还在叠词等诗韵技巧上仿拟原诗，以突显原诗的音韵特点与艺术技巧。在此，以《登高》的英译为例作说明，见例5.2（Watson，2002：146）。

例 5.2

原诗	译诗
登高	**Climbing to a High Place**
风急天高猿啸哀，	Wind shrill in the tall sky, gibbons wailing dolefully;
渚清沙白鸟飞回。	Beaches clean, sand white, over head the circling birds:
无边落木萧萧下，	Leaves fall, no end to them, rustling, rustling down;
不尽长江滚滚来。	Ceaselessly the long river rushes, rushes on.
万里悲秋常作客，	Autumn sorrow ten thousand miles from home, always a traveler;
百年多病独登台。	Sickness dogging each year of my life, I climb the terrace alone.
艰难苦恨繁霜鬓，	Troubles, vexations, coat my sidelocks with frost;
潦倒新停浊酒杯。	Listless at this now blow, I forgo the cup of muddy wine.

---

① 但事实上译诗节奏主要还是由音步体现，"加逗做顿"是译者为体现原诗节奏刻意为之。帕特里奇也认为，"毋庸置疑，英语自由诗的格律是可以被标出的，但这种做法并无实际价值；自由诗的形式具有不确定性，因为诗歌中的创造性原则总是以不同方式被隐藏起来"（Partridge, 1976: 13）。

第5章 当代汉学研究的演进与华兹生译白居易、杜甫诗

《登高》是代表杜甫创作最高成就的经典之作,历代评论家对其的评价都很高,也是美国译者反复翻译的篇目。诗中"无边落木萧萧下,不尽长江滚滚来"显得大气雄浑,是历代文人骚客反复吟咏的经典诗句,尤其是叠词"萧萧下"和"滚滚来"显得十分有气势。华兹生的译诗使用了叠词,有意保留了这种"A-A+adv."的结构。不仅 rustling 和 rushes 两个头韵的使用加强了译诗的节奏感,on 和 down 的不完全尾韵音(semi-consonance)/n/的创译还具有极低沉的和音效果,较好地体现了杜甫"沉郁顿挫"的行文风格。

在翻译白居易的《别元九后咏所怀》时,为加强诗歌节奏,华兹生甚至还对原诗进行了"形式改造",创译出了叠词,以便与其后诗文形成对仗,显得浑然一体,气势非凡,见例 5.3(Watson,2000:6)。

例 5.3

原诗	译诗
别元九后咏所怀	**Pouring Out My Feelings After Parting from Yuan Ninth**
零落桐叶雨,	<u>Drip drip</u>, rain on paulownia leaves;
萧条槿花风。	Softly sighing, wind in the mallow flowers.
悠悠早秋意,	<u>Sad sad</u> the early autumn thoughts,
生此幽闲中。	That comes to me in my dark solitude.
……	…

原诗中,"零落"与"悠悠"并没有形成对仗,也并没有特定的音韵效果;译诗中,华兹生却有意使用了 drip drip 和 sad sad 两对叠词,使译诗获得了押韵与对仗效果,凸显了汉语原诗的视觉与声韵特点。

但并非所有的汉语原诗韵律技法,华兹生都将其全部收入,其原则是既不损害译诗的诗性[①],又能在一定程度上体现汉语原诗的形式特点。比如在翻译白居易的《海漫漫—戒求仙也》时,华兹生为了顾及原诗诗性,并未对原诗中的叠词加以保留,见例 5.4(Watson,2000:20)。

---

① 因为叠词并非英语诗歌所倡导的诗歌技法,重复言说有损英诗诗性。

例 5.4

原诗	译诗
海漫漫—戒求仙也 海漫漫， …… 蓬莱今古但闻名， 烟水茫茫无觅处。 海漫漫，风浩浩， ……	**Sea Stretching Endlessly — Censuring the Search for Immortality** Sea stretching endlessly, … But P'eng-lai, then as now, nothing but a name, In a wilderness of hazy water nowhere to be found! Sea stretching endlessly, Wind vast, unbounded — …

原诗用了"漫漫""茫茫""浩浩"三组叠词，其中"漫漫"使用频次最高，共出现了三次。译诗并没有将以上叠词翻译出来，"漫漫"译为"stretching endlessly"，"茫茫"译为"in a wilderness of"，"浩浩"译为"vast, unbounded"，华兹生将原诗叠词的音韵效果完全省略，这是因为在英诗中频繁地使用叠词几乎是不可能制造诗学效果的，相反会大大减弱译诗的诗性。

5.1.2.2 修辞的翻译

华兹生所译白居易与杜甫诗的源语文化导向性还体现在译诗对原诗修辞技巧的关照上，试图将原诗最为重要的修辞技巧——对仗句译出，具体方法是使用英语的平行结构替代原诗的对仗句。

对仗[①]是汉语格律诗的典型特点，诗中均有大量对仗使用，其中近体诗尤其强调对仗，是汉语律诗"入律"的关键。对仗在白居易与杜甫的创作中较为常见，其艺术表现手法极为高超，也是两位诗人创作之精妙所在。华兹生对白居易诗作中常使用的诗体形式有细致入微的体察，他将白诗分为三大类，即绝句、律诗与排律，并分析了三者在韵式、对仗、诗体上的区别，他也声称其译诗旨在展现白诗的"主题与风格维度"（Watson，2000：x）。他在翻译杜诗时，也同样对其形式特点有深入研究，认为"杜甫非常擅长创作

---

① 汉语文言诗中的"对仗"与"对偶"还略有区别，但并非本书研究的对象，且二者与英语中相对应的概念均为平行结构（parallelism），故本书对二者不做区别。

第 5 章　当代汉学研究的演进与华兹生译白居易、杜甫诗

律诗……杜甫在律诗中所使用的平行结构是其诗艺精华之所在……这种平行结构也广泛运用于他所创作的其他韵式诗体中，但在翻译中，这种平行结构往往听上去十分勉强或有机械感，特别是现代英语诗歌很少采用这种修辞手法。此外，汉语格律诗体在语言上十分凝练，句法上时有缺省，因此在翻译中诗行看上去仿佛充斥着静止不动的意象。有些译者试图通过故意模糊诗句的对称性，以减少平行结构带来的这些影响，或者不惜调换诗行的用语的顺序、位置（断句与分行），来改变这种频繁使用的平行对应关系。虽然我能理解这种处理方式的动机，但在翻译中，我却在大多数情况下尽可能努力地固守原诗的措辞和行文顺序"（Watson，2002：xxi-xxii）。

虽然华兹生译诗采用的方法是在自由体中以英语平行结构折射出原诗的对仗句，但在翻译对仗结构方面也在力求展现原诗的创作技法。在此以《陪郑广文游何将军山林（其五）》为译例分析此阶段华兹生翻译对仗句的方法与技巧，见例 5.5（Watson，2002：15）。

例 5.5

原诗	译诗
陪郑广文游何将军山林（其五）	Accompanying Mr. Zheng of the Broad Learning Academy on an Outing to General He's Mountain Villa
剩水沧江破， 残山碣石开。 绿垂风折笋， 红绽雨肥梅。 银甲弹筝用， 金鱼换酒来。 兴移无洒扫， 随意坐莓苔。	This stream of yours, as though borrowed from the blue Yangzi, This bit of mountain sliced off from the Jieshi rocks: Green dangling, bamboo shoots broken in the wind; Red splitting open, plums fattened by the rain. A silver pick to strum the many-stringed zither, A golden fish exchanged for another round of wine. We'll move as fancy takes us — don't bother to sweep — Sit wherever we please on the mossy ground.

该诗是一首五律。按五律的"入律"要求，颔联与颈联必须对仗。颔联中，"绿垂"对"红绽"，"风折"对"雨肥"，"笋"对"梅"；颈联中，"银甲"对"金鱼"，"弹筝"对"换酒"，"用"对"来"。名词对名词，动词对动词，对仗一气呵成，相当工整。译诗中，华兹生运用了平行结构来翻译对仗：首先，在词汇层面，采用了一一对应平行结构，如第三、四行中

的 green 对 red，dangling 对 splitting，broken 对 fattened，in the wind 对 by the rain，第五、六行中的 a sliver pick 对 a golden fish 等均使用不同的平行结构以对应；在语法层面，第三、四句句首均使用了动名词作独立主格，其后使用省略助动词的被动结构，形成了完整的平行结构，第五、六句采用了 N+V+O 的平行结构。这四句在译诗中十分凸显，具有与原诗类似的效果，但又并未显露出生硬牵强、重复拗口之感，不失英语自由诗本色，实为译诗佳作。

同时，华兹生所使用的平行结构绝不是词与词、句与句的生硬对应，而是保证在译诗语法性的基础上，用平行结构折射出原诗对仗的修辞技巧，但却不至于使用太频繁而有损译诗的诗性[①]，以求译诗既符合现代英语规范，又能适度彰显汉语诗歌的形式特点。他对如何使用平行结构进行译诗把握得相当出色。著名汉学家白之曾指出，"翻译中国古典文学中的对仗句时，有时需要颠倒词序才能符合英语的习惯"（Birch，1970：495）。在翻译白居易的《送王十八归山寄题仙游寺》时，华兹生也因地制宜地采用了这种方法，见例 5.6（Watson，2000：12）。

例 5.6

原诗	译诗
送王十八归山寄题仙游寺 曾于太白峰前住， 数到仙游寺里来。 黑水澄时潭底出， 白云破处洞门开。 林间暖酒烧红叶， 石上题诗扫绿苔。 惆怅旧游无复到， 菊花时节羡君回。	Seeing Wang Eighteenth Off on His Return to the Mountains, a Copy Sent to Hsien-yu Temple Once when we were living in this side of T'ai-P'o peak, We went several times to Hsien-yu Temple. <u>When Black River deeps were clear we could see right to the bottom,</u> <u>Where white clouds parted, the grotto's gaping mouth!</u> <u>We heated wine among the trees, burning fall leaves,</u> <u>Brushed away green moss to inscribe poems on rocks.</u> How I regret that those outings will never come again, Envy your return in this chrysanthemum time!

《送王十八归山寄题仙游寺》是白居易所作的一首七律，诗中的颔联、颈联也是工整的对仗。译诗中，华兹生以两个状语从句 when+ 与 where+ 开头，Black River 与 white clouds 形成对应，具有极强的视觉效果，语序也与原

[①] 如里奇所言，平行结构并非英语诗歌中常用的结构，过度使用会使其丧失英语诗歌诗性。

诗保持一致，使颔联的译文形成平行句；而在翻译颈联时，虽然也采用了平行结构，但将原诗中的词序颠倒，以适应英语句式的需要。原诗中的"扫绿苔"被译成 brushed away green，并置于句首，"石上题诗"被译成 to inscribe poems on rocks，并被移至句尾。这种灵活的方法使得译诗丝毫不显得生硬牵强，同时也再现了原诗平衡艺术手法的要旨。

从华兹生译诗的形式策略可以看出，此阶段他恪守汉学界译诗的初始规范，表现出了对中国文化的进一步关照。其译诗形式策略在很大程度上沿用了其译诗第一阶段的策略，这是由于以下原因：①在一代又一代美国译者的共同努力下，使用自由体将汉语古诗的诗艺特点折射进译诗已经为美国翻译界与汉学界所接受①，部分译诗甚至成为翻译典范被不断收入各类选集，成为当代译诗的潮流；②通过多年的译诗实践与研究，华兹生在社会交往中敏锐感知了汉学界译诗的文化导向性，并将之吸收内化为自己的译者职业惯习；③从其早期译诗获得的巨大成功来看，译文杂合可以产生审美的陌生化性（陈琳和张春柏，2006），更容易使其译诗获得美国读者、出版商、赞助者与评论家的接受；④华兹生译者职业惯习的源语文化导向性也决定了这种翻译策略的合理性，因为它能在一定程度上彰显原诗的形式特征。

华兹生译白居易与杜甫诗所启用的形式策略，是其译者职业惯习吸收当代汉学界译诗初始规范的结果，表现出源语文化导向性。译诗中，华兹生试图在自由体中折射出原诗的节奏、叠词与对仗等形式特点，体现了在新语境架构下东道文化与源文化的双向折射机制与结果，也展现了中美诗学在世界文学场域下进行对话、融合进而再生的状态。

5.1.3 口语体与译诗可读性

华兹生译白居易与杜甫诗延续了其译诗的口语体用语，如使用简单措辞、会话建构、插入语、命令式与碎片化的自然语流等，制造译诗用语的日常会话感，使得其译诗明晰晓白、质朴流畅、生动凝练，具有极强的可读性。这种译

---

① 这点可以从其第一阶段译诗所获的专业评论、出版重印频次以及获奖情况中得知，可参见第 4 章的相关论述。

诗用语策略之产生是由当代美国汉学界译诗的语言文本规范所带来的。

经过多年的汉语古诗英译实践，运用当下、地道的美国英语进行译诗已成为实现汉语古诗英译的可读性之普遍共识①，并拥有较大的影响力，此阶段颇具影响力的译者②如刘若愚、叶维廉、欣顿等。要理解这种语言文本规范产生的因由就必须考察当代汉语古诗英译传统的生长土壤，即当代美国社会文化及美国诗歌的用语趋势。

在历经两次诗歌"本土化"运动后，美国传统的学院派诗歌创作体系已被日益勃兴的"新传统"③逐渐消解，"学院派所珍视的反讽、悖论、丰厚的肌质、缜密而复杂的节奏结构和疏离的情愫等美学要素"（张子清，1992：88）。虽然还残存着"百足之虫，死而不僵"的生命韧性，但美国传统的学院派诗歌创作体系的势力亦不可与以往一统文坛之盛况同日而语。由于"快消文化"的效率驱使与"碎片化"阅读时代的信息爆炸，美国社会疲于复杂而深刻的文学书写，也倦于晦涩学究的用语方式，传统的文字古雅、语言艰涩、形式保守的诗作已很难获得当代美国读者的青睐④，相反主张清新朴实、通俗简约的非学院派诗歌却在美国流行⑤，成为美国文坛新宠⑥。

---

① 这与两次美国诗歌"本土化"运动的中的中国译诗热有较大关系，因为两次译诗热中的译者均企图借力中国古典诗英译文来撼动学院化诗歌的地位，使用非正式语体译诗便是其重要手段，无论是威廉斯、王红公还是斯奈德都经常使用（见本书第4章），上述译者之译文已普遍成为经典，且其诗歌创作也颇具影响力，故非正式语体的诗歌用语对后世译诗与创作均有很大影响力。

② 宇文所安的译诗用语较为特殊，他比较注重所谓的"语体对应"，主张用不同的语体来翻译不同类型的中国诗，他曾说"把文言文翻译成英式英语，把白话文翻译成美式英语"（Owen，1996：xliii），英国汉学家傅熊（Bernhard Fuehrer）认为"宇文所安通过使用各种不同的语域，从正式的英语文学文体到美国口语，反映中国不同诗人的不同文体风格，即使对于非英译的本族语读者来说，也是很有吸引力的方法"（Fuehrer，1997：470）。

③ 这里的"新传统"指的是当代美国非学院派的诗歌创作理念，如黑山派、自白派、垮掉派、后垮掉派等。

④ 这点可以从美国一系列反学院派的新诗流派层出不穷的盛况推断而来。

⑤ 张子清认为，当代美国诗歌（尤其是后垮掉派诗歌）"尊重口头文化——所谓第三/第四世界文化（多元世界文化）的巨大贡献，尊重不起源于西方古典传统的种种活传统"（张子清，2012：13）。

⑥ 需要注意的是，虽然美国学院派诗歌一统诗坛的势力已开始被逐渐消解，"在非学院派之中的一些新流派的鼓噪喧嚷下，有时显得黯然失色或不那么吃香"（张子清，1992：87），甚至遭到一定程度的抵制与反抗，但这种文学势力的消长具有语境性意义，且也仅仅是相对而言。学院派诗歌作为长期盘踞美国诗坛的正统势力，依然保持着极为重大的文学影响力。

第5章 当代汉学研究的演进与华兹生译白居易、杜甫诗

作为美国文学系统中的子系统，翻译文学也在一定程度上承继了这种新的语言文本风气，并构成了汉语古诗英译传统的语言文本规范。从"逆向文化"运动至21世纪初，美国近半个世纪的汉语古诗英译实践使非学院派的译诗用语逐渐固化为译诗用语的主要形态，成了译诗语言文本规范。欣顿译诗是非学院派翻译的代表，其译诗用语的主要特征是采用当下、地道的诗歌语体，并充分运用明晰晓白、通俗易懂、纯正地道的措辞，译文流畅可读（田晓菲，2010），李国庆（2010）也称欣顿的译诗以纯正的英诗取悦大众。叶维廉的译诗也具有这种非学院派译诗用语的特点，采用明晰晓白、质朴通俗的措辞，所效仿的乃是当代诗歌所倡导的口语体，"掌握的是当代的、活在口头上的英语，一点没有生涩之感"（屠岸，1994：28），正契合了霍克斯所说的"切记勿用矫揉造作的书面语来翻译"（Hawkes，1959：vii）之要旨。此外，刘若愚的译诗也采用了许多当代诗歌的用语方式，"尽力使译文具有可读性"（周领顺，1998：79）。

自20世纪70年代以降，华兹生便浸润于美国汉学界的研究与译介活动中，先在美国高校充任中国文学教授，与众多汉学家，如霍克斯、闵福德、夏志清、白妙子与白牧之等均有深入的社会交往与学术交流。在20世纪70年代中后期退休后，潜心于典籍翻译与研究的华兹生曾多次在美国、日本、中国等地作学术演讲与访问。此外，他还曾于1990年在香港中文大学作过半年的访问学者，与《译丛》（*Renditions*）杂志编辑部及文学院开展翻译与学术合作，部分研究与翻译成果也发表在《译丛》杂志上。

在与汉学界学者与译者的社会交往与学术争鸣中，华兹生自觉地将该传统的语言文本规范加以内化为译者职业惯习，译诗中采用了当代美国译诗传统的用语主张，采用了非正式语体尤其是口语体进行译诗，译诗具有较强的可读性。他对使用地道的美式英语表达十分推崇，主张尽量贴近当代美国诗歌的用语习惯。首先，这种非正式的用语表达体现在译诗的措辞、句式与句法方面，在此，我们以白居易的《春江》为译例做一个说明，见例5.7（Watson，2000：106）。

例5.7

原诗	译诗
春江	**Spring River**
炎凉昏晓苦推迁，	Heat and cold, twilight and dawn succeed each other swiftly,

续上

原诗	译诗
不觉忠州已二年。 闭阁只听朝暮鼓， 上楼空望往来船。 莺声诱引来花下， 草色句留坐水边。 唯有春江看未厌， 萦砂绕石渌潺湲。	Before I know it, already my second year in Chung-chou! Shut up in my room, all I listen for are morning and evening drums; Climbing the tower, I gaze absently down on boats that come and go. Enticed by oriole voice, I've come here under the blossoms; Spellbound by the color of the grasses, I sit by the water's edge. Nothing but spring river, I never tire of watching it— Rounding sand spits, circling rocks, a rippling, murmuring green.

　　白居易所做的《春江》是一首七言律诗，诗歌语言清新隽永，意象丰富，勾勒出一幅春日江河秀丽的景致，具有极强的视觉效果。华兹生译诗遵从了当代非学院派诗歌的用语习惯，使用了当下英语日常词汇，并无古雅学究的措辞；句式单一，仅采用了简单句、主从复合句等几种基本句型；句法则较为疏散，句式运用自由灵活，常省略冠词、量词、动词等，如第 2 句 "Before I know it, already my second year in Chung-chou!" 省略主语和动词，句式口语碎片化，如第 8 句 "Rounding sand spits, circling rocks, a rippling, murmuring green." 直接用动名词并置，对应原文的意象并置，第 3、4 句中的 shut up in my room 与 climbing the tower 与第 5、6 句中的 enticed by oriole voice 与 spellbound by the color of the grasses 使用了两个句法结构不完整的平行结构（也恰好呼应了原诗颔联与颈联的对仗，增添了译诗的文学性）。

　　正是由于这种直接晓白的措辞，原诗中的某些比喻性语言特质在译诗中几乎全然丧失，如第 5 和第 6 句所使用的拟人文学手法 "诱引" "句留" 在被译成 enticed（吸引）、spellbound（入迷）两个晓白词汇，且译诗中出现了主语 I，大大消解了原诗中的含蓄色彩，变成了近乎直陈。由于华兹生译诗采取了这种近乎日常口语的用语进行翻译，原诗中的文学手法几乎完全被省略了，充满隐喻性的修辞也变得明晰直白，学院派诗歌的复杂韵律、古雅措辞、诙谐幽默也未被采用，译诗所彰显的恰是美国当代非学院派诗歌简单、直接、清晰、易懂的表现手法，正合乎当代美国译诗传统的语言文本规范。

　　此外，华兹生还综合运用会话建构与插入语、命令式、碎片化等自然语流（口语）的常用语式进行翻译，表现出当代非学院派诗歌的通俗化特征。在此，我们以杜甫的《哀王孙》为译例做一个说明,见例 5.8(Watson,2002:26)。

例 5.8

原诗	译诗
哀王孙	**Pitying the Prince**
……	…
问之不肯道姓名,	I <u>ask</u>, but <u>he won't tell me</u> his name or surname,
但道困苦乞为奴。	<u>Says</u> only that he's tired and in trouble, <u>begs me</u> to make him my servant.
……	…
豺狼在邑龙在野,	"<u>Wild cats and wolves in the city, dragons in the wilds,</u>
王孙善保千金躯。	Prince, <u>take care of</u> this body worth a thousand in gold!
不敢长语临交衢,	<u>I dare not talk for long</u>, here at the crossroads,
且为王孙立斯须。	But <u>for your sake, prince, I stay a moment longer.</u>
昨夜东风吹血腥,	Last night, east winds blew rank with the smell of blood,
东来橐驼满旧都。	From the east came camels crowding the old Capital.
朔方健儿好身手,	Those Shuofang troops, <u>good men all —</u>
昔何勇锐今何愚。	Why <u>so</u> keen, <u>so</u> brave in the past, <u>so</u> ineffectual now?
窃闻天子已传位,	I've heard the Son of Heaven has relinquished his throne,
圣德北服南单于。	But in the north his sacred virtue has won the Uighur khan to our side.
花门剺面请雪耻,	The Uighurs slash their faces, beg to wipe out our disgrace.
慎勿出口他人狙。	<u>Take care, say nothing of this</u> — others wait in ambush!
哀哉王孙慎勿疏,	<u>I pity you, prince — take care, do nothing rash!</u>
五陵佳气无时无。	Auspicious signs over the five imperial graves never for a moment cease."

《哀王孙》是杜甫所作的一首古体诗,描写的是安史之乱后的境况,叙事时空跨度极大,荡人胸怀,场面恢宏。先描写玄宗仓促出逃,苟且偷生于成都,再至皇族亲贵为避战祸乱,隐匿藏身,最终写到国家乱极必治,劫后重生。在译诗中,华兹生运用了英语口语体来翻译,措辞朴实,句式也比较单一,整首诗十分平易近人,毫无学究气息。在会话结构上,华兹生在译诗中添加了人称 I、you、he 等,原文中不存在或隐性的会话交际方在译诗中完全显现,还相继出现了 ask、tell、say、beg、talk、hear 等具有交际意图的动词,译诗的会话交际意图突出。插入语也是这首译诗用语的特色之一,如"But for your sake, prince, I stay a moment longer.""Those Shuofang troops, good men all —",具有口语体的特点。在翻译"昔何勇锐今何愚"时,华兹生连用三个 so(so keen, so brave in the past, so ineffectual now),这种重复表达既

加强了语气，又有自然语流反复言说的观感。此外，译诗中还多次出现命令式，如"take care, say nothing of this""take care, do nothing rash"，以及碎片化用语等口语体用语，如"wild cats and wolves in the city, dragons in the wilds"等句子碎片（sentence fragment），还有破折号制造的句子破碎感等，而且全诗的后半部分全部被置于直接引语之中，更加增添了译诗的口语感。读者阅读译诗似乎能感觉到作者在与自己进行直接会话，口语体的运用使译诗变得鲜活生动，拉近了读者与译文的距离。

这种译诗用语也同样体现在白居易的译诗中，在此，我们以白居易的《问刘十九》为译例做一个分析，见例5.9（Watson，2000：89）。

例5.9

原诗	译诗
问刘十九	A Question Addressed to Liu Nineteenth
绿蚁新醅酒，	Green bubbles — new-brewed wine;
红泥小火炉。	Lumps of red — a small stove for heating;
晚来天欲雪，	Evening comes and the sky threatens snow —
能饮一杯无。	Could you drink a cup, I wonder?

《问刘十九》是白居易所作的一首五言绝句，描写的是诗人在风雪满天之际，邀友人共进晚宴、把酒言欢、互诉衷肠的情景。全诗朴实无华、言语亲切、简练含蓄、一气呵成，有言尽而意无穷之感，全诗并未出现任何人称，也没有任何明显的交际意图。在译诗中，华兹生在末句将人称关系 I 与 you 点出，并使用一个疑问句（could you drink a cup）和插入语（I wonder）阐明问答关系，使得会话关系明晰化与具体化。此外，短短四行译诗中，华兹生三次使用了破折号将译诗进行碎片化处理，同时使用名词并置的方法，如第二句"green bubbles — new-brewed wine"与第三句"lumps of red — a small stove for heating"，制造语法缺省之感，口语体意蕴十分明显。

从以上译例可以看出，华兹生译白居易与杜甫诗的用语采用了口语体，遵循了当代美国译诗传统的语言文本规范，原诗的文言体在译诗中被折射为英语口语体。这种译诗用语策略得到了许多翻译家与汉学家的肯定，闵福德称"华兹生充分运用了地道的美式会话（authentic American conversation），来翻译汉语古诗中具有讲故事倾向（story-telling）的叙事氛围"（林嘉新，

2020：184）①，在谈及其所译的杜诗时，他认为"杜诗本身是极其难以译成英语的中国古诗，中国文人对其诗歌评价都很高，但译成英语时往往却不那么成功，然而华兹生所译的杜诗十分精彩，是当代最出色的译诗之一"（林嘉新，2020）；著名文学评论杂志《时代文学副刊》（*Times Literary Supplement*）也对华兹生译诗用语称赞不已，称"这位唐代文坛巨匠（白居易）在华兹生的译诗中显得赏心悦目，译诗恰到好处地再现了原诗语言自然简洁之文风"（Reading，2002：33）。

5.1.4 汉学浸润与译诗意义忠实性

梅拉茨（Meylaerts，2010）认为初始惯习是译者职业惯习的基础与前决条件，对其的形成具有重要影响，并在翻译实践中发挥作用。华兹生的初始惯习获益于其良好的汉学教育经历与学术研究背景，多年的汉学浸润造就了其出色的汉语语言能力（尤其是古代汉语），能对汉语古诗的语义与内容有深刻到位的理解与把握，也使得华兹生的译诗可以在内容与语义上高度忠实于原诗。在此以白居易的《编集拙诗成一十五卷因题卷末戏赠元九李二十》为译例作说明，见例 5.10（Watson，2000：69）。

例 5.10

原诗	译诗
编集拙诗成一十五卷因题卷末戏赠元九李二十 一篇长恨有风情， 十首秦吟近正声。 每被老元偷格律， 苦教短李伏歌行。 世间富贵应无分， 身后文章合有名。 莫怪气粗言语大， 新排十五卷诗成。	I've Collected and Arranged My Poems in a Work in Fifteen Chapters. I'm Inscribing This at the End of the Work, and as a Joke Sending Copies to Yuan Ninth and Li Twelfth That "Song of Everlasting Regret" has a romantic ring; The ten Ch'in-chung-yin works are close to what poetry ought to be. Old Yuan goes on stealing my old-poetry style, But I've got "Little Li" completely dazzled by my songs. Wealth and eminence will never be my lot in life, But when I'm gone these writings will surely bring fame. Don't be startled at the big words and boastful tone, I've just finished putting together fifteen chapters of my poems!

---

① 闵福德的对华兹生译诗的评价来源于其在北京的一次讲座中提问的录音，笔者问及了他对华兹生译诗整体风格以及杜诗翻译的评价，闵福德做出了如上回答。

《编集拙诗成一十五卷因题卷末戏赠元九李二十》是白居易所做的一首七律。唐宪宗元和十年（815年），诗人白居易因在朝中直言不阿，作讽喻诗针砭时弊，触怒了权贵，从而遭谗被贬江州（今江西九江）。贬斥期间，诗人在政治上无所作为，内心极为苦闷，故对自身文学创作加以回顾，并"检讨囊帙"，将800余首诗分为讽喻、闲适、感伤、杂律四类，编成十五卷，此诗即为自己诗集题记，兼戏赠友人元稹、李绅。这首七律的首联是作者对自己不同风格诗作的评价；颔联用戏谑、幽默的语言，表达了对老友元稹、李绅不分彼此的深厚友情；颈联是由编集而引发出的对人生的慨叹；尾联表现了诗人创作的甘苦与自信，以及诗集编订后的轻松与喜悦。此诗表面上是对自己文章的夸耀，是对友人的戏谑，而实质上充满了不平、心酸和自嘲。全诗对仗工整，又一气呵成，寓深意于轻松调侃之中，风格亦庄亦谐。

华兹生的译诗几乎逐字译出原诗内容，可回译为："我收集并整理了我的诗作，将其收录在一部有十五章节的著作里。在结束这工作时，我将其作为一个笑话寄给元九与李十二。《长恨歌》有浪漫爱情特点，十首《秦中吟》则接近诗歌应有的面貌。老元时常'偷走'我以往诗作的式样，小李也不得不佩服我的诗歌。财富与显赫的身份从未出现在我的生活中，我身后文章才会给我带来我的声名。别对大话与自夸语气感到吃惊，我刚才把新编的十五卷诗集完成。"华兹生译诗在内容与语义上与原诗保持一致。原诗的"长恨"与"秦吟"指的是白居易所作的《长恨歌》《秦中吟》，华兹生对原诗本意非常熟悉，将其准确译为"Song of Everlasting Regret"与"Ch'in-chung-yin"。"身后"被译为"when I'm gone"（当我离世时），"言语大"被译为"the big words"（大话）都反映了华兹生对原诗语义的深刻把握。

在翻译杜甫诗时，华兹生的译诗也表现出对原诗内容与语义的高度忠实，反映了华兹生深厚的汉语功底与中国文化底蕴。现以杜甫《初月》的英译为例证做一个说明，见例5.11（王红公，1971：17；Watson，2002：58）。

例 5.11

原诗	王红公译诗	华兹生译诗
初月	New Moon	New Moon
光细弦岂上，	The bright, thin, <u>new moon appears</u>,	Frail rays of the <u>crescent</u> newly risen,
影斜轮未安。	<u>Tipped askew in the heavens.</u>	Slanting beams only <u>a fraction of the full circle</u>,

续上

原诗	王红公译诗	华兹生译诗
微升古塞外， 已隐暮云端。 河汉不改色， 关山空自寒。 庭前有白露， 暗满菊花团。	It no sooner shines over The ruined fortress than the Evening clouds overwhelm it. The Milky Way shines unchanging Over the freezing mountains Of the border. White frost covers The garden. The chrysanthemums Clot and freeze in the night.	Barely lifted above the old fort, Already hidden in slivers of evening cloud. Stars of the River of Heaven keep their hue unchanged, Barrier mountains, untouched, cold as before. In the courtyard white dew forms, Moisture imperceptibly drenching the chrysanthemums.

《初月》是杜甫所作的一首五律，首联描绘初月的形状，突出其"细"；颔联描绘初月的光影，突出其微弱娇柔的姿态，并选用"古塞"与"暮云"作为初月升起的烘托背景，使全诗的韵味高雅古朴；颈联是全诗的中心，不仅描绘了高古寥廓的境地，还传递了诗人的精神气骨，"不改色"暗喻诗人的忠贞爱国，"空自寒"暗喻诗人抱定贞直之志，宁为流俗不理解而甘于寂寞的情操；尾联用"菊花团"点明时节正是秋天，有一种淡淡的韵味。全诗抓住初升之月的特色，写出其静、淡、寒、贞，暗喻自己的精神气节，笔触新颖传神。

王红公的译诗在内容与语义上与原诗差异较大，首联"弦岂上"（月弦初现）译为"new moon appears"（新月出现），"影斜轮未安"（月影疏斜，月轮不正）译为"tipped askew in the heavens"（天空中的月亮歪了），原诗中的隐喻与比喻全部被省去，语义也有所损失，显得十分直白。颈联"不改色"本指银河没有改变颜色，隐喻杜甫的气节不变，王红公将其译作"shines unchanging"（照耀不变）与原诗语义差距甚远。尾联"白露"被译为"white frost"（白霜），出现了明显误译，也导致了译者对最后语句的翻译出现了差错，"暗满菊花团"（白色的露水悄悄地盈满了菊花团）译为"The chrysanthemums / Clot and freeze in the night."（菊花团簇，在夜晚结冻）。

华兹生的译诗十分忠实于原诗的语义与内容。首联"Frail rays of the crescent newly risen, / Slanting beams only a fraction of the full circle."将原诗对新月出现、月影浮动的情景完全展现出来了，crescent（弦月）比moon（月亮）也更贴近原诗语义；"a fraction of the full circle"（全圆的一小部分）展现了"轮未安"所指的新月初现的月轮光影。"不改色"被译成"their hue unchanged"

（光影色调不变），"白露"被译成"white dew"（白色的露水）都十分忠实于原文语义与内容，最后一句"Moisture imperceptibly drenching the chrysanthemums."（露水不知不觉地浸润了菊花团）将原诗那种菊花团凝露的缓慢过程描写得极为生动。

华兹生译诗的语义忠实性与其多年的汉学教育与研究背景有关。自1946年以来，华兹生都在哥伦比亚大学与京都大学接受正规的汉语与中国文学教育，其后又曾在哥伦比亚大学、京都大学、斯坦福大学与香港中文大学等世界一流学术机构从事汉语教学与汉学研究。多年的求学经历与汉学浸染使其习得了一流的汉语语言能力与深厚的中国文化底蕴，这些学术成长轨迹塑造了华兹生的初始惯习，使其在译诗时展现出对原文的敏锐语感与深刻理解。

5.1.5　史学性译本结构与详尽笺注

华兹生的白居易与杜甫译诗集在结构上呈现出"史学化"的倾向，不仅所有译诗均按照编年体形式展开，而且在译诗正文前为诗人编写了人生履历中重要事件的年谱，并配有大量的文献类信息以描述诗人的人生经历与重要事件，译诗集的笺注量与频次大幅增加，具有文献性译诗的特点。这种现象的出现与华兹生多年的史学研究有关，即译者的毗邻行业影响了其译者职业惯习之形成。

华兹生的《白居易诗选》《杜甫诗选》均在译诗正文之前编排了诗人的人生年谱（chronology of the life）。他通过32个标志历史事件总结了白居易的人生，并以时间为序编写了人物年谱，其后从历史发展的脉络对这些事件进行了介绍与评述。在描述杜甫的人生经历时，华兹生也选取了24个标志历史事件，同样按照时间顺序编排了人物年谱，并做了历史解释，详见表5.1。

表 5.1　《杜甫诗选》中的诗人年谱

年份	年谱
712	Born in Gong District, Henan. Father, Du Xian, a minor official.
731–735	Period of youthful wandering in area of Jiangsu and Zhejiang (Wu and Yue).
735	Goes to Chang'an to take *jinshi* examination; fails exam.
736–740	Period of wandering in Shandong and Hebei (Qi and Zhao).

续表

年份	年谱
741	Returns to Luoyang area.
744–745	Friendship with Li Bai in Luoyang area.
746	Goes to Chang'an.
747	Takes special exam given by Emperor Xuanzong. Due to machinations of chief minister Li Linfu, all candidates fail.
750	In Chang'an. Eldest son Zongwen born.
753	Second son Zongwu (Pony Boy) born.
755	Outbreak of An Lushan Rebellion. Luoyang falls to rebels.
756	Flees the rebels with his family; settles wife and family at Qiang Village in Fuzhou, north of capital. Emperor Xuanzong flees Chang'an, relinquishes throne to son, Emperor Suzong. Du Fu attempts to reach court of Suzong, but is captured by rebels, detained in Chang'an.
757	In fourth month, escapes Chang'an, reaches court of Suzong at Fengxiang, is appointed Reminder. Incurs imperial displeasure for defending Fang Guan. Ordered to join family in Fuzhou. In eleventh month returns to Chang'an, now in government control.
758	In Chang'an in post of Reminder. In sixth month banished to minor post in Huazhou east of capital.
759	Leaves Huazhou in seventh month because of famine, travels west to Qinzhou. In tenth month goes to Tonggu. At end of year travels west to Chengdu in Sichuan.
760	Moves into thatched hall at Wash-Flower Stream in Chengdu.
762	To escape rebellion in Chengdu, moves to Zizhou.
764	Returns to Chengdu, takes post in local government.
765	Resigns post, returns to thatched hall. In fifth month leaves Chengdu with family, journeys down Yangzi River to Yun'an.
766	Travels down Yangzi to Kuizhou, moves into "western lodge".
767	Moves to Rangxi, later to East Camp in Kuizhou.
768	Leaves Kuizhou, goes down Yangzi to Yueyang in Hunan.
769	Travels in Lake Dongting area.
770	In Tanzhou in Hunan. Hopes to travel on to Chang'an but dies in Tanzhou region near end of year.

　　有了年谱，整部诗集的历史感有所增强，加之译者前言与译诗正文也是以历史的脉络发展展开的，使译本具有一定的文学史与人物史意味，使其与其他的专题性单行本或选读产生了明显的差距。

　　此外，译本的文献性也进一步增强，相对于其早期译诗而言，增加了笺注的数量与频次，如解释原诗的诗体、背景、典故、文化专有项（包括地名、人名、谓称、头衔等）等信息。

首先，华兹生译白居易与杜甫诗的笺注频次较多，大多数译诗都有注释，其中《白居易诗选》译诗 128 首，作注 186 次，作注较多的译诗有《新丰折臂翁—戒边功也》《上阳白发人—愍怨旷也》《初入峡有感》，均为三处，作注最多的是《访陶公旧宅》，总计 6 处。《杜甫诗选》译诗 135 首，作注 221 次，作注较多的译诗有《奉赠韦左丞丈二十二韵》《哀王孙》《醉时歌》《谒文公上方》《夜（一作秋夜客舍）》《秋兴八首（其二）》《秋兴八首（其六）》，均超过 3 条。这些注释往往比较繁复，相较于前期译诗有大幅度增长，且笺注文献丰富，引经据典，有的笺注甚至用词数甚至远超译诗正文，颇有文献考证的史学意味，而非对原诗难点或背景信息的泛泛之谈。

其次，作注之处基本是民俗风情、人物关系、地名典故等中国文化独有且读者难以理解的地方①。如《白居易诗选》中，华兹生对"非男犹胜无"（出自《念金銮子二首》）中所蕴含的中国封建家族家业传承中重男轻女的旧俗，做出了详尽解释；《杜甫诗选》（2003）中的《得家书》（"A Letter from Home"）一诗中，华兹生为"熊儿"（bear cub）、"骥子"（pony boy）作注，解释为"熊儿是杜甫的长子的小名，骥子是杜甫次子的小名"（Watson，2002：38）。在《别赞上人》（"Taking Leave of Abbot Zan"）中，华兹生按照自己的理解对"杨枝"（willow branch）做了注释，并对自己理解做了说明："杨枝可能是指前一年杜甫与赞上人在长安的分离，因为杨枝是分别的象征。这行诗文很晦涩，肯定还有别的理解。"（Watson，2002：65）这些注释体现了华兹生细致入微的考证与对诗人人生履历的细致研究。

最后，华兹生还对每首诗的格律、诗体、主题、创作时间与背景等信息做了详尽说明。如他对杜甫的《发秦州》（"Leaving Qinzhou"）简介如下："五言古体诗；写于公元 759 年末，正值杜甫离开秦州前往汉江之发源地——同谷之时，因为他听说那里物产丰富。"（Watson，2002：67）在介绍《别赞上人》的背景信息时，华兹生的注释表现出了深厚的汉学功底与考证意识，

---

① 事实上，即使是以汉语为母语的中国读者在初学时，也需要借助一定的注释来理解诗文，用汉语编纂的中国古诗选读本也有部分注释。因此，华兹生的注释起到了助益理解的作用，而并非纯粹的严肃学术研究。

用了大段文字加以介绍："五言律诗，创作于公元759年。诗人的注解这样写道：'赞上人是京城大云寺的住持，但也被放逐至此'。杜甫与赞上人宰辅房管（697—？）关系密切。但房管于公元758年被唐肃宗罢相而被流放。或受其牵连，赞上人也被赶出长安。诗句最后的'长'字是秦州所在地甘肃地区的通名。"（Watson，2002：63）这种介绍极尽丰富地叙述了原诗诗体、创作背景、相关任务等信息，史料意味浓厚，这与前期几乎不作注或简约作注的方法形成鲜明对比。

这种译诗文本历史化与文献化的现象之出现是译者职业惯习受到毗邻行业塑造的结果。自20世纪70年代以降，华兹生全身心地投入了史学研究之中，先后在多所大学任教，后在日本和中国任专职研究员。期间出版了多部中国史学著作与译作，如《古代中国的朝臣与庶民：班固〈汉书〉选译》（*Courtier and Commoner in Ancient China: Selections from the History of the Former Han by Pan Ku*，1974）、《关于中国早期史学典籍的看法》（*Some Remarks on Early Chinese Historical Works*，1982）、《司马迁：历史学家及其作品》（*Ssu-ma Ch'ien: The Historian & His Work*，1985）、《〈左传〉：中国最古老的叙事史选篇》（*The Tso Chuan: Selections from China's Oldest Narrative History*，1989）等。史学研究讲求文献资料的丰富性与权威性，以及事件关联的条理性与逻辑性，这要求研究者需要具备较高的文献意识与考证能力。通过多年的史学研究与译介意识，华兹生形成了自身的史学家职业惯习，并影响了他此时期译者职业惯习的形成。

华兹生的白居易与杜甫译诗集流露出明显的史学研究的痕迹：译诗编排以编年体形式展开，并为诗人编写了重要事件人生年谱；译本的注释数量与篇幅较前期译诗大幅增加，译诗颇有历史的厚重感；译诗前言对诗人经历的历史脉络、创作风格、政治信仰与仕宦沉浮均做了较为详尽的解释，具有一定的历史文献性。这也使得源文化信息被进一步地折射到了译诗中，使美国读者能通过译诗的文献性信息进一步了解中国文化。

综上所述，华兹生译白居易与杜甫诗的文化折射性之生成，是译者职业惯习在实践与交往中，受到翻译规范、初始惯习与毗邻行业合力影响的结果。译诗本着对中国文化与汉语古诗与的深入探究的初衷，以代表性与经典性为依据进行了译诗选目，彰显了诗篇在中国文学史上的地位；运用自由体将汉语古诗的诗艺技巧折射入东道文化，产生了译文杂合的现象；译诗用语启用口语体，力求使译诗具有当代美国诗歌的诗性；深入理解原诗并贴近原诗翻译，使译文具有内容与语义的忠实性；注重笺注的文献性与历史性，使译诗成为具有文学史价值的读物。

译诗的文化折射性体现了华兹生对源文化异质性的关照，体现了美国文化对中国文化异质性的包容与尊重，是当代美国汉学界对中国文学认知层次跨越式发展之结果，也赋予了译诗在新语境中的世界文学特性，愈加分明地将中国古诗的形式特色、审美旨趣与艺术手法等折射进译诗，是汉语古诗在新语境下的"重生"。

5.2 白居易、杜甫译诗的折射性与翻译书写之"得"

东道语境下世界文学椭圆形文化折射性的变化使得华兹生第二阶段译诗也呈现出不同的文化折射性，这是新语境下华兹生对汉语古诗与美国诗学、文化范式与审美习惯进行折射性翻译诗学阐释之结果。这种切合语境的译诗使得汉语古诗进一步地被介绍到美国，并迅速被收入世界文学选集，拓展了其流通空间；译诗中所展现的汉语古诗的形式特点使其异质性与民族性进一步地得到凸显，译文杂合也有利于译诗获得审美的陌生化效果；译诗所呈现出的代表性与经典性倾向使其与其他译本产生了差距，更多地展现了诗人的诗学追求与风格，以及其诗文的文学品质与诗艺技巧，是东道文化语境下译者对中国古诗的新阐释，丰富了汉语古诗的内容。

5.2.1 译诗流传性

华兹生译白居易与杜甫诗进一步扩展了汉语古诗在美国的流传性，也将汉语古诗在美国的世界文学地位提升到了新层次。华兹生所译的白居易与杜甫诗译本在美国具有良好的市场反应，即使是在有诸多平行译本同台竞争的情况下，译本也获得了极佳的销量，也被许多图书馆广泛收藏，并作为教科

第 5 章　当代汉学研究的演进与华兹生译白居易、杜甫诗

书或参考读本在美国大学课堂流通；同时，其译本具有较高的认可度，得到了汉学家、文学推介机构与普通读者的广泛关注与赞赏，发表了许多针对其译本的书评与评论。这些情况的出现使华兹生的译诗具备了较强的流传性，极大地拓展了白诗与杜诗的流通空间，也提升了中国古诗在美国的流通情况。

一经出版，《白居易诗选》《杜甫诗选》就取得了较好的销量。据图书馆联机检索系统"世界猫"的统计数据（截止至 2016 年 7 月），美国共有 291 个图书馆收藏有《白居易诗选》，且分布于美国的绝大多数州府，是美国流通的白居易译诗单行本中市场效果较好的译本[1]；845 家藏有《杜甫诗选》，位居美国所有杜诗英译单行本之首[2]，市场效果十分显著。根据"好读物"的数据（截止至 2016 年 7 月），《白居易诗选》《杜甫诗选》的推荐指数均高达 4.0，与欣顿的两个译本（推荐指数分别为 4.38 与 4.24）同属读者非常青睐的译本；在亚马逊网站上（截止至 2016 年 7 月），华兹生的两个译本也表现不俗，属 4 星级推荐译本。由此可见，华兹生的两个译本在美国具有较好的市场效果，得到了美国图书馆和读者的关注与推荐，因而拓展了白居易与杜甫诗文在美国的流通空间。

这种流通度与译本的出版目的与途径有较大关系。首先，两个译本同样也是作为"东方经典著作译丛"出版发行，作为经典系列丛书和许多美国大学的东亚系教材，该系列历时 60 多年，至今仍译作频出，在美国发挥着重要作用，在美国的东亚研究界拥有重大影响力。其次，哥伦比亚大学出版社也是美国顶尖的学术出版社，在美国享有较高的声誉，也易于得到各大图书馆与读者的关注；加之华兹生在中国典籍翻译领域多年的翻译实践，其不少译作也成为美国读者认可的翻译经典，其翻译成就也为学界所公认（见第 3 章相关论述），其译本的经典地位不言自明，有利于其译本得到市场的认可。总之，译本的流传性是各种因素交织影响的结果，是美国译本市场选择的结果。

此外，专业界对其译本的关注及评价也可为译本的流传性提供了佐证。

---

[1] 在这一时期的单行本中，欣顿所译的《白居易诗选》（*The Selected Poems of Po Chu-I*）也是在这一时期有较大影响力的白居易诗歌单行本，共计有 229 家美国图书馆收藏该译本。

[2] 欣顿所译《杜甫诗选》（*The Selected Poems of Tu Fu*）是这一时期有较大影响力的杜甫诗歌单行本，收藏该译本的美国图书馆有 441 家。

英国著名诗人皮特·瑞丁（Peter Reading）对《白居易诗选》大加赞赏，称"这位唐代诗人（白居易）作品的翻译令人感到愉悦，译诗恰到好处地再现了原诗刻意为之的简洁语言，还原了原诗中日常生活经历的喜与悲，这些正是诗人作品特点的表现"（Reading，2000：33）；美国著名翻译家、威斯康星大学东亚系教授倪豪士也对其大加推介，认为"华兹生是位极其出色的翻译家，也是继韦利之后，将中国文学翻译给英语读者最多的译者……毫无疑问，华兹生的译诗（指《白居易诗选》）极有可能引起21世纪美国读者的强烈兴趣"（Nienhauser，2000：189）。美国杜甫研究专家、纽约州立大学东亚系教授蔡涵墨对《杜甫诗选》推崇备至，认为"华兹生是过去四十年来最成功的中国诗译者，此番杜甫与华兹生的'联姻'实为研究中国诗的西方学者所久盼，其杜诗翻译也定会广受欢迎"（Watson，2002：封底）；陈伟强也对该译本赞叹不已，称华兹生的译本"展示了一个简明扼要的译本与对中国最伟大诗人杜甫的全新视角，自然对于普通读者而言是一本令人愉悦的初级读物，对于唐诗专家而言也有可能具备一定的使用价值……华兹生的译诗是准确性与可读性之间平衡的最佳例证"（Chan & Keung，2004：313）。

综上所述，华兹生译白居易与杜甫诗具有较强的流传性，使两位诗人及其名下诗文得以透过翻译"借帆出海"，进一步进入了美国的流通领域，获得了更广阔的读者群体，并不断地被阅读、欣赏与评论，译诗由此进入世界文学流通领域，为译诗的世界文学特性奠定了基石。

5.2.2 形式折射性与中美诗学之对话

华兹生通过白居易与杜甫诗进一步地将汉语古诗学介绍到了美国，促进汉语古诗学的异质性与美国当代诗学的本土性进行对话融合，并以有机译诗体的形式得以呈现，汉语古诗的诗艺技巧得以透过自由体折射入东道文化，并在新语境中继续发挥诗学与文化交流的作用。

20世纪70年代以降，美国英译汉语古诗传统逐渐也随汉学研究的学院化，呈现出专业化与职业化的倾向，译者群体已从以业余爱好者为主逐渐转为以专家学者为主。在译介初期，美国业余译者大多基于自身的本土经验，主观地"读出"汉语古诗的诗艺技法与审美倾向，并以本土诗学为参照系进行译诗。无论是早期的"意象派"文学运动中所盛行的意象并置、意象叠加、拆字表意,还是"逆向文化"运动时期对禅道意境再现的强调,都有强烈的东道文化诗学的色彩,都是基于本土视野来审视异质文化,所求的是类比的相似性与同质性,"求同"的主张远大于"尊异"的诉求,所持的是一种"为我所用"的东道文化立场。由于符合本土诗学的期待,译诗诗性较高,接受性也因此普遍较强,但汉语古诗的形式特点在译诗中几乎被消磨殆尽,译诗充分性不高,也产生了中美诗学形式具有高度共通性的假象,采用这种抹杀差异性的译诗方法所形成的译诗,对汉语古诗形式特点的漠视与误解是不言而喻的。与业余译者截然不同,专家型译者群体则反其道而行之,在翻译中所持有的是中国文化的立场,极力展现汉语古诗的形式特点,如宇文所安、韩禄伯等汉学家的译诗力图展现文言格律诗的形式特点,即使是碍于语言文化的不可通约性,有些形式特点难以通过译诗展现,他们也试图通过详尽繁复的笺注进行澄清说明,"尊异"成了这一群体译诗普遍的文化立场。

此阶段,华兹生延续了在英语自由体中折射出汉语古诗之诗艺特点的翻译主张,以彰显其文化异质性,并通过文献性注释阐明每首诗(原诗)的诗体与格律的特点,即使是不懂中文的读者也能透过其译诗及其注释[①],大致了解原诗的形式概貌。陈伟强称"华兹生力图在译诗中展现杜甫诗歌中的一些重要形式特点"(Chan & Keung,2004:313)。但华兹生也明确反对译诗对原诗亦步亦趋的形式策略,因为这会让译诗"听起来很勉强与机械"(Watson,2003:xxii),译诗的文化折射性需要以东道文化的诗学形式作参考,并由此产生了格律诗与自由诗的译文杂合。"混杂化是一个文学性问题,是将源语文本的诗学特征与目的语的诗学特征相混杂而产生新奇的修辞效果,制造目的语文本的文学新奇性。"(陈琳,2010:19)虽然经过多年的翻译实践,华兹生译诗的形式杂合策略逐渐成为其译诗的主要特点,语境的变化也使得译诗诗学的先锋性与创新性逐渐减弱,但因采用这种译诗方法的译者与译诗量仍相对较少,加之美国读者对汉语古诗的认识还处于发展阶段,

---

[①] 在前言部分,华兹生对白诗与杜诗的诗体、韵律的总体特点加以说明,并在每首译诗中点出诗体形式,使译诗中无法表达的形式,通过笺注得以补充。

还远未达到大致了解汉语古诗形式特色的程度，所以"美国人所接受的东方或中国，仍然是片面与偏狭的，仍然不脱西方几百年来的模式：他们向往的是中国古代文化的神秘与怪异"（钟玲，2003b：197），汉语古诗的形式特点对大多数美国读者仍具新颖奇特之感，故这种形式的杂合策略对美国读者仍具有陌生化的文学效果。有鉴于此，华兹生译白居易与杜甫诗的译文杂合依然具备"新奇"的特点，易于使译诗获得陌生化文学效果，因为"翻译文学的新奇性使目的语受众不断有新的阅读发现，激发他们对文化'他者'的审美兴趣，激活阅读欣赏过程"（陈琳，2010：13）。

正如达姆罗什所言，"优秀的翻译，不是不可调和的源视野的丧失，而是增强了读者与译本之间自然和谐、创造性的交流。一首诗歌或一部小说正是通过与读者个人经验相适应，才获得历久弥新的文学效果"（Damrosch，2003：292）。对原文的改变"不仅决定于接受语言与文化，而且还决定于对原文的阐释，因为这种阐释本身就包含着对源文化的认知和了解"（Venuti，2013：195）。由于华兹生在译诗中所展现的对原作的尊重和对"异质"文化的开明态度，译诗形式既非抹杀差异的一味"求同"，也非不可通约地全然"求异"，而是基于对两种文化的充分尊重，采取对两种文化双向关照的立场，在正视差异的前提下，使中美诗学进行对话、协商与调适，最终达到一种既满足东道文化的诗学期待，又能尽力展现源文化诗学特色的译诗形式。译诗所强调的是诗学的对话性：原诗的形式活力透过译诗得以展现，充分展示了汉语格律诗的和谐平衡之美，又与东道诗学进行对话融合，兼取英语自由诗的洒脱、灵动与自然之长，获得了新的诗学活力，是白居易与杜甫诗文生命的新阶段，是新语境下原作之新生。

5.2.3　译诗阐释性与汉语古诗的经典性

华兹生基于代表性与经典性原则的译本开拓了白居易与杜甫诗英译在美国的新局面，也使二者在内容上获得了一个新阐释。在文化态度上，华兹生选择了回归原诗生成的源文化语境，以"回归历史传统"的方式建构了白诗与杜诗译文，进一步揭示了汉语古诗的异域特点，译诗中所呈现的诗人形象与文学品质也更符合二者在中国文学上的定论与评价，使得白居易与杜甫的诗人形象与诗文品质得以通过译诗较为客观地呈现,丰富了美国对白居易与杜甫的阐释。

在美国的汉语古诗英译史上,白居易与杜甫是较早走入译家视野的中国诗人,历代译家对二者诗文均有较高的评价,被翻译频次与数量较多,各类文学选集也频频将其译诗收入,且比重颇大,因而在美国具有较高的知名度与影响力。其中较有影响力的白诗译本有韦利所译《白居易的生平与时代》（*The Life and Times of Po Chu-I*）[①]与欣顿的《白居易诗选》（*The Selected Poems of Po Chu-i*）;杜诗译本有罗伯特·佩恩（Robert Payne）在《白驹集》（*The White Pony*）中选译的40首杜诗、王红公所译的杜诗[②]、洪业的《杜甫:中国最伟大的诗人》（*Tu Fu: China's Greatest Poet*, 1952）、汉米尔的《对雪:杜甫的视域》（*Facing the Snow: Visions of Tu Fu*, 1988）[③]与欣顿的《杜甫诗选》等。此外,还有许多文学选集中零星收录了白诗与杜诗的部分篇目,如翟理斯的《古文选珍:诗歌》（*Gems of Chinese Literature: Verse*, 1923）、《古文选珍》（*Gems of Chinese Literature*, 1884）和《古今诗选》（*Chinese Poetry in English Verse*, 1898）、L.克莱默·宾（L. Cranmer Byng）的《玉琵琶》（*A Lute of Jade*, 1909）与《灯笼节》（*A Feast of Lanterns*, 1917）、弗莱彻的《英译唐诗选》（*Gems of Chinese Verse*, 1918）与《英译唐诗选续篇》（*More Gems of Chinese Poetry*, 1919）、弗洛伦斯·艾思柯与洛威尔的《松花笺》（1921）、宾纳和江亢虎的《群玉山头》（1929）、庞德的《神州集》等。但因译本规模与篇幅所限,大多数译诗选集中的白居易与杜甫诗篇数量较少,选目也有一定的偶发性、任意性与片面性,读者也很难通过几首译诗窥得诗人创作成就的全貌,更遑论对诗文加以品评,也很难寻觅译者对原诗阐释的确凿证据;相反,单行本的译诗量颇为丰富,一般多达上百余首,读者也能通过选集较为清晰地认识诗人的文学品质、创作风格与诗学主张,这种认识往往也会因译者的认识层次、期待视域、文化需求与诗学传统等因素的影响,呈现出文学变异

---

① 这些译诗也被收录于韦利所译的《中国诗译选》、《一百七十首中国诗》与《中国译诗增选》（*More Translations from the Chinese*）等选集中。

② 主要收录于王红公的译诗选集《中国诗百首》中。

③ 汉米尔的译诗选集《跨越黄河:唐诗三百首译》（*Crossing the Yellow River: Three Hundred Chinese Poems*, 2000）也再次收录了《对雪:杜甫的视域》中的绝大多数杜诗。

的现象，因此单行本更能反映译者对原诗的阐释。

一般而言，由于中国诗人创作量巨大，且诗文质量也有高下之分，"中国古典诗歌进入英美诗歌这一新的文学系统是一个被选择的过程"（章艳，2016：190），选译是译诗时常使用的形式，选译本也是西方读者了解阅读中国古诗概貌的便捷方式。译诗选目决定了诗人形象与文学品质以何种形式进入译入语读者的视野，具体而言，译诗选目决定了译诗来源、译诗内容、译诗数量以及译本编排，也决定了读者对诗人审美旨趣、文化形象及其名下诗歌的文学品质的印象与认识。上述白诗与杜诗单行本均具有较强接受性与流传性，有效地加强了美国对白居易与杜甫诗的整体认识，但因译诗的文本选择的目的、标准与偏好各异，所选译诗在主题、题材、体裁等方面有显著差异，且译者的文化态度与其对诗文的认识不同，翻译策略也因人而异，译诗所建构的诗人形象与诗歌品质往往与实际情况有所偏离，有时甚至相去甚远，不可能全然再现诗文原来的整体面貌，译本都具有个性化与本土化的趋势，是美国东道文化语境下的文本再阐释。欣顿的《白居易诗选》中绝大多数译诗都是佛教、山水、田园等主题，这与欣顿所信仰的深层生态主义与道禅哲学有较大关系，他也曾在多部译作的序跋中阐明过中国道禅哲学与深层生态学共通性，因此其译诗"着力将中国古代哲学传统以及中国山水诗歌中所蕴含的宇宙自然观介绍给西方"（陈琳等，2016：88），且入选诗歌"几乎全部是简短、简明的篇目"（Liu，2003：205），译本试图再现白居易"毫不费力的质朴、惊奇与洞见，揭示了白诗最为深刻的维度，即对（诗文）简洁与直接的信赖"（Hinton，1999：xvi）。韦利所选译的白居易诗也表现出个性化阐释的趋势，多选译有关战争、动荡、分离的篇目，因为译者试图"将白居易定位于他身处的动荡年代"（Pulleyblank，1950：195）。几个杜甫译本也有同样情况：佩恩"选译了众多以描写战乱为主题的杜诗，凸显了英译杜诗的社会属性，也赋予了杜诗英译更为深刻的时代意义和价值"（李特夫，2011a：82）；王红公的译诗极力展现一个"抒情的杜甫"（Minford & Lau，2000），基于此，他在《中国诗百首》中选录了35首抒情诗，但刻意回避了爱国、离别、流放与战争等主题；汉米尔极力强调译诗的诗性，主张译诗应符合当代美国诗歌的诗学标准与审美旨趣，"就是要用当代美国英语以诗译诗……正是出于这种诗情诗味的考虑，译者选择的重点是杜甫关于友情、家庭和自然的诗歌,而政治诗选择较少"(文军,2014:96);欣顿译诗十分强调译诗作为英诗的"引人入胜的诗学声音"(Hinton,1989:xiv),强调"在英语中塑造一个相对应的形态,以一套新的系统重塑杜诗中的不确定性,就像杜甫所创作的诗歌是用当下的英语写成的一样,而并非去解决原诗中的不确定性问题"(Hinton,1989:xv)。

华兹生译白居易与杜甫诗发生于20世纪初,此阶段中美政治、经济、文化、教育等领域的全面交往日趋成熟,中美文化的异质性对话已不再是彼此的肆意曲解、主观解读,而是尊重彼此差异的共存,彰显并尊重文化差异成为当下文化交流的主旋律。华兹生的译本则从代表性与经典性角度展示了中国文化传统下的杜甫诗文,以区别于以往读本过度"脱体"于中国语境的本土阐释。如两个译本中均开宗明义地说明了其译本选目是基于诗文在文学断代史上的地位,即经典性与代表性,同时兼顾诗人的创作维度,其目的在于通过这些代表性篇目彰显诗人的文学品质与文化形象。换言之,华兹生的译诗选目在于建构一个贴近源文化传统下的"客观真实"之存在,既非抹杀文化异质性,通过文化过滤性选目,将其同化为美国本土诗歌所乐见的主题与内容,亦非基于译者的诗学主张,通过个人偏好性选目,对其进行大胆、主观的实验性译诗阐释。

白诗与杜诗单行本均在选目上比照二者在中国文学断代史上的地位与评价。《白居易诗选》参考了中国学者朱金城编纂的《白居易集笺校》译诗选目,重点选录了"表现人的日常生活、描写安静满足个人的诗歌"(Watson,2000:x),因为这些诗"代表了白居易诗的主要风格,具有代表性,也对后世产生了极大的影响力"(Watson,2000:x),同时译本试图涵盖白居易的创作维度,还选录了其他类别的诗歌,如与元稹的书信,以及描写社会动荡、民生疾苦与佛禅主题的篇目等。《杜甫诗选》共收录了135首杜诗,选译原则为诗文本身的"代表性",同时为展示杜诗全貌,也有部分其他类别的诗歌入选。正如华兹生所言,"在我所选译的135首杜诗中,绝大多数是杜甫最知名的篇目,还有部分我认为值得被关注、但'名气略小'的篇目"(Watson,2002:xi)。

由于译本的流传性较强,白居易与杜甫的诗人形象与诗歌特点通过华兹生的译本得以重塑,产生了经典性的内容表达与诠释①,以通过回归源文化文学评价与审美旨趣的译诗选目,诗人的文学气质、文化形象以及其名下诗歌的文学品质得以客观呈现,白居易与杜甫诗的诗性与艺术在新语境中被再次激活。

当然,华兹生对白居易与杜甫诗的阐释难免也带有当下西方汉学界学术成果与普遍认识的痕迹,引证也频频源自汉学家或评论家之手,但因当下西方汉学界对汉语古诗的认识已在很大程度上打破了民族、国家与学科等壁垒,当下的研究成果内容丰富、视角多元、层次深入,许多研究成果均是中美学界理论突围与话语争锋之产物,虽然在研究范式与观点上仍然保持美国本土研究的特点,如重视文本细读、理论意识、实证逻辑、比较诗学等论题,但许多一般性的认识与中国学术圈已经基本一致,故美国当下的汉学研究也在一定程度上反映了中国学术圈的观点与认识。

两部基于代表性原则的译本与其他平行译本相比有明显差异,对白诗与杜诗的译介也从非历史语境化、主观自发的平面化方式,拓展到文学史与语境的立体化空间进行考订,丰富了白居易与杜甫诗在美国译介的内容、谱系与维度,也为白诗与杜诗在英语世界的阅读与流传提供了一个新的视角。

《白居易诗选》《杜甫诗选》作为翻译文学,使得白居易与杜甫诗在美国世界文学场域中得以丰富、延续与流传。译诗释放了原诗的话语张力与艺术活力,再次表现了原诗的意义不确定性、文本开放性与多元阐释性,使原诗文本在新语境架构下得到拓展转换、重获新生,再次展示出中国古诗历久弥新的生命活力。

5.3 全球视野与白居易、杜甫译诗的超然阅读模式

华兹生译白居易与杜甫诗之世界文学特性的获得也有赖于其阅读的超

---

① 但这种代表性阐释同时也必须立足美国当下的文化语境才能获得成功,因接受语境与读者期待的制约,华兹生在形式上继续采用自由无韵诗体进行译诗,并采用译文杂合的方式对自由无韵诗体加以改造,使诗歌形式与内容的艺术张力在译诗中得到释放,达到了新的统一与和谐,锻造出了以可读性为依托的有机译诗体。

然性，这种阅读的超然性之获得是译者阐发与读者阅读合力作用之结果。首先，华兹生作为译者依然秉持着超然于中美文化的心态，在新语境架构下对白诗与杜诗进行了阐释，使其不囿于源文化与东道文化的羁绊。其次，中美交往的加深也使得美国读者对汉语古诗的理解有跨越式的发展，进一步地体察、包容与接受其异质性与民族性，读者的阅读心理从异域猎奇转变成尊重欣赏的姿态，也超然于本土文学的藩篱与民族本位的狭隘思维，以全球视野欣然接受译诗的合法性与艺术性，品评异域文学的奇妙瑰丽。

5.3.1 汉学研究与华兹生译诗的超然性

华兹生此阶段译诗阅读之超然性是其秉持超然于两种文化的心态，在新语境架构下对原诗进行语境化阐发之结果。

首先，中美两国在政治、经济、文化等各领域交往的深入，使美国对中国文化的整体认识层次、程度有显著提高，领域有明显扩展，已经不再囿于"东方风情"或"异域猎奇"的想象。"学术界的彼此交流、借鉴已经不受明显的地域限制，西方学者对中国及中国文化的认知也提高到前所未有的高度，文化隔膜得到了很大程度上的消解"（江岚，2009：300），西方对中国事务的整体认知也较先前的任何时期都更客观中肯，见识的深度与广度均远超从前。中美文化双折射下的世界文学空间呈现出尊重包容彼此异质性与多元性的特点，对彼此文化范式深入探究，以达到了"存异"和谐共生的态势。一方面，认识的加深触发了美国对中国文化异质性的接受层次，使其在一定程度上超越了西方文化范式的羁绊，从而跳出了对中国事务进行"文化过滤式"品评与鉴赏的既定模式，视野更加客观、全面与深入；另一方面，西方的文化素养与人文传统，使美国读者能充分运用西方认识事物的方法与视角来看待中国文化，使其视野不再过分拘泥于中国传统文化范式，认识更具开阔性、洞见性与批判性。这种超然的文化语境条件为华兹生对汉语古诗进行超然性解读提供了外部保证。

其次，华兹生也深受这种文化语境的浸染，并在新语境中形成了对待异质文化更加开明的态度。20世纪70年代以后，华兹生积极地投入汉学研究的领域，研究领域涵盖了史学、哲学、宗教和文学等，对汉语古诗的理解与研究已达相当深入的程度，如《白居易诗歌中的佛教因素》《哥伦比亚中国诗选：从早期到13世纪》中对汉语古诗的评论与介绍，以及对倪豪士、欣顿、白安妮（Anne Birrell）等译者的译诗评介等，均体现出相当高的认识层次与研究水准；其次，他还广泛地与美国汉学家如宇文所安、海陶玮、倪豪士、韩南（Patrick Hanan）、柯睿、韩禄伯、白牧之、白妙子与傅汉思等进行学术交往与争鸣①；此外，华兹生的译作与论著还频频引证日本与中国的相关研究成果，如吉川幸次郎、朱金城等。认识层次与研究水平的提高使华兹生对中国汉语古诗的异质性的理解也愈发深刻，也使其进一步地认识到了中美文化的差异与特质，认识视野也愈发开阔，已不再满足于通过本族立场来认识汉语古诗。同时，华兹生对汉语古诗的认识也并未严守中西文化立场的分际，在认识论上也不难觅得西方学术范式的痕迹，如其对白居易的研究频频引证宇文所安与韦利的观点，《哥伦比亚中国诗选：从早期到13世纪》中对寒山的文学史定位也遵循西方学界的既定框架。华兹生所持的超然于两种文化的学术态度，为其对白居易与杜甫诗进行超然性阐发提供了内在动力。

在此阶段的译诗实践中，华兹生充分地将这种超然的文化态度付诸其译诗选目、形式与笺注当中，译诗充分关照了汉语古诗的异质性，无论是选目、形式还是笺注都进一步地关照了白居易与杜甫诗的文学史地位、评价与观点，而并非仅仅囿于美国学界的既有定论。选目上，华兹生尽量地贴近源文化传统对诗歌文学品质的定位，力求全面性与代表性，其目的就在于试图通过译本再现诗人及其名下诗歌"客观真实"②的存在（见5.1.1小节）；形式上，尽可能地在当下英语诗歌传统可接受的范围内折射出汉语古诗的诗艺技巧（见5.1.2与5.1.3小节）；笺注上，以文献考证与史学研究的思路，对原诗的背景信息与诗人的人生履历做了历史文献性的归纳与解释，以求给予读者客观的认识（见5.1.5小节）。由此可见，华兹生译诗并没有采取"类比"的模式，将汉语古诗与英语诗歌同质化，也没有采取"对立"的模式，将汉语古诗译成佶屈聱牙、不知所云的"有字天书"，而是采取了超然于中美文化的

---

① 华兹生在这一时期多次为上述学者撰写书评，评价其译文质量与学术观点，还曾与白牧之与白妙子夫妇多次进行学术商榷。

② 当然，这种"客观真实"具有相对性，并非绝对真理，这是由阐释多元性与文本开放性所决定的，译文可以接近真实，却不可能达到绝对真实。

态度，以对话的姿态体察二者之差异，以合作的方式寻求二者之共存，因而有效地促进了中美诗学之交流。

从以上分析可以看出，华兹生为译诗所做的种种努力，都是试图愈加分明地折射出中国文化，译诗是中美文化与诗学在新语境下合力作用之结果，这为读者阅读之超然性提供了先决条件与必要基础。

5.3.2 认识层次与读者阅读译诗的超然性

此阶段译诗阅读之超然性同样也是读者秉持超然于两种文化的心态，对译诗进行有效阅读之结果，这种阅读的超然性之形成具有深刻的社会文化背景。

相较以往，当下的美国文化语境已经发生了结构性的改变，使得西方中心主义与民族本位思想也遭到了进一步的消解，包括中国文化在内"弱势文化"[①]的在场感与异质性也由此得到了进一步的展现。随着各国文化交往的扩大，以及全球化语境下文化差异性的愈发凸显，越来越多的各国文学被不断地译介到美国，各类区域或国别研究的蓬勃发展，以及各层次间的文化外交日益加深，使得美国民众对待非西方文化的心态也悄然发生了变化，多元主义日益成为时代的节奏，固有的民族中心主义之壁垒逐渐坍塌，对异质文化的包容度与接受度与以往相比有了较大提升。"越来越多的读者对民族文学中'新'、'异'表现出极大的兴趣。大量民族文学被不断地译介到美国，当代读者对'异质'的态度也愈加开明"（林嘉新、陈琳，2015：117），他们对非本族文学的态度也逐渐超越了既有的民族文学阅读模式，转而以一种肯定与赞赏的姿态正视其文学式样的艺术价值与人文精神，对异质文明的尊重与包容逐渐浮于社会话语的表层，并开始引起越来越多有识之士的重视[②]。

---

① 所谓"弱势文化"是指相对于美欧主导的西方文化而言，中国文化在美国的在场感与可见度较弱、影响力也较弱。

② 值得注意的是，这种对中国文化的包容、尊重与接受具有相对性，是相对于以往肆意曲解、主观解读而言的，但并没有完全消解西方中心主义的思维；从现行的世界文学版图与翻译的流向来看，中国文学依然是很弱小与隐性的，进入美国世界文学版图中的中国文学作品数量远远比欧洲文学甚至日本文学少得多，对中国文学的研究与认识也难免有西方思维与认知的定式。

同时，美国民众对中国文化也有了进一步的认识，通过彼此之间的各层次交往，中美民间的相互理解与包容也逐渐加深，对中国文化也不再囿于想象与憧憬，抑或"拿来主义"式的主观读取，认知层次愈发全面与客观。改革开放以来，中国的综合国力得到了全方位的持续增强，国际地位也逐步提升，在国际事务中扮演的角色也日益重要。包括美国在内的世界各国对中国产生了更大的兴趣与关注，美、法、英、德、俄等主要西方国家都通过举办"中国国家年"、"中国文化研修营"、各类奖学金等教育文化项目，增进西方民众对中国的了解。就美国而言，美国富布赖特基金会、哈佛燕京学社、卡耐基梅隆基金会、福特基金会、东西方学术中心等机构为中美文化交流做出了巨大贡献，这些机构通过设立各种与中国相关的文化教育项目，使相当数量的美国民众（主要是知识分子）得以前往中国体验中华文化；信息化时代的来临有效地促进了文化的交流，美国民众不出国门也能通过各种新媒体了解中国文化；在学术研究上，中国研究在美国成为一门学科，学习汉学或研究中国的人数都较以往有显著增长，汉语也成为许多美国大中小学的外语选修科目。中国也在这一过程中发挥了建设性作用，通过设立各类奖学金与文化夏令营，许多美国青少年得以前往中国学习汉语、领略中国文化；同时加强了与美国学界的往来，资助了许多汉学家与学者前往中国考察、访问、出版译著与专著。这使得美国民众对中国文化有了更加全面深入的理解，文化隔膜与语言障碍得到了进一步的消解，看待中国事务时也变得更为客观全面，与以往那种充满主观判断的臆想或憧憬有了较大进步。这使得美国读者在阅读中国文学时也更能超越西方思维的定式，以欣然接受的姿态对待中国文学的异质性，领悟其文学性与艺术性。

文化语境与文化态度的转变使得美国读者对华兹生所译的白诗与杜诗进行超然性的解读成为可能。根据亚马逊网站的评论，有读者对华兹生的《白居易诗选》评论[①]道："我自己读过这本特别有价值的译本，也喜欢他翻译的其他作品。一直以来，他的译本都十分可靠且广受尊重"（Edward C. Carpenter）；"（华兹生的译诗）很简单，（对读者）很有吸引力，这些诗

[①] 以下读者评论均出自亚马逊网站，详见 https://www.amazon.com/Po-Chü-i-Selected-Poems/product-reviews/0231118392/ref=cm_cr_dp_see_all_btm?ie=UTF8&showViewpoints=1&sortBy=recent[2016-7-30]。

歌均出自一位生活在公元 9 世纪的孤独的、爱喝酒的中国诗人之手。令我感到很奇怪的是,我发现自己与诗人有强烈共鸣,尽管(我也知道)他生活在 1200 年前的中国"(Thomas G.)。在评论《杜甫诗选》^①时,有读者认为"这个译本对于对杜甫不甚了解的读者而言,是一份十分有用的概要式译本"(Mark);"与西顿、杨大卫和欣顿相比,我更喜欢华兹生的译诗,因为华兹生译诗的真实与准确的表达更能打动我的心……我非常推荐华兹生的译本,因为它不仅提供了(杜诗的)著名篇目,还有很多不显眼的诗作"(Edward C. Carpenter)。

在"好读物"上,也有读者评论^②《杜甫诗选》称:"简单的语言与情感一起激荡起涟漪,(读者)最强烈的感受就是杜甫他什么也不说明,但却时时暗示你。这些都是最古老、最优秀的诗篇,描写的是我们身边之美的孤独、绝望与赞叹"(Michael);"与其他诗歌一样,杜诗值得慢慢细品,每次读一些……通过译诗,我可以联想到一位生活在公元 8 世纪的中国贵族子弟在内战中幸存了下来……诗集在语言上唤起了(作者)用简明用语表达的忧思,为(作者与)经历缺失的读者(之间)搭起了译作交流之桥"(Matt Ely);"这位生活在公元 8 世纪的中国诗人就像是活在当下。令人惊奇的是,仔细思考诗人内心最深处的思想,仿佛他跟你自己的想法也是一致的,只是更加睿智。华兹生朴实无华的演绎是极为出色的"(Jim Coughenour)。

从以上评论可以获悉,美国读者对华兹生所译的白诗与杜诗的评价已脱离了译文优劣信讹的本质主义层面,欣然接受其合法性与正当性,并且从自身视域与经验出发,领悟其文学性。"世界文学赋予我们一种阅读和评价具体文学作品的比较的和国际的视角,使我们在阅读某一部具体作品时,不至于仅仅将自己局限在民族/国别文学的语境,而是能够自觉地将这些作品与我们所读过的世界文学名著相比较,从而得出对该作品的社会和美学价值客观公正的评价。"(王宁,2018:45)这种阅读方式的发生并不需要读者置身

---

① 以下读者评论均出自亚马逊网站,详见 https://www.amazon.com/Selected-Poems-Du-Burton-Watson/product-reviews/0231128290/ref=cm_cr_dp_see_all_btm?ie=UTF8&showViewpoints=1&sortBy=recent [2016-7-30]。

② 以下读者评论均出自好读物网站,详见 https://www.goodreads.com/book/show/93908.Du_Fu_Selected_Poems?from_search=true[2016-7-30]。

于源文化体系之中，也非完全以东道文化的视角进行"读取"，而是超越了中美文化的天然壁垒，以世界文学的超然态度阅读译诗，更多地将其视为文学，而不仅仅是翻译，尊重、包容并接受其异质性，使原诗的艺术生命在东道文化中得以延续。

综上所述，通过译者的超然性阐发与读者的超然性阅读，白诗与杜诗得以穿越千年万里的时空阻隔，与当下的美国读者展开跨时空的诗学对话。这种对话发生在中美文化、中美诗学、诗人经验与读者阐释的合力下，进一步地向当下美国读者展示了中国古诗在内容形式、审美传统与精神内涵上的异国情调，使诗歌在新语境下的阅读中获得了新的生命。

5.4 小　　结

华兹生译白居易与杜甫诗所具备的文化折射性是译者职业惯习与环境相互作用的结果。通过汉学研究、学术交往与翻译实践，华兹生的译者职业惯习受到了翻译规范与毗邻职业的影响，产生了语境性的嬗变，并作用于译诗实践，从而造成了译诗的文化折射性。具有代表性与经典性的译诗选目让汉语古诗跳出了以往主观片面的模式，在内容上获得了不同于以往的新阐释。两部基于代表性原则的译本在选目与笺注方面与其他平行译本相比有明显差异，对白居易与杜甫诗的译介也从非历史语境化、主观自发的平面化方式，拓展到文学史与语境的立体化空间进行考订，丰富了其在美国译介的内容、谱系与维度，也为其在英语世界的阅读与流传提供了一个新的视角。这种译诗之生成是华兹生充分体察接受语境之变化，以超然于两种文化的心态，在尊重中美文化与诗学传统差异的前提下，秉持包容与接受文化异质性的方针，对原诗进行跨文化阐释之结果，这也为读者阅读的超然性创造了可能。文本的文化双折射性、译诗之得与译诗阅读的超然性使得白居易与杜甫诗得以从民族文学走进世界文学，成为世界性的文本，并与其他民族文学展开饱含异域情调的差异性诗学对话，延续并进一步展示了其作为"他者"的文化特质与风格情调。

结　语

华兹生英译汉诗的世界文学特性

华兹生译诗的阶段性特征是双文化折射的结果。其译诗契合了相应语境下的文化与诗学需求以及读者期待，有效地提升了汉语古诗英译在美国的流通性与接受性，获得了美国普通读者、学者以及文学推介机构的认可与接受，具有显著的世界文学特性。

通过研究，我们认为，华兹生译诗的世界文学特性主要体现为以下几个方面。

第一，华兹生译诗的文化折射性具有从文学性译诗过渡到文献性译诗的阶段性特征，所产生的各种文本的差异不仅反映了其对中国文学与文化的认识、理解与研究历程，也反映了美国的文学传统、诗学诉求与翻译规范的演变，这些因素共同塑造了其译者职业惯习的形成，使华兹生两阶段译本呈现出不同的文本形态。

华兹生的两次译诗活动时间跨度较大，语境差异明显，译者职业惯习也产生一定变化，这也导致了译诗呈现出不同的文化折射性。他前期翻译了寒山、苏轼与陆游的诗歌，译诗具有文学性译诗倾向，契合了"逆向文化"运动的诗学倾向，呈现出文学本土化的情况，笺注数量较少，凸显了译诗的文学鉴赏性；后期翻译了白居易与杜甫诗，译诗具有文献性译诗的倾向，迎合了当代汉学发展的趋势，选目具有经典性与代表性，详尽的笺注凸显了译诗的史料文献性。

译诗的文化折射性的嬗变反映了华兹生的译者职业惯习的演变历程。首先，翻译规范的演变影响了其译者职业惯习的形成。前期译诗选目表现出对山水诗、闲适诗与禅诗等具有朴素生态意蕴与精神的汉语古诗的偏好，汉语古诗的审美情趣、意涵与主题被折射为"生态性"选目，反映了"逆向文化"

运动影响下的译诗预备规范；后期译诗则以诗人及其诗篇的代表性与经典性作为依据，其目的在于使其译诗单行本客观准确地反映诗歌的文学品质与创作的艺术维度，反映了当代美国汉学界译诗传统的预备规范。其次，译者所从事的毗邻行业——史学研究也对其译者职业惯习有渗透影响，并随实践程度的加深而更加凸显。前期译诗虽受到毗邻行业的影响采用了一定笺注，但数量极少、阐述简练，仅仅起到补充说明的作用。随着华兹生研究层次的加深，史学研究对其译者职业惯习的影响愈加深入，进而影响了华兹生后期译诗的笺注策略。后期译诗的笺注表现出历史文献性的倾向，不仅笺注频次数量明显增多，而且使用了史学研究的方法将诗人与诗作以历史化、文献化的方式呈现出来，使得源文化信息被进一步地折射入译诗。

同时，两段译诗时期的初始规范与语言文本规范具有承继性，并未发生明显改变，原诗的节奏、叠词、对仗的形式特点被折射入英语的自由诗，产生了译文杂合的效果；翻译用语强调了朴实晓白的会话性，原诗的汉语书面语体被折射为英语口语体。初始惯习对两阶段译诗的影响也具有一致性，使得其译诗在内容与形式上忠实于原诗。

译本差异的产生是各自所在的社会文化语境要素与译者职业惯习相互作用的结果。译诗前期，美国社会受到了"逆向文化"运动的影响，中美亚文化折射形态表现在对东方文明与文化精神的诉求上；这时出现了一批诗人译者，他们试图通过翻译汉语古诗实践其文化与哲学理念，从而丰富美国诗学传统。通过与这批诗人译者的密切交往，华兹生习得了该译诗传统的翻译规范，对汉语古诗进行了折射性翻译诗学之阐释。译诗的文化双折射性表现为汉语古诗词的山水文化精神和禅诗的禅宗意趣为美国本土化诗歌所采用，实现中国道禅思想与美国生态思想的跨文化融合。毗邻行业对其译者职业惯习的影响较小，因此笺注频次较少，说明性文字也较简练。译诗后期，当代汉学研究的发展使得美国对东方文化尤其是中国文化异质性的认识与理解愈发深入，态度也更加开明包容，这时出现了一批研究型译者，试图通过翻译汉语古诗，探寻异域文学的艺术魅力，理解中美文学与文化的差异，最终达到相互借鉴、和谐共存的目的。这一阶段，华兹生投入汉语教学与研究的领域，在斯坦福大学、哥伦比亚大学等美国著名高校任教，进行了多年的学术交流与话语争锋，并习得了该语境下的翻译规范。在不断的深入实践中，毗邻行业——史学研究对其译者职业惯习的影响进一步外显化,其译诗的文化双折射性主要表现为汉语古诗学与美国诗学的差异性诗学对话,文化"他者"在本土传统中得到充分尊重与理解。这有力地印证了柯夏智所说的"华兹生质朴的译诗诗行之下隐匿的不仅是其作为学者的多年学术积淀,也是对当代美国习语的内化恪守"(Klein,2014:57),"其过人之处就在于译诗弥合了诗歌与学术的分裂"(Klein,2014:58)。

第二,两次译诗对汉语古诗进行了不同形式的折射性翻译诗学阐释,使得译诗的形式与内容不断与中美诗学进行对话,得到再生与融合,产生翻译陌生化效果,译诗的流通性与接受性也不断得到加强与提升,从而有效地加强了译诗的世界文学特性。

翻译文学的世界文学特性并非处于一成不变的状态,历史性社会文化语境的变迁必然会带来新的翻译文学,新的译文也会帮助民族文学完成其世界文学特性表征的动态更迭,进一步提升民族文学的世界文学地位,是民族文学在新历史时期世界文学特性的表现形式。前期,东道文化焦点的亚文化形态和诗学背景具有鲜明的时代性,表现出对东方文明与文化精神的诉求,译者试图通过翻译汉语古诗为美国本土诗歌寻找动力。当时美国文化对中国文化"异质性"的接受程度较低,故译诗的文化折射性具有明显的文化过滤与创造性误读的痕迹,呈现出与源文化传统剥离的本土化现象,译者对诗文背景信息不甚关注,表现出"为我所用"的文学态度。后期,东道文化焦点的亚文化形态和诗学背景发生了变化,亚文化形态表现在对东方文化的深入了解与全面研究视野的形成上。译者翻译汉语古诗不再具有鲜明的诗学目的,而是希望透过译诗了解异域文学的奇妙瑰丽。源文化和东道文化之间的强弱制衡关系也发生了变化,使得华兹生逐步地脱离了具有民族中心主义倾向的"以我观他"的主观武断的阐释模式,开始越来越尊重并靠近源文化[①],并尝试以客观、全面、去中心化的方式挖掘原诗内涵,再现汉语古诗原来的风貌。通过详尽的文献性笺注与考证,诗人与诗篇等源文化信息得以通过译诗进一步地折射进东道文化中,以历史文献化的方式呈现了汉语古诗的文学与背景

[①] 但这种态度的转变也并非要走向"源文化中心主义"的极端,因为华兹生一直强调译诗要在美国诗学可以接受的框架内进行,故这种态度具有"去中心主义"的倾向。

信息，表现出"尊重差异"的文学态度。

第三，华兹生两阶段的译诗均在美国文学多元系统中得到有效运作，并被美国读者欣然地接受为文学作品加以欣赏与品评，实现了世界文学的"超然性"阅读，这是因为译本适应了不同时期美国读者对中国文化"异质性"的接受能力与认知层次，其译诗不再要求读者置身于中国古诗所承载的中国古文化窠臼里，而是让阅读发生在中国文化与英语文化、古代中国与现代美国合力形成的背景中。

华兹生所选译的寒山、苏轼与陆游的山水诗、闲适诗与禅诗迎合了当时美国文化对汉语古诗的朴实生态意蕴与精神的偏好，译诗本身也是对中美文化、诗学进行文化双折射的结果。美国读者可以从自身所处的"逆向文化"的语境、个人经验解读文本，领悟译诗所蕴含的"生态精神"与文学性，于是译诗与读者期待便产生了契合，这超然于对译本品质的价值判断，丰富了对汉语古诗的阐释和再现，使其在语境中获得扩展转换、重获新生。

随着文化交往的扩大与加深，越来越多的外国文学作品被不断地译介到美国。各国文学与美国文学的差异性进一步凸显，同时，多元主义日益成为时代的节奏，固有的民族中心主义之壁垒亦非铁板一块，对异质文化的包容度与接受度与以往相比有了较大提升。美国读者对中国文化也不再囿于想象与憧憬，抑或"拿来主义"式的主观读取，认知层次愈发全面与客观。华兹生译白居易与杜甫诗也以更全面客观的方式加以呈现，译诗的异质性与代表性也得到加强，迎合了美国读者的接受与期待视域变迁。美国读者可以通过全面视角欣赏译诗中的汉语古诗的"异域性"，欣然地将其译诗接受为合理正当之存在，并且从全球视野与个体经验出发，领悟其文学性。这种阅读方式的发生并不需要读者置身于源文化体系之中，也非完全以东道文化的视角进行"读取"，而是将其视为翻译之作并接受其异质性，使原诗的艺术生命在东道文化中得以延续。

本书分析了"走出去"的中国文学之文本生成方式，对当下中国文学外译行为也具有一定的战术启迪意义。众所周知，跨文化交流和全人类文明共享需要依靠翻译来实现，但其"前提是所翻译的文本能够进入目的语世界，并得到传播、接受并产生影响，如果翻译文本没有'走出去'，没有走出源语文化，进入目的语社会文化，翻译文本就没有域外读者，源语思想文化就得不到传播,翻译文本变成了自产自销,跨文化交流就无法实现"(鲍晓英,2014:12)。以往认为翻译仅仅是语言文字转换的狭隘认识在我国文化外译现状前往往缺乏解释力与合理性,也不符合文学译介规律的实际情况,这使得中国文学能否"走出去"与如何"走出去"日益成为学术界讨论的热点,引发了学者们的思考、追问与探索。文学"走出去"不仅是要追求译介数量与市场效果,更重要的是通过"走出去"的译作开启海外读者理解、接受甚至是认同中国文化的沟通之门,"不仅要关注如何翻译的问题,还要关注译作的传播与接受等问题"(谢天振,2014:3)。因此,中国文学"走出去"不仅要求译本能够走出国门,还需要译本能成为世界性的文本参与到全球文学的流通、接受与评论中,让中国文化与其他各民族文化进行文化交流、借鉴与创新。民族文学成为世界文学需要"恰当的"翻译作为路径,"越是具有民族特色的东西越是有可能成为世界的,但是没有翻译的中介,一部在民族的土壤里堪称优秀的作品完全有可能在异国他乡处于'死亡'的状态,只有优秀的翻译才使得这部作品具有'持续的'生命和'来世生命'"(王宁,2014:26)。这就对翻译提出了一个问题:翻译行为该如何开展才能完成跨文化交际功能,译本如何在成为世界文学的过程中延续其原作的生命力,从而成为具有跨文化影响力与交际性的文本?"民族文学—翻译—世界文学"的互动机制是什么?中国文学如何借力翻译才能成为世界文学?通过对中国文学在海外的译介情况的观察,成功的文学译介往往满足了译入语国家的文化需求,符合了译入语文学系统的诗学期待与文化传统,译介活动也往往由译入语国家自觉地进行翻译,所生成的译本流传度也较广,这些作品往往进入了国外大学世界文学的课堂,并不断被选入权威世界文学读本。这一现实情况促使我们思考并研究成功的汉译英的翻译行为的跨文化交际特征,以探讨如何促使中国本土话语成为具有跨文化阐释性的世界话语。

本书表明具有世界文学特性的文学翻译是文化双向参照之结果,这就意味着要实现翻译文学的世界文学特性就必须跳出单一文化思维的羁绊。具有世界文学特性的文学翻译民族文学的文化需求、审美取向与诗学传统相符合或兼容,使其具有接受性,也要尽力传递原文中的源文化信息,保证译文与原文在内容、形式与语义上的互文性关系。仅仅以"对等""忠信""等值"等静态概念来要求与评价文学译介活动,既不符合文学译介的客观规律,也不足以概括其复杂性；更可取的是采取语境化、多维度的动态标准体系。通过对文学翻译进行语境架构，我们可以考察特定时期东道文化的诗学诉求、意识形态、文化范式、翻译规范以及读者期待等语境性因素，从而可以根据需求制定相应的译介策略，使译本不仅能走出国门，而且还能走入东道文化语境下的读者内心，使之得到欣赏、认同与接受，从而有效地促使中国文学"走出去"并被目的文化有效接受。

　　同时，研究表明文学翻译的文化折射性之实现有赖于译者职业惯习的作用，这对我们今后的译者培养工作具有启示意义。译者职业惯习是译者在实践、教育或培训中逐渐内化习得的一套行为定式体系，初始惯习、翻译规范与毗邻行业对其均具有重大影响。黄友义（2010：16）曾指出，"如果是把外国作品翻译成母语，翻译对作品的语言，特别是作品后面的文化背景没有深入的了解和相当深入的生活经历，很难准确完成翻译任务，更别指望传神了"，文学作品往往涉猎广泛，各类中国文化典故、民俗、习俗与风情等不胜枚举。这就要求我们要在译员培养的过程中重视初始惯习的养成，不仅要重视译者的语言能力教育，还要重视培养译者深厚的中国文化底蕴，使其成为精通中国文化与语言的专家。中西文化差异大，文学翻译的欣赏必定有一定的接受难度，对译文的要求也存在不同的标准。这就要求我们在培养译者的过程中一定要熟悉译入语国家的翻译规范，并将其内化为译者职业惯习以作用于翻译实践，使译文符合译入语国家的审美情趣、译文期待与文化需求，并被译入语国家读者所接受。毗邻行业对译者职业惯习的形成也有重要影响，这是译者职业身份的多重性所造成的。这就要求我们要在译者培养过程中洞察译者的毗邻行业情况，培养有益于翻译实践的毗邻行业，使之促进译者职业惯习的良性发展。

　　本书从世界文学动态生成的视角，对华兹生两阶段的汉语古诗英译活动进行了整理与挖掘，并结合翻译规范与译者主体性阐释了译诗生成的原因，具有一定的理论意义与应用价值，但也存在一些局限性，归纳起来至少有以下三点。

　　第一，由于史料有限，对译者与语境发生联系的论述不足。华兹生的译诗活动时间跨度较长，其间又多次辗转于美国、日本、中国多地，很多一手资料都或因年代久远已流失，或因地域限制而难以获取。虽然笔者在国外访学时，通过联系哥伦比亚大学出版社、笔会美国中心等华兹生译诗活动的重要参与方与见证方，以及华兹生本人得以研究相关资料与数据，还通过访问国外图书馆、走访美国各大东亚研究中心或东亚系、联系海外汉学家等途径获得了译者访谈、译者自述、译介数据与读者评价，但仍有许多资料非常不足，尤其是与华兹生有关的参与诗歌团体与汉学研究的史料，这也导致译者与译境的联结与论述有一定的不足。

第二，本书仅仅以华兹生的译诗文本做单维度分析，并没有将其译诗与其他译者的平行文本进行对比，因而不足以观测整个时代的译诗活动特点，仅仅还原了语境的某些方面而并非全貌。华兹生译诗数量颇丰，其译诗的平行译本也层出不穷，欣顿、韦利、王红公、斯奈德都与华兹生的译诗范围有一定的重叠。但碍于研究范围与方法，本书仅仅就事论事地对华兹生的译诗进行分析，而并未将其与其他译者的译诗文本进行比对，概括同时代译者的翻译共性与译者个性，使得研究所揭示的翻译时代特点具有一定的片面性与局限性。

第三，受制于研究范围，本书并没有将华兹生的译诗活动与其他类别的翻译活动进行比较，探寻共性与特性以及其相互影响的机制，以考察其翻译活动的全貌。除了译诗活动，华兹生还广泛涉猎其他类别的翻译，如中国哲学、历史、政治、宗教典籍等，如《史记》《庄子》等，还有译诗选集多部，这些译本也同样受到了美国读者与学者的高度评价与广泛关注。碍于篇幅所限与论述的统一性，本书并未将其纳入研究范围，也未将其与译诗活动进行对比，以探寻不同翻译类别间的相互影响与借鉴，这使得本书在译者研究方面有一定的片面性。

鉴于研究发现与局限性，本书仅仅是对华兹生翻译研究的一个起点，对华兹生翻译活动的研究必将引起更多学者广泛而持续的关注。基于此，后续研究可以从以下几个方面开展。

第一，本书是翻译史研究，有必要整理发掘更多的翻译史料，以描述美国的汉语古诗英译史，揭示汉语古诗英译活动对美国社会文化的影响方式、层面与范畴，以充实美国的汉语古诗英译史与中美文学关系研究。这既包括对华兹生翻译史料的进一步挖掘，也包括对其他译者翻译活动的史料研究。

第二，开展对比研究，以揭示华兹生与其他译者译诗活动的共性与个性，以此全面地描述其译诗活动特点。华兹生译诗的平行译本颇多，有的译本也同样具有较好的接受性与流通性，通过与其他译者的译本对比研究，可以进一步探究具有有效接受性的翻译文本特征，这既包括翻译共性，也包括译者风格。

第三，建立译诗语料库，研究译者风格。华兹生翻译的类别与范围极广，本书对其他译本的关注也不够，通过扩大译本研究范围，可以从整体上把握华兹生的翻译方法、策略。同时，还可以通过建立译诗语料库，全面、系统、深入地从微观层面考察译诗，并借助文本分析软件分析其译诗的风格。

第四，本书是案例研究，对理论阐述与建构主要通过研究个案分析加以论证，因此有必要扩大翻译个案研究数量与文学类型，以论证世界文学视域下的翻译研究的阐释模式的合理性、必要性与兼容性。

当然，以上列举的后续可开展的研究仅仅是众多可能性中的极少部分，其他可能的研究方向需要更多的翻译学者通力协作，才能将其从浩瀚的研究海洋中打捞出来，以丰富华兹生翻译研究的维度。

参考文献

鲍晓英. 中国文学"走出去"译介模式研究. 上海: 上海外国语大学博士学位论文, 2014.
曹顺庆. 翻译的变异与世界文学的形成. 外语与外语教学, 2018, (1): 126-129.
曹顺庆, 郑宇. 翻译文学与文学的"他国化". 外国文学研究, 2011, (6): 111-117.
陈大亮. 诗歌意境的"情景交融"与"象外之象"——Burton Watson 译《寻隐者不遇》评析. 宁波大学学报(人文科学版), 2012, (4): 52-57.
陈琳. 论陌生化翻译. 中国翻译, 2010, (1): 13-20.
陈琳, 曹培会. 诗歌创译的世界文学特性——以《竹里馆》英译为例. 中国翻译, 2016, (2): 85-90.
陈琳, 胡强. 陌生化诗歌翻译与翻译规范. 外语教学, 2012, (4): 94-99.
陈琳, 林嘉新. 跨界的阐释: 美国当下比较文学翻译研究的研究范式. 中国比较文学, 2015, (3): 139-151.
陈琳, 张春柏. 文学翻译审美的陌生化性. 清华大学学报(哲学社会科学版), 2006, (6): 91-99.
陈文成. 沃森编译《中国诗选》读后. 中国翻译, 1991, (1): 44-48.
戴玉霞, 成瑛. 苏轼诗词在西方的英译与出版. 中国社会科学院研究生院学报, 2016, (3): 103-107.
董洪川. 文化语境与文学接受——试论当代美国诗歌对中国传统文化的接受. 外国文学研究, 2001, (4): 23-29.
儿玉实英(日). 美国诗歌与日本文化. 陈建中等译. 西安: 陕西人民教育出版社, 1993.
方维规. 何谓世界文学? 文艺研究, 2017, (1): 5-18.
歌德(Johann Wolfgang von Goethe). 歌德论世界文学. 查明建译. 中国比较文学, 2010, (2): 2-8.
葛立方(南宋). 韵语阳秋. 北京: 中华书局, 1985.
葛文峰. "诗魔"远游: 英国汉学家阿瑟·韦利的白居易诗歌译介及影响. 华文文学, 2016, (6): 32-39.

耿纪永. 中国禅与美国文学的新境界——读钟玲《中国禅与美国文学》. 中国比较文学, 2010, (3): 135-140.

耿纪永. 生态诗歌与文化融合: 加里·斯奈德生态诗歌研究. 上海: 同济大学出版社, 2012.

耿纪永. 当代美国生态诗人的东方转向. 中国社会科学报, 2015-10-19, 7版.

顾钧. 美国汉学的历史分期与研究现状. 国外社会科学, 2011, (2): 102-107.

海知义(日). 陆游. 东京: 岩波书店, 1962.

韩子满. 文学翻译与杂合. 中国翻译, 2002, (2): 54-58.

韩子满. 文学翻译杂合研究. 上海: 上海译文出版社, 2005.

胡安江. 美国学者伯顿·华生的寒山诗英译本研究. 解放军外国语学院学报, 2009, (6): 75-80.

胡适. 白话文学史. 上海: 新月书店, 1928.

华兹生. 论汉语古诗词之英译. 译苑, 2011a, (3): 3-6.

华兹生. 我在过去三十五年的翻译生涯. 译苑, 2011b, (3): 12-18.

黄立. 英语世界中国文学译介与研究的得与失. 中外文化与文论, 2013, (3): 176-185.

黄友义. 汉学家和中国文学的翻译——中外文化沟通的桥梁. 中国翻译, 2010, (6): 16-17.

黄卓越. 从文学史到文论史——英美国家中国文论研究形成路径考察. 中国文化研究, 2013, (4): 201-212.

黄卓越. "汉字诗律说": 英美汉诗形态研究的理论轨迹. 北京大学学报(哲学社会科学版), 2014, (1): 78-86.

洪深. 戏的念词与诗的朗诵. 北京: 中国戏剧出版社, 1962.

简·赫丝费尔(Jane Hirshfield). 现代美国诗歌中的美国性是什么？崔潇月译. 当代世界文学(中国版), 2014, (00): 114-128.

蒋洪新. 叶维廉翻译理论述评. 中国翻译, 2002, (4): 26-29.

蒋洪新. 庞德研究文集. 南京: 译林出版社, 2014.

蒋洪新, 尹飞舟. 伯顿·华兹生的《韩非子》英译本漫谈. 外语与外语教学, 1998, (6): 45-47.

江岚. 唐诗西传史论: 以唐诗在英美的传播为中心. 北京: 学苑出版社, 2009.

柯马丁(Martin Kern). 学术领域的界定——北美中国早期文学(先秦两汉)研究概况. 何剑叶译//张海惠编. 北美中国学: 研究概述与文献资源. 北京: 中华书局, 2010.

李国庆. 中国古典及当代作品翻译概述//张海惠编. 北美中国学: 研究概述与文献资源. 北京: 中华书局, 2010.

李红绿. 华兹生汉诗英译研究. 长沙: 湖南师范大学博士学位论文, 2015.

李红专. 当代西方社会理论的实践论转向——吉登斯结构化理论的深度审视. 哲学动态, 2004, (11): 7-13.

李特夫. 20世纪英语世界主要汉诗选译本中的杜甫诗歌. 杜甫研究学刊, 2011a, (4): 79-86.

李特夫. 英译杜诗与文化传播释例—英美译笔下的《旅夜书怀》探讨. 中华文化论坛, 2011b, (6): 153-157.

李秀英. 华兹生英译《史记》的叙事结构特征. 外语与外语教学, 2006, (09): 52-55.

李秀英. 华兹生的汉学研究与译介. 国外社会科学, 2008a, (4): 63-69.

李秀英. Burton Watson 对历史典籍英译语言规范的习得与内化. 大连理工大学学报(社会科学版), 2008b, 29(2): 84-88.

林嘉新. 美国汉学家华兹生的诗歌翻译思想评析. 复旦外国语言文学论丛, 2017a, (1): 137-143.

林嘉新. 美国汉学家华兹生的汉学译介活动考论. 中国文化研究, 2017b, (3): 170-180.

林嘉新. 诗性原则与文献意识: 美国汉学家华兹生英译杜甫诗歌研究. 中南大学学报(社会科学版), 2020, 26(4): 180-190.

林嘉新, 陈琳. 从世界文学角度重读《骆驼祥子》的两个译本. 同济大学学报(社会科学版), 2015, (4): 109-118.

林嘉新, 李东杰. 系统中的竞争、冲突与创造: 当下世界文学视域中的翻译研究模式. 外语教学, 2018, (6): 90-95.

刘敬国. 简洁平易, 形神俱肖——华兹生《论语》英译本评鉴. 天津外国语大学学报, 2015, (1): 23-28.

刘晓晖. 20世纪以来海外汉语文学典籍英译出版动态考略. 编辑之友, 2015, (10): 99-103.

廖七一. 翻译规范及其研究途径. 外语教学, 2009, (1): 95-98.

廖七一. 范式的演进与翻译的界定. 中国翻译, 2015, (3): 16-17.

铃木虎雄(日). 陆放翁诗解(上). 东京: 弘文堂, 1950.

铃木虎雄(日). 陆放翁诗解(中). 东京: 弘文堂, 1954a.

铃木虎雄(日). 陆放翁诗解(下). 东京: 弘文堂, 1954b.

罗选民. 解构"信、达、雅": 翻译理论后起的生命——评叶维廉《破〈信、达、雅〉: 翻译后起的生命》. 清华大学学报(哲学社会科学版), 2002, (S1): 90-93.

莫砺锋. 神女之探寻: 英美学者论汉语古诗. 上海: 上海古籍出版社, 1994.

区鉷. 中山大学外国语学院. 加里·斯奈德面面观. 外国文学评论, 1994, (01): 32-36.

区鉷, 胡安江. 寒山诗在日本的传布与接受. 外国文学研究, 2007, (3): 150-158.

彭予. 二十世纪美国诗歌——从庞德到罗伯特·布莱. 开封: 河南大学出版社, 1995.

浦起龙(清). 读杜心解. 北京: 中华书局, 1977.

前野直彬(日). 陆游. 东京: 集英社, 1964.

仇华飞. 美国的中国学研究与中美关系//朱政惠编. 北美中国学的历史与现状. 上海: 上海辞书出版社, 2013.

裘克安. 联合国教科文组织各国代表作品丛书简介. 中国翻译, 1991, (2): 53-55.

屈夫(Jeff Twitcher), 张子清. 论中美诗歌的交叉影响. 外国文学评论, 1991, (3): 109-115.

入矢义高(日), 吉川幸次郎(日). 寒山. 东京: 岩波书店, 1958.

沈德潜(清)编. 唐诗别裁集(全). 上海: 上海古籍出版社, 1975.

宋柏年. 中国古典文学在国外. 北京: 北京语言学院出版社, 1994.

孙艺风. 翻译规范与主体意识. 中国翻译, 2003, (3): 3-9.

唐勇. 我想给美国总统讲唐诗——美国汉学家宇文所安访谈录. 环球时报, 2006-09-03.

田晓菲. 关于北美中国中古文学研究之现状的总结与反思//张海惠编. 北美中国学: 研究概述与文献资源. 北京: 中华书局, 2010.

童庆炳. 文学理论教程. 北京: 高等教育出版社, 1992.

童庆炳. 中国古代心理诗学与美学. 北京: 中华书局, 2013.

屠岸. 读叶维廉的中国新诗英译随感. 中国翻译, 1994, (6): 30-33.

万燚. 论华兹生的苏轼诗译介. 琼州学院学报, 2015, (6): 1-9.

王峰. 文本目的之实现——试论版本、注释和倒文. 山东外语教学, 2014, (2): 99-103.

王建开. 中国现当代文学作品英译的出版传播及研究方法刍议. 外语教学理论与实践, 2012, (3): 15-22.

王建开. 从本土古典到域外经典——英译中国诗歌融入英语(世界)文学之历程. 翻译界, 2016, (2): 1-19.

王力. 汉语诗律学. 上海: 上海教育出版社, 2005.

王丽娜. 王维诗歌在海外. 唐都学刊, 1991, (4): 8-15, 23.

王宁. 比较文学的危机和世界文学的兴盛. 中国比较文学, 2009, (1): 24-26.

王宁. 世界主义、世界文学以及中国文学的世界性. 中国比较文学, 2014, (1): 11-26.

王宁. 作为问题导向的世界文学概念. 外国文学研究, 2018, (5): 39-47.

王士祯(清). 唐人万首绝句选. 济南: 齐鲁书社, 2009.

王运熙. 白居易诗歌的几个问题. 学术研究, 2003, (05): 115-119.

王志勤, 谢天振. 中国文学文化走出去: 问题与反思. 学术月刊, 2013, (2): 21-27.

魏家海. 英伽登的层次理论与 Burton Watson 英译中国古诗. 中国翻译, 2009, (1): 63-67.

魏家海. 伯顿·沃森英译《楚辞》的描写研究. 北京航空航天大学学报(社会科学版), 2010a, (1): 103-107.

魏家海. 美国汉学家伯顿·沃森英译《诗经》的翻译伦理. 大连海事大学学报(社会科学版), 2010b, (3): 96-100.

魏家海. 宇文所安的文学翻译思想. 北京理工大学学报(社会科学版), 2010c, (6): 146-150.

文军. 杜甫诗歌英译本择选研究. 外语教学, 2014, (4): 95-98.

文文. "东方文化研究计划"助保加利亚汉学家出书. 中国新闻出版报, 2007-10-18, 4.

翁显良. 以不切为切——汉诗英译琐议之一//《中国翻译》编辑部编. 《诗词翻译的艺术》.

北京：中国对外翻译出版公司，1986.

吴建广．翻译作为诗学对话——保尔·策兰翻译俄罗斯诗歌．中国翻译，2015，(6)：22-27.

吴南松．"第三类语言"面面观．上海：上海译文出版社，2007.

吴涛．勒菲弗尔"重写"理论视域下的华兹生《史记》英译．昆明理工大学学报(社会科学版)，2010，(5)：104-108.

吴涛．西方汉学家批评视角下的华兹生《史记》英译．昆明理工大学学报(社会科学版)，2013，(1)：92-98.

吴涛，杨翔鸥．中西语境下华兹生对《史记》"文化万象"词的英译．昆明理工大学学报(社会科学版)，2012，(3)：102-108.

吴永安，刘洪涛．如何成为世界文学？——"椭圆折射"理论与中国古诗海外传播．北京师范大学学报(社会科学版)，2015，(6)：131-138.

奚密(Michelle Yeh)．寒山译诗与《敲打集》——一个文学典型的形成//郑树森编．中美文学因缘．台北：东大图书股份有限公司，1985.

小川环树(日)．苏轼(上)．东京：岩波书店，1958a.

小川环树(日)．苏轼(下)．东京：岩波书店，1958b.

谢天振．中国文学走出去：问题与实质．中国比较文学，2014，(1)：1-10.

邢杰．译者"思维习惯"——描述翻译学研究新视角．中国翻译，2007，(5)：10-15.

熊来平．美国汉学史(上、下)．北京：学苑出版社，2015.

徐鸿．美国中国研究之博士生教育现状//张海惠编．北美中国学：研究概述与文献资源．北京：中华书局，2010.

许国璋．借鉴与拿来．外国语，1979，(3)：3-15.

许钧．翻译研究之用及其可能的出路．中国翻译，2012，(1)：5-12.

杨博华．19世纪美国文学想象中的中国．外国文学研究，2001，(1)：116-122.

杨家骆．陆放翁全集．台北：世界书局，1963.

杨晓荣．二元对立与第三种状态——对翻译标准问题的哲学思考．外国语，1999，(3)：57-62.

叶燮(清)，薛雪(清)，沈德潜(清)著，霍松林，杜维沫，霍松林校注．原诗·一瓢诗话·说诗晬语．北京：人民文学出版社，1998.

叶维廉．比较诗学．台湾：东大图书有限公司，1983.

叶维廉．破"信、达、雅"：翻译后起的生命．中外文学，1994，(4)：75-86.

袁丽梅．美国诗歌语境中的 Burton Watson 中国古诗英译．西安外国语大学学报，2017，25(3)：99-103.

袁枚(清)．随园诗(卷三)．北京：人民文学出版社，1982.

查明建．译介学：渊源、性质、内容与方法——兼评比较文学论著、教材中有关"译介学"

的论述. 中国比较文学, 2005, (1): 40-62.

查明建. 论比较文学翻译研究. 同济大学学报(社会科学版), 2016, (4): 98-106+124.

张冲. 新编美国文学史(第一卷). 上海: 上海外语教育出版社, 2000.

张汨. 译者惯习研究面面观——瑞娜·梅拉茨教授访谈录. 东方翻译, 2016, (3): 42-46.

张曙光. 从现代主义到后现代主义: 二十世纪美国诗歌. 哈尔滨: 黑龙江大学出版社, 2007.

张志国. 传释学与"文化模子"理论——叶维廉诗学批评论. 文艺理论研究, 2006, (3): 22-35.

张子清. 美国学院派诗人及其劲敌. 求是学刊, 1992, (5): 87-91.

张子清. 中国文学和哲学对美国现当代诗歌的影响. 国外文学, 1993, (1): 5-17.

张子清. 论美国后垮掉派诗歌. 江汉大学学报(人文科学版), 2012, 31(02): 11-16.

章艳. 翻译之后: 美国现代诗人对汉语古诗的点化. 中国比较文学, 2016, (2): 189-199.

周发祥. 也谈唐诗自然意象的具体性——与华生等人商榷. 文艺理论研究, 1983, (4): 38-44.

周领顺. J. 刘若愚汉诗英译译论述要. 河南大学学报(社会科学版), 1998, (6): 76-79.

赵毅衡. 关于汉语古诗对美国新诗运动影响的几点刍议. 文艺理论研究, 1983, (4): 23-30.

赵毅衡. 远游的诗神. 成都: 四川人民出版社, 1985.

赵毅衡. 第二次浪潮: 中国诗歌对今日美国诗歌的影响. 北京大学学报(哲学社会科学版), 1989, (2): 81-88.

赵毅衡. 诗神远游. 上海: 上海译文出版社, 2003.

郑树森. 中美文学因缘. 台北: 东大图书股份有限公司, 1985.

钟玲. 经验与创作//郑树森编. 中美文学因缘. 台北: 东大图书股份有限公司, 1985.

钟玲. 翻译经验与诗歌形式——美国现代诗中的中文文法模式. 中外文学, 1992, (4): 35-57.

钟玲. 美国诗人史耐德与亚洲文化: 西方吸纳东方传统的范例. 台北: 联经出版社, 2003a.

钟玲. 美国诗与中国梦: 美国现代诗里的中国文化模式. 南宁: 广西师范大学出版社, 2003b.

钟玲. 史耐德与中国文化. 北京: 首都师范大学出版社, 2006.

钟玲. 中国禅与美国文学. 北京: 首都师范大学出版社, 2009.

钟玲. 英译中国禅诗集: 中国宗教文学在美国经典化的一个案例//林精华等编. 文学经典化问题研究. 北京: 人民文学出版社, 2010.

钟嵘(南朝 梁)著, 古直笺, 曹旭评注. 诗品. 上海: 上海古籍出版社, 2007.

朱光潜. 诗论. 北京: 北京出版社, 2005.

朱金城. 白居易集笺校. 上海: 上海古籍出版社, 1988.

朱徽. 英译汉诗经典化. 中国比较文学, 2007, (4): 21-28.

朱徽. 中国诗歌在英语世界：英美译家汉诗翻译研究. 上海：上海外语教育出版社, 2009.

朱政惠. 美国中国学的由来和发展. 华东师范大学学报(哲学社会科学版), 1996, (5): 80-81.

朱政惠. 美国学者对中国学研究的回顾与反思//朱政惠编. 北美中国学的历史与现状. 上海：上海辞书出版社, 2013.

朱志瑜.《翻译与规范》导读//Christina Schäffner 编. *Translation and Norms*. 北京：外语教学与研究出版社, 2007.

卓振英, 李贵苍. 汉诗英译教程. 北京：北京大学出版社, 2013.

Apter, E. Untranslatables: A world system. *New Literary History*, 2008, 39(3): 581-598.

Apter, E. Literary world-systems. In D. Damrosch (Ed.), *Teaching World Literature*. New York: Modern Language Association of America, 2009: 44-60.

Apter, E. Philosophical translation and untranslatability: Translation as critical pedagogy. *Profession*, 2010: 50-63.

Babbitt, I. Romanticism and the Orient. *Bookman*, 1931, (74), December: 349-357.

Balcom, J. An interview with Burton Watson. *Translation Review*, 2005, 70(1): 7-12.

Baker, M. & G. Saldanha (Eds.). *Routledge Encyclopedia of Translation Studies*. London and New York: Routledge, 2009.

Bassnett, S. Reflections on comparative literature in the twenty-first century. *Comparative Critical Studies*, 2006, 3(6): 3-11.

Bernheimer, C. The Bernheimer Report. In C. Bernheimer (Ed.), *Comparative Literature in an Age of Multiculturalism*. Baltimore: Johns Hopkins University Press, 2005: 39-48.

Bicchieri, C. *The Grammar of Society: The Nature and Dynamics of Social Norms*. New York: Cambridge University Press, 2006.

Bicchieri, C. & R. Muldoon. Social norms. In E. N. Zalta (Eds.), *The Stanford Encyclopedia of Philosophy*. 2014 (Spring Edition) http://plato.stanford.edu/archives/spr2014/entries/social-norms/.

Birch, C. Translating and transmuting Yuan and Ming plays: Problems and possibilities. *Literature: East and West*, 1970, 14(4): 491-509.

Birch, C. & D. Keene. *Anthology of Chinese Literature: From Early Times to the Fourteenth Century*. New York: Grove Press, 1965.

Birrell, A. *New Songs from a Jade Terrace*. London: Allen & Unwin, 1982.

Bishop, J. Book review: *Su Tung-p'o: Selections from a Sung Dynasty Poet* by Burton Watson. *Books Abroad*, 1965, 39(4): 478.

Bourdieu, P. *Outline of a Theory of Practice*. Cambridge: Cambridge University Press, 1977.

Bourdieu, P. (Ed.). *Distinction: A Social Critique of the Judgment of Taste*. Trans. R. Nice. London: Routledge, 1986.

Bourdieu, P. (Ed.). *Language and Symbolic Power*. Trans. M. Adamson. Cambridge: Polity Press, 1991.

Bourdieu, P. (Ed.).*Sociology in Question (Published in Association with Theory, Culture & Society)*. Trans. R. Nice. New Delhi: Sage Publications Ltd, 1993.

Bourdieu, P. *Pascalian Meditations*. Cambridge: Polity Press, 2000.

Bourdieu, P. Habitus. In J. Hiller & E. Rooksby (Eds.), *Habitus: A Sense of Place*. Aldershot: Ashgatem, 2005.

Brooks, E. B. & A. T. Brooks. Book review: The Analects of Confucius by Burton Watson. *The China Reviews*, 2009, 9(1): 165-167.

Carson, R. *Silent Spring*. Boston: Houghton Mifflin, 1962.

Casanova, P. *La République Mondiale des Lettres*. Paris: Seuil, 1999.

Casanova, P. *The World Republic of Letters*. Trans. M. B. Debevoise. Cambridge: Harvard University Press, 2004.

Casanova, P. Literature as a world. *New Left Review*, 2005, 56(31): 71-90.

Chan, T. & W. Keung. Book review: The Selected Poems of Du Fu by Burton Watson. *Asian Studies Review*, 2004, 28: 313-314.

Ch'ên, J. & M. Bullock (Eds.). *Poems of Solitude: Juan Chi, Pao Chao, Wang Wei, P'ei Ti, Li Ho and Li Yü*. New York: Abelard-Schuman, 1960. /Reprinted by North Clarendon: Tuttle Publishing, 1970.

Chesterman, A. *Memes of Translation: The Spread of Ideas in Translation Theory*. Amsterdam: John Benjamins Publishing, 1997.

Coleman, J. *Foundations of Social Theory*. Cambridge: Belknap, 1990.

Damrosch, D. *What Is World Literature?* Princeton: Princeton University Press, 2003.

Damrosch, D. *How to Read World Literature?* West Sussex: Willey-Blackwell, 2009.

Damrosch, D. *The Longman Anthology of World Literature*. New York: Longman, 2012.

Davis, P. (Ed.). *The Bedford Anthology of World Literature*. New York: Bedford, 2004.

de Bary, W. T., Wing-tsit Chan & B. Watson. (Eds.). *Sources of Chinese Tradition*. New York: Columbia University Press, 1966.

Dent, P. Six poems after Han-Shan. *Agenda*, 1983, 20(3-4): 100-101.

Durkheim, E. *The Rules of Sociological Method*. Glencoe: The Free Press, 1950.

Durkheim, E. *Professional Ethics and Civic Morals*. Glencoe: The Free Press, 1950.

Eliot, T. S. Introduction: 1928. In R. Sieburth (Ed.). *Ezra Pound: New Selected Poems and Translations*. New York: New Directions, 2010.

Errington, J. The Eliot Weinberger Interview. *The Quarterly Conversation*, 2011.

Evory, A. (Ed.). *Contemporary Authors: New Revision Series*. Vol. 3. Detroit: Gale/Cengage Learning, 1981.

F. B. B. Book review: *Cold Mountain, 100 Poems by the T'ang Poet Hang-Shan*. *Estudios Orientales*, 1971, 6(3): 330.

Frankel, H. H. Book review: *The Columbia Book of Chinese Poetry: From Early Times to the Thirteenth Century* by Burton Watson. *Harvard Journal of Asiatic Studies*, 1986, 46(1): 288-295.

Fuehrer, B. Book review: *An Anthology of Chinese Literature: Beginnings to 1911* by Stephen Owen. *The China Quarterly, Special Issues: Reappraising Republic China*, 1997, (150): 470-471.

Geertz, C. *Thick Description: Toward an Interpretive Theory of Culture, the Interpretation of Cultures: Selected Essays*. New York: Basic books, 1973.

Goodrich, C. S. Book review: *Cold Mountain: 100 Poems by the T'ang Poet Han-Shan* by Burton Watson. *Journal of the American Oriental Society*, 1971, 91(4): 515.

Gouanvic, J. A Bourdieusian theory of translation, or the coincidence of practical instances. *Translator*, 2014, 11(2): 147-166.

Graham, A. C. *Poems of the Late T'ang*. London: Penguin Books, 1965.

Greene, T. The Greene Report, 1975: A report on standards. In C. Bernheimer (Ed.), *Comparative Literature in an Age of Multiculturalism*. Baltimore: Johns Hopkins University Press, 2005.

Hargett, J. M. Book review: *Su Tung-p'o: Selections from a Sung Dynasty Poet* by Burton Watson. *World Literature Today*, 1978, 52(3): 520.

Hargett, J. M. Book review: *The Columbia Book of Chinese Poetry: From Early Times to the Thirteenth Century* by Burton Watson. *World Literature Today*, 1986, 60(1): 175.

Hawkes, D. (Trans.). *Ch'u Tz'u: The Songs of the South, an Ancient Chinese Anthology*. Oxford: Clarendon Press, 1959.

Hawkes, D. Book review: *Cold Mountain: 100 Poems by the Tang Poet Han-shan* by Burton Watson. *Journal of the American Oriental Society*, 1962, 82(4): 596-599.

Hawkes, D. *A Little Primer of Tu Fu*. Oxford: Clarendon Press, 1967.

Hechter, M. & K.-D. Opp. (Eds.). *Social Norms*. New York: Russell Sage Foundation, 2001.

Hegel, R. E. Book review: *Lu You* by Michael S. Duke. *World Literature Today*, 1978, 52(2):

338-339.

Heilbron, J. Towards a sociology of translation: Book translation as a cultural world-system. *European Journal of Social Theory*, 1999, (4): 429-444.

Henricks, R. G. *The Poetry of Han-shan: A Complete, Annotated Translation of Cold Mountain*. New York: State University of New York Press, 1990.

Hermans, T. Translational norms and correct translations. In K. van Leuven-Zwart and T. Naaijkens (Eds.), *Translation Studies: The State of the Art: Proceedings of the First James S. Holmes Symposium on Translation Studies*. Amsterdam & Atlanta: Rodopi, 1991: 155-169.

Hermans, T. Toury's empiricism version one. *Translator*, 1995, 1(2): 215-223.

Hermans, T. *Translation in Systems*. London: St. Jerome Publishing, 1999.

de Saint-Denys, H. *Poésies de L'époque des T'ang. Étude sur L'art Poétique en Chine (Poems of the Tang Dynasty)*. Paris: Amyot, 1862.

Hightower, J. R. Chinese literature in the context of world literature. *Comparative Literature*, 1953, 5(2): 117-124.

Hinton, D. *The Selected Poems of Tu Fu*. New York: New Directions Publishing. 1989.

Hinton, D. *Selected Poems of Po Chu-I*. New York: New Directions Publishing. 1999.

Holmes, J. Forms of verse translation and the translation of verse form. *Babel*, 1969, 15(4): 195-201.

Hung, W. *Tu Fu, China's Greatest Poet*. Cambridge: Harvard University Press, 1952.

Idema, W. L. Book review: *The Columbia Book of Chinese Poetry, from Early Times to the Thirteenth Century* by Burton Watson. *T'oung Pao*, 1985, 71: 295-296.

Inghilleri, M. Habitus, field and discourse: Interpreting as a socially situated activity. *Target*, 2003, 15(2): 243-268.

Inghilleri, M. The sociology of Bourdieu and the construction of the "object" in translation and interpreting studies. *Translator*, 2005, 11(2): 125-145.

Kahn, P. *Han Shan in English*. Buffalo: White Pine Press, 1989.

Kennedy, G. A. *Selected Works of George A. Kennedy*. New Haven: Far Eastern Publications, Yale University, 1964.

Klein, L. Not altogether an illusion: Translation and translucence in the work of Burton Watson. *World Literature Today*, 2014, 88(3-4): 57-60.

Knoblock, J. Book review: *Su Tung-p'o: Selections from a Sung Dynasty Poet* by Burton Watson. *The Journal of Asian Studies*, 1966, 26(1): 112-113.

Kroll, P. W. Book review: *The Columbia Book of Chinese Poetry: From Early Times to the*

Thirteenth Century. *The Journal of Asian Studies*, 1985, 45(1): 131-134.

Leech, G. N. *A Linguistic Guide to English Poetry*. London: Longmans, 1969.

Leed, J. Gary Snyder: An unpublished preface. *Journal of Modern Literature*, 1986, 13(1): 177-180.

Lefevere, A. Mother courage's cucumbers: Text, system and refraction in a theory of literature. *Modern Language Studies*, 1982, 12(4): 3-20.

Lefevere, A. & S. Bassnett. Introduction: Proust's grandmother and the Thousand and One Night. The "cultural turn" in translation studies. In S. Bassnett and A. Lefevere (Eds.), *Translation, History and Culture*. London: Cassell, 1990.

Lenfestey, P. J. *A Cartload of Scrolls: 100 Poems in the Manner of T'ang Dynasty Poet Han-shan*. Minneapolis: Holy Cow Press, 2007.

Levin, H. The Levin Report, 1965: The report on professional standards. In C. Bernheimer (Ed.), *Comparative Literature in an Age of Multiculturalism*. Baltimore: Johns Hopkins University Press, 2005.

Levy, J. Translation as a decision process. In R. Jakobson (Ed.), *To Honor Roman Jakobson: Essays on the Occasion of His Seventieth Birthday, 11 October 1966*. The Hague: Mouton, 1967.

Levy, H. *Translations of Po Chu-I's Collected Works (Vol. 1-Vol. 2)*. New York: Paragon Book Reprint Corp, 1971.

Levy, H. *Translations of Po Chu-I's Collected Works (Vol. 3)*. San Francisco: Chinese Materials Center Inc., 1976.

Levy, H. *Translations of Po Chu-I's Collected Works (Vol. 4)*. San Francisco: Chinese Materials Center Inc., 1978.

Li, C. Book review: *Su Tung-P'o: Selections from a Sung Poet* by Burton Watson. *Pacific Affairs*, 1965-1966, 38(3/4): 374.

Liu, W. Book review: *The Selected Poems of Po Chu-i* by David Hinton. *Chinese Literature: Essays, Articles, Reviews (CLEAR)*, 2003, 25: 201-205.

Liu, J. J. Y. *The Art of Chinese Poetry*. Chicago: University of Chicago Press, 1962.

Liu, J. J. Y. Book review: *Su Tung-p'o: Selections from a Sung Dynasty Poet* by Burton Watson. *Journal of the American Oriental Society*, 1966, 86(2): 252-254.

Liu, J. J. Y. *The Interlingual Critic: Interpreting Chinese Poetry*. Bloomington: Indiana University Press, 1982.

Liu, S. S. *One Hundred and One Chinese Poems*. Hong Kong: Hong Kong University Press, 1967 / Reprinted by Oxford: Oxford University Press, 1967.

Liu, W. & I. Y. Lo. *Sunflower Splendor: Three Thousand Years of Chinese Poetry*. Bloomington: Indiana University Press, 1975.

Lowell, A. *Fir-flower Tablets: Poems Translated from the Chinese*. Boston: Houghton Mifflin, 1921.

Lynn, R. J. Book review: *The Old Man Who Does as He Pleases: Poems and Prose by Lu Yu* by Burton Watson. *Harvard Journal of Asiatic Studies*, 1975, 35: 291-300.

Macleish, A. *Poetry and Experience*. Boston: Houghton Mifflin Company, 1960.

Mair, V. H. *The Columbia Anthology of Traditional Chinese Literature*. New York: Columbia University Press, 1996.

Meylaerts, R. Translators and (their) norms. In M. Shlesinger, D. Simeoni & A. Pym (Eds.), *Beyond Descriptive Translation Studies: Investigations in Homage to Gideon Toury*. Amsterdam: John Benjamins, 2008.

Meylaerts, R. Habitus and self-image of native literary author. *Translation & Interpreting Studies*, 2010, 5(1): 1-19.

McNaughton, W. The composite image: Shy Jing poetics. *Journal of the American Oriental Society*, 1963, 83(1): 92-106.

Metzger, C. R. & R. F. Yang. *Fifty Songs from the Yüan: Poetry of 13th Century China*. London: Allen & Unwin, 1967.

Miller, H. Challenges to world literature. *Comparative Literature in China*, 2010, (4): 1-9.

Miller, H. Globalization and world literature. *Neohelicon*, 2011, 38(2): 251-265.

Miller, J. W. English romanticism and Chinese nature poetry. *Comparative Literature*, 1972, 24(3): 216-236.

Minford, J. & J. S. M. Lau. *Classical Chinese Literature: An Anthology of Translations*. Hongkong: Chinese University Press, 2000.

Moretti, F. Conjectures on world literature. *New Left Review*, 2000, (1): 54-68.

Moretti, F. More conjectures. *New Left Review*, 2003, (2): 73-81.

Moulton, R. *World Literature and Its Place in General Culture*. New York: The MacMillan Company, 1911.

Nienhauser, W. H. Book review: *Po Chü-i, Selected Poems* by Burton Watson. *Chinese Literature: Essays, Articles, Reviews*, 2000, (22): 189.

Nord, C. Skopos, loyalty, and translational conventions. *Target*, 1991a, 3(1): 91-109.

Nord, C. *Text Analysis in Translation: Theory Methodology, and Didactic Application of a Model for Translation-Oriented Text Analysis*. Amsterdam & Atlanta: Rodopi, 1991b.

Nord, C. *Translating as a Purposeful Activity*. Manchester: St. Jerome, 1997.

Owen, S. *The Poetry of the Early T'ang*. New Haven: Yale University Press, 1977.

Owen, S. *The Great Age of Chinese Poetry: The High T'ang*. New Haven: Yale University Press, 1981.

Owen, S. What is world poetry? *New Republic*, 1990, (203): 28-32.

Owen, S. *An Anthology of Chinese Literature: Beginnings to 1911*. New York: Norton & Company, 1996.

Parkins, D. *A History of Modern Poetry: Modernism and After*. Cambridge: The Belknap Press of Harvard University Press, 1987.

Parsons, T. *The Social System*. New York: Routledge, 1951.

Parsons, T. & E. Shils. *Towards a General Theory of Action*. Cambridge: Harvard University Press, 1951.

Partridge, A. C. *The Language of Modern Poetry: Yeats, Eliot, Auden*. London: Andre Deutsch, 1976.

Pine, R. (Eds.). *The Clouds Should Know Me by Now: Buddhist Poet Monks of China*. Boston: Wisdom Publications, 1998.

Pizer, J. Toward a productive interdisciplinary relationship: Between comparative literature and world literature. *Comparatist*, 2007, 31(1): 6-28.

Popovic, A. The concept "shift of expression" in translation analysis. In Holmes (Ed.), *The Nature of Translation*. The Hague: Mouton, 1970.

Pound, E. & E. F. Fenollosa. *Investigations of Ezra Pound: Together with an Essay on the Chinese Written Character*. New York: Boni and Liveright, 1920.

Press, J. *A Map of Modern English Verse*. Oxford: Oxford University Press, 1969.

Puchner, M. (Ed.). *The Norton Anthology of World Literature*. 3rd edn. New York: Norton, 2015.

Pulleyblank, E. G. Book review: *The Life and Times of Po Chu-I* by Arthur Waley. *The Journal of the Royal Asiatic Society of Great Britain and Ireland*, 1950, (3/4): 195-196.

Pym, A. *Method in Translation History*. Manchester & Angleterre: St-Jerome, 1998 /Reprinted by Beijing: Foreign Language Teaching and Research Press, 2007.

Reading, P. Book review: *Po Chü-I: Selected Poems* by Burton Watson. *Times Literary Supplement*, 2000, (2): 33.

Rexroth, K. *One Hundred Poems from the Chinese*. New York: New Directions Publishing, 1956.

Rexroth, K. *Bird in the Bush: Obvious Essays*. New York: New Directions Publishing, 1959.

Rexroth, K. *Assays*. Norfolk: James Laughlin Press, 1961.

Rexroth, K. The poet as translator. In W. Arrowsmith & R. Shattuck (Eds.), *The Craft and Context of Translation: A Critical Symposium*. Anchor Books, 1964.

Rexroth, K. Book review: *The Old Man Who Does as He Pleases by Lu Yu*. The American Poetry Review, 1974, 3(4):54-55.

Rexroth, K. *An Autobiographical Novel*. New York: New Directions Publishing, 1991.

Robinson, G. W. Book review: *Cold Mountain: 100 Poems by the T'ang Poet Han-shan* by Burton Watson. Bulletin of the School of Oriental and African Studies, 1963, 26(2): 456-458.

Saussy, H. *Comparative Literature in an Age of Globalization*. Baltimore: Johns Hopkins University Press, 2006.

Schäffner, C. Hedges in political texts: A translational perspective. In L. Hickey (Ed.), *The Pragmatics of Translation*. Clevedon: Multilingual Matters Ltd, 1998.

Seaton, J. P. Book review: *The Columbia Book of Chinese Poetry*. Chinese Literature: Essays, Articles, Reviews (CLEAR), 1985, 7(1/2): 151-153.

Sela-Sheffy, R. The suspended potential of culture research in TS. Target, 2000, (2): 345-355.

Sela-Sheffy, R. How to be a (recognized) translator: Rethinking habitus, norms, and the field of translation. Target, 2005, 17(1): 1-26.

Shapiro, K. J. & R. L. Beum. *A Prosody Handbook*. New York: Harpercollins College Division, 1965.

Shih, Y. C. V. Book review: *Cold Mountain: 100 Poems by the T'ang Poet Han-shan* by Burton Watson. The Journal of Asian Studies, 1963, 22(4): 475.

Simeoni, D. The pivotal status of the translator's habitus. Target, 1998, 10(1): 1-39.

Snyder, G. *Axe Handles: Poems*. San Francisco: North Point Press, 1983.

Snyder, G. *Mountains and Rivers without End*. Washington D.C.: Counterpoint, 1996.

Sopher, H. Parallelism in modern English prose. English Studies, 1982, (1): 37-48.

Spivak, G. C. *Death of a Discipline*. New York: Columbia University Press, 2003.

Thompson, J. B. *Editor's Introduction to Bourdieu's Language and Symbolic Power*. Cambridge, MA: Harvard University Press, 1991.

Toury, G. *Descriptive Translation Studies and Beyond*. Amsterdam: John Benjamins, 1995.

Toury, G. (Ed.). *In Search of a Theory of Translation*. Tel Aviv: Porter Institute for Poetics and Semiotics, 1980.

Tymoczko, M. *Translation in a Postcolonial Context: Early Irish Literature in English Translation*. Manchester: St-Jerome, 1999.

Venuti, L. Translation, empiricism, ethics. Profession, 2010, (1): 82-89.

Venuti, L. Translation studies and world literature. In L. Venuti (Ed.), *Translation Changes Everything*. London & New York: Routledge, 2013.

Waley, A. (Trans.). *A Hundred and Seventy Chinese Poems*. London: George Allen & Unwin Ltd., 1918 /Reprinted by New York: Alfred A Knopf, 1919; London: Constable, 1962.

Watson, B. Some new Japanese translations of Chinese literature. *The Far Eastern Quarterly*, 1955, 14(2): 245-249.

Watson, B. *Ssu-ma Ch'ien: Grand Historian of China*. New York: Columbia University Press, 1958.

Watson, B. *Records of the Grand Historian of China*. New York: Columbia University Press, 1961.

Watson, B. *Early Chinese Literature*. New York: Columbia University Press, 1962a.

Watson, B. *Cold Mountain: 100 Poems by the T'ang Poet Han-Shan*. New York: Grove Press, 1962b.

Watson, B. *Chuang Tzu: Basic Writings*. New York: Columbia University Press, 1964.

Watson, B. *Basic Writings of Mo Tzu, Hsun Tzu, and Han Fei Tzu*. New York: Columbia University Press, 1967.

Watson, B. *Records of the Historian; Chapters from the Shih Chi*. New York: Columbia University Press, 1969 /Reprinted by Oxford: Oxford University Press, 1969.

Watson, B. *Cold Mountain: 100 Poems by the T'ang Poet Han-shan*. 2nd edn. New York: Columbia University Press, 1970.

Watson, B. *Chinese Lyricism: Shih Poetry from the Second to the Twelfth Century*. New York: Columbia University Press, 1971a.

Watson, B. *Chinese Rhyme-Prose: Poems in the Fu Form from the Han and Six Dynasties Periods*. New York: Columbia University Press, 1971b.

Watson, B. *Su Tung-p'o: Selections from a Sung Dynasty Poet*. New York: Columbia University Press, 1965 /2nd edition by New York: Columbia University Press, 1977.

Watson, B. *The Columbia Book of Chinese Poetry: From Early Times to the Thirteenth Century*. New York: Columbia University Press, 1984.

Watson, B. Buddhism in the poetry of Po Chü-i. *Eastern Buddhist New*, 1988, (21): 1-22.

Watson, B. *The Rainbow World: Japan in Essays and Translations*. Seattle: Broken Moon Press, 1990.

Watson, B. *The Old Man Who Does as He Pleases: Selections from the Poetry and Prose of Lu Yu*. New York: Columbia University Press, 1973 /2nd edition by New York: Columbia University Press, 1994a.

Watson, B. *Selected Poems of Su Tung-p'o*. Port Townsend: Copper Canyon Press, 1994b.

Watson, B. The Shih Chi and I. *Chinese Literature: Essays, Articles & Reviews*, 1995, (17): 199-206.

Watson, B. *Po Chü-I: Selected Poem*. New York: Columbia University Press, 2000.

Watson, B. *The Pleasures of Translating*. http://www.keenecenter. org/download_files/Watson_Burton_2001sen.pdf. 2001.

Watson, B. *The Selected Poems of Du Fu*. New York: Columbia University Press, 2002.

Watson, B. *Late Poems of Lu You*. Tokyo and Toronto: Ahadada Books, 2007.

Watson, B. *The Complete Works of Chuang Tzu*. New York: Columbia University Press, 1968 / Reprinted by New York: Columbia University Press, 2013.

Weinberger, E. *The New Directions Anthology of Classical Chinese Poetry*. New York: New Directions Publishing, 2003.

Wixted, J. T. Book review: *The Old Man Who Does as He Pleases: Selections from the Poetry and Prose of Lu Yu* by Burton Watson. *Journal of the American Oriental Society*, 1976, 96(2): 340-343.

Wright, M. C. Chinese history and the historical vocation. *Journal of Asian Studies*, 1964, 23(4): 513-516.

Wu, C. Y.(吴其昱). Book review: *Cold Mountain: 100 Poems by the T'ang Poet Han-shan* by Burton Watson. *T'oung Pao*, Second Series, 1963, 50: 290-294.

Xu, M. & C. Y. Chu. Translators' professional habitus and the adjacent discipline: The case of Edgar Snow. *Target*, 2015, 27(2): 173-191.

Yoshikawa, K. & W. Burton (Trans.). *An Introduction to Sung Poetry*. Boston: Harvard University Press, 1967.

Young, C. M. C. *The Rapier of Lu, Patriot Poet of China*. London: John Murray, 1946.

附 录

华兹生英译汉诗单行本中英题目对照表

Cold Mountain: 100 Poems by the T'ang Poet Han-shan
《唐代诗人寒山诗 100 首》

序号	原诗题目	译诗题目
1	《父母续经多》	My Father and Mother Left Me a Good Living
2	《茅栋野人居》	A Thatched Hut Is a Home for a Country Man
3	《三月蚕犹小》	In the Third Month, When the Silkworms Are Still Small
4	《花上黄莺子》	Above the Blossoms Sing the Orioles
5	《妾在邯郸住》	"Han-tan Is My Home," She Said
6	《相唤采芙蓉》	I Call to My Friend, Picking Lotus
7	《君看叶里花》	You Have Seen the Blossoms Among the Leaves
8	《董郎年少时》	Young as He Was, Lord Tung
9	《玉堂挂珠帘》	A Curtain of Pearls Hangs Before the Hall of Jade
10	《蹭蹬诸贫士》	Here We Languish, a Bunch of Poor Scholars
11	《人生不满百》	Man's Life Is Less than a Hundred Years
12	《有酒相招饮》	If You Have Wine, Call Me in to Drink
13	《或有衒行人》	Some People Are Always Bragging of Their Conduct
14	《一人好头肚》	Here's a Man with a Good Head and Belly
15	《低眼邹公妻》	The Wife of Lord Tsou of Ti-Yen
16	《吁嗟贫复病》	Aah! Poverty and Sickness
17	《田家避暑月》	This Month, When Farmers Stay Indoors to Shun the Heat
18	《城北仲家翁》	North of the City Lived Old Man Chung
19	《书判全非弱》	I'm Not So Poor at Reports and Decisions

续表

序号	原诗题目	译诗题目
20	《我在村中住》	As Long as I Was Living in the Village
21	《我见瞒人汉》	When I See a Fellow Abusing Others
22	《雍容美少年》	Elegant Is the Bearing of the Fine Young Man
23	《东家一老婆》	In the House East of Here Lives an Old Woman
24	《昔时可可贫》	I Used to Be Fairly Poor, as Poor Goes
25	《新穀尚未熟》	The New Grain Hasn't Ripened Yet
26	《笑我田舍儿》	They Laugh at Me for Being a Hick
27	《贤士不贪婪》	Wise Men May Be Free of Greed
28	《有个王秀才》	A Certain Scholar Named Mr. Wang
29	《驱马度荒城》	I Spur My Horse Past the Ruined City
30	《徒劳说三史》	In Vain I Slaved to Understand the Three Histories
31	《群女戏夕阳》	A Crowd of Girls Playing in the Dusk
32	《少小带经锄》	I Took Along Books When I Hoed the Fields
33	《一为书剑客》	Once I Was a Student with Books and Sword
34	《富儿会高堂》	The Rich Man Feasted in His High Hall
35	《寻思少年日》	I Think a Lot About the Days of My Youth
36	《何以长惆怅》	Why Am I Always So Depressed
37	《忆昔遇逢处》	I Think of All the Places I've Been
38	《出生三十年》	Thirty Years Ago I Was Born into the World
39	《鸟语情不堪》	The Birds and Their Chatter Overwhelm Me with Feeling
40	《登陟寒山道》	I Climb the Road to Cold Mountain
41	《白云高嵯峨》	Where White Clouds Pile on Jagged Peaks
42	《独卧重岩下》	I Lie Alone by Folded Cliffs
43	《卜择幽居地》	I Divined and Chose a Distant Place to Dwell
44	《层层山水秀》	Story on Story of Wonderful Hills and Streams
45	《寒山多幽奇》	Cold Mountain Is Full of Weird Sights
46	《以我栖迟处》	The Place Where I Spend My Days

续表

序号	原诗题目	译诗题目
47	《山中何太冷》	How Cold It Is on the Mountain
48	《可笑寒山道》	Wonderful, This Road to Cold Mountain
49	《自乐平生道》	As for Me, I Delight in the Everyday Way
50	《欲得安身处》	If You're Looking for a Place to Rest
51	《独坐常忽忽》	I Sit Alone in Constant Fret
52	《去年春鸟鸣》	Last Year, in the Spring, When the Birds Were Calling
53	《默默永无言》	If You Sit in Silence and Never Speak
54	《秉志不可卷》	You Cannot Take My Will and Roll It Up
55	《寒岩深更好》	Cold Cliffs, More Beautiful the Deeper You Enter
56	《读书岂免死》	Reading Books Won't Save You from Death
57	《时人见寒山》	When People See the Man of Cold Mountain
58	《桃花欲经夏》	The Peach Blossoms Would Like to Stay Through the Summer
59	《昔日极贫苦》	In the Old Days When I Was So Poor
60	《自见天台顶》	I Look Far Off at T'en-t'ai's Summit
61	《千云万水间》	Among a Thousand Clouds and Ten Thousand Streams
62	《高高峰顶上》	High, High from the Summit of the Peak
63	《昨夜梦还家》	Last Night in a Dream I Returned to My Old Home
64	《有乐且须乐》	Be Happy If There's Something to Be Happy About!
65	《昨见河边树》	Yesterday I Saw the Trees by the River's Edge
66	《二仪既开辟》	In the Beginning, He Parted Heaven and Earth
67	《智者君抛我》	Wise Men, You Have Cast Me Aside
68	《欲识生死譬》	Would You Know a Simile for Life and Death
69	《时人寻云路》	Men These Days Search for a Way Through the Clouds
70	《说食终不饱》	Talking About Food Won't Make You Full
71	《山客心悄悄》	Living in the Mountains, Mind Ill at Ease
72	《家住绿岩下》	My House Is at the Foot of the Green Cliff
73	《客难寒山子》	Someone Criticized the Master of Cold Mountain

续表

序号	原诗题目	译诗题目
74	《自古诸哲人》	The Greatest Sages from Ancient Times
75	《欲向东岩去》	I Wanted to Go off to the Eastern Cliff
76	《三五痴后生》	Here Are Four or Five Young Fools
77	《赫赫谁垆肆》	What a Fine Shop This Is
78	《快哉混沌身》	How Pleasant Were Our Bodies in the Days of Chaos
79	《寒山有裸虫》	On Cold Mountain Lives a Naked Insect
80	《人生在尘蒙》	Man, Living in the Dust
81	《常闻汉武帝》	Often I Have Heard How Emperor Wu of the Han
82	《人问寒山道》	People Ask the Way to Cold Mountain
83	《白鹤衔苦桃》	The Crane, with a Twig of Bitter Peach in His Bill
84	《心高如山岳》	With Mind as Lofty as the Mountain Peak
85	《一向寒山坐》	I Came Once to Sit on Cold Mountain
86	《水清澄澄莹》	The Clear Water Sparkles Like Crystal
87	《沙门不持戒》	Buddhist Priests Don't Keep the Commandments
88	《闲自访高僧》	By Chance I Happened to Visit an Eminent Priest
89	《余家有一窟》	In My House There Is a Cave
90	《竟日常如醉》	All Your Days Are Like a Drunken Stupor
91	《身著空花衣》	Body Clothed in a No-cloth Robe
92	《今日岩前坐》	Today I Sat Before the Cliff
93	《有树先林生》	Here Is a Tree Older than the Forest Itself
94	《一生慵懒作》	All My Life I Have Been Lazy
95	《我今有一襦》	Now I Have a Single Robe
96	《有身与无身》	Have I a Body or Have I None
97	《吾心似秋月》	My Mind Is Like the Autumn Moon
98	《夕阳赫西山》	In the Late Sun I Descended the Western Hill
99	《寒山出此语》	So Han-Shan Writes You These Words
100	《家有寒山诗》	Do You Have the Poems of Han-Shan in Your House

Su Tung-p'o: Selections from a Sung Dynasty Poet
《宋代诗人苏东坡诗选》

序号	原诗题目	译诗题目
1	《江上看山》	On the Yangzte, Watching the Hills
2	《春宵》	Spring Night
3	《和子由踏青》	Rhyming with Tzu-yu's "Treading the Green"
4	《岁晚相与馈问，为馈岁；酒食相邀，呼为别岁；至除夜，达旦不眠，为守岁。蜀之风俗如是。余官于岐下，岁暮思归而不可得，故为此三诗以寄子由》（守岁）	Seeing the Year Out
5	《和子由蚕市》	Rhyming with Tzu-yu's "Silkworm Fair"
6	《十二月十四日，夜，微雪，明日早，往南溪小酌，至晚》	It Snowed in South Valley
7	《次韵杨褒早春》	Following the Rhymes of Yang Pao's "Early Spring"
8	《傅尧俞济源草堂》	For Fu Yao-yu's Grass Hall at Chi-yuan
9	《出颍口初见淮山，是日至寿州》	I Travel Day and Night
10	《腊日游孤山访惠勤惠思二僧》	Winter Solstice
11	《熙宁中，轼通守此郡。除夜，直都厅，囚系皆》	New Year's Eve
12	《吉祥寺赏牡丹》	Viewing Peonies at the Temple of Good Fortune
13	《雨中游天竺灵感观音院》	In the Rain, Visiting the Temple of the Compassionate Goddess of Mercy
14	《六月二十七日望湖楼醉书五绝》（其一）	Black Clouds-Spilled Ink
15	《是日宿水陆寺，寄北山清顺僧二首》（其一）	Grasses Bury the River Bank
16	《吴中田妇叹》	Lament of the Farm Wife of Wu
17	《正月二十一日病后，述古邀往城外寻春》	Wild Birds on the Roof Call Insistently
18	《新城道中二首》（其一）	On the Road to Hsin-ch'eng
19	《山村五绝》（其三）	Mountain Village
20	《山村五绝》（其四）	Mountain Village
21	《病中游祖塔院》	Visiting the Monastery of the Patriarch's Pagoda While Ill

续表

序号	原诗题目	译诗题目
22	《宿海会寺》	Lodging at Hai-hui Temple
23	《书双竹湛师房二首》（其二）	Written for Master Chan's Room at the Double Bamboo Temple
24	《除夜野宿常州城外二首》（其一）	New Year's Eve: Spending the Night Outside Ch'ang-chou City
25	《金山寺与柳子玉饮，大醉，卧宝觉禅榻，夜分方醒，书其壁》	Bad Wine Is Like Bad Men
26	《新城陈氏园，次晁补之韵》	Overgrown Garden Deserted in Fall
27	《雪后书北台壁二首》（其一）	At Twilight, Fine Rain Was Still Falling
28	《江城子 乙卯正月二十日夜记梦》	Ten Years-Dead and Living Dim and Drawn Apart
29	《小儿》	Children
30	《除夜大雪，留潍州，元日早晴，遂行，中途雪复作》	The New Year's Eve Blizzard Kept Me from Leaving
31	《读孟郊诗二首》（其一）	Reading the Poetry of Meng Chiao
32	《浣溪沙 旋抹红妆看使君》	Along the Road to Stone Lake
33	《浣溪沙 麻叶层层苘叶光》	Along the Road to Stone Lake
34	《浣溪沙 簌簌衣巾落枣花》	Along the Road to Stone Lake
35	《浣溪沙 软草平莎过雨新》	Along the Road to Stone Lake
36	《中秋月寄子由三首》（其二）	Mid-Autumn Moon
37	《登云龙山》	Climbing Cloud Dragon Mountain
38	《百步洪二首 并叙》（其一）	Hundred Pace Rapids
39	《舟中夜起》	On a Boat, Awake at Night
40	《大风留金山两日》	Help Up Two Days at Gold Mountain
41	《与王郎昆仲及儿子迈，绕城观荷花，登岘山亭，晚入飞英寺，分韵得"月明星稀"四字》（其二）	Lotus Viewing
42	《与王郎昆仲及儿子迈，绕城观荷花，登岘山亭，晚入飞英寺，分韵得"月明星稀"四字》（其四）	Lotus Viewing
43	《予以事系御史台狱，狱吏稍见侵，自度不能堪，死狱中，不得一别子由，故作二诗授狱卒梁成，以遗子由 二首》（其一）	Under the Heaven of Our Holy Ruler

续表

序号	原诗题目	译诗题目
44	《十二月二十八日，蒙恩责授检校水部员外郎黄州团练副使，复用前韵二首》（其一）	A Hundred Days, Free to Go
45	《初到黄州》	On First Arriving at Huang-chou
46	《答秦太虚七首 黄州》（其四）	A Letter from Huang-chou
47	《正月二十日，往岐亭，郡人潘、古、郭三人送余于女王城东禅庄院》	Ten Days of Spring Cold Kept Me Indoors
48	《东坡八首 并叙》（其一）	Eastern Slope
49	《东坡八首 并叙》（其二）	Eastern Slope
50	《东坡八首 并叙》（其三）	Eastern Slope
51	《东坡八首 并叙》（其四）	Eastern Slope
52	《东坡八首 并叙》（其五）	Eastern Slope
53	《东坡八首 并叙》（其六）	Eastern Slope
54	《临江仙 夜饮东坡醒复醉》	Drank Tonight at Eastern Slope
55	《赤壁赋》	Two Prose Poems on the Red Cliff
56	《后赤壁赋》	Two Prose Poems on the Red Cliff
57	《南堂五首》（其五）	South Hall
58	《鹧鸪天 林断山明竹隐墙》	To the Tune of "Partridge Sky"
59	《初秋寄子由》	Beginning of Autumn: A Poem to Send to Tzu-yu
60	《东坡》	Eastern Slope
61	《题西林壁》	Written on the Wall at West Forest Temple
62	《自兴国往筠，宿石田驿南二十五里野人舍》	Three Hundred Tiers of Green Hills
63	《泗州除夜雪中黄师是送酥酒二首》（其一）	New Year's Eve
64	《登州海市 并叙》	Mirage at Sea
65	《书晁补之所藏与可画竹三首》（其一）	When Yu-k'o Painted Bamboo
66	《书李世南所画秋景二首》（其一）	Creek Criss Crosses the Meadow
67	《书鄢陵王主簿所画折枝二首》（其一）	Who Says a Painting Must Look Like Life?

续表

序号	原诗题目	译诗题目
68	《书王定国所藏〈烟江叠嶂图〉》	Above the River, Heavy on the Heart
69	《赠刘景文》	Presented to Liu Ching-wen
70	《淮上早发》	Setting Off Early on the Huai River
71	《和陶饮酒二十首 并叙》（其一）	Drinking Wine
72	《和陶饮酒二十首 并叙》（其十二）	Drinking Wine
73	《书晁说之〈考牧图〉后》	Long Ago I Lived in the Country
74	《慈湖夹阻风五首》（其一）	Held Up by Head Winds on the Tz'u-hu-chia
75	《慈湖夹阻风五首》（其二）	Held Up by Head Winds on the Tz'u-hu-chia
76	《八月七日，初入赣，过惶恐滩》	Seven Thousand Miles Away
77	《詹守携酒见过，用前韵作诗，聊复和之》	Feet Stuck Out, Singing Wildly
78	《连雨江涨二首》（其一）	Days of Rain; the Rivers Have Overflowed
79	《连雨江涨二首》（其二）	Days of Rain; the Rivers Have Overflowed
80	《和陶归园田居六首 并引》（其二）	I'm a Frightened Monkey Who's Reached the Forest
81	《白鹤山新居，凿井四十尺，遇盘石，石尽，乃得泉》	White Crane Hill
82	《被酒独行，遍至子云、威、徽、先觉四黎之舍三首》（其一）	Half-sober, Half-drunk
83	《汲江煎茶》	Dipping Water from the River and Simmering Tea
84	《余来儋耳，得吠狗曰乌觜，其猛而驯，随予迁合浦，过澄迈，泅而济，路人皆惊，戏为作此诗》	Black Muzzle
85	《澄迈驿通潮阁二首》（其二）	I Thought I'd End My Days in a Hainan Village
86	《次韵江晦叔二首》（其二）	Bell and Drum on the South River Bank

The Old Man Who Does as He Pleases: Selections from the Poetry and Prose of Lu Yu
《随心所欲一放翁：陆游文选》

序号	原诗题目	译诗题目
1	《度浮桥至南台》	Crossing the Floating Bridge to Get to South Terrace
2	《送七兄赴扬州帅幕》	Seeing Brother Seven Off to Military Headquarters at Yang-chou

续表

序号	原诗题目	译诗题目
3	《游山西村》	A Trip to Mountain West Village
4	《雨中泊赵屯有感》	In the Rain Trying Up at Chao Village I Was Moved to Write This
5	《醉歌》	Drunk Song
6	《沧滩》	Blue Rapids
7	《大安病酒留半日王守复来招不往送酒解醒因小》	At Ta-an I Got Sick from Wine and Had to Lay Over for Half a Day. Governor Wang Invited Me to His Place Again but I Didn't Go, So He Sent Me Some Wine to Help Me Get Over My Hangover. Accordingly, I Drank a Little at River Moon Inn
8	《太息》	Long Sigh: Written When Spending the Night at Green Mountain Store
9	《剑门道中遇微雨》	Running into Light Rain on the Road to Sword Gate Pass
10	《三月二十七日夜醉中作》	Third Month, Night of the Seventeenth, Written while Drunk
11	《醉後草书歌诗戏作》	After Getting Drunk, I Scribble Songs and Poems in Grass Script-Written as a Joke
12	《同何元立赏荷花追怀镜湖旧游》	With Ho Yuan-li Admiring Lotus Flowers, I Thought Back to the Old Outings at Mirror Lake
13	《龙眠画马》	On a Painting of Horses by Lung-mien
14	《食荠》	Eating Shepherd's Purse
15	《关山月》	Border Mountain Moon
16	《江楼》	River Tower
17	《闲意》	Idle Thoughts
18	《龙与寺吊少陵先生寓居》	At Lung-hsing Temple, Paying Sad Respects at the Place Where Master Shao-ling Stayed for a Time
19	《小雨极凉舟中熟睡至夕》	A Little Shower, Very Cool: In the Boat I Slept Soundly until Evening
20	《园中杂书》	In the Garden: Written at Random
21	《书怀绝句》（不到天台三十年）	A Chueh-chu to Record My Thoughts
22	《小园》（小园烟草接邻家）	Little Garden (Mist-veiled Plants in the Little Garden)
23	《小园》（村南村北鹁鸪声）	Little Garden (In Village South, Village North)
24	《蔬圃》	Vegetable Garden
25	《夏夜舟中闻水鸟声甚哀若曰姑恶感而作诗》	In a Boat on a Summer Evening, I Heard the Cry of a Water Bird. It Was Very Sad and Seemed to Be Saying, "Madam Is Cruel!" Moved, I Wrote This Poem

续表

序号	原诗题目	译诗题目
26	《月下小酌》（昨日雨遶檐）	A Little Drink Under the Moon
27	《芒种後经旬无日不雨偶得长句》	For a Week after Grain in Ear, It Rained Every Day; Suddenly I Found Myself with a Long-lined Poem
28	《舟中感怀三绝句呈太傅相公兼简岳大用郎中》（雨打孤篷酒渐消）	In the Boat, Three Chueh-chu Expressing My Feelings, to Be Presented to His Excellency the Grand Tutor, with a Copy by Letter to the Palace Gentleman Yueh Ta-yung
29	《临安春雨初霁》	Lin-an: Spring Rain Has Let Up at Last
30	《秋兴》	Autumn Thoughts
31	《估客乐》	The Merchant's Joy
32	《屡雪二麦可望喜而作歌》	It Has Snowed Repeatedly and We Can Count on a Good Crop of Wheat and Barley; In Joy I Made This Song
33	《入省》	Going to the Office
34	《雨声》（雨声点滴朝复暮）	The Sound of Rain
35	《书适》	Written in a Carefree Mood
36	《僧庐》	Monk Halls
37	《山头石》	The Stone on the Hilltop
38	《古别离》	Separation
39	《箜篌谣二首寄季长少卿》	Harp Song — To Send to Chi-ch'ang Shao-chi'ing
40	《镜湖》（躬耕蕲一饱）	Mirror Lake
41	《初夏》（渺渺荒陂古堠东）	Beginning of Summer
42	《自伤》	Feeling Sorry for Myself
43	《露坐》	Sitting Outdoors
44	《丰岁》	Year of Plenty
45	《雨晴风日绝佳徒倚门外》	The Rain Cleared and the Breeze and Sunshine Are Superb as I Stroll Outside the Gate
46	《村舍》（生理嗟弥薄）	My Village Home
47	《送子龙赴吉州掾》	Sending Tzu-lung Off to a Post in Chi-chou
48	《杜叔高秀才雨雪中相过留一宿而别口诵此诗送》	The Hsiu-ts'ai Tu Shu-kao Dropped in on Me in a Snow Storm, Spent the Night, and Then Went On. I Composed This Poem to Send Him Off
49	《村居书喜》	Living in the Village, Writing of My Joys

续表

序号	原诗题目	译诗题目
50	《春社日效宛陵先生体社雨》	Spring Festival Days: Imitating the Style of the Master of Wan-ling (Festival Rain)
51	《春社日效宛陵先生体社肉》	Spring Festival Days: Imitating the Style of the Master of Wan-ling (Festival Meat)
52	《秋思》	Autumn Thoughts
53	《甲子秋八月偶思出游往往累日不能归或远至傍》（药蘬野老偏称效）	Chueh-chu
54	《感昔》（行年三十忆南游）	Moved by Memories of the Past
55	《自开岁阴雨连日未止》	Since the Beginning of Year the Overcast Weather and Rain Have Continued for Days Without Letting Up
56	《贫甚戏作绝句》（籴米归迟午未炊）	Poorer than Usual, I Made These Chueh-chu as a Joke
57	《偶与客话峡中旧游》	I Had Occasion to Tell a Visitor About an Old Trip I Took Through the Gorges of the Yangtze
58	《异梦》	Strange Dream
59	《仲秋书事》	Midautumn: On Something That Happened
60	《农家》（大布缝袍稳）	Farm Families (Snug-the Robe Sewn from Coarse Cotton)
61	《农家》（诸孙晚下学）	Farm Families (It's Late, the Children Come Home from School)
62	《夜坐》（家家绩火夜深明）	Sitting Up at Night
63	《示儿》	To Show to My Sons

Selected Poems of Su Tung-p'o
《苏东坡诗选》

序号	原诗题目	译诗题目
	Part One: Early Years (1059-1073)	
1	《江上看山》	On the Yangtze Watching the Hills
2	《望夫台》	Husband-Watching Height
3	《春宵》	Spring Night
4	《夜行观星》	Traveling at Night and Looking at the Stars

/ 217 /

续表

序号	原诗题目	译诗题目
5	《辛丑十一月十九日既与子由别于郑州西门之外马上赋诗一篇寄之》	Hsin-ch'ou Eleventh Month, Nineteenth Day
6	《和子由渑池怀旧》	Rhyming with Tzu-yu's "At Mien-ch'ih"
7	《石鼓歌》	Song of the Stone Drums
8	《维摩像，唐杨惠之塑，在天柱寺》	The Statue of Vimalakirti
9	《岁晚相与馈问，为馈岁；酒食相邀，呼为别岁；至除夜，达旦不眠，为守岁。蜀之风俗如是。余官于岐下，岁暮思归而不可得，故为此三诗以寄子由》（守岁）	Seeing the Year Out
10	《和子由踏青》	Rhyming with Tzu-yu's "Treading the Green"
11	《和子由蚕市》	Rhyming with Tzu-yu's "Silkworm Fair"
12	《十二月十四日，夜，微雪，明日早，往南溪小酌，至晚》	It Snowed in South Valley
13	《次韵杨褒早春》	Following the Rhymes of Yang Pao's "Early Spring"
14	《傅尧俞济源草堂》	For Fu Yao-yu's Grass Hall at Chi-yuan
15	《出颍口初见淮山，是日至寿州》	I Travel Day and Night
16	《游金山寺》	Visiting Gold Mountain Temple
17	《腊日游孤山，访惠勤、惠思二僧》	Winter Solstice
18	《熙宁中，轼通守此郡。除夜，直都厅，囚系皆满，日暮不得返舍，因题一诗于壁，今二十年矣。衰病之余，复忝郡寄，再经除夜，庭事萧然，三圄皆空。盖同僚之力，非拙朽所致，因和前篇呈公济、子侔二通守》（前诗）	New Year's Eve
19	《越州张中舍寿乐堂》	The Longevity Joy Hall
20	《吉祥寺赏牡丹》	Viewing Peonies at the Temple of Good Fortune
21	《雨中游天竺灵感观音院》	In the Rain, Visiting the Temple
22	《六月二十七日望湖楼醉书》（其一）	Black Clouds-Spilled Ink
23	《望海楼晚景》（其三）	Eveningn View from Sea Watch Tower
24	《梵天寺见僧守诠小诗清婉可爱次韵》	I Only Hear a Bell Beyond the Mist
25	是日宿水陆寺寄北山清顺僧二首（其一）	Grasses Bury the RIver Bank

续表

序号	原诗题目	译诗题目
26	《吴中田妇叹（和贾收韵）》	Lament of the Farm WIfe of Wu
27	《法惠寺横翠阁》	The Fa-hui Temple's Pavilion
28	《正月二十一日病后述古邀往城外寻春》	Wild Birds on the Roof
29	《饮湖上初晴后雨二首》	Drinking at the Lake, Two Poems
30	《饮湖上初晴后雨二首》	Drinking at the Lake, Two Poems
31	《新城道中二首》（其一）	On the Road to Hsin-ch'eng
32	《山村五绝》（其三）	Mountain Village
33	《山村五绝》（其四）	Mountain Village
34	《病中游祖塔院》	Visiting the Monastery of the Patriarch's Pagoda
35	《陌上花三首》（其一）	Roadside Flowers, Three Poems
36	《陌上花三首》（其二）	Roadside Flowers, Three Poems
37	《陌上花三首》（其三）	Roadside Flowers, Three Poems
38	《宿海会寺》	Lodging at Hai-hui Temple
39	《书双竹湛师房二首》（其二）	Written for Master Chan's Room
40	《除夜野宿常州城外二首》（其一）	New Year's Eve: Spending the Night
Part Two: Middle Years (1074-1079)		
41	《金山寺与柳子玉饮大醉卧宝觉禅榻夜分方醒书》	Bad Wine Is Like Bad Men
42	《书焦山纶长老壁》	Written on Abbot Lun's Wall at Mount Chiao
43	《无锡道中赋水车》	Describing Water Wheels
44	《过永乐文长老已卒》	Visiting Yung-lo Temple
45	《新城陈氏园次晁补之韵》	Overgrown Garden Deserted in Fall
46	《雪后书北台壁二首》（其一）	At Twilight, Fine Rain Was Still Falling
47	《江城子 乙卯正月二十日夜记梦》	Ten Years-Dead and Living
48	《小儿》	Children
49	《水调歌头》	Bright Moon, When Did You Appear?
50	《和孔密州五绝 东栏梨花》	Pear Blossoms by the Eastern Palisade
51	《除夜大雪留潍州元日早晴遂行中途雪复作》	The New Year's Eve Blizzard

续表

序号	原诗题目	译诗题目
52	《读孟郊诗二首》（其一）	Reading the Poetry of Meng Chiao
53	《浣溪沙　旋抹红妆看使君》	Along the Road to Stone Lake
54	《浣溪沙　麻叶层层苘叶光》	Along the Road to Stone Lake
55	《浣溪沙　簌簌衣巾落枣花》	Along the Road to Stone Lake
56	《浣溪沙　软草平莎过雨新》	Along the Road to Stone Lake
57	《中秋月寄子由三首》（其二）	Mid-Autumn Moon
58	《登云龙山》	Climbing Cloud Dragon Mountain
59	《百步洪二首》（其一）	Hundred Pace Rapids
60	《舟中夜起》	On a Boat, Awake at Night
61	《大风留金山两日》	Held Up Two Days at Gold Mountain
62	《与王郎昆仲及儿子迈，遶城观荷花，登岘山亭》（其一）	Lotus Viewing
63	《与王郎昆仲及儿子迈，遶城观荷花，登岘山亭》（其三）	Lotus Viewing
64	《狱中寄子由二首》（其一）	Under the Heaven of Our Holy Ruler
65	《十二月二十八日，蒙恩责授检校水部员外郎黄》	A Hundred Days, Free to Go
Part Three: First Exile (1080-1083)		
66	《初到黄州》	On First Arriving at Huang-chou
67	《答秦太虚七首　黄州》（其四）	A Letter from Huang-chou
68	《正月二十日，往岐亭，郡人潘、古、郭、三人》	The Days of Spring Cold
69	《东坡八首》（其一）	Eastern Slope
70	《东坡八首》（其二）	Eastern Slope
71	《东坡八首》（其三）	Eastern Slope
72	《东坡八首》（其四）	Eastern Slope
73	《东坡八首》（其五）	Eastern Slope
74	《东坡八首》（其六）	Eastern Slope
75	《临江仙　夜饮东坡醒复醉》	Drank Tonight at Eastern Slope
76	《赤壁赋》	Two Prose Poems on the Red Cliff

续表

序号	原诗题目	译诗题目
77	《后赤壁赋》	Two Prose Poems on the Red Cliff
78	《寒食雨二首》（其一）	Rain at the Time of Cofld Food
79	《南堂五首》（其五）	South Hall
80	《鹧鸪天 林断山明竹隐墙》	To the Tune of "Partridge Sky"
81	《初秋寄子由》	Beginning of Autumn
82	《东坡》	Eastern Slope
	Part Four: Return (1084-1093)	
83	《赠东林总长老》	Presented to Abbot Ch'and-tsung
84	《题西林壁》	Written on the Wall at West Forest Temple
85	《自兴国往筠宿石田驿南二十五里野人舍》	Three Hundred Tiers of Green Hills
86	《高邮陈直躬处士画雁二首》（其一）	Painting of a Wild Goose
87	《泗州除夜雪中黄师是送酥酒二首》（其一）	New Year's Eve
88	《登州海市 并叙》	Mirage at Sea
89	《书晁补之所藏与可画竹三首》（其一）	When Yu-k'o Painted Bamboo
90	《书李世南所画秋景二首》（其一）	Creek Crisscrosses the Meadow
91	《书鄢陵王主簿所画折枝二首》（其一）	Who Says a Painting Must Look Like Life?
92	《书王定国所藏烟江叠嶂图（王晋卿画）》	Above the River, Heavy on the Heart
93	《赠刘景文》	Presented to Liu Ching-wen
94	《淮上早发》	Setting Off Early on the Huai RIver
95	《双石 并叙》	A Pair of Rocks
96	《和陶饮酒二十首 并叙》（其一）	Drinking Wine
97	《和陶饮酒二十首 并叙》（其十二）	Drinking Wine
98	《书晁说之〈考牧图〉后》	Long Ago I Lived in the Country
	Part Five: Second Exile (1094-1101)	
99	《慈湖夹阻风五首》（其一）	Held Up by Head Winds
100	《慈湖夹阻风五首》（其二）	Held Up by Head Winds

续表

序号	原诗题目	译诗题目
101	《八月七日,初入赣,过惶恐滩》	Seven Thousand Miles Away
102	《詹守携酒见过,用前韵作诗,聊复和之》	Feet Stuck Out, Singing Wildly
103	《连雨江涨二首》(其一)	Days of Rain: The Rivers Have Overflowed
104	《连雨江涨二首》(其二)	Days of Rain: I Rivers Have Overflowed
105	《和陶归园田居六首 并引》(其二)	I'm a Frightened Monkey
106	《食荔支二首并引》(其二)	Eating Lichees
107	《白鹤山新居,凿井四十尺,遇盘石,石尽,乃得泉》	White Crane Hill
108	《谪居三适三首》(其一)	Three Delights in My Place of Exile
109	《被酒独行,遍至子云、威、徽、先觉四黎之舍三首》(其一)	Half-sober, Half-drunk
110	《纵笔三首》(其二)	Letting the Writing Brush Go
111	《纵笔三首》(其三)	Letting the Writing Brush Go
112	《汲江煎茶》	Dipping Water from the River
113	《余来儋耳,得吠狗曰乌觜,甚猛而驯,随予迁合浦,过澄迈,泅而济,路人皆惊,戏为作此诗》	Black Muzzle
114	《澄迈驿通潮阁二首》(其二)	I Thought I'd End My Days
115	《藤州江上夜起对月,赠邵道士》	By the River at T'eng-chou
116	《次韵江晦叔二首》(其二)	Bell and Drum on the South River Bank

Po Chu-I: Selected Poems
《白居易诗选》

序号	原诗题目	译诗题目
1	《及第后归觐,留别诸同年》	Having Passed the Examination, I Go Home to Visit Parents, Leaving This Poem in Parting for My Fellow Students
2	《常乐里闲居偶题十六韵兼寄刘十五公舆、王十》	A Quiet House in Ch'ang-lo Ward
3	《三月三十日题慈恩寺》	Third Month, Thirtieth Day: Written at Tz'u-en Temple
4	《新栽竹》	Newly Planted Bamboo

续表

序号	原诗题目	译诗题目
5	《别元九后咏所怀》	Pouring Out My Feelings After Parting from Yuan Ninth
6	《早秋独夜》	Early Autumn, Alone at Night
7	《游云居寺赠穆三十六地主》	Visiting Yun-chu Temple: Presented to the Landowner Mu Thirty-sixth
8	《松斋自题时为翰林学士》	Inscribed on My Pine Study (When I Became a Han-lin Scholar)
9	《同十一醉忆元九》	Getting Drunk with Li Eleventh, Thinking of Yuan Ninth
10	《松声》	Pine Sounds
11	《送王十八归山寄题仙游寺》	Seeing Wang Eighteenth Off on His Return to the Mountains, a Copy Sent to Hsien-yu Temple
12	《凶宅》	The Ill-Fortuned House
13	《禁中》	In the Palace
14	《见元九悼亡诗因以此寄》	I Read Yuan Ninth's Poem Mourning His Deceased Wife and Wrote This to Send to Him
15	《禁中夜作书与元九》	Written While on Night Duty at the Palace, to Send to Yuan Ninth
16	《轻肥》	Light Furs, Fat Horses
17	《买花》	Buying Flowers
18	《海漫漫-戒求仙也》	Sea Stretching Endlessly-Censuring the Search for Immortality
19	《新丰折臂翁-戒边功也》	Old Man of Hsin-feng with a Broken Arm-Warning Against Border Wars
20	《上阳白发人-愍怨旷也》	White-haired in the Shang-yang Palace-Pitying the Unloved
21	《缭绫》	Liao-ling — Reflecting on the Toil of the Weaving Women
22	《卖炭翁》	The Old Chaarcoal Seller — Lamenting Hardships Caused by the Palace Purchasing Procedures
23	《隐几》	Leaning on the Armrest
24	《禁中寓直，梦游仙游寺》	On Night Duty at the Palace, I Dreamt I Was Visiting Hsien-yu Temple
25	《读邓鲂诗》	Reading Teng Fang's Poems
26	《重到渭上旧居》	Arriving at My Old Home on the Wei Again
27	《渭上偶钓》	Fishing by Chance in the Wei

续表

序号	原诗题目	译诗题目
28	《病中哭金銮子 小女子名》	In the Midst of Illness, Grieving for Golden Bells
29	《适意两首》（其一）	Satisfied in Mind
30	《自吟拙什，因有所怀》	As I Hum over My Poems, Thoughts Come
31	《渭村雨归》	Wei Village: Coming Home in Rain
32	《感镜》	Feelings Wakened by a Mirror
33	《效陶潜体诗十六首》（其二）	Sixteen Poems in the Style of T'ao Ch'ien
34	《效陶潜体诗十六首》（其六）	Sixteen Poems in the Style of T'ao Ch'ien
35	《效陶潜体诗十六首》（其七）	Sixteen Poems in the Style of T'ao Ch'ien
36	《村居苦寒》	Living in the Village, Suffering from Cold
37	《念金銮子二首》（其一）	Thinking of Golden Bells
38	《暮立》	Standing in the Evening
39	《友人夜访》	Night Visit from a Friend
40	《夜雨有念》	Thoughts on a Rainy Night
41	《村夜》	Village Night
42	《眼暗》	Eyesight Failing
43	《赠内》	To Give to My Wife
44	《梦裴相公》	Dreaming of Prime Minister P'ei
45	《苦热题恒寂师禅室》	Fierce Heat: On the Zen Room of Master Heng-chi
46	《再到襄阳访问旧居》	Arriving in Hsiang-yang a Second Time and Visiting the Old House
47	《逢旧》	Meeting an Old Acquaintance
48	《舟行江州路上作。》	Traveling by Boat: Written on the Way to Chiang-chou
49	《寄微之三首》（其一）	To Send to Wei-chih
50	《寄微之三首》（其二）	To Send to Wei-chih
51	《罢药》	Stopping Medicine
52	《浦中夜泊》	Tied up for the Night in a Cove
53	《舟中读元九诗》	Aboard a Boat, Reading Yuan Ninth's Poems
54	《读庄子》	Reading Chuang Tzu

续表

序号	原诗题目	译诗题目
55	《强酒》	Forcing Myself to Drink
56	《编集拙诗成一十五卷因题卷末戏赠元九李二十》	I've Collected and Arranged My Poems in a Work in Fifteen Chapters. I'm Inscribing This at the End of the Work, and as a Joke Sending Copies to Yuan Ninth and Li Twentieth
57	《访陶公旧宅》	Visiting Mr. T'ao's Old Home
58	《暮江吟》	Poem on the Evening River
50	《四十五》	Forty-five
60	《夜雪》	Night Snow
61	《琵琶行》	Song of the Lute: Preface and Poem
62	《香炉峰下新卜山居草堂初成偶题东壁五首》（其一）	Below Incense Burner Peak I Built a New Mountain Dwelling. When My Thatched Hall Was Completed, I Had Occasion to Inscribe This on the Eastern Wall
63	《重题》（其三）	Writing Again on the Same Theme
64	《临水坐》	Sitting by the Water
65	《山居》	Mountain Living
66	《遗爱寺》	The Temple of Bequeathed Love
67	《闲吟》	Idle Droning
68	《问刘十九》	A Question Addressed to Liu Nineteenth
69	《登香炉峰顶》	Climbing to the Top of Incense Burner Peak
70	《弄龟、罗》	Playing with A-kuei and Lo-erh
71	《食后》	After Eating
72	《李白墓》	The Grave of Li Po
73	《醉中对红叶》	In Drunkenness COnfronting Red Leaves
74	《司马宅》	The Marchal's House
75	《别草堂三绝句》（其三）	Farewell to My Thatched Hall
76	《长相思》	Love Long-Enduring
77	《初入峡有感》	Feelings on First Entering the Gorges
78	《竹枝四首》（瞿塘峡口水烟低）（其三）	Bamboo Branch Songs, Four Poems

续表

序号	原诗题目	译诗题目
79	《竹枝四首》（竹枝苦怨怨何人）（其四）	Bamboo Branch Songs, Four Poems
80	《浪淘沙六首》（借问江潮与海水）（其三）	To the Tune "Wave-washed Sands," Six Poems
81	《浪淘沙六首》（海底飞尘终有日）（其二）	To the Tune "Wave-washed Sands," Six Poems
82	《花非花》	Flower, But Not a Flower
83	《东坡种花二首》（其一）	Planting Flowering Trees on Eastern Slope
84	《春江》	Spring River
85	《别种东坡花树两绝》（其一）	Two Chueh-chu on Taking Leave of the Flowering Trees I Planted on Eastern Slope
86	《别种东坡花树两绝》（其二）	Two Chueh-chu on Taking Leave of the Flowering Trees I Planted on Eastern Slope
87	《客中月》	The Traveler's Moon
88	《题新昌所居》	On My House in Hsin-ch'ang
89	《商山路有感》	Thoughts When on the Mount Shang Road
90	《邓州路中作》	Written on the Road Through Teng-chou
91	《早冬》	Early Winter
92	《早兴》	Early Morning Impressions
93	《春题湖上》	Spring: Written at the Lake
94	《琴》	The Ch'in
95	《洛下卜居》	Choosing a Place to Live in Lo-yang
96	《双石》	A Pair of Stones
97	《宿灵岩寺上院》	Spending the Night in the Upper Cloister of Ling-yen Temple
98	《有感三首》（其三）	Reflections
99	《秘省后厅》	Back Office of the Imperial Library
100	《观幻》	Contemplating the Phantasmal
101	《对酒五首》（其一）	Facing Wine
102	《不出门》	On Not Going Out the Gate

续表

序号	原诗题目	译诗题目
103	《予与微之，老而无子，发于言叹，著在诗篇》	Yuan Wei-chcih and I Are Both Old and Heirless, a Fact We've Lamented in Words and Touched on in Our Poetry. In the Winter of This Year Both of Us Found Ourselves with Sons. As a Joke I Wrote Two Poems, One to Congratulate Him, One to Make Fun of Myself
104	《不如来饮酒七首》（其一）	Better Come Drink Wine with Me
105	《不如来饮酒七首》（其二）	Better Come Drink Wine with Me
106	《不如来饮酒七首》（其六）	Better Come Drink Wine with Me
107	《不如来饮酒七首》（其七）	Better Come Drink Wine with Me
108	《闲忙》	Idle Times, Busy Times
109	《劝我酒》	You Offer Me Wine
110	《感旧诗卷》	Moved by a Scroll of Old Poems
111	《香山寺二绝》（其二）	Hsiang-shan Temple, Two Chueh-chu
112	《哭崔常侍晦叔》	Weeping for the Constant Attendant Ts'ui Hui-shu
113	《池上二绝》（其一）	By the Pond, Two Chueh-chu
114	《池上二绝》（其二）	By the Pond, Two Chueh-chu
115	《香山避暑二绝》（其一）	At Hsiang-shan Temple, Escaping the Heat
116	《春游》	Spring Outing
117	《咏老赠梦得》	On Old Age, to Send to Meng-te
118	《自咏》	Song of Myself
119	《三年除夜》	Third Year, New Year's Eve
120	《春日闲居三首》（其一）	Spring Days in Idleness
121	《春日闲居三首》（其三）	Spring Days in Idleness
122	《在家出家》	Half in the Family, Half Out
123	《病中看经赠诸道侣》	In Sickness, Reading Sutras: To Present to My Monk Companions
124	《感旧》	Moved by the Past
125	《道场独坐》	Sitting Alone in the Place of Practice
126	《游赵村杏花》	An Outing to the Apricot Blossoms of Chao Village
127	《斋居春久感事遣怀》	Fasting for a Long Time in Spring, I'm Moved to Write My Thoughts
128	《自咏老身示诸家属》	A Poem on My Old Age, to Show to My Family

The Selected Poems of Du Fu
《杜甫诗选》（选译六首）

序号	原诗题目	译诗题目
1	《夜宴左氏庄》	Evening Banquet at Mr. Zuo's Villa
2	《房兵曹胡马诗》	Officer Fang's Barbarian Steed
3	《画鹰》	The Painted Hawk
4	《春日忆李白》	On a Spring Day Thinking of Li Bai
5	《奉赠韦左丞丈二十二韵》	Twenty-two Rhymes Presented to Assistant Secretary of the Left Wei
6	《兵车行》	Ballad of the War Wagons

On the Border First Series, Nine Poems
《前出塞九首》（选译五首）

序号	原诗题目	译诗题目
7	《戚戚去故里》	With Heavy Hearts We Leave the Old Village
8	《出门日已远》	Far in the Past, That Day We Left Home
9	《送徒既有长》	We Recruits Have Our Commanders to Send Us Off
10	《挽弓当挽强》	If You Draw a Bow, Draw a Strong One
11	《从军十年馀》	Been in the Army Ten Years and More

Accompanying Mr. Zheng of the Broad Learning Academy on an Outing to General He's Mountain Villa, Ten Poems
《陪郑广文游何将军山林十首》（选译四首）

序号	原诗题目	译诗题目
12	《剩水沧江破》	This Stream of Yours, as Though Borrowed from the Blue Yangzi
13	《床上书连屋》	Beside the Bed, Books Piled to the Ceiling
14	《丽人行》（之一）（三月三日天气新）	Ballad of the Beautiful Ladies
15	《醉时歌》（赠广文馆博士郑虔）	Drunken Song (Written for Zheng Qian, Doctor of the Broad Learning Academy)

Lamenting Fall Rains, Three Poems
《秋雨叹》

序号	原诗题目	译诗题目
16	《阑风伏雨秋纷纷》	Blusterous Winds, Unending Rains, Autumn of Chaos
17	《长安布衣谁比数》	Plain-Garbed Man of Chang'an, Who Takes Note of Him?
18	《彭衙行》	Ballad of Pengya
19	《哀王孙》	Pitying the Prince

续表

序号	原诗题目	译诗题目
20	《月夜》（今夜鄜州月）	Moonlight Night
21	《对雪》（战哭多新鬼）	Facing Snow
22	《春望》	Spring Prospect
23	《重经昭陵》	Passing Zhaoling Again
	Dayun Temple, Abbot Zan's Room, Four Poems 《大云寺赞公房四首》	
24	《心在水精域》	My Mind in a Realm of Pure Crystal
25	《细软青丝履》	Shoes of Thin-Spun Soft Green Silk
26	《灯影照无睡》	Lamp Glow Lights My Sleeplessness
27	《童儿汲井华》	The Boy Draws Dawn Water from the Well
28	《忆幼子》	Thinking of My Little Boy
29	《得家书》	A Letter from Home
30	《玉华宫》	Jade Flower Palace
	Qiang Village, Three Poems 《羌村三首》	
31	《峥嵘赤云西》	Red Clouds, Their Towering Shapes Move Westward
32	《晚岁迫偷生》	Along in Years, Barely Managing to Stay Alive
33	《群鸡正乱叫》	Our Chickens Start in Squawking Wildly
34	《春宿左省》	Spring Night's Stay in the Left Office
35	《无家别》	The Man with No Family to Take Leave of
36	《垂老别》	An Old One Takes His Leave
37	《赠高式颜》	Presented to Gao Shiyan
38	《石壕吏》	The Official of Stone Moat
39	《赠卫八处士》	Presented to Wei Ba, Gentleman in Retirement
40	《佳人》	Lovely Lady
	Qinzhou, Twenty Miscellaneous Poems 《秦州杂诗二十首》	
41	《满目悲生事》	Everywhere I Look, the Sorrow of Human Existence
42	《秦州山北寺》	Temple North of Qinzhou's Walls

续表

序号	原诗题目	译诗题目
43	《鼓角缘边郡》	Drums and Horns in Borderland Counties
44	《山头南郭寺》	South Rampart Temple on the Hilltop
45	《地僻秋将尽》	In This Far-off Land, Autumn Almost Over
46	《初月》	New Moon
47	《促织》	The Cricket
48	《野望》（清秋望不极）	View over the Plain
49	《送远》（带甲满天地）	Off on a Long Journey
50	《空囊》	Empty Moneybag
51	《宿赞公房》（杖锡何来此）	Staying Overnight in Abbot Zan's Rooms
52	《月夜忆舍弟》	On a Moonlit Night, Thinking of My Younger Brothers
53	《别赞上人》	Taking Leave of Abbot Zan
54	《发秦州》	Leaving Qinzhou
55	《赤谷》	Red Valley

Seven Songs Written During the Qianyuan Era (758–760) While Staying at Tonggu District
《乾元中寓居同谷县作歌七首》

序号	原诗题目	译诗题目
56	《有客有客字子美》	A Traveler, a Traveler, Zimei His Name
57	《长镵长镵白木柄》	Long Hoe, Long Hoe, Handle of White Wood
58	《有弟有弟在远方》	I Have Brothers, Younger Brothers in a Place Far Away
59	《有妹有妹在钟离》	I Have a Sister, Little Sister, Living in Zhongli
60	《四山多风溪水急》	Mountains on Four Sides, High Winds, Canyon Waters Swift
61	《南有龙兮在山湫》	To the South Lives a Dragon in a Mountain Pool
62	《男儿生不成名身已老》	Born a Man, Gained No Fame, Body Already Old
63	《梦李白二首》（死别已吞声）	Dreaming of Li Bai
64	《发同谷县》	Departing Tonggu District
65	《卜居》（浣花流水水西头）	Moving in
66	《江村》	River Village
67	《野老》	Old Country Fellow
68	《恨别》	Hating Separation

续表

序号	原诗题目	译诗题目
69	《客至》	A Guest Arrives
70	《春夜喜雨》	Spring Night, Delighting in Rain
	《漫兴九首》	Jueju Composed at Random, Nine Poems
71	《眼见客愁愁不醒》	Anyone Knows a Traveler's Grief Never Can Be Dispelled
72	《手种桃李非无主》	Peaches, Damsons I Planted by Hand, in No Way Ownerless
73	《二月已破三月来》	Second Month Spent by Now, Third Month Arrives
74	《懒慢无堪不出村》	So Lazy I Never Even Venture Beyond the Village
75	《糁径杨花铺白毡》	Willow Fluff Along the Path Spreads a White Carpet
76	《舍西柔桑叶可拈》	West of My Lodge, Lithe Mulberries, Leaves Ready for Picking
77	《游修觉寺》	Visiting Xiujue Temple
78	《后游》	Second Visit
79	《漫成二首》（江皋已仲春）	On the Spur of the Moment
80	《江亭》	River Pavilion
81	《茅屋为秋风所破歌》	Song: How My Thatch Roof Was Blown Away by Autumn Winds
82	《百忧集行》	Meeting Place of a Hundred Woes: A Ballad
83	《客亭》	Journeyer's Pavilion
84	《光禄阪行》	Crossing Guanglu Pass
85	《谒文公上方》	Visiting the Temple of Abbot Wen
86	《望牛头寺》	Distant View of the Temple on Ox Head
87	《闻官军收河南河北》	On Hearing That Government Forces Have Recovered Henan and Hebei
88	《放船》（送客苍溪县）	Letting the Boat Drift
89	《登楼》	Ascending the Tower
90	《绝句四首》（两个黄鹂鸣翠柳）	Jueju Four Poems
91	《破船》	Broken Boat
92	《忆昔二首》（忆昔开元全盛日）	Recalling the Past

续表

		Two Jueju《绝句二首》
93	《迟日江山丽》	In Late Sun, the Beauty of River and Hill
94	《江碧鸟逾白》	River Cerulean, Birds Whiter Against It
95	《倦夜》（竹凉侵卧内）	Restless Night
96	《宿府》（清秋幕府井梧寒）	Night Duty at the Government Office
97	《独坐》（悲愁回白首）	Sitting Alone
98	《春日江村》（扶病垂朱绂）	Spring Day, River Village
99	《去蜀》	Leaving Shu
100	《旅夜书怀》	A Traveler at Night Writes His Thoughts
101	《漫成一首》	On the Spur of the Moment
102	《负薪行》	Ballad of the Firewood Vendors
103	《江上》	On the River
104	《返照》（楚王宫北正黄昏）	Late Sunshine
105	《中宵》	Midnight
106	《第五弟丰独在江左，近三四载寂无消息，觅使》（闻汝依山寺）	They Say You're Staying in a Mountain Temple
107	《夜》（一作秋夜客舍）	Night
108	《宗武生日》	Zongwu's Birthday
		Autumn Meditations, Eight Poems《秋兴八首》
109	《秋兴八首》（其一）	Icy Dew Withers and Scars the Maple Groves
110	《秋兴八首》（其二）	Setting Sun Angles over Kuizhou's Lone Walls
111	《秋兴八首》（其三）	Mountain-Walled, a Thousand Houses, Stillness of Morning Sun
112	《秋兴八首》（其四）	I've Heard Them Say, Chang'an's Like a Chessboard
113	《秋兴八首》（其五）	Gates of Penglai Palace Look Toward the Southern Mountains
114	《秋兴八首》（其六）	Mouth of Qutang Gorge, Winding River Park
115	《秋兴八首》（其七）	Kunming Lake, Work Project of Han Times

续表

序号	原诗题目	译诗题目
116	《秋兴八首》（其八）	Kunwu, Yusu, a Twisty, Winding Way
117	《解闷十二首》（其一）（草阁柴扉星散居）	Dispelling Gloom (Thatched Cottage, Brushwood Door, Houses Strewn Like Stars)
118	《醉为马坠，诸公携酒相看》	Drunk, I Fell off My Horse; Friends Came to See Me, Bringing Wine
119	《九日五首》（其一）（重阳独酌杯中酒）	Ninth Day Five Poems (Double Ninth, Alone to Pour the Cup of Wine)
120	《登高》（风急天高猿啸哀）	Climbing to a High Place
121	《阁夜》	Night in My Lodge
122	《孤雁》（一作后飞雁）	Lone Wild Goose
123	《白小》	White-Little
	Autumn Fields, Five Poems 《秋野五首》	
124	《秋野日疏芜》	Autumn Fields Daily More Overgrown
125	《易识浮生理》	Easy to Know — The Law of This Floating Life
126	《礼乐攻吾短》	Rites and Music Correct My Shortcomings
127	《复愁十二首》（其三）（万国尚防寇）	Grieving Again Twelve Poems (In Ten Thousand Countries, Still the Horses of War)
128	《日暮》（牛羊下来久）	Close of Day
129	《又呈吴郎》	Another Poem for Wu Lang
130	《暂往白帝复还东屯》	Returning to East Camp After Staying for a Time at White Emperor
131	《谒真谛寺禅师》	Visiting the Chan Master of Zhendi Temple
132	《登岳阳楼》	Climbing Yueyang Tower
133	《江汉》	Yangzi and Han
134	《江南逢李龟年》	On Meeting Li Guinian in the Region South of the Yangzi
135	《小寒食舟中作》	Little Cold Food, Written Aboard the Boat